嗩吶煙塵

三部曲之二——動盪青春

沈寧——著

讀「陶盛樓記」追念先姊琴薰

陶恆生

一

一九八七年七月二十四日，九十高齡的父親由大哥泰來、大嫂晏章沅陪同，從台北飛抵舊金山。沈寧、沈熙帶著妻兒先一日來我家，等候一齊去機場迎接。在機場見到外公和大舅、舅媽推著行李車從海關門出來時，寧、熙兩人不自覺地跪在老人家跟前，涕淚滿面。目睹這個感人場面的中外接機人士自然地向兩旁後退，讓出一條通道容我們通過。

回到家中，風塵僕僕的父親看著年過四十，臉上已有不少皺紋的外孫寧寧，不禁想起一九四八年離開上海時，他尚不足兩歲之情景；而從未見面的外孫沈熙，得在此相見，一時悲喜交集，不能自已。外祖父怕勾起太多往事，連忙拿出在台北準備的小禮物分給各孫及重孫們作為見面禮，他一面分禮物一面說：「今天不談往事，今天不談往事。」沈燕當晚從亞利桑那州趕來拜見外祖父，外公稱讚她的一口標準北京話說：「妳可以回台北當新聞廣播員。」

第二天晚上，我們在「天錦樓」為父親及大哥大嫂洗塵，灣區親朋好友四十餘人赴宴，包括南開、台大老同學，工作伙伴，以及雲林禪寺的同修等。沈家三兄妹特別預先用毛筆寫了一副紅色的條幅送給外公，字曰：

春秋卅餘載　離合一親情
啼兒高七尺　天涯叩九旬
開懷摻淚酒　擲觴話古今
繞膝盈幾日　欣慰滿生平

三天後，姊夫沈蘇儒自北京趕來相聚，翁婿上海一別，不覺已近四十年，如今海隅再見，人事已非，恍若隔世。蘇儒帶來一幅伯父在武漢親筆寫的百壽屏，為父親九十歲壽。父親在我們家小住數日後，即由沈熙護送至華府探視六弟龍生、國雲一家，數日後，再往印第安那州看望孫兒女德興、若昭，然後飛往亞利桑那州探視四弟晉生、家麟一家，和長孫女若蕙及孫婿方和同。八月十七日返回舊金山，二十一日由大哥、大嫂親陪飛回台北，結束為時二十八天的北美之旅。五弟范生那時正在千里達忙著探測油田，未及趕回團聚，但五弟妹戚瑞華及二子德智、德仁，均來拜見祖父。

父親走後，內子德順整理房間，在書桌上發現一疊稿紙，原來是父親這二十幾天信筆寫下的雜記，其中有這樣一段文字：

七月二十四日下午六時半，泰來夫婦扶持我搭華航班機自桃園機場起飛，越太平洋，計飛行十一小時，降落舊金山機場，當地時間是七月二十四日下午二時半。我在飛機上早餐，下飛機，家屬及親友相接，到達恆生家，七時晚餐，方纔覺察這一天，省了半日光陰，又省了一頓午餐。

沈寧、沈熙，先來此候見。至晚餐頃，沈燕從杜桑趕到。沈燕自大陸出來，已七年矣。今日在此得見，悲喜交集，言與淚隨。直待二十五日下午，我為此三個外孫談話兩小時。

沈寧、熙、燕三人是我們已故去的親姊姊琴薰的三個兒女，我是她的三弟。父親回台後即來一信說：「我到美國走了七處，看望家裡七房，四代聚談，自是海外陶家的盛事，九十壽慶的大舉。」

二

琴薰姊、泰來哥和我三姊弟，曾經患難與共，出生入死。我們之間有著堅如金石的手足之情。

一九三七年七七事變爆發，中國在蔣委員長領導之下展開全面抗日戰爭。父親那時是北京大學法學院政治系主任，同時在北平多間大學兼任教職。一九三八年十二月十九日，父親隨國民黨副總裁汪兆銘出走河內，後往香港居住，一九三九年八月二十六日轉赴上海。十一月起，參與汪組織與日本和談代表談判達兩個月之久，終於洞悉日本妄圖誘降及滅亡中國的陰謀與野心，因對中日和平運動徹底失望，而決定脫離。十二月十三日，母親斷然採取逆向行動，親攜我們姊弟五人前往上海，希能以此掩護父親離開上海；此時重慶方面也正透過杜月笙先生設法營救。一九四〇年一月三日，父親與高宗武潛離上海前往香港；十三日，母親帶了晉生、范生兩弟離滬赴港。自此琴薰姊、泰來哥和我三人在上海之行動即受汪組織特務機關「七十六號」監視。二十一日，杜氏門人萬墨林親自策劃掩護我姊弟三人安全登船離滬。二十二日，香港《大公報》揭露汪日秘密簽訂的「日支新關係調整要綱」，這在當年是一件震驚中外的大新聞。

琴薰姊回香港後進入培道女中，一九四一年念高二時，以同等學力考取昆明西南聯合大學中文系，一九四二年轉學重慶沙坪壩中央大學外文系。一九四五年夏畢業，進重慶中國農民銀行，抗戰勝利後赴上海服務於「中國善後救濟總署」，次年（一九四六）與中大同班同學、上海美國新聞處英文編譯沈蘇儒結婚。一九四七年夏，蘇儒進上海兩大報紙之一的《新聞報》為記者，旋即被派往南京採訪政治新聞。姊姊隨姊夫來南京在我們家居住一段時期，不久即搬入報社的宿舍。同年九月，他們的第一個孩子出世，取名沈寧。

一九四八年十一月初，大陸東北戰事國軍失利，長春、瀋陽相繼陷落，國共雙方集結數十萬大軍在徐蚌（淮海）地區決戰，國軍潰敗。前線戰況急轉直下，首都人心動搖，下關火車站上一時箱籠堆積，婦孺擁擠。十二月十七日，母親帶我們姊弟七人擠上火車去上海，父親仍留南京。幾天後，我們在外灘搭上開往香港的怡和公司四川輪，一家人露天睡在貨艙蓋上，航行時海上風浪迎頭打上甲板，鋪蓋盡濕，老小蒙頭瑟縮，無處躲避。台灣海峽風浪極大，輪船搖擺顛簸，個個暈船嘔吐，狼狽不堪。

到香港後，父親友人余啟恩安排我們暫住他新界上水家中。三個星期後，母親和琴薰姊在九龍大南街「一定好」茶樓三樓租到一間空屋，找木工做三個簡陋的隔間，一家人擠住其中，共用兩盞電燈、一間廁所，過著前途茫茫的日子。姊姊帶著一歲多的兒子寧寧，每天做飯做家事，泰來哥和我報名「華南無線電學校」學習無線電技術，弟弟們無所事事，大家心情十分煩躁。農曆年底，母親帶六弟龍生去上海隨父親同往溪口晉見已下野的蔣公。開年（一九四九）三月底，蘇儒姊夫從上海來香港，幾天後他們搬去姊姊的西南聯大同學許湘蘋家中居住。姊姊決心不再留在香港，向姊夫表示「你留我留，你走我走，生死禍福，在所不計」。

這時大陸的局勢是：蔣中正總統已於一月二十日發表引退文告，李宗仁副總統就任代總統行使職權，隨即發表聲明表示謀和決心。四月一日，國府和談代表團張治中、邵力子、章士釗、黃紹竑等人抵達北平與中共談判。一時社會上瀰漫著內戰將停，和平在望的新期望。姊姊和姊夫與一般知識分子沒有兩樣，他們對國民黨失望，對和平抱幻想，復寄望於共產黨所描繪的新社會新氣象。而香港這邊難民日增，人浮於事，就業定居均有困難，又對台灣的前途不確定。四月八日，姊夫、姊姊帶著寧寧離開香港回去上海。從此手足天各一方，再也不能相見。

三

琴薰姊回上海後先在上海職工學校任教職，後隨姊夫調北京，在「中華全國總工會國際部」任編譯工作，她認真工作，然而由於家庭背景關係，無論她如何努力，都永遠受到排擠和歧視。一九五七年，因直言賈禍（發了一句「現在懂了祥林嫂，捐了門檻還是不得超生」的牢騷），被誣為「右派份子」，幸經部門主管力保，未遭下放勞動。其後又值「三年困難時期」，全家老小七口，每日數米而食。姊姊在沉重的精神壓力和繁重的工作負擔下，侍奉婆母、相夫教子，無論如何艱難困苦，始終無怨無悔，永不氣餒，從不絕望。

一九六六年又逢「文革」浩劫，琴薰姊因罹患類風濕性關節炎，被批鬥折磨未獲及時治療而逐漸惡化，終至雙腿彎曲不能站立，批鬥者猶指她故意裝病，即使呈上醫院證明，也無濟於事。她成了革命對象，強迫下鄉勞動之外還要去幹校學習改造，她的病因而越來越嚴重，四肢骨節腫大變形，根本無法行動，一九七二年被迫提前退休。一九七六年春天，范生五弟從美國寄去特效藥片，姊姊服用有效，可恨此後再寄往北京的藥品，即被海關查扣退回，姊姊給范生去信說：「這瓶藥輾轉萬里，卻到不了我手中，真是遺憾之極」。蘇儒姊夫服務於外文出版社、中國建設等單位，文革期間亦曾多次被誣陷、揪鬥，而遭關、押、下放。此時寧、熙、燕均先後分赴內蒙古、陝北及昌平縣農村「插隊」。在這段期間，姊姊以殘疾之身，孤單獨處，以罕見的堅強意志和偉大愛心，支持姊夫和子女在逆境中求生存，而她思念父母及諸弟之情，仍無時或已。

一九七八年四月，琴薰姊病情轉重，八月十四日在北京醫院逝世，終年五十八歲。此時文革已結束，中共當局在全國範圍內正陸續為所有「右派」平反昭雪。八月二十一日，北京市政協在八寶山革命公墓禮堂舉行追悼會，旋移靈於八寶山革命公墓。

琴薰姊去世的消息經香港傳到台北，大哥設法瞞住父親，可是他與新聞界訊息暢通，很快就知道了。父親表面堅強，內心悽苦，尤其可憐外孫女燕兒年幼失母，寫了一首「哭琴兒，念燕兒」的詩：

生離三十年，死別復茫然；
北地哀鴻在，何當到海邊。

注：琴薰兒病逝北平，近始得確息。所遺男兒二，女兒一。小女燕兒既失學，又喪母，何以為生？憐念之餘，口占如右。

四

寧、熙、燕三名外甥，得到舅舅和長輩們的協助，先後來到美國。燕甥先來。她從小上學就得承受老師同學對外公及媽媽的批判，唯有沉默以對。一九六八年畢業於北京三十九中初中，校方決定分發學生進北京工廠。此時正值文革動亂，對於小燕的前途，學校認為「黨會落實政策，出身不能選擇，道路可以選擇」，應該沒問題。不幸希望落空了，學生一個個跟著工廠來的人走了，只有她沒有任何工廠願意接受，學校和黨支部也不管她了，小燕心理受創極重。

一九七九年我在印尼工作時，曾託在德國悌森公司服務的好友伍綿蒲博士，趁出差上海北京之便，探訪姊夫。姊夫很想送年已二十幾的女兒出國換個環境，如果可能的話，讓她繼續讀一點書將來好養活自己。熱心的綿蒲兄經過多次奔波，辦成了小燕的出國手續和美國探親簽證，我託綿蒲帶錢至北京為小燕買機票，又與住在加州莫洛灣的五弟范生聯絡，託他接機及就近照顧。

一九八〇年七月六日，小燕飛抵洛杉磯，在范生家暫住兩星期後，由四弟晉生接去亞利桑那州杜桑家中居住。晉生安排她進亞利桑那大學英語班補習英文，設法轉換學生簽證，英文班結業後又為她申請大學入學許可。半年後，小燕進入大一系統及工業工程系，學雜費用除了初期一部分由外公及晉生舅接濟之外，其餘均靠打工自立。四年之後得到科學學士學位，憑她出色的畢業論文拿到獎學金繼續攻讀碩士學位，主修人工智能。學成後進入電腦界發展。小燕終於脫離惡劣環境，以三十之齡在新大陸學成就業，重新掌握自己的命運。

寧甥其次。一九八三年八月十五日，他從北京飛抵洛杉磯，遠在亞利桑那杜桑市的沈燕，特地來機場迎接（此時我正在加大洛杉磯分校念管理研究院）。當年姊姊帶他去香港又回大陸時，沈寧還不到兩歲，成長及求學期間受盡歧視，文革時期親歷全家被多次抄砸。一九六九年中學畢業後插隊陝北，在劇團當小提琴手，因「成分」不好，備受排擠。一九七七年考北大成績及格，但因其父政治審查問題，北大不敢錄取，改考西北大學。在學時申請到愛荷華大學的獎學金，畢業後又格於政府規定無法成行，乃進陝西電視台工作，直到一九八三年夏天才辦成出國護照拿到簽證。

我為兄妹二人在附近旅館租了一間房間晚上休息，白天來我們的公寓相聚，寧寧含淚講述媽媽從一九四九年以後的悲慘遭遇，我和德順聽了萬分心酸。第二天，我帶沈寧逛百貨公司，買些美國學生喜歡穿的衣物鞋襪，從頭到腳徹底「換裝」，三十多歲的外甥，一下子變成帥哥。第三天，兩兄妹自行去迪士尼樂園玩，回來時搭錯巴士迷了路，差點找不到家門。第四天，我駕車帶二人遊覽環球攝影場，及好萊塢明星住宅區的漂亮房屋。第五天，兄妹兩人飛杜桑晉生、家麟家中盤桓數日，沈寧即逕往愛荷華大學報到入學讀東亞系，兩年後得碩士學位，進教育界工作。

熙甥最後。一九八四年一月，沈熙來美。他因從小目睹大陸每一次政治運動，父母都被捲入，慘受無情衝擊，於十八歲那年眼見他們又不能避免成為文革批鬥的對象，懷著痛苦絕望的心情，前往內蒙「插隊」。在內蒙一待十年，於一九七六年回到北京，自己覺得「像是剝了一層皮」。一九八一年，他畢業於北京經濟學院，到美國後進入亞利桑那大學攻讀經濟學。據他說，由於大陸的經濟學以馬列主義為本，與西方自由經濟學說大相逕庭，上課之初頗為難以調整所苦。一九八五年得亞大經濟學碩士學位後，轉入紐約州立大學繼續攻讀經濟與財務，一九八七年得博士學位，在財務專業領域發展。

舅舅們見到先姊遺下的三名子女如此上進，都能在新大陸自立生存，感到無比的安慰。

五

一九九七年九月，忽接沈寧來信，說他已辭去工作，準備專心寫母親的故事，以完成他多年的心願。我問他：「你辭去工作，準備何以為生？」他說：「媽媽臨終時我就立下心願，要把她的悲慘遭遇寫下來，如今我已五十歲了，再不動筆要等到何時？當年外公帶了家婆、媽媽和舅舅們去上海，靠著一枝禿筆，不出幾年就打出天下；如今我們還有小燕（甥媳孫小燕）一份薪水，省吃儉用，我可專心寫作，日子可以過得去的。」

我了解寧寧的心情，他媽媽坎坷的一生真是一言難盡。在我的記憶中，姊姊一生最平靜快樂的日子，似乎只有少女時代在北平的六年（一九三一至一九三七）和青年時代在重慶、上海和南京的六年（一九四二至一九四八）。總共不過十二年。其他的日子，則多半在憂患中度過，包括嬰兒期間的營養不足（母親奶水哺餵了堂哥），小學時代的窮困體弱、中學時代的逃難播遷、昆明西南聯大時期父母兄弟身陷香港音訊全無的恐懼，以及回大陸後備受壓抑的艱苦時光。

沈寧寫母親的故事，有以下幾個主軸交叉呈現。

第一個主軸：湖北鄉下陶勝六的大家庭（陶勝六是地名，沈寧文中使用諧音）。幾十年前大陸鄉下大家庭的封建形態，恐怕不止我們湖北老家一家。三十年前父親寫〈驪珠之死〉刊載於台北《自由談》月刊，文章刊出不久，父母親即接到好幾通老太太打來的電話和許多信，訴說她們當媳婦時幾乎相同的遭遇，有的甚至在電話中痛哭失聲。

記憶中祖母是慈祥寬厚的，她最喜歡泰來大哥。她之所以特別鍾愛大哥，並不僅僅因為大哥是母親連產二女之後的第一個男孩，而是他對老人家的敦恭孝順。一九四四年二月，祖母在貴陽寓所患病，大哥陪父親搭郵政特快貨車前往視疾，在貴陽侍奉湯藥一個半月之久。祖母病癒後，大哥親自陪同老人家和五姑媽搭乘公路木炭車回重慶南岸，沿途照顧體貼入微。五姑媽茹長素，大哥為她細心安排飲食，因此很得祖母和姑媽的誇獎。祖母養育出兩個為國家社會做出貢獻的傑出兒子（翼聖伯父一生的事蹟我已另有專文介紹），她是一位偉大母親。

至於早年老家姑姑們扮演著典型封建大家庭嚴待進門媳婦的角色，乃是民初漢人仍受滿人家庭重姑娘、輕媳婦的風俗影響所致，難以歸咎。琴薰姊從小身歷其境，難免有比較深切的感觸，然而她絕不敢忘懷文革遭劫期間，表哥多次不顧牽連從武漢來京看望他們一家的關愛之心；我們兄弟們也由衷感激表姊、表姊夫在台灣四十多年對父母親毫無保留的支援和照顧。我個人和在武漢的表哥以及目前在紐約的表姊兩家都有極為深厚的情誼。對於早年因鄉間惡俗而造成的種種遺憾，父母親並不諱言他們心中之痛，民國六十三年母親在病床上寫〈逃難與思歸〉，對於大女兒驪珠之死，有著太多悽慘的回憶。母親年輕時經此慘變，發誓以後要善待自己的媳婦，把她們當作自己的女兒看待。

一九七五年九月二日，母親在台北病逝。九月十八日，姊姊收到中央統戰部送來九月七日台北報紙的訃聞，悲傷莫名。她立即給父親寫信，哀痛悼念。這是台北家人收到她的最後一封信。

父親大人：

今天突然獲悉　母親大人已於九月二日下午二時三十分病逝台北，我和蘇儒感到萬分震驚和悲痛。母親的一生，是勞累的一生，痛苦的一生。她老人家幾十年來勤儉持家，辛辛苦苦，把我們七個姊弟撫養成人。在我童年的時候，她克服種種困難，使一家人擺脫貧病交迫的威脅。抗日戰爭時期，她攜帶一群子女，在日寇的刺刀和轟炸下逃難，幾乎跑遍了半個中國。在您遭受危難的關鍵時刻，她老人家不止一次地冒著全家人的生命危險，把您拯救出來。這些驚濤駭浪，將她這樣一個舊式賢妻良母，鍛鍊得十分剛強勇敢，但卻自然地毀壞了她的身體健康，四十歲以後就不斷地忍受多種疾病的折磨。現在她老人家永遠安息了，人間的痛苦不能再折磨她了。然而，她直到臨終還懷念故鄉，可見二十幾年來旅居異鄉，她的心卻一直是和故鄉親人們連在一起的。我是她唯一的親生女兒，從小得到她老人家疼愛，這些年來我一直希望有朝一日她老人家回故鄉，同家婆、伯娘、四乾、五舅、六舅〔注：家婆即家婆；伯娘即大伯母；四乾、五舅、六舅是母親的四妹、五妹及六妹〕在一起度過一個愉快的晚年。但是，這個願望已經不能實現了，母親已經跟隨伯娘，四乾與世長辭了。甚至在她病中，我都未能侍奉她老人家幾天，盡盡我的孝心，為此我確實萬分愧恨，只有祈望她老人家在九泉之下寬恕我的這一最大不孝。

女琴薰哀上　一九七五、九、十八

一九八五年我率領歐洲水泥廠商訪問武漢，表哥全力聯繫協助，我們的活動圓滿完成。表嫂在家中親治家鄉美饌招待，盛情可感。那年年底回台，我和德順前往母親墓園，叩稟一切。

第二個主軸：外公的奮鬥。父親以對社會結構的觀察，作中國思想史的探索，早年掀起「中國社會史論戰」。民國二十三年創辦《食貨半月刊》，主張應以史料的整理與分析為基礎，根據史實立論，重寫中國社會史。關心中國社會史辯論的日本學界，譽民國二十年代為「陶希聖時代」。他所領導的中國社會與經濟史的研究，在民國學術史上，占有一席重要的地位。父親常說：「讀書、作文、演講、開會，我的一生就是如此。」父親晚年由史學轉入經學，於殷周文化異同及太史公欲究天人之際的思想背景，闡釋新的見解。在政治上，父親的一生，有過驚濤，有過駭浪。八十歲那年，他說：「我曾多次處於波濤洶湧中，我所想的是：國家與社會給我的，比我對國家社會所貢獻的多得多。」九十歲，他又說：「這一生，前一半教授，後一半記者。」這「教」與「記」的分際，正是他學、政兩種生涯的寫照。在母親的故事中，沈寧文中刻畫了早年外公在上海商務印書館工作時期的窮困生活，以及他不畏強權、仗義執言、熱愛國家的個性。

第三個主軸：高陶事件。關於這個事件的來龍去脈，近三年來我寫過好幾篇文章，也出了書，因此不擬在此多加論述。抗戰初期，父親對時局的看法是悲觀的，因此主和。但「主和」絕對不是「投降」、「談判」絕非「通敵」，這是他堅守的信條。他認為「和」與「戰」並非不可相容，實際上雙方作戰之時，是可以同時進行和平交涉的。調停行動是雙方取得戰爭利益或減低軍民傷亡的手段，放棄調停則可能失去作戰的最終目的。父親嘗說：「不得不戰而戰，戰乃所以為國家；不能再戰而和，和乃有裨於民族。」雖然是「書生而論政，論政猶是書生」的理想論調，但不可否認，這種憂國憂民的「低調」與「和與戰」的理論，其關心國家禍福與民族存亡，是充滿了赤誠和善意的。關於揭發「汪日密約」的動機，一九八六年八月七日父親接受國防部史政編譯局第十一次口述訪問時說：

> 我曾兩度寫信給胡適，我所處的地位是：我不是間諜，也不是做情報，但既發現關係國家存亡的大事，我怎能不說。我是以觀察地位與胡適通信，前後兩封，在河內所發的信表示汪先生出來從事和談，但並不是反蔣。第二封信，表示和談至今已不行了，日方的目的不在和談，而在滅亡中國。

父親去上海之前與回到香港以後，跟姊姊有過許多次的談話。對於父親隨汪而後脫汪前後的徬徨與掙扎，姊姊了解得最為透徹。她曾經在香港《國民日報》發表過連載兩天的文章〈我家脫險的前後〉。年僅十八歲的姊姊為了拯救父親，與母親苦思脫身之計；為了保護兩弟脫險，挺身與敵偽特務鬥智周旋。她在危機下表現出異乎常人的堅強與勇敢。

第四個主軸：大陸三十年。琴薰姊全家在這三十年中悲慘的遭遇，將涵蓋在母親的故事後半部中。回想一九四九年五月中旬，父親曾親自到上海勸蘇儒琴薰離開大陸不果，不旋踵間共軍即占領上海。父親五月廿四日的日記寫道：「蘇儒琴薰決心不離滬。彼等前途悲慘而不自覺，可悲也。……」五月二十五日又寫道：「……共軍夜入上海市區，國軍向蘇州河北退，由吳淞口撤退。為琴薰寧寧悲傷。彼等之悲慘命運乃自取耳。」沈寧從一歲多起就在鐵幕中生活，在學之年受盡欺凌，進入社會後又處處遭到排擠。他親眼看著自己的父親默默地承受著各種打擊，母親無論在工作上有多好的表現都得不到上級絲毫的肯定，最後抱著殘疾，在呼喚著海外親人，萬般不捨之下撒手塵寰。他憤怒，他沉痛，他要在吶喊聲中把他全家幾十年來所遭受的一切不公不義，赤裸裸地寫下來，讓世人同聲一哭。沈熙曾經跟我說，媽媽在世時每當講起往事，常會觸動對海外親人的無限思念，他和妹妹靜靜地聽，哥哥總是兩手握拳，激動得痛哭流涕。沈寧對於家中發生的每件事的反應，比別人要強烈得太多。這是三年來他廢寢忘食的使命感的推動力。

六

沈寧這本書的前半部「陶盛樓記」，曾經連載於《美洲世界日報》「小說世界」副刊，得到相當多讀者的回響。故事採用小說體材撰寫，使用真實姓名，再加以戲劇化，很容易引起爭議。他父親沈蘇儒（已於二〇〇九年逝世）就是頭一個反對使用真名的人，擔心他會闖禍，我也提醒他慎重。然而沈寧有自己的堅持。他問，真實的故事，尤其牽涉現代史上重要的環節，真的不能說嗎？如果必須採用假名才能寫，那就不如不寫。然而沈寧內心仍然存在著某些矛盾。在寄文稿給出版社之前，他問我是不是該把健在的舅舅們全部改用假名？我說，那更不妥，在未得舅舅們同意之前擅自改他們的名字，將是非常不尊重當事人的行為，何況假名字並不能隱埋真事實。是耶？非耶？留待識者評斷。

「陶盛樓記」已於二〇〇二年由台北聯經出版事業公司取名「嗩吶煙塵」，分上、下兩冊出版。二〇〇八年，北京新星出版社在大陸出版同書為《刀口上的家族》。現在新星出版社決定再版這本書，此時又聞台灣方面也計畫重新出版包括全書前、後部在內的《嗩吶煙塵》。由此可見沈寧的作品，已得到兩岸出版界及讀者的肯定，非常值得鼓舞。

更值得欣慰的是，燕甥在美奮鬥二十餘年，如今在電腦界已有自己的事業。熙甥在美國金融界知名公司擔任財務分析及投創顧問，卓然有成。寧甥從事專業設計，業餘筆耕不輟，在美國、大陸和台灣寫作界享有聲譽。他們都對得起所有關心他們的人，以及父母在天之靈。

原載二〇〇〇年十二月十五—十七日《美洲世界日報》「世界副刊」，同月二十五日修正。二〇一一年十月補記

目次

三十五

一九三七年那一天，家公從中南海開會回到家，正洗著腳，跟家婆說著話，忽然聽到遠處響起炮聲。第二天早上看報紙才知道，是日本人在北平郊區盧溝橋突然發動軍變，向中國駐軍進攻。

家公放下報紙，對家婆說：「馬上收拾行李，我們今天離開北平。」

「丫們都上學去了，怎麼走法，總要等他們回來。」

家公站起來，說：「我現在去火車站買車票，你收拾東西，中午丫們回家，我們就動身，下午不去上課了。」

「你快去吧，只怕一開戰，火車走不通。」

家公不說話，抬腳出門，招呼小張，趕到西直門火車站。家婆沒有猜錯，火車站上賣票的人告訴家公，眼下往南開的火車離不開北平。日本軍隊一夜之間已經把北平包圍起來，封鎖了北平外圍三條鐵路幹道，向南開出的火車全部取消。

賣票的人說：「要南下，你只有自己想辦法。」

家公說：「你們火車不開，我自己怎麼想辦法？」

「您先生南下要去哪裡？」

「或者南京，或者武漢，我是要到九江。」

「那麼先生也是要去廬山開會的了？」

「你怎麼曉得？」

「前幾日來了幾批人，都是買票南下到廬山去。您先生也是北京大學的教授麼？」

「是。那些人都走了麼？」

「昨天該走的，都走了。還有一些人，像你先生一樣，今天要走，當然走不了。您先生既是去廬山開會，國民政府的公幹，不妨去找找市府，他們或許可以送您一段，只要出了北平，火車就通。」

家公嘆口氣說：「若是我一個人走，當然可以，拖家帶口，怎麼向秦市長開口。」

「你還想帶家小一起走嗎？算啦，一個人走吧。一個人，也許還可以想辦法。帶了家小，這種情況下，一定走不成。」

家公垂頭喪氣，謝過那人，轉身出了車站，讓小張拉上，直奔北平市政府。快到門口，還沒有停下，家公又讓小張轉頭回家。

沒有辦法，家公回到家，哀聲嘆氣把情況對家婆一說。家婆便指著他說：「你呀，真是。既然到了市府，為什麼又不進去。不去求，當然人家幫不了你的忙。去找了，萬一人家有辦法呢？」

家公說：「你想想，昨夜日軍剛剛發動軍變，市政府和秦市長，此刻一定都是驚惶失措，手忙腳亂。秦市長現在一定在宋哲元那裡商討大計，找不到人。就算找到了，這當口，他大概也無計可施。」

「你怎麼曉得？」

「再說，我怎麼對他們講，我一家大小七口人要走。」

家婆數落他說：「你怎麼那麼死心眼呢？如果他們不能送我們全家出去，只能送你一人，那麼你一人走好了。我們娘兒幾個，住在北平，沒什麼了不起，只是你，心裡急，要去廬山開會。算了，你這人，遇這種事，辦不成，還是我去打探一下。」

「去也沒用，沒有火車。」

「晉丫范丫兩個在睡覺，丫們回來，莫吵醒了他們。平常這一覺他們都要睡兩三個鐘頭，周媽會服侍他們，你不用管。」家婆一邊換著衣服，一邊對家公說。

家公說：「你不吃中飯了嗎？已經中午了，丫們就要回來了。」

家婆說：「回來再吃，早去早回。」說完匆匆跑出了門。

不幾分鐘，媽媽，泰來舅和恆生舅都放學回家。老邢把午飯擺到桌上，每人一碗雞蛋炒飯，一碗菠菜湯。泰來舅很高興，邊吃著，不住聲對家公講學校的事。恆生舅大概餓極了，只顧吃，不說話。

家公突然說：「吃過中飯，我們到外面去散散步，好麼？」

媽媽望著家公說：「下午要上課。」

泰來舅跟著說：「我也要上課。」

恆生舅跳起來，說：「我下午不上課，我跟爸爸去散步。」

家公說：「今天特別，我給老師寫請假條好了。」

媽媽問：「兩個弟弟怎麼辦？」

家公說：「他們睡中覺，姆媽說要兩個鐘頭，周媽自會管他們。我們去不久。姆媽過一陣也就回來了。」

大家放下碗，老邢收進廚房去洗。家公一手拉泰來舅，一手拉恆生舅，媽媽跟著，四個人一齊出門，往東朝新街口走去。

走了一陣，家公忽然說：「我們在北平住了六年了……今天我給你們每人買一件東西留著。好不好？」

媽媽說：「爸爸，你怎麼了？」

家公不理會，說：「每人想好要買什麼。琴薰先說。」

媽媽說：「我要想一想，讓他們說吧。」

泰來舅說：「我也要想一想。」

家公說：「好吧，都想一想，想好了，琴薰先說。」

過了片刻，媽媽說：「我想要一套水彩顏色和畫筆，我喜歡畫彩色畫，先畫北海裡的柳樹。」

家公說：「很好很好。你學校裡有畫圖課嗎？」

媽媽說：「有，我學了。」

家公說：「有機會，給你找個老師。你會變成有名的中國畫家。北平那麼漂亮，到處都可以畫很多畫出來。」

媽媽一邊蹦跳一邊說：「就是的，就是的。我已經畫過很多北平的畫。我能記住北平所有的地方，不用看，就可以畫出來。」

家公看看媽媽，說：「好，好。永遠記住北平，永遠不要忘記北平，永遠不要忘。泰來，你也已經上了初一，能永遠記住北平了。」

恆生舅搶著說：「爸爸，我上小學了，也能永遠記住北平。」

泰來舅說：「我能記住，爸爸。我有一本北平的書，常看。」

家公說：「把那本書永遠保存好，以後可以講給弟弟們聽。」

泰來舅說：「我會。我還會告訴他們我去過的地方。」

「好孩子。」家公今天說話常常句子說不全，會半路停下來。他停了停，問：「那麼，泰來，你要爸爸給你買什麼呢？」

泰來舅說：「我要一根電筆，可以測電。」

家公說：「當然，當然，你是電子工程師。」

泰來舅很興奮地說：「我已經裝好三個礦石收音機，都能聽，晚上我常在床上聽收音機。」

家公說：「對，以後走到天涯海角，都可以用你的收音機聽到中國的聲音。恆ㄚ，你要什麼？」

恆生舅說：「我也要做收音機。大哥做好了，不給我聽。我長大了，自己也會裝一個。」

家公說：「你們兄弟長大要做科學家，有志氣。你們一定能讓中國富強起來。你們都是好孩子。爸爸只希望你們一件事，長大以後，記住，永遠做一個中國人，誠實的、正直的、有思想的中國人。能保證嗎？」

媽媽望著家公，說：「我保證，爸爸。」

泰來舅說：「我保證。」

恆生舅說：「我也保證。」

北平城，好像很祥和。天很晴很藍，像一大塊純色絲綢，一片雲彩都沒有。明麗的陽光裡，街邊那些灰磚房屋院牆，也顯得乾淨，磚縫裡的陰影都看得到。街邊一溜楊槐，高高大大，葉茂影疏，在輕風中微微晃動。石子鋪的街面，走在上面刷刷作響。街中央有軌電車噹啷噹啷地開過。洋車夫光著腳片子跑，趴達趴達響。前後左右，北京人悠閒地邁著方步溜達。穿長衫的，穿短袖的，穿西裝的，穿花裙的，形形色色。熟人見面，陪著笑臉，拱著雙手，捲著舌頭，拉著長音，兒兒的聊天，客客氣氣，平平靜靜，透著滿足和快樂。

下午回家，媽媽和舅舅們都沒去上學。媽媽坐在院子裡大槐樹陰涼裡，用新買的顏料畫畫。泰來舅恆生舅一塊鑽在後院泰來舅屋裡，安裝收音機。家婆在前面屋裡照看著晉生范生兩個舅舅，一邊做針線。家公在自己屋裡，整理行裝書本。周媽在院子角落水管子邊上洗衣服。老邢在廚房做晚飯。小張在院子裡弄花草。

吃過晚飯，周媽收拾晉生范生兩個舅舅睡下，家婆給他們講《西遊記》故事。媽媽、泰來舅和恆生舅三個，老老實實坐在客廳大桌邊，各自做學校的功課。家公一個人坐在他書房裡喝茶，行裝都收拾好了，放在腳邊。

媽媽聽見家公在嘆氣，便走進家公書房，說：「爸爸，姆媽說你明天能走得了，你一定走得了。」

家公說：「你功課做完了嗎？」

「早做完了，下午沒上課，缺兩門課的功課，明天跟老師要來補做。爸爸，你不用擔心。」

「我沒有擔心明天走得了走不了。我可惜明天走了，錯過一台好戲。」

「誰呀，譚門還是余門？」

「你真猜對了，譚門第四代。不是譚門，有什麼可惜。」

「那不是譚小培嗎？」

「不，是他的兒子，譚富英。聽說為了培養譚富英，譚小培決定自己不登台，專門伺候兒子。先把名師一個一個請來家裡教戲，然後把譚富英送進富連成科班。出科之後，又送到余叔岩門下。據說譚富英果然出息，可惜我還沒有聽過。說他嗓音淋漓酣暢，扮相更有王者之風。今天報上登，譚富英要演三場戲，後天一場《失街亭》，譚富英扮孔明，一定好。可惜錯過，我看不上了。日本人真是可惡，存心破壞我們的正常生活和樂趣，連戲也看不成。」

「日本人不來，你明天去廬山開會，還是看不成這場戲。」

「日本人不來，我到廬山去開什麼會。日本人不來，我哪兒也不去，安安心心在北平教書，舒舒服服聽譚富英的《失街亭》。北平城裡人說，他的戲，票價一塊錢，他出台那麼一亮相，已經就值八毛……」

家婆剛好走到客廳裡來，聽見家公在書房裡說京戲，眉頭一皺，走過來，揮著手，大聲說：「什麼時候，還要講戲。明天要上路，曉得麼？琴薰，快去睡了。」

媽媽說：「我要洗澡，明天學校有朗誦比賽，我朗誦我寫的詩。」

家公說：「你寫的詩嗎？我可沒看過。」

媽媽說：「你聽過，我給你念過，好幾天以前。」

家婆催媽媽，說：「他只顧忙他的，記不得了。快去，快去，洗了澡自己去睡，輕一點。」

媽媽走了，兩個舅舅也去洗臉洗腳，上床睡覺。書房裡只剩下家公家婆坐在桌邊燈下。

家婆中午在西直門火車站打聽清楚：西直門站的環城火車還通。車站上的人說，坐環城火車，在城西南二十五里豐台小站，能夠換一列南下的火車。這列火車不進北平，在豐台繞道去天津，所以包圍北平的日本人管不著。不過，要在豐台換車，並不容易。第一，那兒南下的火車，一天只有一列，錯過了就得等一天。通常沒什麼人在那兒上下車，所以那列車只停兩分鐘。換車的人必須行動迅速，拖拉五個孩子決計不行。第二，下了環城火車後，要跨越鐵路，到對面站台上等南下火車。只有晚上跨越鐵道，才不易被日本人發現。帶五個小孩也斷然做不到。第三，夜裡過了鐵道，要在小站上等一夜，第二天又要等幾乎一天，南下列車下午三點四十分左右才在豐台停。帶五個孩子荒天野地等一天一夜，也難辦。所以家婆與家公商量，決定家公一人先走，明天坐中午的環城火車，到豐台站下車，等到晚上，跨過鐵道，再一直等到後天下午，上南下的火車。

一個人走，沒有什麼可收拾。在西直門上車，也不能像長途旅行，帶太多行李。到豐台跨越鐵道，也得行動方便，所以家公只帶一個背包，一個小提箱。他想揀幾本書，喝著茶，在書架上挑來挑去，最後決定帶一本《唐代寺院經濟》，路上翻看。

家婆照舊坐在燈下，做針線。

家公坐著，手裡拿著書，讀不下去，問：「做什麼？」

家婆手上不停，頭不抬，說：「給泰丫的。同學們都穿西式衣服上學。泰丫要了好幾個月，前兩天一個同學來玩。我用手量了量尺寸。做一套，泰丫明天可以穿了上學。」

家公說：「用不著連夜趕。」

家婆沒說話，也沒停手。

家公說：「上次琴薰說過，她上了中學了，不要叫她琴丫了。」

「我曉得，現在叫她琴薰，不叫琴丫。」

「泰來也上了初一，不要叫泰丫了。」

「慣了，一時改不過來，我記著了。」

家公不說話，拿起茶杯喝一口，問：「給我帶了鐵觀音嗎？」

「那還少得了，在你背包的小口袋裡。」

「上廬山去開會的，都是黨政要員，他們應該有好茶葉。」

家婆沒說話。

家公也停了話。過一會兒，家公又問：「小的都好麼？」

家婆聲音很低，說：「都好。」

又一陣靜默之後，家公說：「我在南京等你們。」

「真好笑。以前陶盛樓的人恨我只生女兒。現在我生了五個兒子，卻沒人愛。三年前在太原，晉丫生下來。我抱給恆丫看，告訴他，這是弟弟，他揚起手便打他一記。我沒想到，沒來得及，一拳打在晉丫鼻子上。到現在晉丫鼻子還有毛病，常常不通氣。」

「到上海以後，給他找個好醫生看一看。」

「還是去找石藹玉醫生。早年多虧她，醫好了琴薰的氣管炎。她妹妹石美玉，醫術也高明得很。」

「對，我們找她。那石藹玉是中國第一個留美醫生。」

片刻停頓，家公忽然又說：「你們走的時候，你一個帶五個丫上路，很辛苦。」

「琴薰會幫我。」

「她很懂事。」

「她聽話。就是脾氣暴些。」

「生活太優越了，也不好。她小的時候，在上海武漢受許多苦，不見有脾氣，這幾年把她慣成大小姐了。」

「這樣脾氣，將來要受罪。」

「幸虧前些時他們把鼎來接走了。」

「他們聰明，看得出危急，馬上就逃，不像你。」

屋子裡又靜下來。家婆縫衣，家公看書。電燈好像發出著一點細微的絲絲聲響。牆上的鬧鐘滴答滴答地跳動。

家公忽然說：「恆丫可以自己走路。」

家婆停下手，抬頭看他一會，回答：「對，恆丫當然自己走，七歲了。晉丫也可以自己走，讓琴薰領著。」

「幾個都是好孩子。」

「我抱范丫一個。只是天太熱，丫不舒服。」

「我在南京等你們。」

家婆不說話，加快手裡的針線。好一會兒，她笑起來，說：「好了，完工。泰來明天可以穿新制服上學。」

「做好了？」

家婆站起身，把剛做好的衣服放到椅子上，用手撫平針腳，一邊對家公說：「你要不要睡一會兒，明天會很累。」

「天就快亮了，還睡什麼。我可以在火車上睡。他們起來，我送他們上學去。」

「在門口說聲再會就好了。那個戶警告訴我，他們盯你盯得很緊，莫到外面去多露面。」

「那麼就在門口說再會。」

第二天中午，晉生舅和范生舅睡了，周媽看著。家婆安頓老邢招呼媽媽三人放學吃中飯，然後陪家公出門，兩個人合坐小張的車，跑到西直門火車站。

七月天氣，家婆穿了件半截袖的大襟上衣，寬寬大大的褲子，一雙自己手納的布鞋。家公穿著他平時經常穿的淺灰色長衫，大襟領上別一枝鋼筆。腳上穿一雙褪了色的棕色皮鞋，背包斜跨在肩上，右手提一只小黃色皮箱，左手拿著那本《唐代寺院經濟》。

上了站台，人亂哄哄，臭氣熏天。家公跟家婆並肩站著，都不說話，也不相看，只望著火車進站的方向。火車來了，站台上的人都奔跑著，大呼小叫，往車門邊擁。

家公提起地上的皮箱，對著家婆的耳朵說：「我在南京等你們。」

家婆點點頭，說：「我們會到。」

「又都交給你了。」

「中午要吃正經飯，莫要總是吃餅乾。」

「替我跟孩子們說再會。」

「小心行事，莫去惹是生非。」

火車響起一聲汽笛，列車員們都在車門邊喊叫起來，準備關車門。押車員也在車尾處揮動起小紅旗，一邊吹著哨子。

「我走了。再會。」

「到了發電報來。」

家公走到車門邊，把小提箱放到車門裡地上，一手拉住門把手，轉過身，揚起拿書的一隻手，對站台上的家婆搖一搖，轉身走進車門去。列車員吹一聲哨子，大喊一聲，蹬上車門，一手抓著門把手，臉朝外探出身子，搖著另一個手。家公在車門裡面，站列車員身後，望著家婆。

火車便慢慢走起來，離開站台。家公在車門裡，一直對家婆搖著手。

家婆站在那裡不動，沒有搖手，靜靜地望著火車遠去，直至再看不到它冒出的煙。她隱約意識到，她們舒適平靜的家庭生活，從此永遠地結束了。如果說，十年前在武漢，只是初試水深，那麼這一次，家公是投身到汪洋大海裡去了。他恐怕難有機會，再擺脫政治漩渦，回到教授的書房中去了。

「一路平安。」家婆嘴裡嘟囔了一句，轉身回家。她說不準，家公能不能平安到達南京。她更不曉得，她們一家大小何時才能逃出北平，跟家公重逢。

三十六

一星期後，收到家公電報，告知他已安全抵達廬山。又過一星期，到七月底，宋哲元帶著二十九軍，突然無聲無息離開北平。八月二號，日軍進駐市區，北平失守。

第二天，北平各火車站發出通告：北平開往天津的火車恢復通行。但是從天津只能去東北，南下的火車仍然不通。家婆母子六人，如果要離開北平，可以坐火車到天津。可是到了天津，他們必須自己想辦法到山東，才能搭上火車到南京。

家婆說：「無論如何，我們只有走，去找你爸爸。」

八月十日，家婆帶著兒女們上路了。媽媽十六歲，泰來舅十三歲，恆生舅七歲，晉生舅三歲，范生舅只一歲。家婆一手抱著范生舅，一手拉著晉生舅。媽媽背著一個背包，裡面裝著兩條浴巾、幾件家婆和她自己的衣服，還有家公給她買的畫圖顏料。她一手拉著恆生舅，一手提個網籃，裡面是范生舅的奶瓶、奶粉、水罐，全家人的牙刷、牙膏、臉巾、腳巾、擦臉油、兩個搪瓷杯、兩個搪瓷碗、一個手電筒。泰來舅背著一捲行李，兩條薄被裹著一些舅舅們的衣服。恆生舅背著一個小背包，裡面是泰來舅恆生舅的收音機零件和電筆，以及晉生舅的幾個小玩具。

小張另外叫了一輛車，兩人拉了家婆一家，到西直門火車站。街上很少行人車輛，只有一列列日本軍車不時駛過，車頭飄著太陽旗，車頂架著機關槍。日本憲兵荷槍實彈，一隊一隊，大街小巷，各處巡邏，盤查行人。還有的日本兵，砸開門窗，闖入民宅，搶劫財物。胡同裡外，雞飛狗跳，童叫婦嚎，慘不忍睹。

火車站前，到處是身穿土黃軍裝的日本兵，領口兩塊領章血紅耀眼，個個手裡端著上了刺刀的長槍，凶神惡煞，盯著每個過路的人。家婆幾人，婦女兒童，都是鄉下人打扮，倒不招惹日本兵疑心，沒有受到多少阻攔盤查。

去天津的火車擠滿了人，都是恐懼萬分，瑟瑟發抖。家婆帶了五個孩子，擠進車廂，已算大幸，根本沒可能到處跑，去找座位，只好在門裡通道邊，找個空站穩。家婆一手拉著頭頂上的行李架，一手抱著范生舅。媽媽抱著晉生舅，坐在家婆身後的車廂地板上。泰來舅也坐在旁邊，兩手摟住他們的幾個行李背包。恆生舅自己一人躺在家婆腳邊。車上人來來往往不停，挨過家婆身邊，都對恆生舅瞪一眼，然後抬腳從他身上跨過去。

家婆見一個說一聲，不住哀求：「做做好事，慢點，莫踏到我兒子，莫踏到我兒子。」

黃昏時分，火車開動起來，車上的人們才慢慢穩定下來，或坐或站，不再多走動。沒到一個鐘頭，剛過廊房，火車突然急煞車，車廂裡的燈光忽明忽暗，滿車人搖搖晃晃，喊聲連天，不知發生了什麼事。最後火車終於停穩，車廂裡黃黃的燈光又亮起來。媽媽、泰來舅和恆生舅都站起，從窗裡望出去，迷迷濛濛的傍晚天色裡，火車停在一片荒野當中，前不靠村，後不著站。窗口有人探出頭去張望，報告說：前面有一群日本兵，站在在鐵軌兩側，劈劈啪啪對著火車放槍，逼迫火車停下。

車廂旁鐵軌邊，一左一右，突然開來兩輛日本卡車，幾盞大車燈都開著，明晃晃地對著火車，照得車窗邊的人都睜不開眼，舉手擋著臉。兩部日本軍車前面，都飄著白底紅膏藥太陽旗。車頭上架著機關槍，對著火車車窗，槍後面趴著一個日本兵，隨時準備開槍掃射。

車廂門拉開了，幾個日本兵從鐵軌旁邊爬上車來搜查。車上人群立時亂作一團，你推我搡。婦女孩童的嚎哭尖叫，響成一片。家婆把媽媽擠到自己身後，縮在燈光陰影裡，又把范生舅橫過來抱，擋在媽媽臉前，再伸手拉過泰來、恆生、晉生三個舅舅，一字排開，站在身邊，遮蓋住身後的媽媽。

上車來的日本兵，都穿著土黃軍裝，像一群狼，衣領上一對紅領章，像兩團血跡。軍帽後面掛一塊布，飄飄的，像鄉間小孩的屁股帘。腳下大黃皮靴通通的響，見什麼踩什麼。昏暗之中，恆生舅忽然看到地板上自己的背包，眼見要被日本兵踩扁，便奮不顧身，猛衝到通道上，從那些大皮靴踐踏之下，搶過自己裝著收音機玩具的背包，抱在懷裡。

日本兵走到面前，刺刀閃著寒光，槍栓嘩嘩作響。

家婆把范生舅抱高一些，擋在肩頭上面。站在她身邊的三個舅舅，都睜大眼睛，盯住那些發亮的刺刀。一個日本兵，個子很矮，還不及家婆肩膀，上唇留一塊小鬍子，看了噁心，胸前交插掛一條背包帶，一條子彈帶。他惡狠狠地端著長槍，盯了家婆一眼，又看看她身上腳下的孩子，扭頭從她面前走過，踢開媽媽一路提著的網籃，奶瓶水罐都打碎了。泰來舅剛要叫出聲，被家婆一手捂住嘴巴，只好翻翻眼睛，把驚叫噎回肚去。

小個子日本兵後面，跟著一名個子稍大些的日本兵，長臉上戴副圓眼鏡。八月天氣，還穿著一件長長的軍呢大衣，滿臉流汗，敞著衣扣，大衣裡面肚子前皮帶上掛了兩皮匣子彈。他的槍背在一個肩上，刺刀朝天。

這兩個日本兵走到車廂中部，小個子忽然伸手抓住旁邊座位上一個婦女，大笑著，哇哇地叫，連拖帶拉，往外拖拉。兩旁的人都不敢出聲，驚恐萬分，站起讓路。

那女人慘叫著，披頭散髮，躺倒在地上，雙手亂搖，突然拉住座位椅腳不肯動。小個子日本兵拿起長槍托，朝她雙手猛擊兩下。那女人兩臂兩手馬上鮮血淋漓，疼得慘叫，鬆開了手。這小個子把自己的長槍遞給身後戴眼鏡的日本兵，然後兩手拉住那女人頭髮，猛力從座位間的通道，拖至車門邊。那女人拚命嚎叫，尖利嘶裂，慘不忍聽。恆生晉生兩舅都用雙手捂住耳朵，閉住眼睛。范生舅放聲大哭。

後面一個車廂，另外幾個日本兵也拖出來一個女人。那女人在車門口，死死拉住車門把手不鬆，不肯下車。剛從家婆面前走過去的那個戴眼鏡的日本兵，舉起小個子遞給他的長槍一砍，槍上長長的刺刀把那女人幾個手指砍斷。她身子馬上倒下來，旁邊一個日本兵，抬腳把她踢下車門去。媽媽和泰來舅都閉起眼睛，不忍再看。

兩個女人都被弄下車以後，又有幾個日本兵走進車廂來，左看右看，伸手抓住第三個女人。這女人身邊的男人站起來，擋住日本兵，指著女人，哆哆嗦嗦地求：「她是我老婆，肚子裡懷著六個月的孩子，求你們饒了她母子兩口吧。」

一個日本兵舉起槍，橫過來，用槍托子一揮，打到那男人頭上。那人大叫一聲，仰面倒到地上，額角臉面到處是血，不省人事。那日本兵拿腳把男人踢開，另外兩個日軍大笑著，拖起那孕婦下了車。

前前後後車廂裡的日本兵們，鬧了一陣，都慢慢下了車，把抓下車拚命嚎哭的幾個婦女都丟上卡車。過了片刻，黑暗的原野上，兩輛日本軍卡車開走了，車輪後的煙塵瀰漫，遮天蓋日。

不久，火車重新開動起來。車廂裡面一片寂靜，沒人說話，沒人走動，站著的，坐著的，都像死了一樣。那挨了打臉上流血的男人醒過來，痛哭不已，把臉埋在臂膀裡，出不來聲。他的老婆被日本兵搶走了，他那還沒有出生的孩子也丟了。

火車在黑夜裡緩慢地走，一路不敢拉響汽笛，彷彿害怕一點聲息就會再招惹日本兵劫車一樣。午夜之後，列車發著沉重的嘆息，進入天津。這是列車終點站，所有的乘客都下車了，推搡簇擁著，從月台走進候車室，然後在候車室裡排隊出站門。

燈光很暗淡，迎面看不清人臉。家婆一手抱著范生舅，一手拿個扇子給他搧。抱了一路，天熱，車廂裡人多更熱，范生舅兩股腿上的肉皮紅腫潰爛，發了炎，流淌黃水。媽媽背著晉生舅。恆生舅拉著家婆的衣角走路。原來幾個人分背的背包網籃行李，現在都交由泰來舅一人拖著。一家人在人群裡東倒西歪，一步一步向前蹭。

好不容易，出了候車室大門。雖然還排著隊，不能快走，到了室外，起碼空氣新鮮一點，呼吸順暢許多，覺得舒服一些。

從候車室到出站門，要經過一座鐵橋。鐵橋頭上，是一個檢查站。旁邊圍著鐵絲網，堆著幾個沙包，沙包上立著一挺機關槍。三個穿土黃軍衣的日本兵，都是矮個子，小短腿，戴著軍帽，長槍都背在肩上，上著刺刀，胸前都交插掛著子彈帶，挨個搜查剛下車的旅客行李。媽媽看見，不免想起火車上搶劫中國女人的那些日本兵，眼裡冒淚，心裡很是憤恨。

昏黃的燈光下，他們終於漸漸移到日軍檢查站前了。家婆站在人群裡，繼續搖著扇子，給范生舅搧涼，忽然一不小心，那扇子搖過去，碰到旁邊一個日本兵的肩上。那兵正在翻騰前面客人的行李，突然後背遭碰，大吃一驚，跳起來，轉過身，從肩上抓過長槍，端在手裡，對著家婆，看了一看，大叫：「你的，八格亞魯，這邊。」

家婆臉色慘白，不敢作聲，橫跨幾步，站到那日本兵身後去。那日本兵重新背好長槍，轉過身去，繼續搜查別人的行李，沒有立刻過來找家婆的麻煩。

媽媽和幾個舅舅，都盯著那日本兵，悄悄地挪過去，站在家婆身後。家婆眼睛不離前面那日本兵，低著頭，小聲對媽媽說：

「琴薰，泰來，你們大了。仔細聽我的話，記住。如果那日本鬼子要抓，我一個人去。你們誰也不許跟著，聽懂沒有？琴薰抱上范ㄚ。泰ㄚ背上晉ㄚ。行李背包都不要了，都丟掉。恆ㄚ自己走，拉緊姊姊衣服，跟好了走，不許亂跑。你們五個，跑出車站去，自己想辦法，到南京去找爸爸。你們幾個自己去，路上小心，聽清沒有？」

媽媽抽抽答答，點頭答應。

家婆又說：「記著找人問路，先想辦法到山東濟南，怎麼能到便怎麼走，坐火車也行，坐汽車也行，坐輪船也行。到了濟南，就可以坐火車到南京。到了南京，去國民政府問，他們一定找得到爸爸。聽清沒有？記住了？我給你們路費，琴薰管好，莫丟失了，省著用，要買車票，還要吃飯。」

媽媽抹一下眼淚，又點點頭。

家婆從自己衣襟底下摸出一個小布袋，暗暗塞進媽媽懷裡。那是一家人南下的全部盤纏。

媽媽手捂著自己衣服，忍不著痛哭起來。

家婆伸手按住媽媽的嘴巴，扭頭對幾個舅舅說：「你們都聽清了沒有？一路要聽姊姊的話，一句話也不許跟她吵，聽見嗎？誰也不許跟姊姊吵，乖乖跟著姊姊，到南京去，找爸爸。」

泰來舅、恆生舅都點頭。晉生舅、范生舅看著家婆不出聲。

一家大小站在黑暗之中，默不作聲，盯著面前那個日本兵的後背，等待死亡時刻的來臨。天漸漸有了些微亮，車站上的燈一下子都關掉了，四周好像突然暗下許多。又有火車到達，人群一批一批湧到檢查口來，擁擠著，人多了，吵鬧聲開始大起來。

幾個日本兵，除了翻檢行李，也不得不時時攔截行人，維持秩序，所以家婆前面那日本兵，也時不時走開一下子，累得滿頭大汗，根本無暇顧及身後的家婆幾個了。忽然，那邊響起一陣婦女們的尖叫聲，接著，前後左右，人群大亂，幾個年輕婦女揮著手臂，四散奔跑，兩個日本兵，哇哇叫著，在後面追趕。面前的那個日本兵，急急忙忙跑過去，橫著長槍，維持秩序。檢查站邊沙包裡的幾個日本兵，也都放開機關槍，站起身來，大聲喊叫。

家婆忽然不知哪裡來了一股膽子，推推身邊媽媽舅舅們，悄聲說：「快走，跟著我，莫出聲，只走路。」

他們本已站在檢查口邊的沙包邊上，一轉身，便邁過了檢查口的邊界，大大小小匆匆擠上鐵橋頭，夾在驚惶失措的人群裡，悶頭走路，一口氣奔過鐵橋。家婆抱著范生舅，媽媽背著晉生舅。兩個年幼舅舅很爭氣，一路上不作聲。恆生舅拉緊家婆的衣角，緊跟著，呼赤呼赤奔跑。泰來舅一路疾走，仍然抱著那幾件行李網籃，一件不丟。

下得橋來，幾個人仍不不停步，不辨東西南北，只顧繼續狂奔。大小六人，呼呼喘著，又一氣跑出好幾條街口，直到都跑不動了，才停住腳。家婆坐到街邊一棵樹下，把范生舅放下地，敞開褲腿，給他兩條大腿搧扇子。媽媽也坐下來，解下綁在背上的晉生舅，放到地上坐著。泰來舅一屁股坐倒，兩手一撒，把行李網籃丟開，散了一地。恆生舅乾脆躺在地上，攤開手腳，大口喘氣。

家婆從泰來舅身邊拖過一個網籃，解開繩索，取出一團棉花，給范生舅擦拭腿上的膿水。范生舅這才痛得大聲哭起。一聽到哭聲，晉生舅也跟著哭起來。恆生舅也翻個身趴著，手蒙著臉，伏在地上，抽泣不止。泰來舅用手揉著眼窩，兩個眼紅了一陣，終於沒有流下淚來。媽媽替晉生舅擦掉臉上的淚，自己的淚卻又無聲地滴落下來，掉到晉生舅的臉上。

這一家人，坐在樹下，不言不語，哭了好一陣，把一路上的委屈、恐懼、緊張、驚慌，和勞累，都從眼淚裡倒出來，心裡才好受了一點。媽媽從懷裡取出家婆剛才交付的那個布袋，還給家婆。家婆沒有被日本兵捉走，能一路領著他們到南京去，到底還是天大的高興事。

天也大亮，重新上路。家婆邊問邊走，得知天津附近鐵路公路，都沒有辦法南下，只可能到塘沽想辦法坐輪船到煙台，再坐長途汽車，才能到濟南。於是，家婆帶著一家大小，找到天津長途汽車站，不顧疲勞，在車站外小攤上，買了幾個燒餅，每人啃著，當時進站，買好車票，立刻上頭班汽車，趕往塘沽。

一個多鐘頭以後，半晌午間，到了塘沽。那汽車剛好在大沽口碼頭有一站，家婆催動一家大小，拖著行李，下了汽車。也不歇息，便在碼頭上買好船票，先坐駁船出港，再換太古輪船公司的貨輪恆生號。那幾件背包行李網籃實在累贅，可是泰來舅不肯丟，一直拖著上上下下。登上輪船，家婆領著一家，對著船票，在統艙裡找鋪位，這才安頓下來。已是下午一點，輪船起錨出海。

家婆喘了口氣，叫媽媽拿了一個大搪瓷杯，跑去水房，取來一杯清水。然後家婆在鋪位上把范生舅解開，清洗傷口。船上茶房從門前走過，家婆叫著，給了一塊錢，買五客統艙飯。過一陣，飯送來了。媽媽一時吃不下，只坐著發愣。泰來舅、恆生舅、晉生舅三個，餓壞了，坐在鋪位上，狼吞虎嚥，哪裡曉得是什麼滋味。轉眼吃完，嘴巴一抹，在鋪位上倒下頭來，都睡著了。

船行很慢，從大沽口過渤海到煙台，地圖上不過一指距離，恆生號輪船不知怎麼走法，也許躲日本人，繞著圈子開，足足走了十三個鐘頭。媽媽和舅舅們倒沒覺得慢，在船上一直大睡不醒，連晚飯也是家婆打著叫起，迷迷糊糊吃了幾口，又接著睡。

拂曉時分，恆生號輪終於靠上煙台碼頭。媽媽和舅舅們也都睡醒了，開始有說有笑，下了船，背著那幾件行李背包也走得快些。出了碼頭，看見兩邊都是賣蘋果的攤子。家婆叫住媽媽舅舅，走去在最近的一個攤上，買了一筐煙台蘋果。家婆一邊掏錢付帳，一邊對媽媽說：「煙台蘋果全中國有名，不能不買來嘗嘗。」

正說話，一個穿黑制服的警察走過來，揮著哭喪棒，對那幾個擺攤的人大聲罵：「都滾，都滾，在這兒擺攤，聚集人眾，日本飛機來轟炸，死了人你們償命嗎？」

小販們急忙捲起攤子奔命，躲避警察棒打。賣給家婆蘋果的小販，一邊跑一邊回頭張望。家婆錢還捏在手裡，沒有能夠付給他。

家婆把錢遞給泰來舅，說：「泰來，追過去給他。小商小販，賺錢不容易。」

泰來舅放下背上的行李，接過家婆遞來的一塊錢，快步跑過去，追上那個小販，把錢交給他，然後跑回。遠遠地，那小販彎著腰，抱著拳，朝家婆這群人打拱又鞠躬。

媽媽笑了，順手把新買的那筐蘋果塞進自己的背包。

家婆走過去，問那警察：「老總先生，去濟南的長途汽車站離這裡遠不遠？」

「那邊，不遠。」警察伸手一指，又說，「不過從煙台沒有直接去濟南的汽車，只到濰縣。」

還是不能到，媽媽聽了，差點哭起來。

家婆問：「我們要去濟南，到了濰縣，還有多遠？我們怎麼走？」

警察說：「到了濰縣就有火車了，上火車三個鐘頭就到濟南。」

家婆說：「謝謝老總先生，我們就走。」

警察問：「哪兒去？」

家婆說：「長途汽車站。」

「走不到，走不到。坐車，坐車。」那警察看看眼前這一群婦女幼童，說了一聲，又舉起哭喪棒，喊叫碼頭邊上的人力車，「過來，過來，送這一家去長途汽車站。快走，快走。」

於是家婆、媽媽、舅舅一家，坐了兩輛人力車，跑到煙台長途汽車站，剛是吃早飯時間。家婆進站一問，去濰縣的頭班車過十分鐘，就要發車。家婆急著趕路，只怕明天日本兵又占了煙台。所以當下買了去濰縣的車票，帶了一家人進站上車。

那車司機已安頓好了客人行李，準備開車，看見又來一堆人，老大不高興，不問三七二十一，站在車門口，一件件把各人的背包行李搶過去，也不說話，都甩手丟到車頂上。家婆幾個人便提了一個網籃，擠進車去。還沒找到座位坐好，車便開動起來。雖然搖晃了一陣，家婆反倒鬆了一口氣。媽媽領頭，搖搖擺擺走到車尾，找到兩排空座位。家婆讓媽媽緊靠窗，坐在裡面，把晉生舅提起，放到媽媽腿上。然後自己抱著范生舅坐在媽媽外側座位上。恆生舅和泰來舅坐在前面一排座位上。都坐好了，家婆用手在車窗邊抹擦幾下，沾下些塵土骯髒，擦到媽媽臉上。看一看，好像還不夠，又伸手下到座位下面去摸，沾到更多塵土骯髒，再擦到媽媽臉上，滿意了，才住手。

車子沿著海岸公路，顛顛簸簸，走了好一陣，恆生舅終於忍不住，回頭來看著家婆，眼裡含著淚，說：「姆媽，我……肚子痛……」

家婆這才驟然想起，只顧趕路，誤了早飯。幾個舅舅一定早都餓壞了。可是媽媽的背包被司機丟到車頂上去了，在煙台買的蘋果都在那背包裡面。只家婆口袋裡，留了四個小些的蘋果，原是挑出來準備餵范生、晉生兩個舅舅的。家婆馬上取出那四幾個蘋果，遞給恆生舅和泰來舅。手邊沒有水，無法洗蘋果。家婆帶了酒精棉花，也都在媽媽的背包裡，丟在車頂上，不停車，拿不到。兩個舅舅顧不了許多，髒手髒果，抓過就吃。

路很遠，一家人在車裡搖，半睡半醒，過了兩個鐘頭，第一站停車。泰來舅馬上爬到車頂，取下媽媽的背包。全家坐在車裡，一路吃煙台蘋果充饑。每停一站，泰來舅和恆生舅便下車，大嘔一番。媽媽和晉生舅，除非上廁所，家婆不准下車。到濰縣的時候，又近晚飯時分了。幾個人都筋疲力盡，連站也站不起來。

火車站離長途汽車站不遠。家婆帶著一家人，挨到火車站，坐在站門外邊。家婆一人進了候車室，看過火車時刻表，走出來，問媽媽和舅舅們：「我曉得你們都餓死了，也累死了。這裡到濟南，從現在到夜裡，一共還有三班火車。我們是在這裡吃飯住店，明天早上坐火車去濟南呢？還是今晚趕路到濟南？」

舅舅們都低著頭，不說話。

媽媽看看家婆，說：「姆媽說過，不要夜長夢多，我們還是趕路吧。」

恆生舅忍不住，說：「可不可以吃了飯，再趕路？還是今天晚上就走。」

家婆說：「好，我們現在買好火車票，下一班六點十五分開，還有一個鐘頭。我們去路對面那間飯店吃飯，吃好了來上車。三個鐘頭，到了濟南以後再住店。」

據恆生舅說：那晚在濰縣火車站前小館子吃的飯，是他這一輩子所吃過的飯菜裡面，最好吃的一餐飯。媽媽和泰來舅也表示同意。吃過以後，上了從濰縣去濟南的火車，三個鐘頭的旅途，媽媽、泰來舅、恆生舅三個，一直不停地談論那一頓晚飯。

高莊饅頭又筋又香，大鍋盔又酥又脆，雞蛋湯都與眾不同。小店裡還有山東傳統菜把子肉，熱呼呼地吃起來，又香又美。恆生舅說自那以後，再沒吃過這樣的把子肉。都吃完了，家婆看舅舅們好像餘興未盡，又加了一個濟寧麵筋丸子。誰也不曉得那是什麼，只看名字，猜想一定是個山東菜。想不到那麵筋軟嫩且韌，味美可口。泰來舅恆生舅在火車上說著，嘴巴還咂得震山響。

媽媽忍不住叫：「你們別再說了，說說又餓起來了。」

到了濟南，家婆先在車站買好明早去南京的火車票，然後領了全家，在車站附近找一家小店住下。他們不過換乘火車趕路，所以不走遠。家婆在旅店門口櫃台上付了錢，拉大抱小，向自己的房間走去。

還沒到門口，突然一個警察衝進店門，揮著哭喪棒，大聲吆喝：「有空襲，有空襲。都起來，都起來，趕快出去，進火車站。」

他一路走，一路喊，拉住走道裡的泰來舅，大叫：「喂，你們幾個，聽到沒有，出去，出去。」

家婆依舊抱著范生舅，媽媽依舊背著晉生舅，恆生舅依舊拉著家婆的衣角，泰來舅依舊抱緊行李捲。一家大小，奔波了三天兩夜，屁股連床邊還沒沾著，便又不得不跑出小旅店，隨著人群，在黑暗裡，跑進火車站候車室，鑽到長條凳下面去躲日機空襲。

剛幾分鐘，空襲真開始了。日本飛機衝過來，一路丟下炸彈。遠遠近近，到處是爆炸聲，飛機俯衝的尖嘯聲。火光在車站窗上一亮一亮，通紅閃耀。候車室裡擠滿人，個個屏住呼吸，不敢出聲。家婆帶著媽媽舅舅們，躲在一個角落裡。晉生舅和恆生舅兩手捂著耳朵，不敢聽。范生舅哭起來。

長凳下面，有人喊：「不能讓他哭。」

「不許哭，日本人會聽到。」

「我們大家就都完了。」

「把他嘴堵起來，不許出聲。」

「掐死他，掐死他。」

越來越多的人喊叫起來，嚇得范生舅哭聲更大。家婆兩臂發抖，流著淚，望著懷裡剛週歲的兒子。

人們更加憤怒，高呼：「掐死他，聽到沒有。」

「你下不了手，我們可要動手了。」

「我們不能讓他害了大家。」

突然之間，媽媽跳起身，對家婆說：「姆媽，把范丫給我吧。我帶他出去。我們不能讓大家受累。」

整個候車室裡都安靜下來，鴉雀無聲。人們從長凳下面伸出頭來，所有的眼睛都望著媽媽的臉。

媽媽說：「姆媽，你照看弟弟們。我帶范丫出去。」

家婆坐著，仰著臉，睜大眼，盯住女兒，叫道：「琴薰。」

媽媽說：「姆媽，我會把范丫帶回來。」

家婆只好流著淚，抖著手，把范生舅交給媽媽，然後摟住身邊其他幾個舅舅。

媽媽彎腰，抱過范生舅，頭也不回，跑過長椅，衝出候車室大門。候車室裡，幾百人都倒吸一口涼氣。家婆抱住晉生、恆生和泰來三個舅舅，嘶裂著嗓子叫：「琴薰……啊……琴丫……」頭頂上，日本飛機還在肆無忌憚地俯衝轟炸，火光密集，爆炸聲和房屋倒塌聲混成一片。好一陣，日本人飛機才算飛遠去了。

警報一解除，家婆馬上跳起來，抱起晉生舅，一路叫著：「琴薰，琴薰……」衝出門去。泰來舅和恆生舅緊跟著，也一路大叫：「姊姊……」跑出去。泰來舅帶了一路的行李網籃，都丟在牆角裡。

車站外面，黑暗之中，媽媽躲在一個空油桶後面，渾身發抖，臉上沒有一絲血色，睜大的雙眼裡，全是恐懼。她兩個手包著范生舅的頭，兩個手掌按著范生舅的耳朵。范生舅在她懷裡安安靜靜地躺著，睜著眼，望著家婆。

家婆蹲下身，放下晉生舅，伸手抱住媽媽，哭著叫：「琴薰，琴薰……」媽媽兩個耳朵什麼也聽不見，張著的嘴巴也吐不出一個字來。家婆哭著，伸手拉媽媽起來。可媽媽兩條腿像棉花一樣，動不了。泰來舅恆生舅看見家婆拉不起來媽媽，都上前幫忙拉，媽媽依然動不了。家婆抱著媽媽痛哭，舅舅們也抱著家婆痛哭。

街燈又點燃了，從候車室裡走出來的人，那些剛才咒罵家婆和范生舅的人們，一群一群地走過，大聲說著話，吵吵鬧鬧。沒有人注意這婦幼六人擠在汽油桶後面，抱成一處，放聲痛哭。

過了許久，天大亮了，四周好像恢復了平靜，只有那些倒塌的房屋，滿地的瓦礫，依舊燃燒著，冒著升騰的濃煙，記錄昨晚的遭遇。人們若無其事地在火車站候車室走進走出，拎著大包小包。掃街的，送奶的，賣早點的，拉黃包車的，大街小巷，四處吆喝，腳尖踢著碎磚亂瓦鉛皮鐵筒，叮鈴咣噹地響。

車站裡，有火車開來，停下了，長長拉響幾聲汽笛。

家婆摸著媽媽的頭髮，輕輕地說：「琴薰，我們要進站上車。去南京的火車是早上第一班，不能誤。」

媽媽點點頭，可是她站不起身，腿還是軟軟的。家婆把范生舅綁到自己背上，和泰來舅兩人合力，四隻手用力拉起媽媽，拖著她走。恆生舅一手拉著晉生舅，一手拉著家婆的衣角，跟著走。

六個人又一次跌跌撞撞，衝進忙亂的人群。你推我，我擠你，腳踢腳，肩扛肩，大人喊，小孩哭。這邊人丟了錢，嚎啕不止。那邊人踩了屎，拚命叫罵。一條長凳擠翻了，砸傷了幾個人的腿。鐵路警察揮著警棍，擋開人群，攙扶傷者。四下裡人群擁來擁去，像潮水一般。

依裡歪斜，連跌帶爬，家婆和五個孩子擠上站台，擠到車廂門邊。泰來舅鬆開扶媽媽的手臂，鼓著胸脯喘氣。

「沒那個時間。」家婆說著，一把把泰來舅推到車門腳踏板上，又叫：「接過晉ㄚ。」

家婆一邊叫，一邊從身後抓起晉生舅，舉起遞到車門裡面剛站穩的泰來舅手裡。

泰來舅接了，問：「我抱著？」

「擠進去。」家婆揮著手，讓泰來舅往車裡面擠。見泰來舅腳前有了點空間，家婆忙又從身後拉過恆生舅，一把推到車門腳踏板上，對他們叫：「再往裡面擠。」

泰來舅、恆生舅和晉生舅三個，聽了家婆的話，便一起使力，又往裡面擠了一步遠。家婆見了，立刻自己背著范生舅，伸腳踏上車門腳踏板，再對舅舅們大喊：「再擠一步，讓姊姊上來，一、二、三。」

家婆，加上身後三個舅舅，發一聲喊，猛一用力，又在門邊擠出一腳之地。家婆伸手拉住還軟棉棉站在車門外的媽媽，叫：「琴薰，快上來，快，快，一邁步就好了……」

突然間，火車長鳴一聲，晃動了一下。家婆和媽媽相互拉著的手，不覺間鬆開了。媽媽一下沒站穩，跌下站台，掉到鐵軌旁車輪和站台之間的那一點點縫隙之間。家婆慘叫一聲，仰面跌倒在車門踏板上。背上的范生舅壓痛了，拚命哭起來。

火車好像要開始啟動，微微晃動。媽媽在站台下面，拚命站起身，伸出雙手，扒住站台邊，掙扎著要爬上來。站台邊的人看到，扯著嗓子叫喊，幾個女人嚇得兩手蒙住眼睛。剎那間，一個男子衝過來，伸出手，抓住媽媽，大叫一聲，一把把媽媽從站台與車身的夾縫中拉出來，拖上站台。就這同一瞬間，火車移動起來。人們未及看清，車門從眼前晃過去。

「姆媽……」媽媽伸出手，拚命叫起。

車門踏板上，家婆坐著，伸著手，叫：「琴薰，琴薰……」幾乎昏死過去。

那個將媽媽從站台下拉出的漢子，雙臂夾起媽媽，緊跑幾步，追上車門，撒手把媽媽朝車門裡丟進去。

媽媽在空中飛行半秒鐘，上半身落在車門踏板上，壓在家婆雙腿上，下半身還在車門外懸空飛動。

家婆兩手死死抓住媽媽肩頭，拚命叫：「抓緊，琴薰，抓緊……」

家婆身後伸來四五隻手臂，幫忙拉住媽媽肩膀的衣服，隔著家婆的頭，把媽媽提進車廂。家婆轉過身，母女二人緊緊相抱，坐在車門邊大哭。范生舅在家婆背上嚎啕，兩手捶打家婆的頭。泰來舅摟住恆生、晉生兩個舅舅，擠在車門口過道間，臉色發白，瞪圓雙眼，早忘記了哭。

呵，南京，什麼時候才能見到你。

三十七

「爸爸，爸爸，」媽媽一路喊叫著，衝進家門。那是一九三九年七月，媽媽將近十八歲生日的一天。

家公家婆和舅舅們聽見喊，都慌忙從各自屋裡跑出來，聚到客廳，張大眼睛望著媽媽。外面天就像漏了一樣，大雨瓢潑，媽媽渾身濕透，站在門口發抖。

媽媽嗚噎著問：「爸爸，是真的麼？我聽見有人議論，你……你……要到上海去麼？」

家婆手一招，對幾個舅舅叫喊：「有麼什好看，姊姊淋了雨，不要你們禿頭小子們看，回你們屋裡去。」

舅舅們都默默回屋去，關上了門。

「快到洗澡間去擦乾。這麼大了還瘋，在雨地裡跑，要生病麼？」家婆對媽媽叫。

「爸爸，你要到上海去，是真的麼？」媽媽站著不動，繼續問，聲音顫抖，彷彿在哭。她滿臉的水，卻分不出是雨，還是淚。

家婆大聲說：「先去換衣服吃晚飯，一家人都等你。吃了飯再說話。」

媽媽也大聲喊：「不，先說清楚再吃飯，不說清楚就不吃飯。」

家婆更提高聲音叫：「先吃飯。」

「不吃。」媽媽乾脆嚎叫起來，聲音撕裂。

家婆揚起手來，好像要打媽媽的耳光。

媽媽不動，站得直直的，還是拚命叫：「不吃，不吃，不吃。」

舅舅們又都跑出來，站著看。他們常見媽媽在家裡發脾氣，但是從沒有今天這樣暴烈過，都愣在那裡。

家婆的手還在空中揚著，卻打不下來。媽媽不叫了，但沒有動。

空氣好像僵住了。

「你先去擦乾身子，換了衣服，我來跟你說明。」家公走到媽媽跟前，慢慢地對媽媽說。

家婆放下手，怒氣沖沖地嚷：「你們要說，你們去說，我們要吃晚飯了。」

「你們先吃，我們到我臥房去說好了。琴薰，先去換衣服。」家公說著，朝自己臥房走去。

「快去，快去，」家婆又對著媽媽叫起來，「我去給你拿衣服。」

媽媽抹著眼淚從幾個舅舅們面前走過客廳，到洗澡間去擦乾身子，換衣服。這段時間裡，她稍稍平靜下來。過了一會兒，她輕輕走進家公家婆臥房，看見家公坐在窗前一把椅子上發呆。隔壁廚房裡，家婆和舅舅們在弄碗碟，乒乒乓乓作響。家婆一路在罵，罵了泰來舅，又罵恆生舅，沒有什麼緣故，只是高聲罵不停。

家公對媽媽說：「坐下吧，」

媽媽坐下，心通通地跳，有些緊張，有些害怕。她從來沒有這樣對家公嚷過，可是她必須問清楚，爸爸是不是要到上海去。她下午放了學，到理髮店去做頭髮，聽到店裡客人們議論汪精衛一夥，在上海跟日本人談判，提到陶希聖，罵他們是漢奸賣國賊。

「琴薰，」家公叫了一聲，停了一停，又說：「爸爸心裡很怕。」

媽媽嚇了一跳，從小到大，她從來沒有聽父親說過心裡害怕。

家公說：「琴薰，我很怕離開你們。」

「爸爸，」媽媽哀求地說，「我們從北平逃出來，千辛萬苦，到南京找到你。又搬到武漢，成都，昆明，還到安南，東跑西顛。好不容易，算是可以在香港安頓下來，不必提心吊膽。爸爸，你不要去上海，不要去找汪精衛。」

家公停了一會兒，又說：「我現在還不知道我是不是要去，我不想去，可是……琴薰，你現在大些了，我告訴你這些話。爸爸現在，進退都只有死路一條。」

媽媽問：「為什麼？」

家公嘆口氣，說：「爸爸離開重慶，到昆明，到河內，又到香港，是背離國民政府，現在回不去了。我現在不知道怎麼辦，不知是該聽汪先生，還是不該聽。」

媽媽不說話，心怦怦地跳，理髮店裡人家的議論看來是真的。

家公坐著，一聲不響，過了片刻，問：「琴薰，你們學校教不教歷史和時事？你知道中國現在很危險。」

媽媽說：「我知道。」

家公又嘆了口氣，好像陷入沉思，過了一會，才說：「我從在武漢時就主張，中國對日本，戰則全面戰，和則全面和，戰由國府戰，和與國府和，這樣才不會落入『戰既不能，和不由我』的局面。一年多過去，我還這樣想。無論戰和，必得盡早結束這場戰爭，中國人民蒙受太多的苦難了。」

媽媽不知道家公是對她說話，還是自言自語，說：「上海現在是日本人的地方，你不可以去。」

「是的，上海現在是日本人的地方。」家公說來，悲憤交集。「可是汪先生在上海，特別需要有人幫助。朋友情誼為重，我不好看他孤自一人掙扎，狠心不去幫他一把。」

媽媽衝口而出：「幫他賣國嗎？」

「琴薰，不可以這樣跟我講話。」家公提高聲音，但只說了一句，就停下來。

媽媽說：「爸爸，你不要去，我知道你不喜歡日本人。」

家公說：「世界上沒有多少人喜歡日本人。日本人生性狹隘、善變、冷酷、不擇手段、不得不屈服時，必至不顧顏面。他們居然因為意見不合，五年之內，兩度殺死自己的內閣首相大臣。他們要殺死中國人，殺死汪先生，殺死我陶希聖，殺死任何一個中國人，還不就像殺死幾隻螞蟻一般。」

媽媽哭起來，嗚噎著說：「爸爸，你不能去。你明知道，日本人一定要害你，幹麼要去丟性命呢？我們就住在香港，哪也不去，爸爸。」

家公沒有說話，伸手摸著媽媽的頭髮，望著窗外的大雨。

媽媽靜靜坐著，努力忍住不動，眼淚撲答撲答地落到胸前。父女二人相對而坐，無言飲泣。

過了一陣，媽媽忍不住了，撲過來跪在家公腳下，雙手抱住家公的腿，仰臉望著家公，堅決地說：「爸爸，你要去上海，我就跟你去。」

家公說：「不可以。我說過，去上海，會有生命危險，不是鬧著玩的。」

媽媽說：「你可以去，我也可以去。反正從小到大，我們跟著你，東跑西跑，出生入死，也不是一次。你不怕，我也不怕。」

家公說：「這次不一樣，這次去上海，就是到日本人的刺刀下去冒險過日子。」

媽媽堅決地說：「我要跟你在一起。」

家公低下頭，盯著媽媽的臉看，看了許久。媽媽感覺到，家公的淚一粒一粒掉落在她的臉上。

媽媽也知道，家婆一定站在屋門外走廊上倚牆聽著他們談話。如果家婆不能留住家公，便沒有人能做得到。

「你不能去，琴薰。我不能看著你去送死。」家公舉手擦掉眼裡的淚，低聲說。

媽媽說：「那麼答應我，爸爸，你也不去。我們就留在香港，或者我們去找胡適先生，我們可以去美國。」

家公說：「好吧，我答應你，我再想一想。我現在還沒有決定要去上海，我再想想。既然顧孟餘先生跟隨了汪先生幾十年，可以離去，我自然也可以離去。我可以從此不問政，只做學問好了。」

「爸爸，」媽媽把臉埋在家公腿上，高興得又哭又笑。

電話鈴聲響了，響了好幾聲。家公沒有去接，媽媽也沒有去接。家婆在家從來不接電話。電話一直不停地響，最後泰來舅接了電話，然後叫：「爸爸，汪夫人要來家裡看你。」

媽媽問：「誰？」

家公說：「汪夫人陳璧君。那可是個不好惹的女人。」

三十八

八月二十六日，全家人一大早都起了床，忙忙碌碌，卻很少說話。家公今天要上船，離開香港，到上海去。

家公吃過早飯，坐在桌邊，兩眼直直，盯住對面的牆壁。他穿著平日裡穿的那套藍色舊西裝，打一條黃色斜紋領帶。腳上穿一雙黑皮鞋，鞋邊放一個暗棕色皮公文包，連個衣箱也沒帶，就像他平時出門上班或會客一樣，不大像要出遠門的樣子。

家公平時不多跟孩子們談論自己的公幹。一方面孩子們還小，不大會懂。另一方面，他也不願小孩子替他擔心。今天他反常，忽然請家婆和幾個孩子們坐下說話。

「我坐麼什，那些碗要洗，那些鍋要收。」家婆頭也不回說，手裡噹啷噹啷地洗碗，說：

「你要講麼什就講麼什，我聽得到。哪個還要正襟危坐，聽你演講麼？」

家公突然把手在桌上一拍，站起身，急急來回踱步，面色通紅。他走了幾步，到底又回到桌邊坐下，對媽媽、泰來舅、恆生舅幾個說：

「我今天就走。此一去，歸期渺茫。你們都是好孩子，都會聽姆媽的話。如果我們今生再不能相見，你們要記住，爸爸心裡一直很愛你們。只是，只是也許是命定，爸爸總要常常跟你們分離，不能照顧你們。」

這話媽媽聽過幾次了。泰來恆生兩舅好像聽不大懂。

家公繼續說：「春秋時代，楚國有兩個人：一個是伍子胥，一個是申包胥。他們二人是好朋友，但他們的志向卻完全相反。伍子胥對申包胥說：我立志要亡楚。申包胥發誓回答道：我立志要存楚。這是一個著名的故事。現在，我要到上海去，為的什麼呢？周佛海、梅思平兩先生本來跟我是好朋友，現在周、梅兩先生立志要送汪先生到南京建立新政府，我呢，立志要去阻止汪先生這樣做。我留在香港沒有用，勸不動汪先生，一定要親自到上海去，才可以做事。我要去告訴汪先生，劃清主和與投敵的界線，把和平運動與分裂政府兩件不同的事分開。」

家公停下話頭。誰也不敢搭腔。家婆還在廚房裡氣哼哼的，摔鍋打碗。牆上大鐘噹啷響一下，又靜下來。

家公忽然說：「琴薰，給我去倒一杯茶來。」

家婆在廚房叫：「你不打算走了麼？」

媽媽跑去廚房，給家公倒來一杯茶，遞到家公手裡。

家公接過，喝了一口茶，接著又講：「我既決定要去上海，就必須快，趕在汪先生決定到南京組織新政府之前，去阻止他。如果去晚了，汪先生已經決定去南京，公開宣布組織一個新政府，那就遲了。我們的和平運動就完了，汪先生就完了，我也就完了。我告訴你們，我不會去參加新政府，更不會跟著新政府給日本人做事。所以一旦汪先生決定要組織新政府了，那就是我的性命完結的時候。你們如果聽到消息說汪先生決定組織南京新政府，就曉得爸爸……」

家公說不下去，半句話停下來。

家婆在廚房裡嚷起來：「跟丫們說這些做麼什。你去哪裡，我們跟去哪裡。我們不能看著你跳火坑，怎麼也不能讓你就那樣死了。我的丫不能沒有爸爸，你記著我這話。」

「我是一個書生，」家公沒有理會家婆喊叫，接著說：「過去的幾十年，本著祖傳的家教，研究了十幾年政治法律和歷史，從不曾做過對不起人的事。現在我想賭著生命，到上海去糾正他們，以盡我心。這事可能成功，也可能不成功。不成功一定要丟性命。就是成功，也可能要丟性命。我早已告訴過你們，我的生命安全絕無保障。今天我活著，也許明天我就死了。上午我和你們在一起，下午或者就會遺棄下你們。這一次走，尤其可悲。以後我身邊的危險會更多些，更密些。你們是知道我的，我留下一本日記，等我不幸死後，你們再慢慢地看吧。」

媽媽哭起來，說：「爸爸，你不要去，不要去。我們就留在香港，我不讀書了，我去做工賺錢。」

家公聽了，嘆口氣，搖搖頭，又說：「我留在香港沒有用。」

「你只做你的學問，什麼都不管，還做教授，安安靜靜的。」媽媽還在勸說，知道沒有用，但是忍不住再做最後努力。

家公搖搖頭，說：「中國如果滅亡了，我做不成學問，沒有一寸土地可以給我做學問，也沒地方去做教授。中國書不許讀了，中國字不許寫了，還做什麼學問。我們，你們，你們的子子孫孫都不會有好日子過。我告訴你們這些，是要你們記住這段歷史，記住爸爸為什麼要去上海找汪先生。這件事情，早晚有一天人家會問起來，也許會講許多閒話，你們明白爸爸，行得正坐得端，問心無愧就好了。」

媽媽叫：「中國沒有我們的地方，我們到美國去，到英國去。」

家公說：「中國滅亡了，到外國去也不會有好日子過。我是一個有思想有感情的人，我能想像得出，沒有祖國的人，走到天涯海角，一樣讓人看不起。沒有祖國的人，沒有尊嚴，沒有驕傲，沒有力量，所以也沒有幸福生活。我從年輕時就想出國留學，但是我不能在祖國生死存亡的關頭，丟下祖國而私下跑掉。待中國富強以後，我才會出國去。」

家婆走出廚房來，掄著抹布到處擦桌椅，一邊對家公說：「你哪有那麼多時間，看看錶，莫講古朝了。」

家公看了家婆一眼，提高些聲音說：「你讓我對兒女講些話。或許這是我最後一次跟兒女們講話。」

家婆聽了，不再言語，鐵青著臉，站在一邊。

家公看看手錶，站起身，說：「我們走了。」

雨還濛濛地下著。媽媽和泰來舅送家公上路，三個人默默走出門，泰來舅拎著家公的小背包。恆生舅吵著也要去，家婆不許，賭氣不送到門口，躲在自己屋裡，從窗戶向街上張望。家婆牽著晉生范生兩個年幼的舅舅，站在家門口送行。

打電話叫來接人的的士汽車還沒有到，家公和媽媽泰來舅站在門外的屋簷下等，誰也不出一點聲響，看著面前的雨地。

家婆忽然從門裡叫：「琴薰，過來。」

媽媽回頭看了一眼，走回家門口。

隔著門檻，家婆伸手拍拍媽媽頭髮上的水，說：「過去跟泰來把傘打起來，頭髮淋溼了，要生病。」

媽媽說：「那邊的士車已經進了巷子了，不過一分鐘就到了，沒關係，開傘收傘太麻煩。」

家婆說：「你們年輕，也許沒關係。你爸爸年紀大了，最近身體又不大好，禁不起雨淋。你要記得路上替爸爸打傘。」

媽媽說：「我記得，姆媽，的士車到了，我得走。」

的士車停到門前，媽媽趕緊跑過去，一邊張開手裡的傘。司機下了車，頂著雨，拉開後邊客座的車門。不等媽媽跑到撐傘，家公已經從屋簷下走出去，淋著雨鑽進的士車了。

家婆嘆口氣說：「真不知到上海，怎麼照顧自己。」

泰來舅隨著家公，也冒雨走去，鑽進的士車。媽媽舉著傘，走過去，坐進車，才收起傘來，一邊回頭對家公和泰來舅說：「你們不打傘，姆媽不高興。」

司機把車門關好，回到駕駛座位。

車子在雨裡駛過九龍，一路上沒有一個人吭氣，都悶頭坐著。最後，車子停在豉油街邊。車門一開，家公不聽媽媽喊叫打傘，冒著雨搶出車去，默不作聲，提著小公文包，急急穿過馬路，走去海邊。媽媽忙拎起家公的小背包，和泰來舅一起，跑著跟上家公，也顧不上打傘，頭髮都淋溼。

走過馬路，下了堤坡，海邊竟有一個小小的碼頭，停靠著一艘汽艇。看來一切事先已經說好，家公不搭話，不打問，一步便跳進去。艇上一人，穿著黃油布雨衣，頭上戴的帽子蒙住了臉，也不打問，不搭話，隨手發動汽艇。媽媽和泰來舅趕忙衝過去，一起跳上汽艇，剛一落腳，汽艇便飛奔起來。始終沒有一個人說話。

雨水斜斜地射過來，打在臉上，像許許多多小刺扎到皮膚上。幾分鐘後，汽艇駛到海港中央泊浮筒邊上。那裡停著一艘日本郵輪，「箱根丸」三個大白字顯眼耀目。看到船上飄揚的日本太陽旗，媽媽打了一個抖。

又是事先說好了的，大船上有人從舷邊放下繩梯來。家公手抓繩梯，搖搖晃晃，一步一喘，爬上甲板。汽艇上的人隨手提起家公的公文包和背包，一手一揚，把兩件東西甩上船舷，船上人伸手接住。

郵船上的人沒有意思請媽媽和泰來也上船去看看，即使他們請，媽媽也不會上去。她看到，甲板上有幾個日本水手，穿著白色水手制服，後肩披著披風，上面劃著幾條海藍條紋，下雨也不穿雨衣，靠在欄杆上，嘰哩呱啦講著話，看小汽艇裡坐著的人。

家公站在舷邊，從身邊那人手裡接過皮包背包，朝船下汽艇裡的媽媽和泰來舅擺擺手，注視了片刻，便轉過身，消失了。前一夜早已說定，誰也不要道別。家公逕自上船，媽媽和泰來舅自管回家。

汽艇載著媽媽和泰來舅，朝豉油街那個小碼頭駛回。幾分鐘裡，媽媽不住回頭張望，揮手。她知道，她什麼也看不到，只有海面上雨點打擊翻起的千千萬萬個小浪花。她甚至不知道家公艙房在哪一層，他的窗是哪一個。但是她確信，家公此時一定正伏在一個舷窗裡，透過雨霧，張望他們兩人在汽艇上顛簸。

上了岸，媽媽不要馬上回家，淋著雨，靠在路邊一棵樹上發呆，眼前一直是剛才家公在船舷上朝他們注視的那一對眼睛，非常的憂傷。泰來舅催了幾次，媽媽都不動。泰來舅沒有辦法，只好陪著媽媽站在街邊，望著遠遠的那艘日本郵輪。

過了大約一個多鐘頭，那郵輪終於開動了，先是倒退出去，然後慢慢地轉過船頭，在雨幕中漸漸走遠。

媽媽和泰來舅兩個人回到家，還沒有邁進門檻，媽媽便依在門框上，忍不住哭出聲來。透過淚眼，她看到，又一次，家婆呆呆地坐在屋裡一個小凳上發愣。每次家公離家遠行，家婆總這樣坐在小凳上發呆，很久很久，一動不動。

家公就這樣走了。但願像前多少次一樣，這不過是又一次生離，重逢之日或許遙遠，總還在渺茫中存在。但願這不是一次死別，家公千萬不要從此在他們的生活中消失。家婆不能沒有丈夫，媽媽和舅舅們不能沒有父親。媽媽無法想像，沒有家公的家會怎樣的寂寞，沒有家公的生活又會如何地悲哀。

突然，電話鈴聲響起來。媽媽跳起來，下意識地衝過去，拿下聽筒，擦擦眼淚。這個時刻，媽媽旁邊的幾個舅舅都聽到話筒裡對方急急的叫聲：「希聖兄，希聖兄……」

媽媽把話筒放到耳朵上，說：「請問哪一位？」然後聽了幾秒鐘，突然大叫一聲，往後坐倒在地上，話筒也丟開，大哭起來。

雨又大了，遠處有一道閃電，接著聽到一聲悶雷。

三十九

電話是顧孟餘先生打來的，報告家公，汪精衛在上海已經決定要去南京組織一個新政府，家公沒有必要再去上海送死。家公走前曾幾次說，他此去上海，是要阻止汪精衛到南京去組織新政府。如果汪精衛決定組織新政府，他絕不會參加，就只有死路一條。可是他已經離開了，現在怎麼辦？

媽媽要馬上到上海去找家公，家婆不准，說要等家公來信說明情況以後再看。

好些天，家婆和媽媽舅舅幾個，早晚翹首，等家公的消息。從九月初開始，隔不幾天，就會接到家公一封短信，只報平安不報憂。不過這樣家婆媽媽至少得知家公還活著，能夠放心一半。這樣捱過三個月，家婆每天說：「我們早晚要到上海去，才能救他。這樣在香港，不是辦法。」

每聽家婆這樣說，媽媽總要急迫答說：「那我們現在去就好了，明天一早走。」家婆說：「去上海，要冒險，帶那麼多小丫，好走麼。」

媽媽說：「早去了，早點救出爸爸來。」

家婆說：「早去沒有用。你爸爸一定在想辦法逃出來。他一個人好逃，你爸爸一定不願意一家大小都到上海去，拖累了他的手腳。」

聽這樣說，媽媽想想也對，到底家婆比她更會想事情，想得更周到。

忽然間，一個人急急走進大門，穿著棉袍，行色匆匆，原來是家公在北京時的一個學生鞠清遠。

家婆大吃一驚，有些慌亂地問：「你怎麼一個人回香港來？許久無信，發生什麼意外麼？」

鞠清遠見了家婆，拱了拱手，急急忙忙地說：「學生此次受老師之託，專門從上海回來送信給師母。」

媽媽緊張起來，什麼信，那麼重要，不可以郵寄，要專門派他一個親兵跑回香港來送。家公在北京做教授，在北京大學、清華大學、師範大學幾處，有幾個最得意的學生，幫他做研究，編雜誌，跟著他東奔西跑，稱作家公的親兵，家婆媽媽和舅舅們跟他們都很熟。

家婆說：「琴薰，給鞠先生倒茶。」

鞠清遠趕緊擺手，說：「師母師妹不要忙。」

家婆說：「你請坐。」

媽媽還是到廚房去給鞠清遠倒了一杯茶出來。

鞠清遠坐著，從棉袍大襟裡頭掏出一封信，遞到家婆手中，又壓低聲音接著說：「上海形勢非常嚴重。老師不肯繼續參加對日談判，更不肯簽署對日密約，已經引起日本人懷疑。」

家婆接過信，對鞠清遠說：「請喝茶。」

汪精衛帶領陳公博、周佛海、梅思平及家公等幾人自重慶出走，與日方和平談判，都是由日本陸軍大佐影佐禎昭安排的。這位影佐禎昭，在日本侵華初期任駐華使館武官，後升任日本參謀本部中國課課長。戰爭初期，日本軍閥揚言三個月內滅亡中國。可是開戰一年多了，中國軍民抵抗日益頑強，速戰速決滅亡中國的夢想完全落空。於是日本政府改變策略，採取誘和攻勢，對中國試探和談，均遭蔣委員長拒絕。汪精衛則表示不應放棄以和平方式解決中日爭端的可能，於是影佐便與中國外交部亞洲司接觸，安排司長高宗武及第一科科長董道寧密赴東京，與日本高級官員會晤，鋪平了汪日上海會談的道路。

日本與汪精衛的正式談判，於一九三九年十一月一日開始，會議地點在上海虹口六三花園。日方代表是影佐禎昭、犬養健、須賀彥次郎海軍大佐等。汪方代表是陳公博、周佛海、梅思平、家公等。汪精衛本人並不出席日常談判。會議桌上，日方分發《日華新關係調整要綱草案》，逐條討論。由於草案條款廣泛苛刻，遠不同於以前雙方協議與近衛聲明宗旨，汪方代表頗感意外驚愕，會議中屢發爭論，家公在會中幾次提出激烈批評。十天之內，在六三花園開會七次，並有多次會外私下商談，日方毫不讓步，以為已經吃定汪方，不論同意與否，中方必須接受所有條件。後來談判改在愚園路一一三六弄六十號繼續，日方堅持東京強硬立場，軟硬兼施，脅迫汪方接受日方全部條款，要求在年底簽約。此間，家公幾次提出不再參加會議談判，都為汪精衛婉勸。

鞠清遠連著喝了幾口熱茶，容家婆看家公的信，接著說：「七十六號已經開始對老師嚴密監視，老師恐怕有危險。」

所謂七十六號機關，是指當時設在極斯非爾路七十六號的駐滬日軍特務機關。這裡院落廣闊，除日本特務機關以外，院後一棟小樓，駐紮日本憲兵隊。另外左右兩鄰樓房，則由丁默村、李士群的一百多名汪偽武裝特務居住。

汪精衛、周佛海、梅思平等原住虹口。虹口是日本軍區，到處日軍警備森嚴。家公自港抵滬，也先住虹口，兩三日後與汪周等一起，搬到滬西愚園路。上海人時稱滬西為歹土，因為此地原是公共租界越界築路的區域，眼下全由日本憲兵戒備，公共租界巡捕不能來此執行警務。愚園路一一三六弄樓房不多，但都很講究，其中之一為前國民政府交通部長王伯群的私邸。巷內左側是汪公館，右側是陳公博公館。弄底三棟樓房，分住周佛海、梅思平和家公。弄堂口上是日本憲兵隊辦公室，一方面保護這批談判要員，一方面也軟禁監視這幾個人。

家婆讀完信，臉色蒼白，一手撐著桌角站起，一手將信遞到媽媽手裡，同時說：「鞠先生，多謝你冒險送信來，吃飯了麼？」

鞠清遠忙說：「師母請坐，請坐。學生很好，只是替老師著急。老師原還可能有機會逃出上海來，現在七十六號這麼一監視，卻是萬萬做不到了。我們必得設法將老師救出虎口方好。」

家婆說：「鞠先生，你先請坐，跟我們一起吃飯，我們好好想想，慢慢商議。」

媽媽接過家公的信，讀起來：「我自投到山窮水盡的境地，又不肯作山窮水盡的想頭。譬如污泥中的一粒黃沙，自己不想做污泥，卻已是污泥中的一分子了。有時一兩個好友在一起，談起我們所處的環境，總覺得只有研究如何死法：投水呢？觸電呢？自戕呢？然而這一粒黃沙還有留戀著不能死的必要。我的名譽地位，是我自己從千辛萬苦中奮鬥出來的，為什麼我要讓它們埋沒在污泥中，自尋毀滅？」

讀到此，媽媽難以控制，大哭起來。

家婆說：「哭也無用，我們要想辦法救你爸爸出來。」

媽媽擦掉眼淚，大聲說：「我們現在就去救他。」

鞠清遠搓著手說：「此事要快，不能拖拉。如果汪日密約簽了字，事態便十分危急，難以改變了。老師須於年底前離滬方好。」

家婆說：「琴薰，去給鞠先生倒熱水，先洗個臉。我們先做飯，鞠先生遠道而來，一路風塵，當然要吃頓飯。」

媽媽聽了，默默走去廚房，端個臉盆，給鞠清遠倒熱水，拿了毛巾，又端到客廳來，請鞠清遠洗臉。

鞠清遠站起身，拿起毛巾，說：「謝謝師妹。」

這時家婆決然地說：「到年底只有不到一個月了，不能再拖延，我帶一家大小，馬上去上海。」

鞠清遠剛擦一把臉，聽家婆這樣說，有些驚慌，放下手裡的毛巾，說：「那樣師母及弟妹們全體都陷入虎口，如何了得？」

家婆說：「只有我們全家人都到上海住下來，汪精衛、周佛海才不會懷疑，我們才能解救老師離開愚園路，搬回自己家裡來住，然後我們才有時間，一起想逃出上海的辦法。再說我們全家都在上海住好，那日本特務機關七十六號才可能放鬆監視，老師才有脫走的可能。」

鞠清遠點頭，說：「請師母吩咐，看學生能幫些什麼忙。」

「你馬上回滬，報告老師，我們就到了。」家婆靜靜地說。她一輩子洗衣做飯養孩子，但是每逢危機當頭，總會迅急決斷，調度有方，救家公於危難之中。家婆接著說：「我這裡立刻準備，給丫們辦理休學手續，五幾日內啟程。」

鞠清遠答應一聲，就要走。

家婆把他叫住，說：「這樣就走麼？總要吃一口飯，休息一下，才可以走。」

鞠清遠說：「我到的時候，打聽過了，今晚有船返回上海。」

家婆說：「現在還早，你去泰來屋裡睡一睡，我做飯。飯好了，叫你起來吃，吃過以後，再去上船。」

「學生只好聽師母吩咐了。」鞠清遠在泰來舅屋裡睡了兩個鐘頭，家婆上街買了菜，做好飯，請鞠清遠吃過，才送他上船回上海去了。

第二天開始，家婆一家大小六人，連日奔忙。過了一星期，到了上船離港赴滬的日子。那天早上，臨出家門，碰上郵差，收到家公一信。家婆命五個孩子站下，便在門口拆開信，讀了一讀。

信極短，字跡很草，顯是家公在匆忙中急就發出。信曰：「你們欲來滬，極為安慰歡忻。我月底以後，個人生活恐有大變動，然此變動全合乎你們之心意，故你們之來，不但可堅定我心，且可從中幫忙。」

三日之後，一家人到上海。家婆立刻在法租界環龍路租下一所房子。電話打過去，家公馬上提請汪精衛先生許可，當日離開愚園路，搬來環龍路跟家人同住。

團聚，即使是在絞刑架下，也仍然讓人感到興奮和幸福，少不了擁抱、親吻和淚水。天底下還有比家更美好的地方嗎？尤其四處環繞陷阱深淵，能有一刻躲在家中，看看妻兒愛女，當然會更覺溫馨，甜蜜，感受到無盡的深情。

家公頻頻喘氣搖頭說：「總算不住在七十六號眼皮底下，我們就會有辦法。」

媽媽問：「七十六號很可怕嗎？」

家公告訴她：「我們有一陣子天天在七十六號開會。有一天汪先生和我們在二樓休息室商討幾份名單。李士群提著手槍，帶了四五個部下，都持了槍，走進房間，要求在中央委員裡增加特工人員，好像不答應，他們就要當場開槍斃人。所有在場的人見了，無不面容改色，相顧無言。李士群可是個魔頭，殺人不眨眼。他手下七十六號那些人個個都是心狠手毒，可不好惹。」

當晚吃過飯，家公放下筷子，抹抹嘴巴，說：「兩個多月不吃家裡做的飯，肚裡不安。到底還是自己家粗茶淡飯好吃。」

家婆洗著碗，叫道：「你們幾個，都上樓去洗臉洗腳，準備睡覺，明天要去學校報名上課。」

幾個舅舅蹦蹦跳跳上樓去了。

媽媽不動，說：「我要聽爸爸說話，我是大人了。」

家婆不言語，默許了。

家公臉色莊重起來，說：「琴薰，還記得我在香港走前講過，我要來上海以死勸說汪精衛先生嗎？」

媽媽說：「記得。你講伍子胥和申包胥的故事。」

家公搖搖頭，長嘆一聲，說：「三個半月，我發現對汪先生很難講話，無力作任何勸說，無法改正他的行事方向。我是身陷敵營，想勸汪精衛停止與日方交涉，做不到了。我想過死，但又不甘願就此一死了之。」

家婆不滿，在廚房裡插話：「莫當著丫面講這樣話。」

家公不理會，繼續說：「我追隨汪先生十四年之久，他提出和平主張，我支持，又隨他到上海。但是，我們所謂和平運動，眼看將要變成日軍傀儡。汪先生對實現真正的日華和平，並無足夠的力量。他受到日本人控制，已無力實現自己提出的和平理想。唉，那樣一個革命英雄……」

屋裡一時靜下，三人都不言語，家婆洗碗也放輕了手。

過了一會，家公又說：「搬進愚園路之後，我每天在汪公館共用早餐。日方把他們的綱要交給我們那天，早餐完畢，陳璧君留我談話，要我把綱要一條一條解釋給她聽。次日早上，她告訴我說，昨晚她把我的解釋轉告了汪先生，說得不完全，也不詳細。她一面說，汪先生一面流淚。汪先生聽完之後說，日本如能征服中國，就來征服好了，他們征服不了中國，要我在他們的計畫上簽字，這文件說不上是賣國契，中國是我賣不了的，我簽了字，不過是我的賣身契而已。於是他們夫婦商量，要搬出愚園路，到法租界福履理路去住，然後再發表一個聲明，他們停止一切活動，轉往法國。不想，這消息馬上就傳到日本人那裡。影佐禎昭立刻到愚園路來見汪先生。汪先生講明了自己的想法。他說一句，影佐在本子上記一句。記到最後，影佐兩行眼淚滴落在本子上。汪先生說完之後，影佐說：我協助汪先生遷居，並請法租界捕房布防。然後我立刻回東京，報告近衛公，請求其出面干涉。法租界當天真的出動二百名巡捕，準備保護汪先生遷居。但是汪先生沒有搬家，而留在了愚園路。他召集我們開會，說明他與影佐的談話，還專門提到影佐流淚。他說：看來影佐還是有誠意。唉，汪先生居然會相信鱷魚的眼淚。」

媽媽幫家婆擦著桌子，一邊問：「那麼你們大家呢？周佛海、梅思平，你們有很多人可以勸他，幫他呢？」

家公更加沮喪，道：「哪裡有很多人幫他的忙。所謂的同志當中，難以看到純真無私的救國誠意。許多人並非真心為和平才出走，而是別具私心，爭名奪利，令人心寒。」

家婆插嘴問道：「高宗武怎樣？」

「高宗武和周佛海，從一開始就把汪先生的和平運動向日本方面提出。但從高先生跟隨汪先生到上海後，對於在南京建立和平政權的問題，和周佛海發生矛盾。高先生的理想方案，由於形勢，無法實現。別人在決定重要政策的時候就疏遠了他。他看來因此對和平運動已經喪失了熱情。」

家婆喔了一聲。

家公聽到，抬頭看看她，說：「我與高先生常常一起感慨。」

媽媽問：「為什麼不能和平呢？」

家公又長嘆一聲，回答：「現在看來，哪裡會有什麼和平。日本人是要滅亡中國。自六三花園至愚園路，與影佐機關談判之中，我發現中國存亡之關鍵，不在日本劃分中國東北、內蒙、新疆、華北、華中、華南、海南等六個地帶，或決定於日軍控制的方式與壓迫剝削的程度，而在於日本要與蘇俄一起，根本瓜分中國的圖謀。日本所預計之中國國土劃分，以潼關為西面界線，亦即以新疆、西北、華西、西南與西藏為餌，釣取北海之巨鯨蘇俄，二分東方世界。」

媽媽說：「這太可惡，太可恨了。」

家公低下頭，說：「是呀，所以這個和約我怎麼可以在上面簽自己的名字。」

旁邊書房裡的電話鈴響起來。家公站起身，走過去接聽，聽了兩分鐘，只說了一個字：「好。」就掛斷電話機，走回到餐桌邊。

媽媽問：「誰打電話來？」

家婆問：「他們已經找到電話打來了麼？」

家公站在桌邊沒有坐下，說：「在上海城裡查個電話號碼，對七十六號來說，還不易如反掌麼?他們打電話來，通知我，明天一早，廚師佣人各一名就來報到。」

家婆大出意外，問：「什麼廚師佣人，誰請他們來？」

「七十六號派的。」

「來監視我們麼？」

「對，愚園路裡裡外外，我們身邊所有的人，包括給我開車的司機，都是七十六號派的。中國人幹特務勾當的傳統，淵遠流長，發展到今天，可以說已經嚴絲合縫，完美無缺了。」

家婆說：「琴薰，對丫們說清楚，有外人在家裡的時候，什麼話也不准講。」

媽媽答應：「是，姆媽。」

家婆說：「好了，去睡吧，明天要上學。」

雖然經過長途旅行，媽媽躺在床上，久久睡不著。這是第三次，她住到上海來。望著窗外的夜空，她覺得又親熱，又恐懼。最後她掀開棉被坐起，渾身打了個抖，忙隨手披上一件棉睡袍，站起來，走出自己的臥房。側耳聽聽，家公家婆房裡毫無聲息，從門下縫裡看，他們屋裡也關了燈。媽媽躡手躡腳走下樓去，樓下也都關了燈，黑黑的。媽媽不敢開燈。她想拉開窗簾，從窗外借一點光亮。卻不料，窗簾剛拉開一道縫，便看見一個身影在窗外閃動。媽媽差一點驚呼起來，忙拿手捂住嘴，但隨即看清，那人是家公。

他在房前天井裡，雙手倒背，踱來踱去。夜色迷濛之中，身影模模糊糊，似乎有些蹣跚。

媽媽開門走出天井，家公似乎也沒有聽到動靜。

媽媽輕輕地問：「爸爸，你還不睡麼？」

家公這才看見媽媽來到身邊。他停住腳步，摸摸她的頭髮，嘆口氣，說：「常常這樣，通夜失眠。」

「你身體會壞。」

「咳，生死尚在旦夕，談何身體好壞。」家公說道，拍拍女兒的肩頭，說：「來，陪爸爸坐一會。」

他帶著媽媽走到屋門前，坐到台階上。揚頭看去，天井上露出一方夜空，沒有月亮，也沒有星光，可見是陰雲滿天，看不到北極星，辨不出東南西北。

家公貼著媽媽的耳朵說：「說話要小聲，我們這房子前後門外，布滿了密探。」

媽媽也貼著家公耳邊，說：「我們今天早上才租下這房子。」

家公繼續耳語道：「七十六號有成百專職特務，一個鐘頭就夠他們把我們團團包圍起來。」

媽媽也繼續耳語，可是語氣很恐懼：「他們會打暗槍麼？」

家公說：「那誰知道。特務們做事，哪有一定之規。我想，他們早晚要對我下手。」

媽媽說：「爸爸，你……」

「不過，現在還不會。我又沒有要怎樣。汪先生對我也很尊重。他們不敢，不用擔心。」家公突然站起身，拉著媽媽說：「我們出去轉轉，好麼？反正也睡不著。」

媽媽說：「爸爸，夜深了。」

「沒關係，不走遠。」家公說著，就走去要打開院門。

媽媽說：「我得換件衣服。」

家公停住手，站在院門邊，說：「快去快回，我等你。」

媽媽回屋，輕輕上樓，到自己屋，換了棉衣棉褲，然後又躡手躡腳，回到天井。

家公又附在她耳朵上，說：「車子已經開來了，在外面等我們。」

媽媽也耳語道：「那我們還出去麼？」

「他們已經曉得我在大門口，不出去更引起疑心，就坐了車子去看看夜上海了。我們以前在上海住過兩次，很多年，可從來沒有這麼方便過，可以有自己的小汽車，不用走路，可以蕩馬路，不高興麼？」家公笑一笑，又壓低聲音，補充一句，「在車裡，少說話就是。」

媽媽說：「我記住了。」

父女二人假裝沒看見外面已有準備，開門出去，在弄堂裡朝外走。媽媽聽家公講到周圍布滿七十六號密探，所以留心查看小巷四周。弄堂對面正對自己家小院的那座房子，剛才好像確實有人在窗前。窗帘似乎剛剛放落，還在搖擺不停。窗帘搖開那一瞬間，縫中真有燈光閃出來。他們剛走到巷口，家公的司機便一步上前擋住去路，陪著笑說：「陶先生、陶小姐這麼晚還要出門麼？我送你們去。」

家公假裝吃驚，道：「老鄭，你這麼晚在這裡做什麼？」

「哦，我們給先生開車的，隨時要準備好，這是我們的工作。」那司機老鄭急智之下，也算回答得好。

家公點點頭，說：「女兒剛到，舊地重遊，不過想散散步，並不走遠。琴薰，這位是老鄭。」

媽媽看他一眼。那司機也對媽媽點點頭，然後連聲說：「是，是，應該，應該。上海好地方，應當看看，應當看看。有了車子，先生還可以走遠一點，小姐可以多遊些舊地也好。」

家公說：「難得你這麼熱心，我們就打擾了。」

「請，請。」司機老鄭打開車門，請二人上車。

家公媽媽對視一眼，笑笑，坐上車。

老鄭在前面坐好，轉頭問：「先生要去何處？」

家公沉默一會，說：「十六鋪碼頭吧。」

司機老鄭似乎微微一愣，說：「十六鋪碼頭？」隨即點點頭，曖昧地一笑，說：「好，請坐好，我送你們去。」

四十

他們到十六鋪碼頭，並沒有下車，只看了看，又轉了轉別處，便回了家。

逃出上海去，還是坐以待斃？一個人死，還是全家一起死？家公、家婆和媽媽一家，每天思索和討論這兩個問題。半個月後，仍然得不出答案。

將近年底，十二月二十六日晚上，月明星稀，大地上人們慶賀耶穌聖誕的狂歡還正濃厚。家公沒有按往日的時間，回家來吃晚飯，也沒有打電話回家說明。全家人一直等到七點半，廚子傭人都下工回了家。恆生舅餓得叫喊，家婆把飯菜熱一熱，讓媽媽和舅舅們先吃。

牆上大鐘敲過九點，家公終於回到家，臉色蒼白，一句話不說，徑直上樓走進自己的臥房。家婆見到有異，忙從廚房出來，跟著上樓，跟進臥房。媽媽也追上樓，站在家公臥房門邊聽。

家婆問：「怎樣？」

「汪先生今天召集我們全體開會，聽取整個談判經過報告，隨後審查全部文件。」家公半靠床頭，一手遮眼，有氣無力地說：「汪先生宣布，談判已告結束，日方條件全部接受，三十日雙方簽字。」

屋裡好一陣靜默。

家婆在靠牆一張椅上慢慢坐下來，問：「陳公博怎樣意見？」

「他明天有事回香港去。」

「他走得了，你為什麼走不了？」

家公放下遮眼的手，額頭滲出一層汗，在燈下亮閃閃，說：「他們不再信任我了，不會放我走。」

「你準備簽字麼？」

「不簽字就死在此地。七十六號已經計畫好，殺了我，再開追悼會。」

「簽了字比死好些麼？」

「我原以為前途尚有一絲曙光，斷不致竟落於奸人之手，所以心存生機，只要良心自問可以無愧，不必強求旁人諒解，終必為人所諒解。一天陰雲或可由此而散開。」

家婆站起身凜然說：「我把我的性命來換你逃走。如果走不出去，我們一家都死在這裡。那字萬萬簽不得。」

家公抬頭望著家婆，說不出話。

媽媽在門邊只能看到家婆背影，她感到家婆此刻何其悲壯，簡直像高歌待發的荊軻，或者烏江邊上的項羽。她一步跨進門去，大聲說：「對，爸爸，你不要簽字。我們一起死在這裡好了。」

家公看看門邊的女兒，搖搖頭說：「你們還年輕，前面還有許許多多的事可以做，怎麼可以這樣輕易死掉。」

家婆走到窗邊，把窗簾放下來遮嚴，對媽媽說：「說話小聲，莫叫外面七十六號的人聽到。」

家公聽說，長嘆一口氣說：「生而無自由，只可謂苟延殘喘，這叫什麼日子。」

「你先休息，等下叫你吃飯。」家婆說著，走出臥房。

家公有氣無力地說：「我們在汪府吃過了。我實在也吃不下，你們自己吃吧。」

家婆在樓梯上說：「都吃過了，我給你燒茶。」

媽媽走到家公床邊，說：「爸爸，我幫你捶捶背。」

家公不說話，把身子歪歪。媽媽站到他身後，兩個拳頭輕輕捶起來。

牆上的掛鐘叮叮噹噹敲過十點。滴滴答答的秒針響個不停。父女二人靜靜在屋裡，誰也不說話。

許久，家公終於開口：「琴薰，十幾年前，你三四歲，經常這樣給我捶背。那時我在商務書局做小編輯，連個洋娃娃也買不起。」

媽媽說：「可是，你也用不著操心簽不簽什麼密約，用不著擔心你的性命。」

家公不說話了。

媽媽問：「爸爸，那密約要怎樣？」

家公說：「一言難盡。我親眼見到的密約，除《日支新關係調整要綱》之外，還有《關於日支新關係調整的基本原則》、《關於日支新關係調整的具體原則》、《秘密諒解事項》等八份文件。這些文件的條件非常苛刻，日本要的地域從黑龍江到海南島，所包括的事物，下至礦業，上至氣象，內至河道，外至領海。從東南至西北，一切中國的權益，都要讓日本持有或控制。日本軍閥是要吞併中國。他們要我們白紙簽上黑字，借中國人的手葬送自己的江山，此事斷不可為。」

「我一直想不通，你為什麼要跑來。日本人可恨之極，我們都親眼見過。爸爸，我們再回重慶去。」

「我哪裡有自由行動的餘地。我自行脫離重慶，背叛政府，至香港不願去廣州，更不肯來上海。既來了上海又不願參加談判，既參加談判又拒絕簽字。凡此皆屬徒然。」

家婆走進來，端了一杯茶，冒著熱氣，放到床頭小櫃上，說：「哀聲嘆氣，有麼用。要想辦法離開上海。明天開始，不去愚園路了，留在家裡。」

家公說：「怎麼可以。人家會來問。」

「生病，問麼什。」家婆聲音非常堅決而又鎮靜，「所有出門的事，都由我去。辦法總能想出來，我們從日本人手裡逃脫過一次，這次為什麼要坐在這裡等死。」

第二天，家公留在環龍路寓所，稱病不出，早上躺在床上，吃吃早點，喝喝茶，看看報。中午下了樓，吃過中飯，坐在客廳裡，專心一意，擺弄一盆叢綠如煙的雲竹，一盤潔白似玉的水仙。

下午三點多鐘，媽媽放學回家，在弄堂口，迎面碰上高宗武先生，坐了小汽車，要轉進巷子去。

高先生看見媽媽，忙叫司機停下車，搖開車窗，朝媽媽喊：「陶小姐，坐進來，我帶你回家去。」

媽媽聽叫，停下腳步，看了車窗裡高先生一眼，卻躲不開，看到前面坐的司機，戴個鴨舌便帽，正歪頭看她。媽媽想，那一定也是七十六號特務，笑著答：「不用了，謝謝高先生，只幾步路，上車下車的工夫，也走到了。」

高先生說了聲：「也是。」對媽媽招招手，關好車窗，車子便開進弄堂裡去。

媽媽走到家門口時，看見高先生在客廳裡跟家婆點頭問好。高先生中等身材，戴副金絲眼鏡，身穿筆挺西裝，學者氣質，風度翩翩，見到家婆、媽媽和舅舅們，總微微帶笑，話語斯文而清晰。難怪中日雙方一致公認，高先生是中國最年輕有為的外交官。

家婆指著樓上說：「希聖昨晚不知怎的著涼了，頭昏腦脹，渾身無力，沒有胃口。現在在樓上房裡睡著，高先生自管上去好了，我來燒茶。」

高先生說：「大嫂不必忙，宗武小坐一坐就走。」說著上樓。

家婆燒好茶，媽媽端進家公房間，看見高先生坐在家公臥榻旁邊，兩個人頭碰頭，小聲說話。看見媽媽走進，便停了話頭。媽媽放下茶杯，轉身走出房間時，放慢腳步，豎著耳朵，斷續聽到家公低聲對高先生說：「他們早已監視你，現在你有生命危險。」

高先生也低聲說：「走了吧！」

家公說：「這事很機密。我有幾個學生很親近，靠得住，能幫忙接應。」

高先生說：「我發求救電報給香港的親戚。」

家公說：「我想最好能請杜先生幫忙，我跟他有一面之交。估計他不會不伸手。」

高先生說：「杜先生也在香港，我這就去辦。」

家公說：「小心，小心。」

高先生茶也不喝一口，匆匆告辭而去。

當天夜裡，不知為什麼，牆上大掛鐘半夜十二點鐘響，把媽媽吵醒。她爬起來，披上棉襖，走出自己臥房門，看見樓下燈光還亮著。

媽媽扶著把手，踮著腳尖，輕輕走下樓梯，還沒下到底，聽見家婆的聲音。媽媽便趕緊停著腳，不敢再走下去。只有家公一個人在客廳裡的話，她可以半夜三更下去跟他說話，甚至出去逛上海灘。如果家婆也在樓下，那就不行，家婆會罵，這麼晚了還不睡。於是媽媽坐到樓梯上，聽家公家婆說話。

家公說：「我曉得，重慶政府不會饒我，中國人民也不會饒我。我只有到海外去，吃學問飯，希望他們不派人追到海外去殺我。那時只怕重慶、上海兩方都要殺我。」

家婆說：「有什麼辦法跟重慶商量商量？」

「高先生跟我談過，我們也只有試一試而已，不曉得重慶政府肯不肯接受。」

「怎樣辦法？」

「我們要把現在他們跟日本人商定的幾件密約，設法拿到香港報紙公布於天下。」

「就是你不肯簽字的這些密約。」

「對，就是那些密約。這樣或許可以將一點微功去抵我們的死罪。」

「怎麼抵法？」

「中國還有些人對日本人有幻想，像我過去一樣。國際上也有人以為日本並沒有滅亡中國的意圖。我們把這些日汪密約一公布，天下人便都明白了日本人的狼子野心。中國人抗戰意志會更堅強，國際上也會更加支持中國反對日本。那麼我們算是對國人敲響警鐘，喚起警覺。只不知，這樣是不是夠抵我們脫離重慶的罪過。」

媽媽心裡怦怦跳起來，臉上覺得熱熱的。

家婆說：「現在這情況，不管哪種辦法，不管靈不靈，都只有試一試。不試，是個死。試了，頂多不成功，還是個死罷了。」

「這樣一來，就把汪先生得罪到底了。這是我心裡非常難過的。我參與了這次談判，就有義務保守秘密。」

「一是汪精衛，一是中國，你怎樣選擇？」

「這個我自然明白，所以我死也不會在那密約上簽字。日本要滅亡中國的企圖，汪先生也不可私為秘密，以求自己一時成功。如果他們成功了，就是中國的失敗。我既已了解日本狼子野心，必須警示國人。為了中華民族和子孫萬代的獨立，自由和生存，對汪先生的道義責任當然不復存在。不過我私心裡，還是覺得很對不起汪先生就是了。」

「你手上有那密約麼？」

「人人有一份，還叫什麼密約。我們一共只有一份，由梅先生保管，因為他最精明。」

「那麼你怎麼弄得到手呢？」

「我和高先生已經講好，這件事由高先生去辦。他會把密約拍成膠片帶出去。」

「高先生弄得妥麼？」

「不曉得。梅思平實在利害。」

「他有三頭六臂?」

「差不多。你知道李士群,七十六號的二頭目。殺人放火,心狠手辣,無惡不作,外號叫狠客。他跟梅思平不和,總想把梅先生擠開。有一次大家開會,李士群當汪先生面,報告一件事辦糟了,講了半天。這事是梅先生主辦的,可他沒有提梅先生的名,當面指控,又不提名,手段夠狠。汪先生聽完,問梅先生:你看這事怎麼辦?若是旁人,大概早慌了手腳,怎樣說都不好。梅先生若無其事,答一句:請先生以不變應萬變。這句話是汪先生一次講話最得意的警句。汪先生聽了,連連點頭,事情就過去了。後來連李士群都搖頭,說:梅思平果然厲害。我說了十句八句,敵不過他一句。」

「如果密約弄不到手,怎麼辦?」

「高先生手也不軟,他說他去弄,應該會弄妥吧。」家公嘆口氣補充,「弄不到手,只好兩手空空地跑出去,聽天由命了。」

媽媽聽到這裡,身子發抖,木板樓梯發出嘎嘎響聲。家婆聽到,走過來,抬頭見到媽媽坐在樓梯口上,便大聲罵起來:「你作死麼?半夜三更,跑來坐在樓梯上。天這樣冷,要生病麼?快回屋去睡覺。大人說的事情要你小孩子聽麼?你把耳朵嘴巴都封緊了,今晚聽的,跟誰也不許講一句半句。曉得麼?性命交關。」

家婆一邊說,一邊走上樓梯,拉起媽媽向她房裡推。媽媽小聲說:「我懂。」

家婆還在罵:「懂,懂麼什?睡你的覺,念你的書。家裡的事情我們自會都辦好,好歹讓你念完書，以後過上好日子。快睡下，我再拿床被子蓋上。手腳都冰涼，真要生病了。」
「姆媽，爸爸決定要逃出去了？」
「你不要出去亂講。」
「那就好了。」
「什麼好了？」
「爸爸不在賣國密約上簽字，中國人不會再罵他。」
「但願他能走脫。」
「我們跟爸爸一起走嗎？」
「不曉得，大概不會。一個人容易走得脫。」
「那爸爸走了，我們怎麼辦？」
「車到山前必有路。」
「反正只要爸爸走脫了，我們就是死在上海也沒關係。」
「莫亂講，你才十八歲，還有幾十年前程如花似錦，我們會讓你死在這地方嗎？」
媽媽抱住家婆的脖子，緊緊地抱住，忽然在家婆耳邊問：「姆媽，你愛爸爸嗎？」
「你亂講什麼？鬆開手。」家婆說著，伸手從身邊推開媽媽。
可是，媽媽不鬆手，把臉使勁貼在家婆臉上。她能感覺到家婆的臉上越來越燙。媽媽笑了，心裡暖暖的，像有一大片浪潮向四散蕩開去，越蕩越遠，無窮無盡。這樣挨著家婆，就是此刻死去了，媽媽也會覺得幸福。呵，十八歲的少女。

四十一

家公在家裡一連睡了三天，大門不出，二門不邁，電話不接，來人不見，說是實在病得不輕。家婆不離左右，日夜服侍。媽媽在一邊總是笑瞇瞇地望著家婆忙。家婆心裡明白，有意無意瞪媽媽兩眼，或者乾脆找岔子罵媽媽兩句。媽媽不理會，心知家婆罵她的用意，更笑起來。家婆只有搖頭，不再罵了。女兒大了，十八歲了，虛歲就是十九歲，開始懂得人事，心裡不免會生出些花樣月樣的夢，所以會問出那些沒輕沒重的問題來。家婆正是十九歲那年，坐花轎抬進陶家大門。家婆忽然發覺，她要開始看管媽媽這檔大事了。所以在家裡忙碌之中，也便常多看媽媽幾眼。

娘兒兩個幾天裡，這樣相互琢磨，更覺親近許多。刀口上的時日也好像輕鬆了些許。看看一九三九年最後一天就到了。

藉著放年假，兩天以前，家婆便打發每日早來晚走的廚師佣人各回各家團圓熱鬧去了。家婆和媽媽兩個做家裡的一切事情，洗衣，做飯，買菜，掃院。屋裡沒有了外人，大大小小都覺得自由輕鬆。恆生三舅趁家婆不見，在客廳地板上打滾。晉生四舅見了，也跟著學，滾幾圈。

十二月二十九日汪精衛先生派愚園路兩個醫生，一高一低，一胖一瘦，來家給家公診病，忙了半天，都說不出個所以然。家公體溫正常，喉不紅舌不腫，但是心律不齊，呼吸急促，四肢無力，頭昏腦脹。兩個醫生都開不出藥，商量半天，想是勞累過度，憂慮成疾，神經受損，只有囑咐臥床休息，不可急躁，三五日裡不見好轉，需去醫院，做心電圖腦電圖胸鏡胃鏡腸鏡愛克斯光等全面檢查。汪先生和愚園路的要人們聽了兩個醫生的診斷報告，也只好不再強逼家公去愚園路開會。十二月三十日汪方與日方簽署密約，家公沒有到場，沒有在那些條約上簽下自己的名字。

陽曆一月一日元旦，家公不得不起身出門，到愚園路去，抱病沿家拜年。他坐七十六號派的車，兩邊車門外各站一個李士群派的保鑣，一手扶車門，一手提槍，殺氣騰騰，哪裡有一點過年的喜慶樣子。家公吃過早飯走的，大概十點多鐘，在愚園路一直磨到下午四點多鐘才回到家。家公一走進門，大衣未脫，便坐倒在客廳門邊的一個沙發上，右手提的一個紙袋掉落地板上，咣噹一聲，不知裡面是什麼。

家婆從廚房裡走出來，問：「吃過中飯沒有？」

家公說：「在周佛海家吃過了。」

家婆看他臉色發白，驚魂未定，就打發泰來舅幾個上樓去玩，只留媽媽在樓下招呼。媽媽也不敢說話，只是幫助家公脫掉了身上的大衣，掛到壁櫥裡，回轉過身，坐在一側椅上，等家公吩咐。

家公坐在沙發裡，一動不動，過了約莫一個鐘頭，一聲不吭。家婆在廚房給家公泡了茶，端出來放在沙發邊的茶几上，過一陣，見家公不喝，茶冷了，便又端去廚房，倒掉冷茶，重添熱水，再端出來。這樣出來進去幾次，家婆只是察看家公面容，並不說話，讓家公想自己的心事。

媽媽坐在一邊，目不轉睛，盯著家公。家公生性沉穩，熟慮深思，雖內懷激情，通常喜怒不形於色。但是此刻，依稀可見他面色忽而發紅，忽而發白，忽而發青。眼睛雖然瞇縫著，卻也可感眼神忽而亮，忽而暗，忽而喜，忽而哀。嘴角緊閉，忽而上，忽而下，忽而可感牙關死咬，腮邊一跳一跳。他心中不知是怎樣地激盪，如雷霆萬鈞，似狂浪滔天。媽媽看著，自己心裡也好像隨著家公的感受，翻上倒下，或喜或憂，酸甜苦辣，渾作一片，胸口一陣陣痛楚難忍。她只求能夠替家公分擔這苦痛，共冒這生死。如果她能夠，她一定去做。如果她能略微勸說，解脫家公的苦惱，她會絞盡腦汁。可是她知道她做不到，所以也不敢開口打擾家公。

天色暗下來，電燈打開，飯菜擺上桌，家婆擺好桌子，一家人坐下，準備開飯。媽媽輕輕走到家公跟前，叫：「爸爸，吃晚飯。」

家公好像沒有聽見。

家婆一邊擺弄范生舅，一邊不耐煩起來，大聲說：「一家人都陪你挨餓麼？過來吃飯。」

家公這才說：「你們吃吧，我不想……」

家婆把筷子往桌上一拍，站起身，聲色俱厲地說：「大不了是個死。我們一家早已從死裡逃過幾次了。大大小小，幾個丫都在面前，你這樣哀聲嘆氣，愁死餓死，給他們做榜樣麼？」

這一說，家公猛地一驚，像醒過來似的，抬起頭，望著一桌大小。

「好，好，今天元旦，我們一家團圓吃飯。」家公說著，站起挪身，坐到飯桌邊，抓起筷子問晉生舅，「你要什麼，爸爸給你搛，一片粉蒸肉，一筷髮菜，好不好？姆媽做的冬菇髮菜最好吃，對不對？」

媽媽端著碗，拿眼睛從碗邊望出去，看見家公強作笑容，給兒子們搛菜，自己一口都沒有吃。家婆眼睛裡淚汪汪的，在范生舅面前的桌上，撿起掉落的飯米粒。泰來舅照例在飯桌上不大講話，埋頭吃飯。恆生舅幾次像要開口，都被媽媽在桌下用筷子戳戳腿止住了。於是，恆生舅嘟個嘴，悶聲吃飯，不再抬頭。一家人元旦晚飯在靜悄悄中進行，在靜悄悄中結束。

「你們吃完了，去吧。」

聽見家婆這一句話，幾個舅舅都像解放了一樣，急急忙忙跑回樓上各自屋裡。泰來舅靠在床上看書，恆生舅趴在桌前裝礦石收音機，晉生舅蹲在地板上搭積木，范生舅在椅子上觀察瓶子裡自己捉的小蟲子。

媽媽在樓下幫家婆收飯桌。都是家婆拿手菜，一盆粉蒸肉，一碟冬菇髮菜，一盤木耳豬肝，一碗炒豆絲，平時這四樣菜一上桌，轉眼就吃完，今天四樣菜每樣都剩了許多。平時飯後一定鍋底朝天的豬肚湯，今天也剩了一半。家公面前一碗米飯還是滿滿的，根本沒動。

家婆對媽媽說：「飯倒回鍋裡去，菜留在桌上，扣上碗暖著，等會他又要吃了。」

家公仍坐在桌邊，手裡仍捏著他的筷子，說：「我一定逃不脫，字非簽不可。」

「瞎講，」家婆洗著碗，頭也不回，毫無猶豫地說。

家公說：「我到汪府，一進門，才坐下，陳璧君就要我馬上補簽密約。我對她說，我是抱病拜年而已，這幾日頭痛得很，連筆也拿不住，最好現在不看文件，不談公務。那女人一意不肯答應，非逼我簽字。幸虧這時汪先生走下樓來，聽到了，便說此刻不必勉強我，過幾日等我病癒再補不妨。這樣算是救了我，否則我今天就回不來家了。要麼簽字，做千古罪人，無顏再見家中妻女。要麼不簽，當場自盡了結。」

家婆說：「新年元旦，少說倒運話。汪先生給了你幾日，你便設法走掉了，何必這般垂頭喪氣。」

「汪先生說我面色蒼白，病似不輕，問長問短，甚是關懷。」

家婆回頭看了家公一眼，大聲說：「怎樣，你又捨不得他了。」

「人是好人哪，可惜……」

「你只管你自己不昧良心就是。幾個兒女，還有幾十年日子在前頭。」家婆收拾好鍋碗，一邊說，「琴薰，去招呼ㄚ們睡覺。」

媽媽說：「我不去，我要陪爸爸。」

家婆看了媽媽一眼，只好說：「我去。爐子還沒有封，爸爸要吃的時候，飯菜放回鍋裡熱一熱。先熱菜，湯最後熱。」

媽媽答應：「我會，姆媽。」

家婆在圍裙上擦乾了手，脫掉圍裙，拍著衣襟，走上樓去，招呼舅舅們刷牙洗臉換衣，眼看著大的一個一個躺進被窩，然後坐在床邊，給兩個年小的舅舅講故事。

牆上掛鐘滴滴答答地走，將近九點鐘了。樓上已經安安靜靜，舅舅們都睡了。家婆還沒有下來，大概范生舅又有什麼麻煩，家婆只好陪著他。樓下，家公和媽媽坐在飯桌邊上。每次都這樣，家公心裡最難過的時候，總是媽媽陪著他。

「爸爸，你冷嗎？」媽媽似乎看見家公微微打了個抖，輕輕地問。

家公搖搖頭。

媽媽挪挪自己坐的椅子，挨到家公身邊，把頭靠到家公肩上。家公伸出一條臂，摟住媽媽，手摸著媽媽的頭髮。

「姆媽還不下來。」家公忽然說。

「你要姆媽來嗎？」

「有姆媽在跟前，會覺得安全。是不是？」

媽媽沒有說話，聽著家公的呼吸。

家公說：「姆媽一輩子不容易。這個家沒有爸爸可以，沒有姆媽就不行。以後，要聽姆媽的話。」

媽媽忽然抬起頭，望著家公，問：「爸爸，你愛姆媽麼？」

「什麼？」家公像沒有聽懂。

媽媽重複自己的問題：「你愛姆媽麼？」

家公沒有答話，轉頭看著媽媽。他好像忽然才真的看到，女兒十八歲了，大人了，要有愛和感情生活了，所以開始觀察父母之間的關係了。家公回轉頭，靜默了許久。媽媽也不敢再問，重新把頭靠在家公肩上，感覺家公胸膛的起伏。

家公突然說：「沒有這個家，沒有姆媽，我早就沒有這條性命了。」

這是家公對媽媽的回答。

家公又說：「她是一個鄉下女人，心裡倔強，從不訴苦。她愛得狠，肯犧牲，她是一個偉大的母親。」

媽媽心裡有一種異樣的感覺。在她十八年生命中，有過窮困歲月，也有過富足時光。一家人好像習慣了在一起，從來沒有想過，家婆怎麼會總是這樣跟著家公，貧賤不移。也沒有想過，家公怎麼會總是這樣帶著家婆，富貴不棄。生活好像不會是另一種樣子，誰也沒有談論過道義和感情。家公總在外面忙忙碌碌，家婆總在家裡洗衣燒飯。誰曉得，家公是這樣認識家婆，這樣的深情。

家公又說：「琴薰，也許這是爸爸今生最後一次跟你單獨講話，所以對你說這些。你今後跟著姆媽，還有幾十年。姆媽會好好照料你們，聽她的話，你們長大，要做正直堅強高尚的人。」

「爸爸。」媽媽輕聲叫著，流下眼淚來。

「琴薰，你是最大的一個丫，我曉得你是個好孩子，會幫助姆媽照料弟弟們。你做榜樣，弟弟們才會好好念書，長大成器。爸爸不能保衛你們了，你們要自己保衛自己。」

「爸爸，我們生在一起生，死在一起死。」

「不，爸爸可以死，你們不可以年紀輕輕就死。爸爸死，也是要用死來換你們不死。你們以後有好日子在前頭，好日子多著呢。」

媽媽說不出話，只是流淚。

又過了一陣，家公忽然小聲說：「琴薰，你去我椅邊把那紙袋拿來。」

媽媽擦乾眼淚，站起身走過去，把門口地板上的紙袋拿到桌邊，遞給家公。家公伸手從袋裡取出一瓶葡萄酒。媽媽大吃一驚，說：「爸爸，你買了酒來。」

「不是買的。汪先生送的。我兩手空空去，他卻送了我禮。」

「爸爸，你從來不喝酒。」

「一直聽說酒能澆愁，今天想喝一點。」家公說著，打開酒瓶蓋。

「可是，爸爸，借酒澆愁愁更愁。」

「給我拿個杯子來。」

媽媽只好不作聲，到灶間櫃中取了個玻璃杯，放到家公面前，看著家公把酒倒進杯中。那酒紅色略帶褐，像鮮血一樣。

樓上家婆叫：「琴薰，睡覺了。」

媽媽應：「來了。」

家公擺擺手：「去吧，琴薰。」

媽媽站起身，說：「爸爸，你不要喝太多，會喝醉的。」

「莫管我。離開上海，離開汪先生，我心裡實在很難過。」家公說，端起酒杯。

樓上家婆又叫一聲：「琴薰。」

家公說：「你去睡吧。」

媽媽默默地走上樓去，刷牙洗臉洗腳，聽著家婆走下樓。媽媽以為家婆見到家公喝酒，會罵。側耳聽，卻又無聲息。媽媽收拾乾淨，換好睡衣，又踮著腳尖走到樓梯口。她不敢下樓去，坐到樓梯上，彎腰朝下張望。

家公家婆對面對，坐在飯桌邊。家婆兩手支在桌上，望著家公。家公一臂彎在桌面，枕著頭，身子搖搖晃晃，略微抽動，好像在哭。媽媽看著，自己的眼淚也默默地流下來，浸溼了胸襟。

家公走得脫嗎？一家人都能走得脫嗎？這真是最後的死別了嗎？

電話突然響起來。一月一日，深更半夜，誰會打電話來？總是凶多吉少。

四十二

媽媽一早起來，樓上樓下跑了一圈，堂屋裡，餐廳裡，廁所裡，到處都乾乾淨淨，經過仔細擦洗。家婆一定忙了一夜，不讓家公醉酒的痕跡留下。她不願讓家人們看見，更不願讓外來人看出來。家婆並不知道媽媽昨夜一晚上坐在樓梯上，看見家公醉酒，痛哭，到廁所嘔吐。

「爸爸，昨夜好像有個電話響了半天，你沒接嗎？」媽媽找到個單獨機會，問家公，裝作她只在夢中聽到電話鈴響。

「呵，我沒有接，那是高宗武先生，他今早又打來過了。」

「他……」媽媽要問高先生說什麼，但停住話頭。

吃過早飯，家公去了書房，舅舅們也上樓，回到各自房間，家婆照例在廚房裡安排佣人們當天的事情。媽媽獨自一人，靜靜地坐在餐廳桌邊，想心事。家公忽然走回桌邊，一個手指豎在唇上，表示要她莫出聲，一個手指招招，然後輕手輕腳轉身走了。

媽媽趕緊站起身，也輕手輕腳跟著，出了餐廳，跟在家公身後，走上樓梯，進了家公的臥房，看著家公關緊了房門。

「琴薰，我要你幫我送一封信出去，」家公說著，在門邊轉過身，朝媽媽走來。

這個時候，媽媽才看到，家公的顴骨更高了，似乎尖得能夠割破空氣。他的兩個眼窩陷得更深，周圍都是烏青，有重有淺。家公眼睛裡布滿血絲，通紅通紅，好像隨時會有一串鮮血滴出眼眶，順面頰落下。他的身體更消瘦了，頭髮顯得更稀少，背也似乎有點駝，步伐緩慢，聲音嘶啞。媽媽看著他，心裡覺得一陣一陣地痛。

家公走到床邊，從衣服口袋裡拿出一個信封，對媽媽說：「我這封信，要送給高先生。」

媽媽沒有出聲，等著家公繼續講話。

「這是萬分機密的事情，我想來想去，只有要你親自送去。」家公說完，兩個眼睛直直地盯著媽媽。

媽媽覺得自己胸間堵得緊緊的，講不出話來，只有點點頭。

「你夠大了，該曉得這裡面的厲害，我們一家人的性命。」家公低頭看著手裡的信封，繼續說，「可是事到如今，我非走這一步。這封信一定要送去，今天就送去。」

媽媽終於開口說：「爸爸，你放心，我送得到。」

家公伸手，把信封遞到媽媽手裡，那信封上一個字都沒有。

「高先生的住址，我講給你聽，記在心裡。」家公頓了一秒鐘，背出來高宗武先生的住址。謝天謝地，不是愚園路，媽媽好像放下一點心。家公讓媽媽複述一遍，沒有錯，然後說：「你出去，先坐電車，走幾站下來，再叫個洋車。路上小心，不要被七十六號發現。」

「不會的，我曉得怎麼小心。」

「萬一被七十六號發現了，這封信要想辦法毀掉，不能落到他們手裡。」家公說著，坐到床沿上，垂著頭，「我們一家人遭難就夠了，不能連累了高先生一家大小。」

「不會出事的，我曉得怎麼做。」媽媽心裡也很緊張，但是她不能講出來，增加家公的負擔。「我現在就去了，中午就回來了。」

「去吧……」家公幾乎沒有聲音，他怎麼忍心讓自己才十八歲的女兒，這樣的冒險去送信呢？被七十六號發覺，女兒馬上就沒命了。可是眼下，家裡家外都是七十六號的密探，他自己出不得門，又不能給高先生打電話。家婆出門也不方便，常有七十六號密探跟蹤，只有女兒似乎還不太顯眼，萬般無奈，也只好出此下策。可是家公心裡實在不安，覺得對不起女兒。而且他這樣決定，並沒有同家婆商量。他曉得如果家婆曉得了，一定要罵死他。家婆寧願自己去上刀山下火海，也不肯讓女兒去冒這麼大的險。

關門聲把家公從冥想中驚醒，他抬起頭才發現，媽媽已經離開了。他猛地站起來，步履蹣跚，朝房門口衝過去，張著口卻喊不出聲，他改變主意了，他不要媽媽去送信了，他要把媽媽叫回來。可是還沒有接近房門，他就跌倒在地板上，昏迷過去。

媽媽出了家公臥房，急忙回到自己房間，把家公的信放進自己的手提包，飛快地跑下樓。客廳和門廊空空如也，一個人也沒有，正好！她快步地走出去，穿過院子，出了大門，上了馬路。

七十六號的特務，照例在巷子裡徘徊，見陶家大小姐匆匆忙忙地出門，都停下腳步，看她幾眼。她跟平常一樣，低著頭，不看左右，自顧自走路，沒有什麼嫌疑之處。可是媽媽胸膛裡，那顆心跳得通通響，好像要衝出喉嚨來。平常她走路，不看身邊的七十六號特務們，是厭惡。今天她出門，不看那些特務，則是因為怕得要命。

出了環龍路，看見一部電車過來，媽媽不管是哪路電車，急忙撒腿追趕到車站，隨著等車的人，擠進車門，回頭望望，沒見七十六號特務跟蹤，才算放下心來，長長地喘了兩口氣。坐過幾站，確認後面沒有小汽車跟隨，媽媽選擇一處商業區，下了電車，在幾個商店裡轉轉，走過幾條路口，才跳上路旁一部洋車，對車夫講了高先生家的住址。

媽媽從來沒有到高先生家來過，也不知道洋車走了多久，反正每過一條馬路，每轉一個路口，媽媽都仔細地看清楚那路牌，記在心裡。最後就看到高先生家的那條馬路了，洋車夫確實是認得路的。到了門牌號碼前面，車夫停下來，放下車把，直起身，說：「小姐，到了。」

媽媽邁步下車，對車夫講：「你在這裡等一等，我進去一下就出來，還坐你的車子回去，一道付錢。」

車夫滿臉堆笑，說：「小姐自己去忙好了，我在這裡等。」

媽媽抬頭看看，那房子沒有什麼特別，是上海典型的洋樓，奇怪的是，這條弄堂裡，安安靜靜的，一個人都看不見。怎麼沒有七十六號的便衣特務監視高先生呢？本來她還很擔心，如果高先生家附近也到處是七十六號的特務，那才麻煩了，她還得想辦法躲過特務們的監視，才能進到高先生家。現在就容易得多了，沒那份麻煩了。也許是家公講的，汪精衛、周佛海一夥人，早已把高先生排除在核心之外，不讓他參與機密，所以七十六號也就不太把他放在眼裡。媽媽嘆了口氣，如果自己家裡也像高先生家那麼輕鬆就好了，他們早就逃出上海了。這麼想著，媽媽走上兩層台階，按響了門鈴。

隨著房子裡面一聲「來啦」，大門打開，出現一個中年女人，電燙的頭髮，穿著碎花的旗袍。「儂尋啥人？」她望著媽媽問。

「我找高先生。」

那女人伸頭出門，順著巷子，左右張望一下，問：「那部洋車是你坐來的麼？」

「是，我還要坐他的車回去。」

那女人對媽媽招招手，說：「你進來等一等吧。」

媽媽走進門，站在門邊，不講話。

那女人關好門，陪笑地解釋：「天下不太平，大家都要小心些才好。」

媽媽點點頭，她太曉得那女人話裡是什麼意思了。

那女人走進房子裡去，沒有聽見她叫喊，可是沒過半分鐘，高先生便匆匆地走出來，一見媽媽，便驚奇地問：「陶小姐，你怎麼跑來了？」

媽媽顧不得講話，急急忙忙打開自己的手提包，取出家公的信，伸手遞給高先生，這才開口：「爸爸要我送一封信給高先生。」

高宗武先生一聽，臉色馬上變了，迅速地接過媽媽手裡的信，並不拆開，卻塞進上衣裡面的口袋，同時轉頭四處看看，好像才發現是在自己家裡，放下心來，對媽媽笑笑，說：「謝謝陶小姐了。」

「那麼我就走了。」

「陶小姐不坐一坐，喝杯水嗎？」

「車夫在外面等著。」

「那麼我也就不留你了，回去對陶先生講，我收到信，曉得了。」

「高先生，再見！」

高先生替媽媽開了門，看著她走出去，下了台階，坐上洋車，才對她招招手，說：「路上小心。」

媽媽對車夫放了心，所以回程也不再去看路牌，只顧低頭想自己的心事。高先生講，他曉得了。他曉得什麼了？媽媽沒有看家公寫的信，不曉得家公對高先生講了什麼事。高先生也並沒有看家公的信，他怎麼就曉得家公對他講什麼了呢？他們兩個人之間，商定了什麼事？媽媽可以斷定，那一定是跟汪日密約有關，家公和高先生大概是決定要離開上海了。想到這裡，媽媽的心沉重起來，好像掛了個千斤的大槌。

「小姐，你還要到哪裡去麼？」車夫已經到了媽媽上車的地點，停下來問。

「我就在這裡下，」媽媽趕緊說完，匆匆下了車，從手提包裡取錢付給車夫。

「謝謝小姐。」

媽媽轉過身走開，照著來路，又趕上電車，回到家裡。她本來料到，一進門就會聽見家婆發脾氣，罵她一句話不講就跑出去。但是家裡面寂靜無聲，好像沒有人，媽媽輕手輕腳上了樓，看見家公臥房門半掩著，便走過去一推。

家公家婆兩個，並肩坐在床沿上，一聲不響，面對著房門。一見媽媽走進去，家公長吐出一口氣，仰面倒到床上，再沒有動。家婆跳起來，衝到媽媽面前，兩手把媽媽抱在懷裡，抱得那麼緊，媽媽幾乎喘不上氣來了。

四十三

元月三日上午平平安安，彷彿沒有任何事情發生。家公整日默默無言，行為也似乎如常。他沒有出門，電話也少打。然而家公越是平靜，媽媽心裡就越是緊張，一直圍在他身邊，盯著他。媽媽怕家公突然改變主意，要留在上海，要在密約上簽字。她也怕家公真的一個人走了，一家人也許從此再不能團聚。她怕家公或者終於不忍拋棄汪精衛，又不肯簽署密約，會一死以謝天下。她又怕高宗武弄不來密約照片，沒有將功折罪的機會。家公就算跑到香港，也還是死路一條。她自然更怕，家公要出走的打算被七十六號發覺，還沒走成，就被七十六號捉進牢裡去，結果不堪設想。

好不容易，挨到下午兩點鐘，家公在客廳裡突然對媽媽說：「我現在要出門，你陪我走一走。」

家婆在廚房燒開水，聽到家公的話，叫起來：「你不要帶她去。萬一的話，莫把琴薰拖在裡面。」

廚子老李每天下午這個時間出外到市場去買菜，不在家裡。佣人趙媽照例也跟老李結伴上街，到洗衣店去取乾洗的衣服。兩人其實是一起去向七十六號上司報告情況，家公所以選這個時刻出門。舅舅們都在樓上各自屋裡做各自的事，不理會樓下的動靜。家婆喊叫的聲音不大，但是非常嚴厲。

家公聽了，一屁股坐到椅子上，說：「我要走，就要走定。如果曉得會出意外，走不脫，不如不走。」

家婆剛走到廚房門口，靠在門框上，望著客廳裡的家公和媽媽，聽見家公的話，愣了一下，又說：「我當然願意你走脫，但是這種事哪裡可以保險。萬一……我不要琴薰跟著……」

事情真的要發生了，媽媽的心一下子提到嗓子眼，臉上通紅，一口口水沒嚥下去，卡住喉嚨，禁不住大咳起來。

家婆問：「不舒服麼？」

媽媽急得連聲說：「沒，沒……我可以陪爸爸出去。」

家婆囑咐道：「出門隨時要小心，聽話，莫亂跑。」

媽媽點頭答應，心裡不停急跳。

家婆便說：「去換衣服吧。」

家公和媽媽便上樓，各自回屋換衣服。媽媽心裡緊張，匆匆收拾停當，在洗手間門前走過，看到洗手間門開著。家公在裡面，臉上打了肥皂，正仔仔細細地刮鬍子。媽媽靠在門上看，手心裡都是汗。家公刮好鬍子，又拿起梳子，來來回回地梳頭髮，伸著脖子，對著鏡子，好像要梳順每一根頭髮。家公平時不修邊幅，總是家婆安頓他穿衣理髮。家公常愛拍拍腦門說：這裡面飽滿，才真好看。可是今天，他如此小心地打扮自己，媽媽看了心裡很難過。

看見媽媽站在洗手間門口望著他，家公邊梳頭髮，邊說：「我忽然想起，我在北京大學念預科的時候，在北河沿住，同屋的瞿先生喜歡下圍棋。我小的時候只會下象棋，對方吃我老將，我就要打架。所以決定跟瞿先生學圍棋，鍛鍊鍛鍊性情。下圍棋，輸掉三四十目，看不大出來，也不會打架。學了些時，我覺得自己本事高強了，跑到東安市場一座茶館的棋社去，泡一杯茶，坐下來，大模大樣，跟人下圍棋。下到一半，有個人走過來，背著手站在旁邊，看了一會，搖了幾下頭，嘆口氣，走了。那意思是說：孺子不可教也。我看了，嚇了一跳。從此不敢再到那間棋社裡面去下棋。」

家公放下梳子，又用手抹一下頭髮，朝門口走，說：「我也不是擺老資格。我學圍棋的時候，吳清源先生還只是個兒童。不過那孩子已露鋒芒，不可小視。」

兩個人前後走下樓。家婆站在客廳裡等。

家婆說：「走了。」

家公說：「走。」

「站住。」家婆又把家公叫住。伸手拉拉家公的領口，理理領帶，扯扯衣襟，又轉到家公背後，撣撣家公的肩膀。家公穿一身筆挺的深咖啡色西裝，繫一條暗紅色的領帶，腳穿一雙棕紅兩色的皮鞋，頭上戴一頂呢禮帽，一手掛一件長呢外套，一手提一只小小的公文包。家公站著，由家婆去整理，一言不發。

家婆整理完家公，轉身看了一眼媽媽，說：「你這樣子不可以，去換件好衣服。又不是去上學，這樣隨隨便便的穿。」

媽媽問：「我穿什麼？」

家婆說：「旗袍，皮鞋，外面套那件藍呢大衣。」

媽媽匆匆跑上樓，急急忙忙脫下棉襖長褲，隨手丟在床上，從衣櫃裡取出最厚的一件紫花旗袍穿好，坐在床沿，穿上一雙長絲襪，彎腰套上黑皮鞋，然後又從衣櫃裡取出那件藍呢大衣，飛跑下樓。家公家婆還在客廳裡面對面站著，都低著頭，不言不語，等著媽媽。

看見媽媽下了樓，家婆轉頭對樓上叫：「泰來，恆生，晉ㄚ，范ㄚ，幾個都下來。」

四個舅舅聽見家婆叫，一齊跑下樓來，站在堂屋裡，看著家公家婆。泰來舅手裡拿著一本書，恆生舅一手捏個收音機晶體管，晉生舅三個指頭提著一枝毛筆，范生舅兩手合攏捧著一隻大飛蛾。媽媽站在一邊穿上呢大衣，理頭髮，扣鈕子。

家婆指著家公說：「爸爸要出一次門，你們說一聲再會。」

舅舅們覺得有些奇怪。家公常常離家出外，有時一去好幾個月，從來是說走就走，有時跟舅舅們連個面也不見，便走了。家婆從來沒有這樣專門叫他們所有人一起，要跟家公說再見。

「爸爸，再會。」

「再會，爸爸。」

泰來舅、恆生舅、晉生舅和范生舅，前前後後，七嘴八舌，各說了一聲。聲音有高有低，有大有小，好像合唱。

「好了，再會，再會。以後要聽姆媽的話，聽姆媽的話。」家公對舅舅們說，斷斷續續不成句。

家婆對舅舅們揮揮手，說：「好了，去吧。」

四個舅舅轉過身，慢慢依次朝樓上走。晉生舅一個手掌攤在毛筆下面，防止毛筆上有墨汁滴下來。恆生舅手舉在耳邊，搖著那晶體管，邊走邊回頭望樓下。范生舅在樓梯上絆倒，兩手不肯放掉那大飛蛾，跌了一跤，泰來舅伸手把他拉起，然後一手拉著他，走上樓去了。

家公家婆和媽媽三個人默默地從客廳走出屋門，走過天井，到鐵門邊。還沒有拉開鐵門的時候，家公停一下，回頭看看家婆，說：「你保重。」

家婆也停下來，抬頭看看家公，說：「路上小心。」

家公隨後轉身，快速拉開鐵門，大步走出去。媽媽在後面跑了兩步，跟著衝出門。家婆立即在他們身後把鐵門關緊，然後靠在門上喘息不止。

家公專用的小汽車停在門外街上，那個帶他們夜遊上海的司機老鄭站在車門邊。媽媽一見，嚇了一跳。她沒有想到，家公會這樣出門，自投七十六號羅網。

不容媽媽多想，家公對老鄭笑笑說：「對不起了，一點私人小事，要麻煩你跑一趟。」

司機老鄭一邊給家公開車門，一邊忙說：「應該的，應該的，陶先生不要客氣。」

原來是家公專門叫了老鄭來送他們的，媽媽更不懂了，難道七十六號會容許家公出走上海，還派車來送他去碼頭上船嗎？如果真這樣，家公這許多日子的恐懼疑慮，不都是杞人憂天，多餘的了嗎？

家公扶著媽媽，坐進車去。老鄭關好車門，自己也坐進來，一邊發動車，一邊問：「那麼陶先生是要去國泰飯店。」

家公說：「是的，一位在北京大學一起教書的朋友路過此地，久別重逢。他專門要女兒去見見面。他在北平時常見她，很愛她。」

「大小姐人見人愛。」老鄭甜言蜜語，微微一笑。

媽媽有些不自在，心想，等會子，我們兩個都突然不見了，有你好看的。媽媽又想不通，家公去國泰飯店做什麼，到了那裡又怎樣能去十六鋪碼頭。媽媽知道在汽車裡不能說話，使勁閉住嘴巴。轉臉看家公幾次，一個問題險些衝口而出，都被她活脫脫嚥下去，嗆得咳嗽幾聲。家公這一走，全看有沒有汪日密約照片得以公布於報端，方可將功折罪，以免殺頭之罪。卻不知高宗武先生弄到那密約照片沒有？家公既然今天走，便可能是弄到了，否則跑去香港，同是死路一條，何必要去。不過，也許汪精衛逼家公在密約上簽字，他不肯，所以沒有密約照片在手，也只有走了。

媽媽心裡七上八下，想不出所以然。到了國泰飯店，下了車，家公問老鄭：「你也進去坐坐嗎？」

司機老鄭陪著笑說：「哪裡，先生要我在這裡等？」

家公像是想了想，說：「也好，不過，我想我們會在此地吃飯吧。」

老鄭忙點頭說：「自然，自然。老友相逢，哪有不吃頓飯的道理。要的，要的。」

家公邀請說：「那麼過兩個鐘頭，要吃飯時，你進來一道吃。」

老鄭說：「陶先生客氣，不敢當，不敢當。這樣吧，我回去還有些事，陶先生要車回家辰光，打個電話，二十分鐘就到。」

家公還堅持邀請道：「你一定不要吃晚飯嗎？還是一道進來吧。我打電話請你開車送我們來，就是要邀你一道吃飯。」

「謝謝，謝謝，再會，再會。」司機一路道著謝，滿臉是笑，開車走了。

外公站在飯店門口，一直到看不見老鄭汽車的影子，才拉媽媽走。他們不走面對十字路口的正門，而順著一側南京路走開。飯店有九層，很氣派，正門上面又高出兩層，還有個高高的尖頂。沒有多少人進出，裡裡外外的人都是西裝革履，昂頭挺胸。家公穿的這一身，正適合這場合，像是到這種地方來的客人。媽媽的藍呢大衣絲襪皮鞋，也很漂亮。

家公並不急著進門，站在馬路上，壓低了聲音，對媽媽說：「進這門口，大廳左手走廊走過去，有個女廁所，你去一下。裡面有個女人，穿一件白色狐皮大衣，手裡拿根香菸。你不認識她，她認識你。你們不必講話。她會交給你一件東西，你拿好，塞在衣袋裡，回來給我。那是我的船票，萬不可丟失。」

媽媽說：「我知道。」

「琴薰，我今天就去香港。」

「我知道。爸爸……」

「我一出吳淞口就打電報回來。」

「我知道。爸爸……」

「然後，你們和媽媽一起逃出來。」

「我知道。爸爸……」

「幫我的人是杜月笙先生的弟兄們，在上海很有辦法。他們也會幫你們走，記住這個大恩人。」

「我知道。」

「好了，我們進去吧。」

門口的伺應生穿著棕色的制服，袖子上繡了幾條紅線，頭上戴的帽子也繡了紅線，站得筆直，畢恭畢敬地給家公和媽媽拉開門，媽媽隨著家公走進門去。

一進大廳，家公便對媽媽說：「去吧，不要多耽誤。」

媽媽不說二話，轉身走過大廳，轉過走廊，推門進了女廁所。一切都如家公所說，廁所裡有個貴婦模樣的女人，穿件白色狐皮大衣，一手拿香菸，正在描眉畫眼。見媽媽進門，快快把手裡香菸滅掉，把鏡前一攤瓶瓶罐罐裝進手提袋，轉身往門外走，經過媽媽身邊的一瞬間，腳步未停，左手一轉，已將一個小紙袋塞進媽媽手裡，那女人自己一直走出廁所門去。媽媽知道手裡紙袋就是家公的船票，立刻把手連紙袋一起塞進衣袋，緊緊地捏著。她的心通通地跳，很費了些力才穩定住氣喘。

或許是心理緊張，或許是家公左顧右盼的神情所引，媽媽一出廁所門，便發現飯店大廳裡似乎多了許多人。有的穿西裝，有的穿長衫，有的坐在沙發裡看報，有的站在角落裡抽菸，有的倚著門張望，有兩個人在大廳中央，好像站在家公左右，伸開臂打呵欠。

媽媽走到家公身邊，未及說話，家公把她一拉，就往大廳後面走。媽媽兩邊看看，周圍那些人，坐著的站起，站著的邁步，倚門的立直，打呵欠的二位，好像跟著家公一樣，也朝大廳後面走。

家公不理會，一個勁走到飯店大廳後面，那裡竟然有一個後門。家公拉著媽媽走出去，舉手召到一輛等在街邊的計程汽車，推著媽媽坐進去，自己也跟進來，對司機說：「十六鋪。」

車子飛馳起來，家公把一個手指豎在嘴唇前，示意媽媽不可說話，然後眼睛盯著車前面的司機反視鏡，借前排車座後背遮擋，伸手到媽媽面前。媽媽默不作聲，把自己的手從衣袋裡取出，張開，那個小紙包臥在媽媽手心裡，四角捏摺，汗津津的。家公拿過紙包，塞進自己衣袋，朝媽媽笑了一笑，又回頭從後車窗朝後望望，才出了一口氣。

車子到了十六鋪碼頭，碼頭上好幾群日本憲兵在各處巡邏。一個日本憲兵用槍托打倒一個中國人。另一個日本憲兵站在旁邊看，滿臉獰笑。媽媽最恨到碼頭火車站這樣的公共場所，每次到這種地方，總會看到日本兵打中國人，有時打的是婦女小孩，讓人看了怒火中燒。

家公指揮車子停到上船旅客人群邊，家公急急忙忙把一張鈔票塞在司機手裡，便匆匆和媽媽下車，快步走去，隱沒在旅客之中。周圍都是人，嘈嘈雜雜。家公和媽媽一邊隨著人群往前挪動，家公一邊掏出衣袋裡的紙包打開，取出船票來，捏在手裡，然後對媽媽說：

「我走了。你馬上離開，自己回家。」

話沒說完，忽然聽到有人在他們身後低聲叫：「陶先生，哪裡去？」

家公渾身一抖，忙轉身趁勢把媽媽一推，推到隔開幾人之處，然後抬起頭，看到面前站著兩個日本憲兵，瞪眼看著他。

四十四

這一剎那間，周圍旅客人群好像有點亂，幾個膀大腰圓的旅客擠來擠去，朝家公身邊挪動。有一人好像無意之中，在前面把媽媽擠過來擠過去，媽媽急得推他，他也不躲開。媽媽只好隔著那人肩膀，大老遠張望家公和那兩個日本憲兵。

一個長了一撮小鬍子的日本憲兵，又用中國話問一遍：「陶先生，哪裡去？」不知為什麼，在哪裡，這個日本憲兵見過家公的面，認識家公。可家公並不認識他，此刻驚嚇之間，也不知怎樣回答他，只是下意識地搖搖手裡的船票。

兩個日本憲兵手裡，兩條長槍直立面前，明晃晃兩把刺刀在太陽照射下，一閃一閃，燙人眼睛。

周圍船客好像更加擁擠混亂，女人們尖著喉嚨喊叫，有小孩子嚎哭起來。有輪船拉響汽笛，噴起白煙。船夫們粗壯的吆喝，此起彼伏。

家公舉起手，遮住眼睛，擋著刺刀反光，一勁搖頭，不說話。

那日本憲兵好像恍然大悟的樣子，左右看看，放低聲音說：「秘密使命？」

家公點點頭。

那日本憲兵又低聲說：「陶先生保重。」

家公又點點頭。

兩個日本憲兵嘰哩咕嚕說了一陣日本話，指著家公，笑笑，招招手，走開了。

前後不過幾秒鐘，媽媽只顧緊張，盯著家公，沒想到自己早被擠出了旅客人群。一直在媽媽身邊亂擠的那條大漢，現在竟然站在她面前不動了。媽媽推他，他也不動。真討厭，又不像要上船的樣子，在船客人堆裡亂擠，什麼意思。媽媽心裡罵著，又操心家公，顧不上多想，兩腳跳著，從面前那大漢肩上，朝人群裡看家公。

家公擺脫了兩個日本憲兵，急忙快步擠到登船口，交票驗過，跨上舷板。這時周圍旅客群也好像突然安靜下來，再沒有人亂擠了，女人不叫了，孩子不哭了，輪船汽笛不響了。媽媽正自奇怪，面前那個大漢，也若無其事地走開。媽媽趕緊朝前擠著走過去，看清楚，家公快步走上船去，幾個水手上前，跟他說了幾句話，握握手，擁著他走上甲板，進了艙門。

媽媽忽然覺得心裡酸酸的，空蕩蕩的，不再向前擠。站了片刻，回轉身，拖著兩腿，到了剛才站過的牆根，一屁股坐在地上，兩手摟著膝蓋，把臉埋在臂裡，默默無聲，哭起來。

她哭了多久呢？不知道。忽然聽到幾聲尖厲的汽笛。是家公坐的船啟錨了嗎？媽媽跳起身，眼淚也沒擦，睜大眼睛張望。果然是家公剛登上的那條船，起錨，退出，轉身，沿黃浦江，響著汽笛，向外海開出去了。

望著那船在灰濛濛的霧氣裡駛遠去，媽媽心裡說不出是高興，還是悲哀。她高興，家公安安全全上了船，船現在正出海去，一出公海，日本人、汪精衛就捉不到他了。她悲哀，家公走了，可家婆、她和四個舅舅都還在上海，她們一家人什麼時候也能走得脫身呢？什麼時候才能再見到家公呢？媽媽忽然意識到，她與家公有多麼地親近，從小到大，在她十八年的生命裡，家公是多麼重要。家公愛她，從小就特別愛她，做什麼事都喜歡帶著她，給她講故事，講人生道理。媽媽從來沒有想過，離開家公，生活會是一種什麼樣子？現在，她開始感受到了，好難過，好難過。

船走遠了，看不見了。碼頭街邊的人都走散了。媽媽也只好慢慢轉身走，並不曉得要去哪裡。剛過了一條馬路，身邊忽然好像有一部小汽車停下來。媽媽心裡一驚，是不是七十六號的人發覺了，到碼頭上來捉人，發現家公已經走脫，便來綁架她。媽媽怕極了，來不及轉頭看清是什麼車子，想也沒想，下意識行動，拔腿就跑，衝進路邊行人堆裡面，然後加快腳步，在人群裡走，不敢回頭。

媽媽這樣急急走過幾個街口，忽然看見馬路上一輛電車剛慢慢起動，離開車站，鐵輪壓著鐵軌滾動，發出一些火星來。媽媽驟然拔起腳來，追了兩步，跳上電車，拉著門邊的扶手，心還通通跳。這時，她才敢回頭，向後望望，電車後的街面上空空蕩蕩，並沒有什麼車子或者人在跟蹤她。

電車叮叮咚咚響著鈴，過了幾站。媽媽沒有什麼目的地，興之所致，找了一站，跳下電車。站在馬路上一看，才發覺是到了南京路。他們一家三次搬到上海來住，前後加在一起，也有五年多之久，可是家公家婆平時很少帶他們到南京路上來逛。家公說，這裡太商業氣，人來多了會沾上銅臭。家婆說，這裡東西好是好，多是多，但是太貴，買不起，看也是白看，不如不來看。媽媽記得很清楚，她八歲那年，家公帶全家到南京路來，看看書店怎樣賣他寫的書。那時南京路沒有現在這樣熱鬧，書店門外掛大標語招牌：陶希聖暢銷書新版。可是書店店員把家婆叫娘姨，惹得家公跟書店的人大吵一架。

媽媽回想著，順街走過去，想再看看那家書店。馬路上人多極了，匆匆走路，橫衝直撞，摩肩接踵。討飯老人走過，散一股惡臭。摩登女郎走過，飄一陣香風。西洋鬼子高高大大，鼻子朝天。東洋鬼子個子矮小，一樣鼻子朝天。一些中國同胞，給洋人做了買辦，鼻子更朝天，比西洋東洋人更翹得高。

書店沒有了，改成了一家冰淇淋店。店名上寫的是洋文，媽媽念不出來，可見不是英文。媽媽心裡一陣悵惘，書去樓空，只留一扇店門依然搖擺。媽媽走進去，買了一塊冰淇淋，剝開油紙，咬了一口，一股冰冷從喉頭衝下，直冰到胃腸，冷透前胸後背。媽媽非常想放聲大哭一場，但是眼淚凍住了似的，流不出眼眶。

走出店門，媽媽舉著冰淇淋，站在馬路上發呆。一部小汽車端端地在她面前沿人行道停下，媽媽這次沒有本能地跑開，只是木然地望過去。原來是剛才從國泰飯店送他們去碼頭的那個計程車司機，他從車窗裡伸出頭來，笑嘻嘻地對媽媽說：「真巧，你小姐也剛好在這裡。我到處兜生意也兜不到，你小姐做做好事，要不要我送你哪裡去走走？」

媽媽點點頭，拉開車門，坐上去，說：「環龍路。」

「是了，小姐。那路上有工程，小姐只好在路口下車，自己走幾步回家。」司機好像很熟識，說著開起車來。

他怎麼曉得自己是要回家呢？媽媽覺得有點奇怪。而且她早上跟家公一道出門的時候，並沒見到馬路上開了什麼工程。不過此刻，她心裡惦念家公能不能安全出吳淞口，也不去想司機的話，只是一口一口吃冰淇淋。她一路吃冰淇淋想心事，甚至沒發覺這司機帶她走了幾條不必要的馬路，兜了好幾個大圈子，才到環龍路口。放她下車之後，又忘記跟她討要車錢，就急急忙忙開走了。

環龍路上真的忽然開來幾輛推土車挖土機，好像準備開工修馬路。媽媽自己心事重重，顧不上多想，沿街急走，轉進巷子去。一進巷口，就發現周圍多了許多人，全是密探，穿長衫的，穿西裝的，戴禮帽的，戴便帽的，眼上架墨鏡的，嘴裡叼香菸的，都是一副流氓樣。媽媽有點吃驚，不知這些人是杜月笙先生派來保護他們的，還是七十六號加派來監視他們的。再想想，其實更願意他們是七十六號派的人，那就表明愚園路已經曉得家公走了，說明家公已經安全出了海。

媽媽加快腳步，邁進家門。家婆大步迎上來，伸出手指頭，戳著媽媽的額頭，大聲罵：「死丫，這麼久不回來，急死人了。」

媽媽問：「什麼事？」

「你爸爸發來電報，已經出了吳淞口，你人還沒回家，真急死人了。死丫，到哪裡去浪這麼久。」

媽媽兩腳一跳，抱住家婆，使勁地搖，一邊大喊：「爸爸安……」

家婆一手把媽媽嘴捂住，在媽媽耳邊罵：「你要死麼，莫喊叫。」

媽媽還緊抱住家婆，吐一下舌頭，低聲問：「爸爸安全出海了嗎？太好了。」

家婆看著媽媽，只好也笑起來，沒法子生氣。

媽媽鬆開手，轉過身，指指門外，小聲對家婆說：「弄堂裡多了許多人。七十六號曉得了？」

「自然，接到你爸爸的電報，我就把他寫給汪先生的信，交給七十六號的人，送給汪先生了。」

「爸爸給汪先生寫了信？」

「當然，他不會不辭而別，他很敬重汪先生。把外衣脫掉，坐下來喝湯，一直熱著等你回來。嚇壞了沒有？」

媽媽笑起來，說：「真的跟電影裡演的一樣，驚險得很。呵，我想起來，女廁所裡送票的貴婦，那些國泰飯店大廳裡的閒人，國泰飯店那個汽車司機，他送我回來，不跟我要車錢，還有碼頭上在爸爸身邊亂擠的人，那個死站在我面前的大漢，一定都是杜先生派來保護爸爸出海的人，船上接爸爸的人一定也是的。」

「這裡說說就好了，出去不能說。」

「可以說給弟弟們聽麼？」

「現在不可以，大的聽聽沒關係，小的不懂事，萬一說出去，不得了，等我們到了香港再說。」

媽媽的心一下子提高起來，問：「我們也要走了麼？」

「自然要走，總不能我們在這裡住下去。」

「我老想問，老沒機會。姆媽，高先生弄到……」

家婆看她一眼，打斷她的話，說：「你不要問這種事，想都不要去想，想多了作夢說出來。你不要管大人的事，只管念你的書。」

「可是，要是高……」

「你爸爸自己明白，他不會去找死吧。」

這一說，媽媽就明白了。家婆一定早曉得所有的細節，可是不願意告訴她，怕給她惹出禍事來。自從上次家婆發現媽媽在樓梯上聽他們談話，家公家婆兩人說話，都更加小心，媽媽再也沒能聽到過一次。於是媽媽也不再問了，家婆說了家公不會去找死，那就是說，他們一定是弄到了。媽媽心裡踏實許多，隨即又發起愁來，現在汪日一夥一定更加嚴密地監視他們，他們一家怎麼逃離上海去見家公呢？

「趙媽老李都不在嗎？」媽媽忽然想起來，心跳起來，忙問。

「他們若在，我哪裡敢那樣大聲罵你呢。你剛才那樣講話，也早要出麻煩了。七十六號一接到你爸爸的信，早把裡裡外外監視的特務都叫去問話了。」

因為家公成功地不辭而別，七十六號派來的廚子老李、佣人趙媽、司機老鄭，都讓李士群捉起來，追究責任。

家婆對媽媽說：「趁這幾天家裡沒有外人，我們趕緊抓住機會，準備逃出上海。」

「怎樣辦法？」

「我去辦事情，你跟我一道去，如果有人跟蹤，我們就分手，甩開他們。」

「我去看電影。」

「莫把眼睛看壞了。」

第二天上午，媽媽跟了家婆一起出門上街，七十六號的特務當然跟著。家婆帶了媽媽，先去買菜，又去買肥皂，走到一個電車站邊，媽媽忽然轉過身，跑起來，鑽進旁邊一條小巷子。身後七十六號的特務一陣忙亂，指手畫腳，分成兩組，一組追趕媽媽，一組跟蹤家婆。趁他們忙亂，家婆在人群裡一轉眼擠上一輛電車，擺脫掉七十六號的特務，到郵電局去取出了存的錢。媽媽跑了一陣，趕進一家電影院，看電影去了。

第三天，媽媽故意穿上一件鮮亮的黃色大衣，陪家婆到附近最大的百貨公司，上下五層樓，跑來跑去。人很多，擠擠撞撞的，七十六號特務緊盯著媽媽那件黃色大衣，在人群裡跟著。跟了兩個鐘頭，發現只有媽媽一個人，不知何時，家婆已不知去向。跟媽媽分手以後，家婆趕到了十六鋪碼頭，買好了船票。

算著船行日子，媽媽心裡越來越急，盼望家公從香港打來安抵的電報。一月六日，媽媽趴在自己屋的床上，翻看一本英國畫報，聽見樓下弄堂裡有摩托車響，趕緊爬起身，本能地趕到窗前，朝下張望。可是她屋子的窗不臨街，對的是後院子。當初她專門挑這個不臨街的房間作她的臥室，現在真後悔，用拳頭在窗台上砸了一下。側耳聽聽，摩托車好像連停都沒有停，又開走了。

緊跟著，家婆在樓下高聲叫喊：「琴薰，你爸爸的電報。」

「哇哇哇……」舅舅們在各自屋裡都聽到了，一齊歡呼衝出屋子，爭著走廊樓梯，衝下樓去，搶家婆手裡的電報。

媽媽突然覺得頭有些昏眩，站立不住，順著窗台，溜下身子，坐在地板上，眼淚像泉水一般湧瀉下來。她用不著看那電報，她知道家公在電報上寫些什麼，只要電報來了，哪怕沒有一個字，也就夠了。

舅舅們擁在樓梯口上，一個一個地傳看那張電報。電報會寫萬言書嗎？可是每個舅舅好像都要念好幾分鐘才能看完，然後高興得推推搡搡，嘻嘻哈哈地笑鬧。恆生舅跑上樓來，在走廊裡翻跟頭，家婆跟著上樓，看見了也沒罵。晉生舅、范生舅走上樓一看，家婆不罵恆生舅，便也一道在地上連連打起滾來。

家婆捏著電報紙，走進媽媽的屋子，看見媽媽坐在窗台下面抽泣，便走過去，挨著媽媽，坐到地板上，把電報遞給媽媽。媽媽接過來，緊緊地捏著，並不看，只是流淚。家婆把媽媽的頭摟過去，攬在自己胸口，一手撫著媽媽的頭髮，一手撫著媽媽的後背。母女兩個人這樣相擁而坐，坐了許久。

當天晚上，七十六號派的廚子佣人司機又都回來了，一天到晚盯著一家大小，更加形影不離。家婆媽媽和舅舅們白天若無其事，東逛西蕩。媽媽蕩馬路逛商店，什麼都不買，只是逛，然後去看電影。媽媽覺得，只有在電影院裡，才不會讓人看出自己有多麼緊張。泰來舅和恆生舅兩個，每天跑一趟無線電商店，買零件裝收音機。晉生、范生兩個年小的舅舅，則整天跟著家婆在家裡轉。

晚上七十六號的人一走，家婆把窗帘遮起，大大小小就開始忙，收拾各自東西，把要帶的綁起來，看一看，太多太大，又拆開來再挑揀，綁小些。家婆說，這次是逃命，比從北平逃出來那次更危險，所以連被子也不能帶，隨身東西越少越好。到危急時刻，也許要從船上跳水，什麼都可以不要，只管跳海。

看看五天過去，幾個人的東西都收好了，按買好的船票，一月十三號一早動身。家婆對媽媽和泰來恆生兩舅講好，他們三人那天各自行動，找法子帶自己的行李，甩掉七十六號跟蹤，獨自繞到十六鋪碼頭去會合上船，家婆不管了。家婆一天到晚要想的是，帶著晉生、范生兩個年小的舅舅，怎樣從家裡到十六鋪碼頭去，帶兩個小孩子，要擺脫七十六號的跟蹤監視，不大容易。

還有一天了，一月十二號，全家都在，沒人出門。中午時候，忽然桌上電話鈴響起。平時只有家公在家，才會有電話打進來。自家公出走，再沒有聽到過一個電話打進來。愚園路和七十六號的人，一定不會打來電話。家公的那幾個學生，以及朋友們，也都不敢打電話來，怕愚園路和七十六號查出來問罪。

電話鈴響個不停，可能是誰打的呢？家婆站在屋子中央，垂著雙手，望著電話機，不知該怎麼辦，有些驚慌。媽媽站在家婆身邊，望著家婆。家公在家時，她曾代家公接過幾次電話。可現在，沒有家婆許可，她不敢上前去摘聽筒。泰來舅下樓過來看看，又走上樓去了。恆生舅，跳過來跳過去，問家婆幾次：「我可不可以接，我可不可以接？」

家婆不發話，電話鈴一直響，彷彿越來越響，聽筒像是在電話機上跳來跳去了。

廚房裡的廚子，洗手間裡的佣人，都跑出來幾次，可沒人敢開口說話，又都回去做他們的事。

大約過了一分鐘，家婆終於說：「琴薰，聽聽是哪個找？」

媽媽走到桌邊站著，小心翼翼摘下聽筒，好像那聽筒燙手。媽媽還沒有把聽筒放到耳邊，就聽到聽筒裡有人大聲喊叫：「喂，喂，有人麼？怎麼不說話？」

「請問你找哪個？」媽媽小聲問，好像喉嚨卡住了似的。

聽筒裡的人說：「是陶太太麼？我找陶太太。」

媽媽問：「請問你是哪一位？」

那人答說：「你是陶小姐麼？請你媽媽講話，我是愚園路。」

「請等一等。」媽媽說完，一手蓋住話筒，對家婆說：「愚園路找你講話。」

媽媽話音並不大，可是廚子老李和佣人趙媽好像都聽到了愚園路三個字，便都跑出來，站在一邊看著家婆大小一家人。

家婆走過去，接過聽筒，說：「我是陶太太。」

家婆說完，便不再作聲，一直聽電話裡的人講話。過了一會，輕輕放下電話，然後在桌邊的椅上慢慢地坐下來。

「什麼事？」媽媽問。

家婆沒講話，坐了一陣，對媽媽說：「我有點頭痛，上樓去躺一躺。」

媽媽扶著家婆，一步一步慢慢走上樓去。廚子老李和佣人趙媽趕過來，站在樓梯口向上看。媽媽走到半路，回頭說：「趙媽，請你給燒點水，開了倒杯子裡送上來。老李，麻煩你跑趟路，去買些阿斯匹靈來。」

趙媽說：「開水瓶裡有開水，不用燒。」

老李說：「阿斯匹靈還要買嗎？我去醫務室討來兩片就好了。」

媽媽扶著家婆到了樓上，回頭朝下喊：「好吧，要快。趙媽把水倒出來，涼著，等會兒好吃藥。」

兩個七十六號的人都給支開了，趙媽回了廚房。老李出了家門。

家婆快步到了自己臥房，坐到床上。

媽媽匆匆跟進去，輕聲問：「什麼事？」

家婆說：「聽他們口氣，已經把高宗武的家人親戚都捉起來了。」

媽媽發起抖來，說：「所以要來抓我們了。」

「可能。」

「怎樣抓，拿繩子綁嗎？」

「他們要我們立刻收拾東西，今天搬進愚園路去。」

媽媽差點叫出來，急忍住聲，說：「住進愚園路，我們就走不……」

「陶太太，你的開水。」趙媽上了樓。

四十五

「好些了，我們下樓吧。」家婆一邊說著，跟隨媽媽一起走下樓，邊走邊對趙媽說，「愚園路打來電話，兩個鐘頭以內，就派車子來，把我們搬到愚園路去。」

趙媽喜笑顏開，說：「那裡好，那裡方便，房子也好。」

家婆不理會她，走進客廳坐下，看見老李走出廚房，便說：「我要在家收拾東西，不跟你們上街去了。老李，你一個人拿得了麼？也不用買很多，要搬家了。」

老李說：「對對，沒問題，我一個人去好了。」

家婆說：「一個鐘頭就要回來，還要做飯吃飯。你兩個鐘頭回來的話，我們已經搬走了。」

老李說：「就是搬，也還要搬一陣子。都是他們派人搬，不用太太小姐公子們自己動手。他們搬他們的，我們照樣可以吃中飯。再說就算遲了，我也可以到愚園路，找得到太太小姐。」

家婆揮揮手，說：「莫囉嗦了，走吧，走吧，早去早回。」

老李答應著，走出去了。

家婆又對趙媽說：「趙媽，你外面的衣服都晾好了麼？快些晾吧，多曬曬也好，溼衣服也不容易搬。等家裡東西都搬完了，我們走時，一道手上抱走好了。」

趙媽點頭說：「是，太太。」

家婆又說：「晾好衣服以後，請你先在廚房把盆盆碗碗都取出來，拿些報紙包起來，搬家會打碎。」

趙媽說：「就是，那些莽漢搬家，什麼都會打壞。」

家婆說：「我們收拾衣服，要你幫忙的時候，叫你。」

「是，太太只管叫。」趙媽說完，走進廚房去了，立刻聽到叮叮噹噹碗碟響。

家婆拉了媽媽再次上了樓，把舅舅們都叫來，齊坐在家婆的大床上，垂頭喪氣。

「姆媽，搬過去，我們就跑不掉了。」媽媽壓低著聲音，把剛才說了半句的話說完。

家婆說：「對，他們就是要把我們關起來，跟坐監牢一樣。」

媽媽說：「怎麼辦？我們現在就逃吧。」

家婆說：「外面那麼多七十六號的人，怎麼逃得掉。如果逃不出上海，逃到哪裡都沒用，整個上海都是日本人天下。」

媽媽要哭出來了，說：「可是，可是，我們不能去愚園路呀。」

樓下電話鈴忽然又響起來，家婆站起來，走下樓去，拿起聽筒來聽。媽媽跟著下樓，站在一邊，幾個舅舅也跟下來，遠遠站著。廚房門邊，趙媽手裡拿了個碗，站著，望著家婆。

家婆聽著電話，一個字都沒有說，好像電話裡的人曉得她是誰，她也曉得電話裡的人是誰。過了兩分鐘，家婆放下電話，對媽媽說：「他們來查看我們是不是在家，是不是在收拾東西。他們告訴我，汽車已經派出來了，盡快搬家。」

趙媽笑著說：「那麼我們要加快收拾才好。」

家婆說：「對，我們加快。你們幾個都給我上樓，自己收拾東西去。」

幾個舅舅都趕忙跑上樓，回自己屋裡去了。趙媽也轉身回進廚房去。

家婆拉了媽媽一把，往樓梯上走，小聲說：「我們收拾，搬過去再想辦法。」

媽媽急了，說：「進了愚園路，在七十六號眼皮底下，沒辦法可想。」

家婆說：「如果我們現在不答應搬過去，一家大小馬上就遭殃。我不能眼看著你們幾個……去收拾東西吧。姆媽無論如何要讓你們幾個活下去，活過這道險關。」

媽媽看著家婆的臉，像一塊鐵板一樣，發著青亮的光，臉上的每一道皺紋，都像刀刻出的一樣，稜角分明，剛硬冷峻。媽媽只好轉身，到各屋裡，告訴舅舅們，真的開始收拾隨身要用的東西，準備搬家。

舅舅們在各自屋裡動作起來，一時間房子裡乒乒乓乓，拉抽屜，開箱子，熱鬧起來。媽媽一個人坐在自己屋裡的床上，手裡拉著一條毛巾，不肯動。她知道得很清楚，搬進愚園路，就完了，跑不出去了，今後再也見不到家公了。困在囚籠裡活著，跟死有什麼兩樣嗎？生活的意義就是自由，沒有自由的生活，不就是死了嗎？媽媽想著，自己打抖，那麼是不是應該現在乾脆就死掉算了，反正是一樣。可是家婆會怎樣呢？家婆這一生，為了兒女，已經傷透了心。如果媽媽就這樣自己死了，家婆還活得下去嗎？媽媽想著，眼淚落下來。剛過十八歲的姑娘，本來眼前應該都是粉紅色，亮麗的彩虹，可是此刻，媽媽眼前，卻橫布著一片黑色陰沉的死亡。而且，她只能一直不停地注視著那死亡，感受那死亡的威脅，卻又不能決然一步跨進那黑色中去，了結這一切恐怖。

時間在喧鬧的寂靜中度過，媽媽坐著，一動不動，思想仍舊在死或者不死之間徘徊。忽然，窗外傳來好幾輛大小汽車的馬達聲，轉進弄堂，就到門口，七十六號派的車來了。媽媽的屋子不臨街，窗口看不到弄堂，可她從來沒有意識到，在自己屋裡，原來可以這樣清楚地聽到弄堂裡的聲響。怎麼辦？他們來了，要搬家了。

家婆在樓下喊了：「琴薰，下來。」

媽媽不動。媽媽不要下樓去。他們要搬這個家，讓他們來搬好了。他們可以把媽媽抬到愚園路去。但是，媽媽絕不自己走過去。

家婆急匆匆地跑上樓來，一路罵：「琴薰，你死啦，聽不到我叫麼？」一邊罵，一邊走進媽媽的屋子。

媽媽站在窗前，背對著窗外射進來的陽光，對門口的家婆望著。家婆看不清她的臉，只可以看到她劇烈起伏的雙肩。

「我不去。」媽媽說著，面對著牆壁，坐到地板上。

家婆坐到媽媽床上，看著坐在窗台下的媽媽，過了一會，說：「我要你幫我，給陳璧君打個電話。」

媽媽嚇了一跳，轉過臉說：「給她打電話做什麼？那女人很凶。」

家婆說：「我曉得，我要去見她一面，向他們討命。我一定要把你們幾個送出虎口。」

媽媽說：「她會怎樣？」

家婆說：「誰曉得，只要我們可以不必搬去愚園路就好。」

媽媽跟著家婆走下樓，撥通電話，打到汪公館，告訴秘書，陶太太要跟汪夫人講話。廚房裡趙媽聽見，忙跑到門口，盯著家婆和媽媽。

家婆從媽媽手裡接過話筒，放在耳邊，等了一會，聽到電話對面有人講話了，便說：「請問是汪夫人麼？我是陶希聖的太太，我有事要找你商量。」

陳璧君在那邊回話：「現在就來。」

家婆看了一眼媽媽，說：「我要帶大女兒一道來。」

陳璧君答說：「可以。」

媽媽不在話筒上，也聽到這句回答。

家婆剛剛放下電話，門口傳來一陣亂，汽車聲，人聲，敲門聲。家婆忙跟媽媽一道，走出天井，打開大門。一部小汽車停在門外，後面跟著兩部大卡車。幾個膀大腰圓的漢子站在門口，粗聲大氣對家婆說：「我們奉命來給陶太太搬家。」

家婆說：「現在不搬。」

領頭的壯漢說：「不搬不可以。我們的命令是，抬也要把太太、小姐、公子們都抬過去。」

家婆說：「你們打電話去問好了，我們現在不搬。」

那壯漢問：「哪個說的？」

家婆說：「打電話去問汪夫人好了。」

幾個大漢都不說話了。他們曉得陶先生跟汪先生是多年的朋友，汪先生一直很尊重陶先生。兩位太太之間有什麼交情，也未可知。可是要他們給汪夫人打電話，萬萬不敢。他們愣在那裡，不知該怎麼辦。前面的壯漢望著家婆身後使眼色。

家婆轉頭一看，趙媽跟著出了門，站在身後。於是家婆手一指，說：「正好，讓趙媽講吧，我們是不是剛跟汪太太通過電話。她都聽到的。」

趙媽一臉的難為情，說：「是，是，陶太太剛跟汪太太講電話……」

家婆對面前的壯漢們說：「你們願意在這裡等，就等。我們兩個進去換件衣裳，要去見汪夫人。」

壯漢問：「什麼時候去？」

家婆說：「馬上。」

壯漢說：「那麼就便，坐我們的車子去。」

「可以。等一等，我們換件衣服。」家婆說完，拉一把媽媽，退進天井，關上大門，走回屋去。身後面，只聽見門外那幾條大漢大聲發牢騷，爭爭吵吵，亂亂地上了車。先把兩部大卡車倒退出弄堂，讓小汽車倒出去，然後再把大卡車開回來，停在門口，擋住家門。然後又把小汽車開回來，排在大卡車後面，等家婆和媽媽。

家婆媽媽兩人換了衣服，再走出天井，開大門，上車去愚園路。

雖然從在香港時，便常聽說起愚園路這條街名，到上海的這一個月，家裡更是每天在說愚園路，家公每天到愚園路辦公，可是，媽媽卻從來沒有到愚園路來過。這裡是日本人的地方，是汪精衛的地方，是下令要殺死家公的地方，媽媽痛恨這地方。在媽媽的想像中，愚園路一定到處站滿了荷槍實彈的日本兵，個個面目猙獰，凶狠異常。這裡天空一定永遠陰沉沉，房屋都是黑顏色，樹木都枯死，寸草不生，就像地獄一般。如果不是萬不得已，就是八抬大轎抬她，媽媽也不會肯到這裡來一趟。

司機說了一聲：「轉過去，就到了。」

隨著話音，汽車轉進一條馬路。媽媽從車窗看出去，四處竟然完全與自己的想像不同。這裡天空晴朗，風和日麗，路面寬闊，房屋整齊。街上沒有行人，三三兩兩的只有些七十六號的便衣特務在巡邏，但並不密集，穿著也平常。

車子再轉進愚園路弄堂，弄堂口兩旁有四個穿土黃制服的中國士兵站崗，身體筆直，長槍上安著刺刀。看見汽車駛入，都立正行禮，面目很威嚴。

媽媽聽家公說過，愚園路口的房子是日本憲兵隊辦公室，她注意從窗口看進去，果然看到兩個小個子的日本人在房子裡面，都穿著軍裝，戴著軍帽，一個戴著圓形眼鏡，一個上唇留了塊小鬍子，正伸著頭，朝外張望。媽媽曉得，這些日本憲兵最心狠手毒，殺人不眨眼，趕緊扭轉頭，不敢多看。

愚園路這條弄堂其實不大，只有五座小洋樓，灰色，綠色，黃色，白色，都是看了很舒服的淡顏色。房子的樣式很別致，裝飾很講究，做工也很精細。不知周圍種的是些什麼樹木，便是冬季一月，也仍然有深淺不同的綠色，顯出一派春光來。這五座小洋樓，本來汪精衛、陳公博、周佛海，梅思平，和家公，一人住一座。現在陳公博和家公都遠走了，大概只剩汪、周、梅三人住在這裡。

過了日本憲兵隊辦公室，汽車向左一轉，進汪精衛先生宅邸，在大門口停下，兩個站崗的衛兵不持長槍，只在腰裡掛了手槍，見家婆媽媽下車，走上台階，都舉起手敬禮。那汽車司機在前面，輕輕推開大門，家婆和媽媽不敢斜視，快快走進門去。

門廊地面都是彩色花磚拼出的圓形圖案，擦得發亮，能照出人半個身影。再走進去，過一道玻璃門，便是寬大明亮的客廳。一色淡黃的細木地板，打著蠟，發著光。客廳正中地板上鋪了一塊巨大的真毛地毯，雍容厚重，乳白泛黃的底子，四周一圈寬寬的藍色邊，裝飾許多彎曲線條，中心繡一個巨大的藍色圓形花狀圖案。屋頂上掛了一個水晶大吊燈，成百的水晶玻璃墜，一圈一圈地鑲著，讓人看去，好像騰雲駕霧。客廳四周擺些講究的紅木座椅，藍瓷瓶罈，蔥綠花樹，顯得古色古香，典雅祥和。

「來了嗎？真是稀客。」汪夫人陳璧君說著話，滿口廣東腔國語，從客廳旁邊一個門裡走出來。

陳璧君四十八歲年紀，個子不高，身體微微發胖，戴一副寬寬大大的眼鏡，臉形鼻子嘴，看起來讓人覺得不大像個女人，加上講話是一套命令式口氣，硬邦邦的，更像一個男人。她不等家婆開口，便接著問：「你是陶太太？」

家婆應道：「是。」

陳璧君在一張椅上坐下，說：「我去過陶先生家幾次，從來沒有見過你？」

「我只做家務事，從來不出面見希聖的朋友。」

「女兒多大了？」

家婆推一下媽媽，說：「汪夫人問話，自己講。」

媽媽說：「剛過十八歲生日。」

陳璧君笑眼瞇瞇，望著媽媽，說：「大姑娘了。定親了嗎？」

媽媽害羞地低下頭。

陳璧君說：「那有什麼可害羞的。我和你母親，像你一樣大的時候，已經出嫁了。讀書麼？」

媽媽嗯了一聲，又說：「現在放寒假。下禮拜開學。」

「是，是，元旦剛過。」陳璧君看家婆一眼，又轉頭接著問媽媽，「爸爸不在，想他麼？」

媽媽回答：「想。」

陳璧君說：「給他打個電話，叫他回來，好麼？」

媽媽沒說話，望望陳璧君，又低下頭去。

陳璧君說：「就在我這裡打，現在就打，好麼？我叫副官先接通了，你來跟爸爸講話。」

家婆忙截住話頭，說：「汪夫人，我家的規矩，大人的事情小孩子不可以插嘴。」

「好吧，那麼，我來問你，」陳璧君聽了，轉過臉，朝著家婆，臉色沉下來，問：「希聖走，你曉得麼？」

「他的事，我不過問。他為什麼走，我不曉得。」

「你怎麼會不曉得。他那天帶了女兒一起出走，你不答應，他怎麼帶得走女兒。」

家公出走，七十六號一定早打了報告，卻不料他們把媽媽也報告在裡面。家婆看了媽媽一眼，急忙說：「那天他說要去看朋友，帶了女兒一道去。」

陳璧君撇了撇嘴，說：「不要繞圈子了，老實講，他走的時候，對你講了些什麼？」

「我只曉得他常常講要走要走，還講過，要走原不是他的本意。」

陳璧君笑了笑，嘆口氣，慢悠悠地說：「其實你都是曉得的，也不必再瞞我。許多人都在責備汪先生，說他賣國。其實，他不過提出和平方式解決中日爭端，或許這樣，中國人可以少流些血。誰願意流血呢？我想中國人也愛惜自己的性命，不願輕易丟掉。汪先生也是為中國人的利益，所以忍辱負重，這樣做法。重慶控制的地盤，汪先生一寸也碰不了，根本沒辦法賣給日本人。他現在要掌管的地盤，全是早已經讓日本人占去了的。如果汪先生不去接管呢，這些地方就全部直接由日本人來管，便真的都是日本殖民地了。汪先生的意思，他來管，或許還能把這些地方從日本人手裡接過來，早晚回到中國人自己的手裡。我想，陶先生很明白汪先生的心意。」

「希聖跟隨汪先生十五年，對汪先生一直十分欽佩。」

這時間，客廳門外一聲高呼：「報告。」

汪夫人應了一聲：「進來。」

一位副官進屋來，穿著筆挺的土黃色軍裝，腿上是一雙高筒馬靴，馬刺叮噹地響，胸前腰間都紮著皮帶，但是沒有手槍。軍帽在左手裡托著，右手拿著一個文件袋。他走進客廳，打個立正，伸手把文件袋遞過去。然後舉手敬個禮，一轉身，看見家婆，吃了一驚，卻沒有說話，腳步也並沒有停下。

不料，這沒有躲過汪夫人的眼睛。陳璧君厲聲問：「你認識這女人嗎？」

副官嚇了一跳，立刻轉過身，又敬個禮，回答：「報告汪夫人，卑職給陶先生家裡送文件的時候，常見這女人在院裡洗衣服，她是陶先生鄉下的親戚。」

陳璧君眼裡噴火，站起身來，望著家婆，說：「什麼親戚。她是陶太太。」

那副官慌了，結結巴巴答說：「報告，卑職送文件過去，每次這……位太太都說是陶先生親戚。」

陳璧君問：「那麼這位陶小姐見過麼？」

副官看媽媽一眼，回答：「報告汪夫人，這位陶小姐，倒是確確實實見過。」

陳璧君揮揮手說：「好了，你去吧。」

「是。」副官又立正敬禮，然後走出客廳。

「好了，你講講是怎麼回事吧。」陳璧君慢慢坐回到椅子上，兩手在胸前交叉起來，盯著家婆，嚴厲地問：「你到底是什麼人？你是陶太太，還是陶先生老家的親戚？」

「我講過了，我是陶太太。」

「為什麼你在陶家隱名埋姓？你是不是負有特別使命，是不是在陶先生家做政治工作的？」

「我是個鄉下女人，做的是燒飯，洗衣服，養孩子的事，不懂政治，也不問政治，所以不要參與希聖的工作和活動，不想讓外人曉得。找希聖的人到了，我便躲開。躲不開的，就說是親戚，免得多事。」

陳璧君上下打量了家婆幾次，過了片刻，似乎相信了家婆的話，說：「好吧，暫且算你說得對。」

家婆說：「我膽子再大，也絕不敢到汪夫人面前來矇騙。再說，這是能騙得過去的麼？汪先生認得的。」

陳璧君依然坐著，聽這樣說，覺得有理，放緩了些語氣，問：「好了，請坐下講話。」

家婆拉媽媽一同坐到旁邊的紅木椅上，邊說：「謝謝汪夫人。」

陳璧君又哼一聲說：「講吧，陶先生現在在哪裡？」

「他現在在香港。」

「可不可以找他回來？」

「我就為這事來找汪夫人。」

「我可以派他的學生去一趟香港找他。」

「我想，派他的學生去，恐怕做不到。聽說他現在在香港，跟高宗武先生住在一起。他的學生去，可以見到他，但是不能把他們兩人分開，所以也不能商量什麼事，更不能想辦法把希聖引出香港。只有我自己去，才可以讓希聖出來，跟我一起住，先分開他們，再慢慢勸他回來。」

陳璧君聽了，想了一陣，說：「你去香港見他這件事，要等一下，問汪先生才可以決定，我不能作主。」

「謝謝汪夫人通報一聲。」

「陶太太來了半天，講了半天話，竟然沒有喝一口茶，實在待慢了。來人，給陶太太上茶。」

旁邊門外有人應了：「是。」隨即馬上開了門，一個女佣低著頭，手捧茶盤走過來，放到家婆和媽媽兩張坐椅中間的茶几上。

家婆忙站起身，對陳璧君說：「謝謝汪夫人，這樣的禮遇，我從來沒有受過，實在不敢當。」

陳璧君笑著說：「我們汪先生與陶先生生死與共幾十年了，不講客氣。陶太太搬來上海以前，陶先生住在這裡隔壁的房子裡，每天在我家裡跟汪先生一起共進早餐，每天幫我們分析天下大事，受益匪淺。陶先生那樣學問好，離開了去，汪先生實在捨不得。」

家婆聽了，不說話。

女佣把兩個茶杯放下，從茶壺裡倒了茶，香噴噴的。

陳璧君看著女佣做完，說：「你下去吧，陶太太要添茶，再喚你。」

那女佣答應一聲：「是，夫人。」便仍舊低著頭，端著茶盤，欠身倒退著，走出旁門去。

陳璧君對家婆擺擺手，說：「陶太太，請坐呀，喝茶。我這可是正宗的龍井，汪先生派人親手從西湖虎跑泉運來的水。」

正說這話，汪精衛走下樓梯來，一邊走一邊笑說：「什麼貴客呀？又在這裡誇我的茶。」

媽媽抬頭，望著汪精衛先生走下樓來，汪先生不過才五十多歲，好像已顯老態。雖然容貌依然俊秀端莊，但臉色有些蒼白疲倦。頭髮梳得整齊，而兩鬢花白。眼裡布滿血絲，透著無限的憂鬱。他穿著黑灰色的西裝，打著紅色領帶，一雙黑亮的皮鞋在樓梯上打著答答的響聲。

汪精衛看到家婆，笑著說：「哦，陶太太來了，我們見過的。」

家婆忙站起來，彎腰道個萬福，說：「汪先生好。」

汪先生說：「呵，陶小姐也來了。」

家婆拉了媽媽一把，說：「快給汪先生請安。」

媽媽低著頭，說：「汪先生好。」

汪精衛擺擺手，說：「請坐，請坐，不要站著。」

陳璧君說：「剛剛給陶太太上了茶，還沒有喝進嘴，被你打斷。」

汪先生在一把椅上坐下，說：「龍井茶自古天下第一，自元代始，已經名揚四海。元虞伯生為龍井茶寫了一首詩：烹煎黃金芽，不取穀雨後，同來二三子，三咽不忍漱。乾隆爺幾下江南，愛這龍井茶，下諭把龍井列作貢品。」

陳璧君笑了說：「陶太太不要見怪，我們汪先生一說起茶道，就停不下來了。」

家婆笑笑，說：「希聖常在家裡感嘆說，汪先生儒生世代，家學深厚，品茶吟詩，令人稱羨。」

陳璧君說：「陶太太讀過書麼？」

家婆忙說：「鄉下婦人，哪裡讀過書。這些話都是希聖原話，常在家裡念叨，便記住了，學得不像，讓汪先生汪夫人見笑。」

汪先生點點頭，接著講他的茶：「雖然同稱西湖龍井名茶，實則又細分獅、龍、雲、虎四種，分指獅峰、龍井、雲棲和虎跑四地所產之茶。其中以獅峰龍井最為上乘，色綠，香郁，形美，味甘，人稱四絕。據說清明前後，獅峰龍井一帶，滿山茶樹青翠欲滴，芳香馥郁。加以採茶女子歡歌笑語，出沒茶叢之間，想來真美景也。」

陳璧君再次說：「人家陶太太來這裡，並不是來聽你講茶經的。」

汪先生這才停下話，轉過頭來，哦哦兩聲，好像還沒有從茶山美景中靈醒過來。

陳璧君又說：「我和陶太太剛才在商談如何把陶先生請回上海。」

汪精衛聽了，這才連連點頭，說：「是的，是的。希聖兄一定要回來，一定要回來才好。」

陳璧君說：「我說派個陶先生的學生去香港請，陶太太說必得她親自去才可以，這事要你來做決定。」

汪精衛站起身，兩手背在後面，走到家婆面前，站住了，兩眼盯著家婆，看了一會，強作一笑，說：「陶太太，你自已去，有把握勸希聖兄回上海麼？」

家婆站起身，答道：「我想，我叫他，他會回來。」

汪精衛好像在思索，站著，沒有說話。

家婆說：「但有幾件事要說明白。」

「什麼條件，我都可以答應。只要他回來。」汪精衛說著，轉身走開去，坐回到椅子上，轉過臉，一手支腮，聽家婆說話。

「他提過，他與別人爭執得厲害，不願住愚園路。」

汪精衛放下支腮的手一揮，說：「可以，只要他回上海，就住在你公館裡，或者另外找一個住宅都可以。」

「今天我接到七十六號電話，他們派了人，要把我們搬到愚園路。現在大卡車還停在我家門口，等著搬家。」

「這是誰下的令？」汪精衛轉頭，看看陳璧君。

陳璧君聳聳肩，表示不知道。

汪精衛便高聲叫：「來人。」

門外一聲應：「有。」副官兩步跨進門，望著汪精衛，立正敬禮，目不斜視。

汪精衛說：「傳我的話，陶先生就要回來了，還住環龍路公館，不搬家。查清楚，誰出的主意，要強迫陶太太搬家，回來報告。這樣不尊重陶先生，我要重重處罰。」

「是。」副官答了一聲，又立正敬禮，轉身大步走出。

汪精衛轉頭對家婆說：「我對希聖兄一直非常敬重，手下人如有過失，得罪了陶太太，還請陶太太寬諒才好。」

「汪先生不必過慮。希聖對汪先生多少年一直很崇拜。這點小事，沒什麼。」

「陶太太請繼續講，還有什麼條件。」

「希聖聽說七十六號要殺他，殺了以後再開追悼會。」

汪精衛先生聽了，顯然有點激動，站起身，白白的臉上泛出紅色，大聲說：「沒有的事，他們不敢，他們怎麼敢對希聖兄下手。你們如果不相信，我派我自已的親信衛隊保護希聖兄，可以麼？你說需要幾個人好了。」

家婆好像有些猶豫，一隻手放在茶几上，微微發抖。

「還有什麼條件，陶太太請儘管提。」陳璧君看出家婆不安，慢慢勸說：「只要陶先生能夠回到上海，繼續跟汪先生一道工作，汪先生一定尊重陶先生的意見。」

「還有一條，他說過什麼他不要簽字的話，我不曉得是簽什麼字？」

「這個，」汪精衛有點猶豫，又站起身來，在客廳裡踱步，不走地毯，卻順在地毯邊走動，皮鞋在木地板上答答地響。

陳璧君又在一邊插話，說：「只要陶先生人回來了，什麼都可以商量。離開那麼遠，怎麼辦法呢？」

「是的，是的，只要希聖兄回來，什麼都好說，好說。」汪精衛停住踱步，點著頭，對家婆說。

家婆看了陳璧君一眼。這女人確實不好惹，她對汪精衛有影響力。

這時，門外又聽一聲：「報告。」

汪精衛應答：「進來。」

那個副官又走進來，還是手托軍帽，遞給汪精衛一封信，然後敬禮，這一次他轉身時，對家婆和媽媽看了一眼，卻又面無表情，大步走出客廳。

汪精衛站著，打開信看。信好像很短，汪先生兩三秒鐘就讀完，臉色大變，也不說話，急步走過來，站在家婆面前，伸手把信遞給家婆，說：「希聖兄的信，你讀讀。」

家婆不接信，說：「我不識字。」

汪精衛轉過身，又在廳裡踱步，揮動信紙說：「希聖兄要求我們保護你一家人的安全，否則他只有走極端。」

家婆問：「怎樣走極端？」

汪精衛走回到家婆面前，站住腳，不眨眼地盯住家婆看，想看明白，家婆是真的不明白，還是在作戲。最後他嘆了口氣，轉過身，慢慢踱著步，說：「他會公開講話，說出上海的事情。」

家婆馬上站起身來，說：「如果這樣，事不宜遲，我最好馬上去勸他回來。若是遲了幾日，他一句話講出去，收不回來，那時我去也無用了。」

陳璧君也站起身，好像正要說什麼，汪精衛卻先開了口說：「好，我派你馬上出發，去香港。你到香港以後，一個星期之內，給我個準信。陶太太，你等一等。」

汪精衛說完，快步上樓去了。

陳璧君看著家婆問：「你怎樣去法？」

「坐船。」

「我不問這個，你自然是坐船去。我問你，是一家都去嗎？」

家婆看著她，不大明白。

陳璧君看看媽媽，說：「這樣吧，你帶兩個小的一同去。三個大孩子，還是留在上海上學吧。」

媽媽一聽，頭轟的一響，忙站起來，張嘴說：「學校現在……」

家婆一把拉住媽媽，止住她的話，然後轉臉對著陳璧君，笑一笑說：「汪夫人說得是。」

媽媽還是氣急地說：「反正我們幾天就回來了，耽誤不……」

家婆對媽媽厲聲說：「琴薰，大人講話，不許再插嘴。」

陳璧君說：「真小孩子氣，你喜歡在海上坐兩三天船嗎？我最怕坐船，每次從法國回國，我一定暈船。」

家婆又轉向陳璧君，笑著說：「汪夫人說得對，孩子們確實不能耽誤功課。」

媽媽眼裡含滿了淚，噘著嘴，低下頭，不再出聲。

陳璧君還是對著媽媽，說：「反正只有幾天，爸爸媽媽就都回來了，不要那樣捨不得，留在上海等兩天好了。」

這個時候，汪精衛先生從樓上下來，快步走到家婆跟前，伸出手，遞給家婆一個信封，說：「這是兩千塊錢，你拿去買船票，快去快回。」

「謝謝汪先生。」

陳璧君對汪精衛說：「一來一去用不了幾天。陶太太說了，她的三個大孩子，就不跑來跑去，留在上海讀書，我照應他們。」

汪精衛連聲說：「好，好，我們自然會好好照顧希聖兄的孩子。陶太太放心，也請轉告希聖兄放心。」

家婆說：「有汪先生汪夫人照料，哪裡有不放心的。我們走了。」

汪精衛忽然又問：「陶太太一人上路，是否要帶個勤務兵？」

陳璧君點頭說：「此話有理，我們應該派兩個人路上照顧一下。」

家婆忙說：「希聖有許多學生，他不在家的時候，總是這些學生幫忙照顧，孩子們都熟。我找個學生幫忙一路去就好了，汪先生公務繁忙，不好打擾。」

陳璧君說：「那有什麼打擾，又不是汪先生自己去。我來派兩個好了，來人哪。」

「有。」門外那副官應了一聲，大步走進來，對汪精衛敬個禮，筆直地站在那裡，望著汪精衛。

家婆說：「我去，帶個學生去，可以租個屋，把希聖接出來單獨住，勸說他。汪先生派了人一起去，樹大招風，香港人人曉得了，還做得到機密麼？說不定，事情可能反倒不好弄。」

汪精衛聽了，點點頭，兩手倒背，踱了十幾步，滿屋人誰也不吭氣。陳璧君乾脆坐到椅子上，喝起茶來。

最後汪精衛站著，擺了擺手，讓那副官退出去，又轉身走到家婆面前，說：「陶太太此話有理。我聽說希聖兄教學多年，桃李滿天下，學生們都很欽佩他。那麼就請陶太太找兩個學生隨行，所有旅費，回來以後一起報銷。」

家婆忙彎腰道謝，說：「謝謝汪先生。」

陳璧君站起來，說：「你們什麼時候走呢？」

家婆說：「事不遲疑，如果可能，明天就走。」

陳璧君說：「我派人去給你們弄明天的船票。」

家婆說：「謝謝汪夫人關照。不過這事要機密，不要讓香港方面得知是汪先生派我去，最好還是我自己去十六鋪買船票。」

汪精衛說：「對，我下令，讓司機送陶太太回家。」

陳璧君說：「不要耽誤時間了，陶先生回來以後，我們再徹夜長談。陶太太現在趕緊去辦事，明天要上路了。」

家婆說：「是，是。」

汪精衛朝門口走著，又喊：「來人哪，招呼陶太太上車回家。」

門外一片答應之聲，家婆忙起步走出屋門，媽媽拉著家婆的手，緊隨著。汪精衛夫婦一直送到門口，看著家婆兩人坐進車裡，車開走了，才轉身回進屋去。

坐在車裡，媽媽忍不住流下眼淚來。

家婆一巴掌打在媽媽腿上，說：「有什麼好哭。老大的人了，還那麼多眼淚。」

媽媽從手縫裡看了前面司機一眼，什麼話也不敢說，抽抽搭搭了一路。

四十六

路上家婆在郵電局門口停了一停，給家公發出一封電報，報告將去香港的消息。然後回到環龍路，弄堂裡果然早已空無一人，兩部大卡車都不見了，連平時在弄堂裡監視的人，也一個不見，都怕讓家婆看見，被槍斃，躲開老遠。

家婆領媽媽下了車，走進屋，廚子老李和佣人趙媽也不在，大概也在火頭上躲開了。家婆和媽媽不說話，直接上了樓，進了家婆的屋子。幾個舅舅也都跟了進來，站在一邊看。

關上房門，家婆才把媽媽摟進懷裡，眼裡流著淚，說：「琴薰，你曉得，我們不能跟他們爭，說得多了，引起疑心，我們一個都走不脫。」

媽媽在家婆懷裡點頭，她懂。

母女兩個人抱在一起，哭了好一陣，才慢慢靜下來。

家婆嘆口氣，說：「我們只好走掉一個算一個。」

媽媽抬起臉，擦著雙頰上的淚，說：「反正爸爸媽媽走了，兩個弟弟走了，也是好事。」

「你在上海，要好好照看泰來、恆生兩個。」

「我會。」

家婆轉過頭，望著站在屋裡的幾個舅舅，說：「我帶晉ㄚ、范ㄚ兩個，去香港找爸爸，明天就走。琴薰帶著泰來恆生兩個，留在這裡。你們三個乖乖的，不要吵鬧，我們到了香港，自會想辦法，把你們救出去。家裡外面，說話要小心，莫提起我們去香港的事。什麼都當作不曉得，聽到麼？」

泰來舅低著頭，答說：「聽到了。」

恆生舅嘟著嘴，問：「姆媽什麼時候接我們回去？」

「不會久，我們會馬上想辦法。」家婆說著，站起身，拍拍身上的衣服，又說：「我要去一趟十六鋪。」

媽媽說：「姆媽，你真去買船票嗎？船票早買好了。」

家婆說：「我曉得，可是不能讓愚園路發現我們已經買好了票，司機還在外面等。我去一趟十六鋪，不買票，把你們三張票退掉。」

這一說，媽媽又哭起來。

家婆說：「莫哭了，幫我給曾資生打個電話，請他路上作陪。」

媽媽答應了，家婆便出門。

行李早打好了，又對愚園路說是幾日後回來，也不能像搬家一樣大包小包的帶，所以沒有什麼可收拾的。晚上，誰也吃不下飯，所有的碗盤怎麼端出來的，又都怎麼端回廚房了。廚子老李和佣人趙媽看了，不敢說話。愚園路來電話，問清家婆第二天船班的時間，通知到時派車來接他們去碼頭。家婆要求派兩部車，說媽媽和兩個舅舅要去送。然後一家人上了樓，聚在家婆屋裡，靜靜坐著，誰也想不出，將來怎麼能把媽媽、泰來舅、恆生舅三個救出上海去。

第二天一早，愚園路派了兩輛汽車來，一輛坐了家婆和兩個年幼的舅舅，一輛坐了媽媽、泰來舅和恆生舅，一起到十六鋪碼頭。他們剛上車坐好，廚子老李和佣人趙媽匆匆跑來，一個坐進了家婆的那輛車，一個坐進了媽媽這輛。看來是剛接到七十六號命令，監視他們，防備媽媽和兩個舅舅偷上船溜了。

天陰沉沉的，鉛灰的空中，一團團烏黑的雲緩慢蠕動，好像要掉到人頭上來。嚴冬的寒風扎臉刺骨，在人眼睫毛上黏掛冰珠。路邊的枯樹赤裸著葉已落盡的枝幹，像一隊隊精靈，張牙舞爪。黃浦江上過往輪船，嗚嗚響著汽笛。江面上的浪，衝撞著泊在碼頭上家婆坐的那條船，碰著碼頭岸邊，發出通通的聲響，震得人耳朵痛。船下的江水裡，漂滿各種菜葉爛紙木片，裹著泛黃的泡沫，蕩過來蕩過去。

家婆一手領著范生舅，一手提個手提包，慢慢走上船。晉生舅背個書包，低著頭，一手抓著家婆的後襟邊緣，跟在後面。

媽媽站在碼頭上，放聲大哭，眼淚洶湧而出，擦也擦不掉。透過蒙眼的淚，什麼也看不清，只有烏濛濛一片，好像是世界的盡頭。

四個愚園路派來監視的人，兩個司機，加上老李和趙媽，看見媽媽和泰來、恆生兩舅老老實實站在岸上，沒有要偷登上船的意思，便放了心，遠遠地站在後面，說著閒話，望著船上船下的人。

家婆在船上，扶著欄杆，望著岸上的媽媽和舅舅們，低聲哭泣。

七歲的晉生舅一手抱著家婆左腿，一手揮動，朝岸上大叫：「姊姊，大哥，三哥……」

四歲的范生舅，兩手抱著家婆的右腿，跟著喊叫：「姊姊，大哥，三哥……」

泰來、恆生兩舅，站在媽媽兩邊，都低著頭，不去張望船上的家婆和兩個舅舅，咬著牙，忍著眼淚。

生離乎？死別乎？無從逆料，悲傷莫名。

沒有多少人乘這條船，除非特准，日本人不許上海人去香港。水手們船上船下四處吆喝，跑過來跑過去，乒乒乓乓地丟東西。三三五五，一隊一隊日本憲兵在碼頭上巡邏，大皮靴踏著地面，卡喳卡喳響。碼頭上也看不見幾個行人旅客，顯得日本兵特別多。日本兵都穿著長長的土黃色軍呢大衣，腰裡紮著皮帶，胸前掛著子彈帶。肩上背的長槍都上著刺刀，在冬天的冷風中閃著陰森森的光。最讓人寒心的是日軍軍服衣領上綴的兩塊紅領章，像兩塊凝固了的鮮血，中國人的鮮血，刺得人眼睛疼。

船帶著家婆、晉生舅和范生舅，轉了個頭，走了，把媽媽、泰來舅和恆生舅留在背後，留在上海灘。過了一會，兩個司機和老李趙媽走過來，把媽媽和兩個舅舅死拉活拽拖進汽車，送回環龍路家裡。

一路上媽媽三個沒有人說話。趙媽轉過頭來，開口說了句什麼，讓媽媽大罵一頓，從此默不作聲。

進了家門，幾個人還是都沒聲響，坐在客廳裡。廚子老李被趙媽拖進廚房，嘰嘰咕咕幾句話，走出來，說：「我們去買小菜。」

媽媽連頭也沒有抬，兩個人便匆匆開門走了。

泰來舅獨自一個坐在大沙發上發呆，身上的棉大衣也不脫。他平時很愛乾淨，此刻棉鞋上的泥水流到地毯上，他也沒有感覺到。恆生舅一個人走進家公書房，關上門，站在裡面，對著牆上的家公家婆合影相片望。他從小自認是條硬漢子，從不肯在任何人面前表現軟弱，此刻望了一陣照片，終於忍不住，痛哭流涕，剛才在碼頭上硬忍的委屈一洩而出。

媽媽急急跑上樓，關在自己屋裡，拿被子蒙住頭，哭一陣，想一陣，想一陣，哭一陣。她想不通，為什麼汪精衛夫婦要把他們一家人拆散。

等待總是炎熱的。雖然是陽曆一月，陰天冷風，媽媽和兩個舅舅，整日焦躁不安，心如火燎。家婆走後兩天，一月十五日，高中開學了。媽媽開始去學校上課，暫時得以轉換一些注意力，每天有一會兒能夠放鬆。初中和小學還沒開學，泰來舅和恆生舅只好待在家裡，每天各自安裝礦石收音機。到了夜深人靜，他們便把幾台收音機同時打開，各機調到不同頻道，同時監聽各地所有新聞。媽媽和兩個舅舅圍坐著，伸著耳朵細聽。舅舅們期盼著能聽到有關家公在香港的消息。而媽媽則盼望不要聽到任何有關家公的消息。如果家公在香港公開露個面，說句話，批評汪先生，那就糟了。汪精衛、陳璧君一定饒不過家公，他們三姊弟在上海，必死無疑。

環龍路住家附近，這幾日又多了不少閒蕩人物。老李趙媽，一天到晚，言行詭異，時刻跟著媽媽三人，寸步不離。

媽媽發脾氣，罵他們，讓他們走開。

趙媽笑著答：「汪夫人專門囑咐，要好好照顧小姐公子，照顧不好，要吃罪。」

廚子老李忽然被調走，換了一個新的，叫老魏。媽媽和舅舅們很害怕老魏會在飯菜裡下毒，可沒有辦法。老魏來的頭一天，每次吃飯前，每樣飯菜都先給家裡養的小貓吃一口。見那小貓沒有中毒，才敢自己動手去吃。這動作讓老魏看到，很生氣，說：「我會在菜裡面放毒嗎？陶先生不幾天就回來了，你們如果有點不是，我怎麼交代。」

媽媽想想也對，所以放心了。不過每頓吃飯，老魏總在桌邊轉來轉去，也是討厭，他們三人不能說話。

第五天頭上，汪公館專門派人，送給媽媽一個口信：家婆已有電報發到愚園路，他們母子三人安抵香港，見到家公，家公已同意盡快隨家婆回上海來。汪先生夫婦接到此信之後，很覺安慰，於當天啟程，去青島公幹，周佛海先生同去。以後幾天，媽媽凡有事，找汪先生的秘書，就可以辦。

可是，什麼時候才有人來救媽媽和舅舅三個呢？

過了幾天，曾資生忽然獨自從香港回到上海。他沒有到家裡來，卻神不知鬼不覺，到媽媽的學校，趁著學生作早操的時候，在校園裡找到媽媽，對媽媽說：「老師師母在香港很好。他們現在什麼都不會說出去，一切要等把你們三人救出上海以後再辦。」

媽媽聽了，眼淚流了一通。

曾資生又說：「重慶政府很關心這件事，專門派了人到香港，策畫搭救你們三人。杜先生已經秘密指派在上海的萬墨林先生，安排搭救你們的事宜。杜先生和萬先生在上海有很大的勢力，一定有辦法。」

媽媽聽了，當然高興，眼淚流得更急。

曾資生說：「你們三個要靜待安排，悄悄準備隨身物件，以便隨時行動。有指示，我會再來這裡找你聯絡。在家裡，行動要小心，不要讓七十六號的人發現。」

媽媽答說：「我們早都知道了。」

曾資生點點頭，說一聲：「保重。」便匆匆走了。

媽媽當天在學校裡想了一天，因此她算術課小考，一道題都作不出，交了白卷。老師看了，大吃一驚，連聲問：「陶小姐是否身體不適？要不要回家休息？」

媽媽稍一猶豫，眼睛一轉，答說：「頭有些痛，可是家裡沒大人，司機要到放學時間才來接。」

算術老師便讓媽媽坐在教室後排，趴在桌上休息，不必做功課。老師而且寫了一個便條，留給隨後幾個任課老師，囑咐他們給予媽媽照顧。於是媽媽正好別無旁顧，可以安心想自己的計策。她反正就要離開上海到香港去，學校的考試功課有什麼要緊。

晚飯前後，曾資生打來個短短的電話，沒說姓名，只說是一個朋友找，問他們好，然後說一聲：明朝會，就急急忙忙掛掉。媽媽一聽，便曉得那是曾資生，通知她明天在學校見面。

那一夜，媽媽睡得不好，翻來翻去，心裡七上八下，很害怕。因為家公脫逃成功，上海碼頭警備更加森嚴，七十六號的監視也加倍嚴密。而且這次逃跑，是三個人，媽媽十八歲，泰來舅十四歲，恆生舅九歲。只怕萬墨林先生看事情難辦，撒手不管，怎麼辦？媽媽胡思亂想了一夜，第二天起床，頭昏眼沉，不想上學，但又一定要去學校，等著見曾資生，所以她掙扎著到了學校。

今天是真不舒服，媽媽第一節課跟老師說明，得到許可，到學校會客室大沙發上，趴著休息，不必上課。

十點鐘上早操，媽媽到校園裡活動一下，清醒一些，又在後操場邊見到曾資生。兩個人蹲在牆腳地上，躲在一棵樹的後面。

曾資生問：「陶小姐，你臉色這麼不好，生病了嗎？」

「沒有。昨晚沒睡好。就怕太難，人家不會來救我們。」

「你放心，杜先生和萬先生都是社會上有名望有地位的人，他們既然說了要救你們，一定會做得到。他們在碼頭上闖蕩的年頭多了，什麼樣的難關都過來了，總有辦法。而且聽說，救你們三個這件事，是蔣委員長親自下了命令。」

「爸爸講過，他從重慶跑出來，得罪了蔣委員長，他們不會管我們了。」

「誰說的？杜先生為這事，親自坐飛機從香港到重慶去了一趟，見了蔣委員長，討論這件事。蔣委員長親口拜託杜先生，一定盡力救你們一家出去。那不會錯，這是師母到香港之後，杜先生親口對陶老師和師母說的。」

媽媽聽了，心裡暖暖的，沒說話。

曾資生接著說：「杜先生接受了蔣委員長的命令，趕忙從重慶回香港布置。他坐的是中國航空公司飛機，飛到中途，突然遇到日本空軍阻截，用機槍猛烈掃射，緊緊追趕。幸虧那個機師沉著鎮靜，技術高明，把飛機一路升高，最後把日機甩掉。可是，飛到八千呎高空，空氣稀薄，氧氣不足，杜先生呼吸困難，幾乎窒息。那機師從飛機上給香港機場打電話，要他們準備醫生擔架。杜先生下飛機，被擔架抬回家去，由醫生急救醒過來。他剛一喘過氣，躺在床上，便開始安排援救你們的計畫。」

媽媽聽著，一會兒心提到嗓子眼，一會兒心裡酸酸，眼淚在眼眶裡打轉。她說：「我回到香港，一定去給杜先生磕頭道謝。」

「所以你們三個不要怕，按照萬先生安排的計畫，你們姊弟一定能夠逃出去。」

接著，曾資生開始詳詳細細地講給媽媽聽：「萬墨林先生已經從內線打探清楚了。汪精衛收到師母從香港發的電報，說老師很快會回到上海來，所以放了心，離開上海到青島去開會。這夫婦兩人一走，愚園路大大小小都鬆了口氣，懶散起來，正是展開行動的好時機。昨天下午萬墨林先生坐了汽車，到環龍路附近轉了許久。發現這些天環龍路地段正修馬路，壓路機日日夜夜，來來去去，震天作響，正好利用。萬先生也打聽出來，師母在滬西有個娘家表妹，開一座煤球工廠。」

「對，我叫她表姨，恆生本是過繼給他們的，她給恆生起的名字。」

「好，聽清楚，計畫是這樣：今天下午回家以後，讓泰來舅和恆生舅吵嚷，嫌壓路機太吵，下午沒法做功課，晚上不能睡好覺，要搬到表姨那裡去住一天。你去向七十六號報告，送兩個弟弟去表姨家住一夜，第二天早上由表姨送去上學，下午還是家裡的司機到學校接兩人回環龍路的家。」

「我呢？送她們去了以後，就自己回家麼？」

「對，你當晚回家住，以免引起疑心。這樣做好了，兩個師弟都去了滬西。萬先生派幾部汽車接應，兩部在杜公館外面，三部在煤球廠前門，三部在煤球廠後門。明天早上，兩個師弟請表姨送到煤球工廠，坐上在那裡等候的汽車。萬先生還派兄弟，帶了長短槍，分三批化裝埋伏，路上保護。一批在杜先生的杜美路公館圍牆外面，一批在你表姨家煤球廠前後出口，一批在十六鋪碼頭。」

「我呢？」

「你明天一早照常坐家裡汽車上學來，從學校前門進，後門出。萬先生親自坐車，在學校後門霞飛路西段等你。你上了這部汽車，到滬西煤球廠去會合兩位師弟。」

媽媽心裡害怕，問：「如果我被七十六號發現，追來怎麼辦？」

「萬墨林先生早算好了，他帶兩名槍法最好的弟兄接你。如果被發現，有追兵，他們可以且戰且走，直駛杜美路，那裡埋伏的槍手會截住追兵，你們換坐接應的汽車再走。如果被發現，七十六號一定派大隊人馬，趕到碼頭去攔截你們。可萬先生的車子卻轉向，不去碼頭而去滬西，就可以甩掉追兵。」

「如果甩不掉呢？」

「如果追兵還跟著，在滬西煤球廠前後門有埋伏的弟兄，可以堵截追兵。你們的汽車，從煤球廠前門進，後門出，或者從後門進，前門出，反正兩頭都有接應換坐的汽車。你們三個每人坐一部，分頭開去十六鋪碼頭。萬先生的想法，如果沒有閃失，自然最好，三個一起走。如果追兵不止，一路槍戰，那時逃出一個算一個。他不能讓你們三個一起犧牲在亂槍之下。」

「他真是好人。」

「到了十六鋪碼頭，自然還有弟兄保衛。那是一艘義大利郵輪，船票早買好了。你們三個不走碼頭舷板上船。他們會開舢板，把你們接上船去。上船之後，你們三個不許相互說話，裝作不認識，各在自己鋪位上，不許亂動。以防船上有人認出壞事。直到郵船出了公海，你們才能到一起，自由活動。」

「陶琴薰，陶琴薰……」忽然有人在樓門口喊叫起來。

媽媽一慌，忍不住跳起來應：「我在這裡。」

四十七

曾資生蹲在樹後，拉媽媽一把，急促地說：「先別吭聲，還有話說。明天一旦行動起來，再沒有時間解說計畫了。你們三個今天晚上必須明白每個細節，牢牢記著，明天行動，不得有誤。你們三人哪一個出點差錯，就可能引起一場大戰，多少人性命都在裡頭。而且你們很可能因此逃不出去。」

媽媽在樹叢外面站著，面向教室，望著那邊喊她的人，聽著身後樹叢裡曾資生的話，想著明天一路汽車飛奔，一路槍炮連天，禁不住臉上一會熱一會涼，心裡一陣緊一陣鬆，幾乎喘不上氣來。

「陶琴薰，陶琴薰，過來呀，你在那邊做什麼？陶琴薰……」那邊的人還在喊，朝媽媽招手。

媽媽看清了，是學校教務主任。

曾資生問：「你記清楚了麼？」

媽媽點點頭。

「今晚對兩個師弟講得清楚麼？」

「我得走，教務主任走過來了。」

曾資生把媽媽手一拉，在她手裡塞了個東西，說：「拿著，是個小蟋蟀。你今晚打電話給表姨，送兩個師弟過去。明天行動，要麼逃去香港，要麼大家死在上海。」

教務主任已經走近了，大聲說著：「哎呀，陶琴薰，你跑到這裡做什麼？喊你也不過來……」

媽媽走了幾步迎上去，舉著那隻拿著蟋蟀的手，假裝害怕地說：「主任，我在這裡捉了一隻蟋蟀，我曉得學校的規定，不許……」

教導主任見媽媽走過去，便停住腳，跟著媽媽轉過了身，往回走，說：「幾個老師都說你病了，讓你休息，卻不見你人。你有精神跑出來捉蟋蟀，怎麼不能上課？」

「就是因為病，才來捉蟋蟀。昨晚有個老中醫給我看病，說要捉活蟋蟀做藥引子，才能治好這病……」

教導主任生氣了，說：「瞎說八道。陶琴薰，你是官宦人家書香門第出身，受的是西洋科學教育，怎麼會聽信這樣的鬼話……」

「家裡沒有大人，只好有病亂投醫……」

「你要怎樣看病，到校醫室去，請董醫生幫忙送你去醫院，不許聽什麼老中醫的話，蟋蟀丟掉……」

兩個人說著話，媽媽揚手丟掉那隻蟋蟀，回頭往樹叢邊望了一眼，悄悄皺皺鼻子，笑了一笑，乖乖聽教導主任訓話，隨著她走進教室樓房。

曾資生在樹後看著，聽著，笑著搖搖頭，見她們進了房子，才從樹叢後站起，走出校園後門。

媽媽去了校醫室，見了董醫生，並沒有去醫院，仍然留在學校，等到下午放學，坐家公的汽車回家。

一進家門，媽媽便把兩個舅舅叫到自己臥房，關住門，鎖好鎖。三個人一起鑽在床上，用被子蒙住頭，躲在裡面，打亮個手電筒照亮，咬耳朵說話。

媽媽把曾資生告訴她的逃跑計畫，仔仔細細告訴給兩個舅舅，然後又要他們每個人把這計畫重複一遍，說得不對的，改過來重說，直到兩個人都記得清清楚楚了才行。泰來舅一直臉色發白，喉嚨發乾，渾身發抖，握在手裡的手電筒，搖來晃去。恆生舅滿臉通紅，興奮不已，恨不能自己也使雙槍去打埋伏。

佣人趙媽在外面敲房門，高聲喊：「陶小姐，開飯了。」

媽媽把被子掀開，露出頭來，回答一聲：「就來了。」

趙媽在門外又問：「兩位少爺呢？也在裡面嗎？」

媽媽喊：「少討厭，我告訴你，我們等一下就去，你囉嗦什麼。」

趙媽在門外放低了聲音，說：「是，陶小姐，不要等菜涼了，又要熱。」

媽媽不說話，伸著耳朵，聽著趙媽走下樓去，又揚起被子，重新蒙住頭，跟兩個舅舅繼續說話。說完以後，三個人勾了手指頭，從此保密，不對任何人說出去。然後一起撩開蒙在頭上的被子，三個人都大大喘了幾口氣，互相看看，放聲大笑。每個人都是滿頭大汗，泰來舅手裡的手電筒上都是汗，關了幾次，才關滅燈亮。媽媽臉上白道子粉道子，橫七豎八，汗把媽媽臉上撲的那一點點粉都浸溼了，抹了一臉。媽媽趕緊跑到洗手間，洗了把臉，才跟著舅舅們一起，下樓到餐廳吃晚飯。

吃了沒幾口，泰來舅便連聲說：「頭痛死了，我要去醫院。已經三天了，頭痛。」

恆生舅也把碗推開，大聲叫：「準是外面修路吵的，我也頭痛。壓路機吵死了，我不要吃飯了，還是去醫院安靜一點。」

媽媽便轉過頭，對站在身後的趙媽說：「你看他們這樣，我怎麼辦？他們剛才在我屋裡喊了半天了，我也勸過，沒有用，他們還要吵。爸爸過兩天回來，他們去告狀，我只有挨罵。」

廚子老魏從廚房裡走出來，點著頭說：「也是，這幾天我自己也讓外面的壓路機吵得心裡很煩，這路不曉得要修多久。」

媽媽對老魏說：「那麼我們送兩個弟弟去醫院吧，你去叫車子。」

趙媽說：「去醫院做什麼？他們又沒有生病。」

媽媽說：「他們喊頭痛，不是生病麼？」

趙媽說：「只是吵得頭痛，又不生病，外面不吵了，頭痛自然沒有了，去醫院也看不出來什麼。」

媽媽說：「那麼去醫院也好，那裡不吵。」

趙媽說：「怕吵，也不必去醫院。」

媽媽忽然兩手一拍，高聲說：「對，天底下又不是光醫院裡安靜。只要外面不修路，房子裡就安靜，上海哪裡不吵呢？」

趙媽說：「愚園路不吵，要你們搬過去，你們又不肯。」

媽媽瞪趙媽一眼，說：「要不，我們送兩個弟弟到姨媽家去住一夜吧。我打電話去問一問，她家外面一定沒有修路。」

趙媽和老魏互相看看，異口同聲說：「這，我們可作不了主。」

媽媽說：「你們去請示好了，把司機老鄭找來，開車送他們過去，我的頭不痛，我可以回來，在家裡睡。明天早上讓姨媽送他們兩個去上學，下午還是老鄭去接他們回家。休息一天，鬆鬆腦筋，頭不痛了，就不許他們再吵。」

「這樣的話，我們去問問看。」老魏和趙媽說著，一起跑出大門去。

媽媽對兩個舅舅招招手，說：「走，我們上樓去收拾你們要帶的東西。」

三個人跑上了樓，泰來舅說：「有什麼要帶嗎？只要一條命能跑出去，衣服帶不帶不要緊。萬一出事，在槍林彈雨裡衝鋒，還能提包袱嗎？」

恆生舅說：「大哥說得對，帶行李反而累贅。萬一哪裡丟了一件，反給七十六號留下線索，引得追兵趕來。」

媽媽想想，也覺得有理。再說，只住一夜，也不能像搬家一樣帶大包小包，讓七十六號懷疑，便說：「只把牙刷毛巾兩身內衣內褲一雙襪子一件外衣包起來，放在書包裡，好背，不用帶書。」

三個人手忙腳亂，快快收拾好了。

老魏和趙媽在門外，跟警衛們商量了半天，又打電話到七十六號去請示之後，回進屋，把媽媽和舅舅們叫下樓，說：「好，就這樣，只許住今晚一夜，明天下午回家來。」

媽媽樂了，馬上抓起電話，打給表姨婆。聽著電話鈴響，看看牆壁上的日曆，家婆她們離開已經兩個禮拜了。

表姨婆在電話裡聽完媽媽的話，好像有點為難，說：「我們自然歡迎兩個丫來我家裡住，恆生還過繼給我們做兒子呢，回自己家有什麼話說。可我家裡這兩天正粉刷房子，裡裡外外亂作一團，沒有地方可以睡，還是過三天再來比較好些。」

媽媽聽了，差點哭出來，三天？一天也不能遲。她帶著哭聲，求表姨婆：「我再也不能聽他們喊頭痛，他們再喊一天，我就會瘋了。求求姨媽幫個忙，今晚讓他們去，只一晚上，他們兩個明天一定回家。男丫不講究，沒有房間，睡客廳，地板上鋪個褥子就可以了，總沒有壓路機一夜不停的吵。」

表姨婆只得答應了，說好過一會媽媽把兩個舅舅送去她家。

然後媽媽跑出大門，跟停在門外的司機老鄭說好，再回進屋來，讓兩個舅舅穿好外衣，背好書包。出門上車，在天井裡，媽媽又囑咐兩個舅舅，在車上不准說話。

泰來舅本來話不多，聽了，只默默點點頭。

恆生舅說：「我說話做什麼，我一路聽我的礦石收音機。」

表姨婆家並不住在滬西煤球工廠附近，路上媽媽根本沒有看見一個煤球廠。這樣才好，老鄭不會對煤球廠注意，明天會容易些。

到了表姨婆家，媽媽對老鄭說：「你在門外稍等一下，我把他們兩個送進門去，對姨媽說好明天的安排，馬上出來，坐你車回家。」

老鄭點頭說：「陶小姐只管去，我在這裡等，沒問題。」

表姨婆開了門，張著兩手，歡喜地喊：「啊呀，來來來，真想不到，你們這麼快就來了。快進來，喝杯茶，快……」

媽媽回頭看了老鄭一眼，老鄭對她揮揮手。

表姨婆兩手摟著兩個舅舅的肩膀，擁著進了家門，媽媽也跟進去。姨媽家裡果然亂七八糟，三面牆還是原來的灰顏色，一面牆已經刷成新的淡黃色。客廳裡的桌椅櫥櫃都罩了布，兩張沙發顯然是剛把罩布掀開來，準備讓泰來、恆生兩個舅舅睡。地板上到處丟滿了碎紙、布條、草片。「實在難為情，你們只好將就。樓上更亂，不請你們上樓去，腳也插不下來。姨夫和表哥表妹都到別處去過夜，只我一人看家。」表姨婆一邊給倒水，一邊說。

媽媽說：「沒有關係，姨媽，別客氣。天已經黑了，他們睡過一覺，就走了。」

表姨婆說：「走路小心呀，不要踏到油漆盆上面。」

媽媽對兩個舅舅說：「聽到沒有，晚上睡了，不要爬起來亂跑，踩了油漆盆，給姨媽家地板上印一大堆腳印。」

兩個舅舅笑起來。

表姨婆端了個茶盤走過來，一邊說：「不要緊的，等會睡覺，我把油漆盆都搬開。琴薰，爸爸媽媽快回來了麼？」

泰來舅聽問，暗暗對媽媽搖搖手。

媽媽也對泰來舅搖搖手，回答姨媽說：「不曉得，大概快了吧。」

泰來舅點點頭。

表姨婆說：「真是，三個丫，沒有大人，怎麼辦法。」

媽媽站起身，接過茶杯，對表姨媽說：「姨媽，就你一個人在家，裡外忙，真不好意思打擾。明天早上，你把他們兩個送到煤球廠前門就行了，不必麻煩你們多跑路。我跟一個朋友講好了，他上學順路，會讓車夫在煤球廠門口接了他們，送他們去學校。」

萬先生囑咐曾資生告訴過媽媽，這個計畫知道的人越少越安全，所以媽媽不能把設法逃脫的計畫告訴給表姨婆。兩個舅舅也明白，不會對表姨婆透露半個字。

表姨婆看媽媽那麼懂事，樂得嘴也合不攏，連聲說：「其實送去學校也沒有什麼麻煩。不過這樣也好，放心放心。」

媽媽喝了一口茶，放下杯子，對兩個舅舅說：「那麼明天見了，你們不要磨辰光，馬上去洗臉刷牙，就睡。姨媽忙了一天，也要睡了。」

泰來舅說：「好幾天睡不好，我已經瞌睡死了，現在就要睡。」

恆生舅也說：「我也現在睡，不要刷牙了，可以麼？」

媽媽說：「不可以，刷了牙才許睡。」

三個人這樣說著，互相擠眼睛。

姨媽樂得合不上嘴，說：「好了，現在去洗，洗了就睡。」

媽媽對表姨婆說過：「再會。」便走出門，反身關好，下台階，上了老鄭的車，一言不語，開回家去。

路上，突然下起雪來。跟北平相比，上海下這麼一點點雪，簡直微不足道，可是媽媽卻覺得非比尋常。

老鄭說：「你看，下起雪來了，其實他們不必過來。下了雪，外面修馬路一定會停，今天晚上不會再吵。」

媽媽懶得理他，一句話也不說。

汽車輪在雪地上嘰嘰嘎嘎響，好像震得耳鳴，車頭大燈照耀下，雪花紛飛，好像讓人眼花撩亂。媽媽才想起，今天一天本來一直陰沉沉的，可是她腦子裡全是逃跑，沒有注意到。這樣天氣萬墨林先生會不會改變計畫呢？她不曉得，也猜不出來，只怕今晚忽然有電話來，曾資生通知說明天走不成了。

四十八

這一夜，外面果然沒有修路，可媽媽卻昏昏沉沉，似睡非睡。腦子裡一會兒是飛機在天上掃射機槍，飛機翅膀在雲裡打抖，尾巴後面拖了黑煙。一會兒是一隊汽車在馬路上飛馳，前面跑後面追，槍彈呼呼在耳邊響，汽車身上打滿了洞。一會兒是輪船上放下纜繩，把她吊上去，頭在船邊鐵板上碰得咚咚響。一會兒是身後舢板被槍彈打翻，一個舅舅掉進水裡，手腳撲騰，搶呼救命。媽媽要跳到水裡去救，身邊保鏢死死拉住不放，說：「出去一個算一個，出去一個算一個。」

媽媽驚得醒過來，渾身大汗，呼呼直喘。她乾脆坐起，圍住被子，靠著床頭，望著屋裡的黑暗發愣，不睡了。遠處誰家的雞在打鳴，一聲接一聲不停。上海城裡居然還有人養雞，今天才發現。天快亮了，媽媽禁不住打了個抖。

過了不久，天亮了，總算到現在，曾資生沒有來電話，就是說，一切都按原計畫。媽媽自己的臥房窗口，看不到外面的大馬路。所以媽媽裹著睡袍，跑到家婆的臥房裡，從窗中望出去。

窗外還是陰沉沉的，天地間一派灰裡發白。極目望處，沒有一絲陽光透出。雪不像昨晚那樣大，只是稀稀揚揚地飄些雪花，時停時落。雪不大，風卻硬，所以雪花飄下，都斜斜地飛。上海下雪不多，但每年總有幾天很冷，會下雪或下冰雨，今天就是那樣一天。馬路上人很少，都不像北平人那樣穿著大厚棉襖棉褲棉鞋或者棉猴棉大衣，只穿一件薄薄的絲棉夾襖，或者兩件毛衣，縮頭縮腦，在冷風橫雪中匆忙行走。

媽媽在家婆臥室門口的日曆上撕下一頁，今天是一九四〇年一月十八日。然後媽媽回到自己屋裡，坐在床上，穿好衣服，特意在裡面多穿了一條棉毛褲，一件厚毛衣，又在外面套上絲棉襖。然後走到洗手間，刷牙洗臉。對著鏡子，媽媽發現自己臉色發灰發黃，眼泡腫脹，嘴角也裂開口，張嘴刷牙，嘴角流血，疼痛難忍。

媽媽吐掉嘴裡的漱口水，對著鏡子，用手拍拍自己的臉蛋，揪揪自己的眼皮，在自己頭頂拍了一掌，大聲說：「難看死了。」

她說著，眼裡眼淚快要湧出來了。她把洗臉間小櫃子的幾個抽屜都拉開，把裡面所有的化妝品都拿出來，攤在台子上，口紅、撲粉、髮膏、眉筆。家婆從來不化妝。媽媽也是進了高中，學校有時開跳舞會，必須化妝，所以才購置這麼一些。她平時很少用，頂多在臉上撲些粉而已。

可是今天，媽媽想，如果她今天衝不出上海，只有死，那麼今天就是她在這個世界上的最後一天。她一定要用最美好的容貌來度過這一天，不能蓬頭垢面地死去。

她想清楚了，時間反正還早得很，便對著鏡子，開始細細地化妝。她先用熱水洗了幾遍臉，用熱毛巾在臉上捂了幾分鐘，又拿手掌用力在臉上擦理，抹平眼角和唇邊的細微皺紋。然後拿粉撲子在額頭臉頰下巴各處薄薄地撲上一層粉，又拿胭脂撲子在雙頰上輕撲幾下，濃濃淡淡整理清楚，臉蛋馬上有了光彩。媽媽拿黑色的眉筆仔細畫，先是眉毛，再畫眼睛，要遮去腫脹的眼泡，非畫些黑色不可。媽媽不大會，畫了擦了好幾次，最後總算看得過去了。然後她挑選了一種稍稍暗紅的唇膏，塗到上唇，她不喜歡鮮紅發亮的口紅。塗好以後，再用唇膏筆勾齊兩唇邊線，才滿意了。最後媽媽對著鏡子，用梳子把頭髮梳了幾次。她突然想起，十幾天前，家公逃出上海那天早上，也曾這樣仔細地打扮過一番。

媽媽微微一笑，鏡子裡的姑娘容光煥發，美麗動人。好了，就算今天真的死了，她也是漂漂亮亮地死了。

下樓吃早飯，廚子老魏看媽媽一眼，好像嚇了一跳。

媽媽忙說：「今天學校有口試和體檢。」

老魏似懂非懂，對媽媽多看幾眼。

臨出門，媽媽忽然看見客廳裡的日曆，趙媽已經撕過。媽媽猛然心血來潮，走過去，舉起手，要撕一月十八號那張日曆。轉念一想，扭頭看看廚房門口，又停住手，急步跑上樓，到家婆臥室裡，將一月十八日的日曆撕下來，藏到衣服口袋裡。

出了門，坐進汽車。司機老鄭回過頭來，盯著媽媽看，笑說：「陶小姐今天好像去跳舞會。」

媽媽又說：「今天學校有口試和體檢。」

到學校門口，雪完全停了，天也亮了許多。馬路兩邊很多同學，在雪裡走上學。

媽媽告訴老鄭：「口試和體格檢查都在下午，你四點鐘再來接我好了。」

老鄭說：「好的，好的，不會晚。」

媽媽下了車，踩著地上薄薄的雪，朝學校門口走。老鄭嘻嘻笑著，把車開走了。媽媽走上台階，伸手拉門的當兒，下意識地朝汽車開走的方向望了望。不料剛好看見那汽車正掉轉車頭，發出嘎嘎的聲音，重新往學校開回來。媽媽嚇了一跳，忙躲到門邊的柱子後面看。汽車在校門口停下，老鄭隔著車窗朝校門口張望，看見一個學生從車邊走過，就搖下車窗，問他了幾句話。那學生點了幾下頭，轉身走上學校大門口的台階。老鄭關好窗，又把車開走了。

媽媽走過來，跟那學生一起走進校門，一邊問：「那車夫問你什麼？」

「是你家的車夫麼？」

「是，最討厭。」

「他問學校今天下午有體檢麼？我說是。」

「哦。」媽媽應了一聲，又補一句：「他要偷懶，這下更可以來遲些了。」

那學生看她一眼，轉身走去他的教室。

媽媽左右環顧一下，走廊大廳裡的學生都匆忙趕往教室，沒有人注意到她。媽媽馬上急步走出樓房後門，在雪地上往學校後門走，胸口通通通的響。

一部黑色的小汽車，果然在後門口霞飛路上等著，見媽媽出樓門，便發動起來。媽媽剛走出學校後門，車門便打開，一個全身穿黑短衣、頭戴黑禮帽的人跳下車，前後左右張望著，等媽媽鑽進車去。媽媽前腳上了車，那人後腳也跟進來，身手輕捷。兩人還沒坐穩，車門還沒關好，車子便飛快地開動起來。

媽媽這才看清，她是擠坐在兩個黑衣大漢當中，左手也坐一個穿黑短衣戴黑禮帽的人。兩人臉上都架著墨鏡，看不清他們的眉眼。他們都一言不發，左右轉著頭，朝車窗外望，每人右手都在懷裡插著。想來這二人就是曾資生說的，萬先生手下槍法最好的兩個保鏢。媽媽渾身又打個抖，嘴唇哆嗦起來。

坐在前排車夫旁邊的人轉過身，對媽媽說：「陶小姐，在下是萬墨林。」一口濃重的浦東話，聲音洪亮，把整個車廂震得嗡嗡響。

媽媽仰臉看他。隔著車座靠背，看不清他穿的什麼衣服，從領子上看，是一件駝色中式棉長袍，頭上也戴一頂黑色呢禮帽，帽邊插著一枝粉色的小花。他沒有戴墨鏡，所以看得清容貌，胖胖的，臉很寬闊。眉毛粗重，眼睛圓圓，很有神。他朝媽媽笑著，很和善，很隨便，好像根本沒有什麼槍戰的危險在前面。

「萬某與令尊有一面之交，不想陶先生有格樣霞奇漂亮的女兒。」萬先生還是扭著頭，對媽媽說：「今朝蠻冷，陶小姐穿得夠嗎？」

媽媽回答：「謝謝萬先生，夠暖了。」

萬墨林說：「勿要緊張，弗會出事體。」

媽媽看萬先生那樣輕鬆，也放下心來，有些不好意思，說：「只要兩個弟弟能平安無事，到姨媽的煤球廠就好了。」

萬墨林笑笑說：「一定的，弗會出事的。」

媽媽又說：「不曉得他們是不是穿夠衣服，昨天去的時候沒有下雪，他們帶的衣服不夠多，姨媽今早借給他們兩件才好。」

萬墨林點點頭，說：「長姊如母，果然不錯，陶小姐真是姊姊樣子。兩位公子不會冷的，如果冷，我的弟兄也要給他們衣服穿。」

他們這樣閒談，汽車一路飛奔。

路線時刻，媽媽一天一夜不知背誦過了多少遍，早已爛熟於心。現在車裡人誰也不說話了，五雙眼睛，注視前後左右。很好，七十六號沒有任何察覺，後面馬路上沒有一部車子。媽媽睜大眼睛，看著窗外，車子開到杜美路，街兩邊三三兩兩人，走的走，坐的坐，看見車子過來，都站起，想來這些就是埋伏的槍手。車子打個掉頭，轉向滬西，一秒不停，急駛到表姨婆的煤球廠。

媽媽以前從沒來過這裡，只見前門口外有一些人站著，都是煤球廠工人打扮。看見車子來到，揮手讓車子進門。然後這些人都站在車子後面，臉都朝廠門外警戒。廠裡面漆黑一片，工人們滿臉煤灰，黑白不辨。

車子停下，媽媽兩邊的兩個槍手同時開門下車，媽媽跟著下來。萬墨林先生也下了車，站直身子，拍拍身上的長袍。媽媽才看到，他身材高大魁梧，膀大腰圓，動作很敏捷，很自信。他四面查看一下，摘下禮帽抓抓頭髮，剪得很短的平頭，抓過之後又把禮帽戴好。

旁邊一個瘦瘦乾乾的人走來，對他耳朵講幾句話。萬先生說聲：「辦得好。」朝身邊的保鑣招招手，一行五人朝煤球廠後門走。到了後院，三部汽車已經發動，其中兩部已經開始往大門口走，媽媽曉得那上面分別坐的是泰來舅和恆生舅。到現在，她還沒有看到他們，心裡很牽掛。第三部車的三個車門都開著，萬先生，兩個保鑣，和媽媽趕緊鑽進了車，還是一樣的坐法，媽媽夾在後座兩個保鑣中間。車子從煤廠後門開出去，門口兩邊也是一群工人打扮的人在警戒。

託天之幸，到這裡，一路無事，眼看就到十六鋪碼頭。

三部車子沒有開到碼頭門口，而是遠遠地，停在碼頭一側。車門都不開，人都不下來。周圍二十幾個船客打扮的人，慢慢散布到幾部車子旁邊，四處警戒。媽媽車裡，前面司機打開車窗，伸出一條胳臂，搖動一塊白色手帕，向江心揮舞。

馬上，江裡顯出三艘小舢板，快速往岸邊駛過來。

沒有人說話，萬墨林先生也沒有作聲，卻像有人下命令，突然之間，三部車子的所有車門都同時打開，每個車裡跳出連司機四個黑衣禮帽的保鑣。媽媽車裡兩個保鑣加司機和萬墨林先生，也是四人。十一條大漢走過來，圍成一個圓圈，臉都朝外站著，右手都插在腰邊衣服裡面，把萬先生、媽媽、泰來舅和恆生舅圍在圈裡。

萬先生對媽媽三個說：「將門虎子，有陶先生這樣當世英雄做父親，自然你們這樣臨危不亂，沉著鎮靜，將來必有大作為，可喜可賀。」

媽媽對兩個舅舅說：「泰來、恆生，這位就是救命恩人萬先生，快來謝。」

兩位舅舅連忙拱手作揖，向萬先生致謝。

萬先生一面忙向兩位舅舅拱手，一面說：「不敢，不敢，萬某不過買了幾張船票，作了一次戒備而已。實在是三位公子心誠，得天之助，一路不發一槍一炮，大功告成。」

江邊小舢板靠了岸。

萬先生說：「好了，上船。到了香港，見到令尊，請代致問候，我們後會有期。」

身邊兩個保鑣，先夾著恆生舅，走到江邊，下了一艘舢板，立刻開走。然後又有兩個保鑣，夾了泰來舅，走到江邊下艇，也立刻離岸駛去。第三組兩個保鑣走到媽媽身邊，拉住媽媽，轉過身，剛要走，媽媽忽然停住腳，轉過身來，看看兩個在自己身邊坐了一路的保鑣。他們現在站在萬墨林身邊，保衛萬先生的安全。

媽媽忽然覺得鼻子眼睛都酸酸的，兩個黑衣人，路上一句話都沒有說過，可是媽媽忽然覺得他們與自己那麼親近，好像是曾經共過許多患難的朋友。可不是麼？如果路上真發生槍戰，這兩個人自然要拚性命，就是死了，也會用身體堵住車窗，為她抵擋射來的槍彈。媽媽忍不住，突然衝過去，站在那兩個保鑣面前，彎腰深深鞠了兩躬，對著他們的臉說：「謝謝，謝謝。」

兩個高高大大的保鑣猛然一愣，旁邊萬先生也一愣。未及他們反應過來，媽媽趴在地上，對著萬先生磕了三個頭。萬先生剛要彎腰去扶，媽媽已站起身，快步走下江邊，頭也不回，邁進最後一艘舢板，眼淚一個勁地流。

一切都如所計畫的一樣，三條舢板，前前後後，繞過大船，駛到船靠外海一側。遠遠的十六鋪碼頭上，可以看見許多日本兵在入口處檢查上船客人。

媽媽到大船邊時，恆生舅已經在空中，沿繩梯向船上爬了一半。第二條舢板上，兩個保鑣正扶著泰來舅往繩梯上攀。繩梯不是從甲板上放下來，而是從一個圓形艙孔放下。恆生舅到了艙口，孔裡有人伸出兩隻手，把他拖進去。這時泰來舅已在半空中，媽媽站起來，不等保鑣幫忙，自己往繩梯爬去。媽媽這一攀，繩梯猛烈搖動起來，半空中的泰來舅嚇得大叫，才叫一聲，又吞住。兩手死抓住繩梯，不敢動彈。媽媽一看，立刻鬆手，跳離繩梯，旁邊兩個保鑣舉手拉緊繩梯，穩住晃動。泰來舅朝下看看，喘了口氣，才又爬動起來。直到泰來舅爬進上艙孔，媽媽才又迅速沿繩梯爬上去。

等媽媽爬進艙孔，朝下張望，三艘舢板已經離開。艇上一個保鑣朝岸邊揮動一塊紅色手帕，想是報告一切完成。

拉他們上船的三個水手都不說話，動作神速，繩梯一收，人便散開。只有一個水手朝媽媽三人招招手，領他們走路。那並不是客艙，而是一處貨艙，身邊都是些貨箱和一些轉動的機器，走道空間窄得只能側身站立或走動。四個人都不說話，悄悄走出貨艙，轉來轉去，上幾個小梯，才到了甲板。那水手拿手一指，要媽媽他們從一個小艙門進去，到客艙。曾資生在門裡面走道上站著等他們進來，不說話，伸手遞給他們每人一張船票，然後走開。

三人鋪位分開，泰來舅和恆生舅同在一間容納七八個人的統艙。恆生舅在一個門邊的上鋪。泰來舅在統艙另一個門邊的下鋪。兩人遙遙相看，卻不能講話。媽媽在另一間艙內，靜靜躺著，一動不動。雖然一路平安，可是細想一遍經過，還是很有些後怕。

船要到傍晚才開，那時剛到中午。已經上船的人都到餐廳去吃中飯。曾資生沒有講過他們怎樣吃飯，所以三個人誰也不敢出艙門。泰來舅和恆生舅書包裡有些吃的，表姨婆早上給兩人塞了些吃食，要他們在學校裡吃。長輩人總怕小孩子餓肚皮，這些小點心卻真是救星，解了兩位舅舅的午間之饑。

媽媽沒有準備這些，只好忍著，閉上眼睛，滿腦盡是幻覺。一忽兒他們三個人被船上日本憲兵查出來，兩手一綁，送回虹口，李士群舉槍砰砰兩聲斃死了他們。一忽兒汪精衛派人把他們三人捉進愚園路，嚴加看守，寸步不離，逼家公回滬才放出來。家公回到上海，他們自由了，家公卻只有死。幻想到這些，媽媽一勁打抖。過一會，她又想起，學校老師會不會疑心她今天不去上課呢？她已經在學校裡病了兩天，今天在家臥床也是常理。所以學校大概不會打電話到家裡去問。他們打電話回家，趙媽一接，就麻煩了。如果學校不打電話問家裡，那麼下午四點老鄭去接她之前，七十六號不會得知她不見了蹤影，他們三個在船上就沒有危險。昨晚沒有睡好，今早擔驚受怕，想到這裡，心情鬆弛下來，加上肚餓，媽媽昏昏地睡去。

四十九

睡夢中，媽媽突然被人推醒。有人在她耳邊怪叫：「起來，起來。」

媽媽睜開眼，床邊站個水手，瞪眼望著她。那水手身後，還站個矮個子日本兵，土黃軍裝，軍呢大衣，血紅領章，胸掛彈帶，長槍橫端，刺刀陰森，一對瞇瞇小眼，凶神惡煞地盯著她。媽媽嚇得魂飛九天，心想：這下完了，我要死了。

「你的票。」那水手的吆喝聲打斷媽媽的胡思亂想。

媽媽好像仍然沒有聽懂，並不看那水手，只是望著日本兵。

日本兵盯著她，一眼不眨。那眼光讓媽媽發抖，想起從北平逃難，坐火車到天津路上，日本兵上車搶劫中國婦女的一幕。眼前這日本兵會不會要搶劫她呢？媽媽暗下決心，只要讓日本兵搶走，必死無疑，所以只要眼前這鬼子一動手，她就跟他拚，頂多是一死，總不至於多受些苦，讓日本鬼子污辱。可是面前這日本兵見她不動，搖搖刺刀，用中文大聲叫：「票，票。」

媽媽突然靈醒過來，趕忙拿出曾資生剛交給自己的船票，遞給日本鬼。那日本兵不接，旁邊的水手伸手接過媽媽的船票，看了一眼，用卡鉗在票上面打了個洞，還給她，然後看也不再看媽媽一眼，走過去，對旁邊鋪位上的人大喊：「查票，查票。」

那個端刺刀的日本兵也跟著走過去，不再朝媽媽這邊看。

抬手看看手表，正是下午四點，媽媽不由得又緊張起來。她閉起眼睛想像：司機老鄭到了學校，在校門口等。過了半個鐘頭，學校所有學生都走光了，還不見媽媽。老鄭就下車，到學校裡去問。老師告訴他，媽媽今天一天沒有來上課。於是老鄭慌了，忙開車回環龍路。廚子老魏自然說媽媽一天不在家，兩個人馬上一塊找外面監視的人查問，沒有人曉得媽媽今天哪裡去了。這一下，整個七十六號都亂了。李士群大發脾氣，摔桌子打板凳，可能還開槍槍斃一兩個部下，可是沒有人猜得出媽媽在哪兒。他們一定去滬西找表姨婆，表姨婆說她一早送兩個舅舅去了煤球廠，媽媽找的朋友帶他們上學去了。七十六號又到兩個舅舅的學校去問，才曉得兩個舅舅也一天沒上學。李士群悟出來，他們姊弟三人有可能潛逃出滬。於是派出大隊人馬，分頭到飛機場、火車站和碼頭搜查。

可那時候，已經過了兩三個鐘頭，義大利郵輪威爾蒂號五點半鐘準時啟錨開船，早已沿著黃浦江航行半個小時。等七十六號的人在碼頭上搜完各條船，還沒來得及擋住黃浦江上的每一條郵輪，威爾蒂號郵輪已經出了吳淞口，進入公海。

情況與媽媽的想像一樣，天將暗下來的時間，一切都過去了。

曾資生跑進媽媽的船艙，告訴媽媽：「陶小姐，危險過去了，我們已經進了公海，兩位師弟正在甲板上等你。」

媽媽不及答話，跳起來，下了床，衝出艙門，衝上舷梯，衝到甲板，抱住兩個舅舅，放聲大哭。海上寒風之中，三個姊弟摟抱一團，哭了好一陣，才被曾資生勸止，一起回到餐廳去吃晚飯。

餐廳裡很暖和，播放著威爾第的歌劇《阿依達》，聲音不大，女高音委婉的歌聲，顯得輕柔動聽，裊繞不絕。吃飯的人不多，都是西洋人，高鼻子藍眼睛，穿著燕尾服大長裙，滿臉紅光，低聲說笑，好像開宴會。聽著這音樂，享受著和平與寧靜，媽媽覺得舒服極了，微微閉上眼睛。

曾資生端來四杯紅葡萄酒。「乾杯，乾杯。」

媽媽從來沒有吃過那麼好吃的西餐。她吃完一客洋芋沙拉，又吃一客炸牛排，還吃了一客義大利肉丸通心粉。湖北人很少誇獎別地方人做的湯，今天媽媽對船上的羅宋湯竟也讚不絕口。

恆生舅突然放下刀叉，歪著頭問泰來舅：「大哥，剛才查完票，我看見你在對面下鋪，忽然抱住兩條腿翻滾，好像很痛苦。我想去問問你怎麼了，可是不能說話。」

泰來舅不好意思地說：「左腿突然抽筋，疼倒不疼，只是把我嚇死了。」

恆生舅說：「我看你用力捶腿，捶了好一陣才沒事了。」

泰來舅說：「他們查票，我以為……」

媽媽笑了說：「我也嚇糊塗了幾分鐘，那日本兵的刺刀差點戳到我臉上來。」

曾資生說：「吃過飯，你們幾個換艙房。我們四人住一個小客艙，沒有旁人，你們可以安心睡兩天覺。」

媽媽很高興，說：「太好了，我兩夜沒睡了。」

曾資生說：「看得出。」

媽媽有點慌，舉手摸摸臉，問：「是嗎？眼皮又腫了嗎？」

曾資生笑了，說：「哪裡。我看師妹今天如此精心化妝，那麼漂亮，就曉得一定是晚上沒有睡好。」

「吃好了，吃好了，我們去睡覺。」媽媽不答曾資生的話，推開面前的碟子，站起身，又低頭問曾資生，「我們住哪間艙？」

曾資生笑了，說：「你們都跟我來吧。」

五十

兩天之後，義大利郵輪威爾第號徐徐抵靠九龍碼頭。媽媽、泰來舅和恆生舅老早都擠在船舷邊，朝碼頭上張望。接船的人很多，碼頭邊上擠得滿滿的，紅黃藍綠，高低胖瘦，斑駁陸離。可是人群當中，四處尋找，看不到家公家婆的身影。

曾資生說：「老師在香港還是很危險，大概不方便來碼頭上接你們。」

媽媽和舅舅們聽了，很失望，只好無精打采地跟著曾資生，背著自己的小背包，走下甲板，走過舷板，走到岸上。

「陶師妹，陶師妹。」

媽媽聽到人叫，抬頭看去，發現家公另一個學生連先生跑到面前。他中等個子，皮膚白，微胖，戴金絲眼鏡，穿身西裝，文質彬彬，很像個學者。

曾資生搶著問：「士升，老師派你來接船麼？」

「是呀。陶老師在香港不敢露面，不能自由出門，特派我來接船。老師、師母都很好，就是為你們三人擔心，茶飯不思，現在坐在家裡，盼你們到家呢。」

恆生舅叫喊：「我要回家。」

泰來舅也說一聲：「快走，快走。」

媽媽高興得伸出雙臂，大聲歡呼：「回家了，回家了。」引得左右船客們都扭過頭來，望著她。所有的眼光都先是奇怪，而後又都受到媽媽歡聲感染而微笑。媽媽不在乎，她經過上海許多日子出生入死，今天能夠自由自在地張望香港明亮的太陽，隨心所欲地大聲說笑，不必再擔心監視警戒，槍林彈雨，多麼快樂，她要盡情地享受這一個時刻，讓心靈再度充滿幸福。

「杜先生特別派了一部車子來接你們幾位，請隨我一起走吧。」連士升說著，一邊引眾人出了碼頭，在街邊找到汽車。

媽媽從來沒有想到，從碼頭到九龍塘，居然這麼遙遠，開車走了那麼許久，人心都要急死了。她也從來沒有發現過，香港原來這樣美麗，花還開著，樹還綠著。原以為窄小擁擠的商店，現在看來好像也寬暢許多，街上那些瘦小乾黃的香港人，也順眼得多。

汽車轉了幾個彎，上了一個坡，終於停在一個門口。

連士升說：「到了。」

他話音才落，恆生舅早已跌下車去，一路衝進門，叫聲不斷：「姆媽……爸爸……」

媽媽隨後跳下車，也張著兩手，朝門裡衝，一面大叫：「姆媽！姆媽！」

泰來舅跟著下車，跟著跑。他不會那樣狂叫，只跑不喊。

家公家婆坐在客廳當中等他們，聽到叫聲，都站起來，快步朝門口走。恆生舅一頭撲進家公懷裡，胡亂喊叫。媽媽和家婆抱在一處，放聲嚎啕，最後乾脆雙雙坐到地上，抱著頭痛哭。泰來舅跑過來，家公一把摟住，垂下淚來。曾資生和連士升兩人，都知趣地站在大門外面等著。

過了好一會，泰來舅、恆生舅平靜下來，垂著兩手，站在一邊，家婆媽媽母女兩人還哭不完。晉生舅走出來，拉著恆生舅的手，一直仰臉盯著他。家公抱起范生舅，替他擦鼻涕。范生舅看見家婆大哭，自己也放聲大哭。又好一陣，母女二人眼淚流乾了，才漸漸平息下來，站起身，鬆開手，相視而笑，臉上還掛著淚。

家公這才放下范生舅，一手拍拍泰來舅和恆生舅的肩膀，坐下來，說：「好了，講講看，怎樣逃出來的？」

家婆一邊抹著眼淚，一邊往廚房跑，叫道：「先吃飯，先吃飯。」

家公站起身說：「對，對，對，一定都餓壞了。」

家公忙朝大門外招呼，叫：「你們兩個，也進來，一道吃飯。」

恆生舅說：「我們在船上吃很好的飯，師兄給我們買很好吃的西餐。」

曾資生走進屋來，站在一邊，笑著請安：「老師好。」

家公對曾資生說：「謝謝你出生入死，一路照顧。」

曾資生不好意思，說：「老師不必客氣，這是學生應該做的。」

家婆端出大盤小碗，擺了一桌：「吃飯，吃飯。」

媽媽趴到家公耳邊，低聲問：「爸爸，我不問清楚，飯吃不下。」

家公問：「問什麼？」

媽媽問：「高先生弄到密約了嗎？」

家公笑起來，看一眼飯桌邊忙碌的人，也故意低聲對媽媽說：「沒有弄到的話，我早也活不到今天接你們回來。」

媽媽大鬆一口氣，家公的性命有保了。她伸開兩臂，緊緊抱住家公，眼淚又落下來。

家婆端著菜，走出走進，不住叫：「快坐，快坐。琴薰，又做麼什？剛哭夠了，又要哭麼？」

媽媽和家公對視一笑，和眾人一道坐定。連士升從懷裡取出一瓶葡萄酒，說：「我曉得老師平時不喝酒，不過今天慶祝師妹師弟三人平安脫險，老師一家大小團圓，應該喝一口。」

曾資生說：「自然自然。」

家婆忙又起身，去廚房取酒杯來，分給各人，說：「喝得喝得。」

家公對連士升說：「多謝你想得到。」

恆生舅說：「我們在船上，喝過了。」

家婆問：「喝過麼什？」

媽媽說：「我們出了公海，三個人見過面以後，師兄帶我們去吃飯，每人喝了一杯葡萄酒。」

曾資生說：「一路只喝了那一次，給師妹師弟壓壓驚。他們一路逃出來，驚險之至。」

家公說：「一邊吃飯，一邊講，怎樣逃出來的？」

於是，媽媽仔仔細細講述一遍萬墨林怎樣計畫，怎樣裝病，怎樣去表姨婆家，怎樣飛車，怎樣上船。恆生舅插嘴講泰來舅腿抽筋，泰來舅講在繩梯上差點掉下海裡。

家公說：「我與萬先生只一面之交，他竟為我如此出生入死。這救命之恩，我們全家永世不能忘。」

媽媽說：「我在江邊上給他下了一跪，磕了三個頭。」

「應該應該，日後見到他，我也要好好道謝。」家公說完，大大喝一口酒，臉上頓時紅起來。

飯後，曾連兩位告辭去了。過一會，家公說有事，也出門去。泰來舅和恆生舅早跟晉生舅到他屋裡去，擺弄他們的東西。家婆依舊抱著范生舅，拉住媽媽問長問短，又對媽媽說：「你們三個安全回來了，爸爸現在去找重慶來的人，準備在香港報紙上公布日汪密約……」

家婆說：「你爸爸心裡很沉痛，總覺得現在無路可走，只有一條死路。公布日汪密約，不過向國人謝罪而已，談不上什麼功勞。高先生已經去了美國，說一輩子閉門思過，不問政事。今後我們怎樣生活，還不得而知，只有看重慶政府是否饒恕你爸爸。」

媽媽聽了，心裡很難過。逃出魔掌全家團聚的喜悅頓時都消失了，胸中只平添了無數的憂鬱。

當天晚飯後，家公要帶一家大小到杜月笙先生家去道謝。家婆不許幾個舅舅去，說：「一去那地方，半夜回不來，小丫要睡覺。我在家看丫，也不去。」

泰來舅永遠是最聽話的，從來不跟家公家婆爭。恆生舅卻要跟去，可他一去，小的舅舅也便吵了要去，所以只好一個舅舅都不去，家公帶媽媽一個人去。

從上九龍塘到下九龍塘，高高低低，只有一條馬路。天色已暗，家公跟媽媽並肩走路，看見馬路上隔不多遠，便有三五行人，穿著各色衣襖，蕩來蕩去。

家公低聲說：「這些人裡，不要有上海派來的特工吧。好在天黑，看不清我的臉。」

媽媽前後左右查看，有些猜測地說：「這裡的人，看起來，好像萬先生布置警戒的槍手的模樣。」

家公一聽，口氣便輕鬆了些，說：「是嗎？可能。杜先生從上次飛重慶，遭日機襲擊，飛高空躲避，得了氣喘病，至今未癒。我們去了，只道過謝就好，不要久留。」

「我曉得。」

到了杜公館，整條街只他一家，從街頭到街尾都是警衛。一段一段的傳話進去：陶先生到。到大鐵門口，已有人開了門迎接。三四個人陪著家公和媽媽，順小石子路走進院落，走上台階，走到房門口。房子很大，在夜色裡看不清顏色，只見窗戶一排排，可知裡面有很多層樓，很多房間。走進門去，門廳高大，好像宮殿裡那樣。

陪同的人伸手，把家公和媽媽請進大廳旁邊的一個門。裡面是個小書房，四壁都是書架，放滿書，但是沒有書桌，只有一圈棕紅色的木椅，古色古香。還有幾個木几，上面擺些瓷罈花瓶之類。

家公說：「杜先生在這裡會自己的朋友。我幾次來，都是在這裡……」

話沒說完，書房門開，杜先生走進來。身材不高，瘦瘦的，身板很直。臉色或許因為氣喘病，不大好，有些白裡透黃，但精神很好，眼睛瞇著，透出的目光很銳利。他穿著一件灰綢長衫，平平常常，一點看不出他是上海灘上呼風喚雨的人。萬先生那樣的英豪，也聽從他調度。他想必是知人善用，足智多謀，慣於運籌帷幄，方能決勝千里之外。他的身後跟著兩個人，一高一矮，一胖一瘦，都很壯，短頭髮，長衫，布底鞋。

家公拱手大躬，說：「杜先生，小女和兩個小兒今日平安抵港，特來拜謝救命之恩。」

杜先生拱手回禮，說：「陶公何必客氣。請坐，請坐。」

媽媽正要跪下來磕頭，不想杜先生腳步敏捷，瞬間跨前，一把扶住，說：「免禮，免禮。陶公，格樣子絕不敢當。」

家公說：「小女拜是一定要拜的。杜公就請坐，受小女三拜。要不，陶某一家心裡過不去。」

杜先生只好把扶著媽媽的一隻手鬆開，說：「好，好。杜某今朝斗膽，受陶小姐一拜。」說完，在一個木椅裡坐下。

媽媽端端正正對著他跪下，拜了三拜，說：「杜先生，和萬先生，和弟兄們，兩次出生入死，救我一家逃出虎口。大慈大悲，大恩大德，我們一家永誌不忘。」

杜先生說：「將門虎女。陶小姐出口成章，可喜可賀。」

媽媽拜完站起，坐到家公身邊，眼裡仍含淚。

杜先生轉頭對家公說：「大家都是為中國不受日本人欺侮，陶公從虎穴裡打出來。杜某能助棉薄之力，是天賜報國良機，何談恩德。」

家公對杜先生一抱拳，說：「杜先生若有人帶話到上海，請代陶某叩謝萬兄。日後萬兄到港，也請務必通知，陶某一定要面謝。」

杜先生坐著，朝家公拱拱手：「這個自然，我代他回禮了。」

有人奉上茶來，杜先生接過，喝了一口，慢慢地說：「昨天港府華民司派了人，到我這裡來，討儂格住址。」

家公有些吃驚，端著茶盞，望著杜先生。

杜先生把茶盞慢慢放到茶几上，接著說：「我自然不答覆。那人講：你不講，我們也曉得。奇怪，他既曉得，何必來問我。他講：我們問你，你告訴我，我們對陶先生一家的安全負責。你不告訴我，他們的安全只有由你們來負責。格些小癟三。我講：好呀，我杜某負責就是了。」

家公問：「是港府要保護，還是上海要下手？」

杜先生說：「管他什麼。儂的住址少一個人曉得，就少一分危險。今朝起，儂家附近，上下九龍塘馬路，我都派了人，儂可以放心到我這裡來。」

家公忙打拱說：「謝謝杜先生關照。」

杜先生說：「弗過呢，我料到上海不肯罷休，一定要尋到香港來。我已經在上海做了安排，隨時通報過來。陶先生出門做事體，務必好自為之，弗可大意。」

家公坐在沙發上，躬躬身，不大自在地說：「多謝指教，陶某一定加倍小心。」

杜先生說：「中央通訊社蕭同茲蕭先生，親自從重慶來香港，關照你們的事。」

家公說：「我們今天下午已經見面，商議好了。」

杜先生面有喜色，問：「那麼日汪密約就要見報？」

家公說：「明天一早。」

杜先生說：「那麼儂要更加小心。陶小姐三人逃出，七十六號一定會加強對儂格偵察和暗殺計畫。不過他們沒有想到，儂會在香港公布日汪密約，一公布出來，自然更是挖了他們的心，狗急會跳牆。」

家公垂著頭，說：「陶某當時隨汪赴滬，已鑄終身大錯，死不足惜，願以一死向天下人謝罪。」

五十一

第二天，一九四〇年一月廿二日，香港《大公報》頭版，刊出全部日汪密約，四行黑體巨字大標題：

高宗武陶希聖攜港發表

汪兆銘賣國條件全文

集日閥多年夢想之大成

極中外歷史賣國之罪惡

家公一早出門，中午也沒有回家吃中飯。家婆吃過中飯，出門去買米。去上海之前，他們住九龍太子道，現在從上海回來，他們住九龍根德道。媽媽上街剪頭髮，偏偏不在近處，卻坐了巴士車，回到太子道上一家理髮店。半年多前，她來這家理髮店剪頭髮，聽到許多人議論家公隨汪精衛賣國，極度傷心，回家對家公嚷過一陣。今天，家公在香港公布了日汪密約，表現了自己反對日本侵華的鮮明立場，她想要聽聽那家理髮店裡人們又會怎樣說法。

理髮店裡還是老樣子，還是那個理髮匠。一個客人坐著理髮，臉色蠟黃。另兩個客人坐在窗口等，合拿著一張報，一塊在看，兩張臉遮得嚴嚴的，看不清面目，只見一個藍長衫，一個黃夾克。

媽媽走進去，說：「只洗洗頭。」

理髮匠說：「請坐，請坐，等幾分鐘。」

「……這真是難以相信，難以相信……」一個看報等理髮的客人，從媽媽進門時，一直重複這一句話。

「那是中央通訊社社長蕭同玆親自從重慶飛來公布的，一定確是真版。」理髮匠說，消息靈通。

正說著，門外又衝進一個人來，媽媽扭頭，是個穿西裝的油頭客人。這人進了門，氣喘吁吁問：「哪位有今天《大公報》，勻小弟一份，加倍付資。哈，這裡果然有。」

看報的藍長衫客人轉過身，把報紙藏到身後，說：「這裡有，是我的。沒有多餘，怎麼勻你。」

油頭客人說：「今天一早聽說公布日汪密約，跑上街，卻已經到處買不到了。今天報應該多印，怎麼就脫銷了呢？」

理髮匠笑了，說：「你老兄每天睡到日上三竿，再多的報都會賣完的。」

「你這裡一定有多餘。常有客人看過報丟在這裡。」油頭客人一邊說，一邊在店裡到處看。

理髮匠說：「今天的報，沒有人丟下不要。」

油頭客人突然大叫：「哈，我說不錯吧，果然。這裡就……」

坐在椅上正理髮的黃臉客人跳下座位，滿臉肥皂沫，語音不清，說：「你放下。那……那是我的，你不可以拿走。」

油頭客人坐下，說：「好，好，不拿走，不拿走，就這裡看，看看總可以。」

理髮匠拉著滿臉肥皂的黃臉客人，說：「你坐下來，鬍鬚只刮了一半。」

油頭客人便竟自翻開報紙，看一眼標題，自顧自大聲念起來：

「去年之夏，武承汪相約，同赴東京，即見彼國意見龐雜，軍閥恣橫，望其覺悟。由日返滬以後，仍忍痛與聞敵汪雙方磋商之進行，以期從中補救於萬一，凡有要件，隨時記錄。十一月五日影佐禎昭在六三花園親交周佛海、梅思平及聖等以《日支新關係調整要綱》之件，當由汪提交其最高幹部會議，武亦與焉。益知其中條件之苛酷，不但甚於民國四年之二十一條，不止倍荼。即與所謂近衛聲明，亦復大不相同。直欲夷我國於附庸，制我國於死命，殊足令人痛心疾首，掩耳卻走。力爭不得，遂密為攝影存儲，以觀其後。其間敵方武人，頤指氣使，迫令承受或花言巧語，涕淚縱橫。汪迷途已深，竟亦遷就允諾，即於十二月三十日簽字，武、聖認為國家安亡生死之所關，未可再與含糊，乃攜各件乘間赴港……」

黃夾克客人繼續看著報，一邊問：「這位陶希聖，會不會是蔣委員長派去上海臥底的？」

理髮匠回答：「我想，不大像。如果是重慶派去上海的，拿到全部日汪密約，是大功勞。蔣委員長錦囊妙計大獲成功，重慶政府難道還不要大大地慶祝嗎？那樣子，一定早派專機來，接高宗武陶希聖兩人回重慶去，論功行賞，加官晉爵。你看重慶，毫無動靜，根本沒有慶功的意思。老蔣那人，好大喜功，也沒有居功自誇。再看看高宗武、陶希聖的文章，都是謝罪的詞語，臥底的大功臣怎麼會那樣講話。而且聽說高宗武早已跑到美國躲起來了，聲稱要一輩子閉門思過，永不問政。如果是臥底功臣，思什麼過。」

藍長衫客人說：「高宗武可能不是臥底，陶希聖卻也許說不定是蔣委員長派去的。陶希聖做工作，策反高宗武成功。」

黃夾克客人說：「陶先生那樣的文人學者、史學大家、北京大學的名教授。我想不來，怎樣去做臥底的特務？只怕他連發報機都不會擺弄，如何做得了刺探情報的任務。把陶先生說成是臥底特務，恐怕貶低了陶先生的人格。」

油頭客人一邊繼續讀報，一邊說：「汪先生一向器重陶希聖。他這樣，未免不夠朋友。」理髮椅上的黃臉客人刮完鬍子，能夠開口說話，一臉鄙夷說：「我早就說，你小子同情賣國漢奸，果然不錯。對汪精衛還值得保持忠誠嗎？我看，陶希聖拋棄汪漢奸而忠誠於中華民族，可敬可佩。」

油頭客人大概沒有聽見，沒有吭聲，只顧看報。

黃夾克客人說：「他們原只是組織和平運動，希望不要打仗。怎麼搞出南京政府，賣起國來。」

黃臉客人說：「對抗戰前景缺乏信心，以為可以與日本人談判，免除人民戰亂之苦，本也無可非議。古今中外，凡兩國相惡，總有戰和兩議，為什麼偏偏中國，只許論戰，不准提和議。對未來始料不足者，也非陶希聖一人，胡適先生也這樣主張。」

藍長衫客人說：「此話不錯，我想，就算這位陶先生開初真是糊塗，或者為個人私利，跑到上海去幫助汪精衛，那又怎樣？他後來看出日本滅亡中國的野心，對中國的熱愛之情，畢竟戰勝了他的個人私利，終於衝出上海，揭露了日汪的陰謀。這樣戰勝自我，需要更大的勇氣，更大的意志，更大的情感，夠偉大。」

理髮匠問藍長衫：「你先生是寫詩的嗎？」

黃臉客人走下椅子，一邊收拾衣領，一邊看著油頭客人說：「陶先生應該追隨汪精衛賣國到底，就算忠誠，就算夠朋友，成功他完整的人格，比他脫離上海到香港公布汪日密約更好。對不起，先生，我要收回報紙了。」

油頭客人做著笑臉說：「再幾分鐘，再幾分鐘。」

黃臉人說：「你還是不看為好，看了傷心。」

油頭客人說：「我傷什麼心？」

黃臉人說：「中國人民曉得了日本鬼子狼子野心，一定抗戰到底。日本人滅亡中國永遠辦不到，你不傷心麼？」

油頭客人跳起身，面色紫紅，捋胳臂挽袖子，喊叫起來：「你小子，血口噴人。我何時要賣國，我有七姑八姨在東北，我恨不能……」

理髮匠走過來勸：「兩位，兩位，有話好說，有話好說，動粗萬萬不能。」

黃臉人伸手取過報紙，揚頭走出門，還重重地哼了一聲。

油頭客人忍不下那口氣，大喊大叫，要衝出門去尋事。

理髮匠忙擋住他，說：「你不是要一張報紙嗎？我這裡有一份，送給你，怎樣？不要在這裡吵鬧。」

油頭客人停住步，等理髮匠取報，一邊仍恨恨地罵：「他媽的，我怎麼會要賣國。他陶希聖到上海去賣了一回國，倒成了大英雄。」

媽媽聽了這句，感到極度難過，急急站起跑出門。

理髮匠在店裡面喊：「小姐，不用怕，打不起架。」

媽媽萬萬沒有想到，家公為了揭露日本汪精衛的陰謀，自己冒了生死，從上海跑出來，媽媽和兩個舅舅做了人質，差點死在魔手。原以為公布密約，足以謝罪。現在密約公布了，卻又引起那麼多議論。同情日汪的人痛恨家公，是當然。許許多多其他人呢？他們並不了解，家公在上海曾有過怎樣一番經歷，經歷了怎樣痛苦的心理鬥爭。他們不了解家公為了什麼，又曾怎樣地冒著生命危險到上海去，又冒著生命危險從上海出來。這些熱心於說長論短的人，如果他們自己面臨那樣的境地，會怎樣呢？媽媽想著，心裡很不是滋味，恨恨地咒罵：「天下政治，多麼骯髒可恥。」

到哪兒去呢？媽媽漫無目標地在街上走。家裡一天到晚沒有人，家公這兩天不回家，住在報館裡寫專欄文章，報告日汪談判經過，解說密約條款的意義，交中央通訊社分送各地報紙發表。家婆每天出外買菜，花許多時間。七十六號不會善罷甘休，一定會來香港找家公。家婆出外買菜，天天換店，不固定，怕別人放毒。舅舅們早都註好冊，每天去上學，早出晚歸。只有媽媽一個，高中學校還沒有確定是否錄取，所以在家裡等。

街邊有家小小的書店，櫥窗裡掛了兩三張唱片。媽媽信步走進去，在兩三個書架上隨手翻看。唱片架上沒有多少種類，但架上掛了一條大標語：最新一代美國音樂家，最新一張美妙提琴曲。媽媽不免生了好奇，拿起那張唱片來閱讀說明，是個名叫海菲斯的美國小提琴家的唱片。媽媽從來沒有聽說過這個名字，便去問前面櫃台裡的人：「你是這個店的老闆嗎？」

媽媽進門時沒有注意他，現在問話，才看見，櫃台裡的人其實很年輕，戴副眼鏡，文質彬彬。他回答說：「不是，我只在這裡做工。」

「有寫這個海菲斯生平的書嗎？」

「沒有。他還太年輕，剛剛出名，還沒有傳記出來。」

「聽起來，你知道一些？」

「我很了解。我是音樂系的學生，學音樂史，所以這個書店才賣這些唱片，都是我選的。」

「這個海菲斯真的很有名嗎？」

那年輕店員見有人愛聽，眼裡放出光，說起來：「是，大概在當代小提琴家裡，除了蘇俄的戴維．奧依斯特拉赫，就是海菲斯最偉大。其實海菲斯跟奧依斯特拉赫一樣，也是俄國人，不過蘇俄革命之後，奧依斯特拉赫留在蘇俄，而海菲斯隨家人逃到美國。俄國真能出大藝術家，可惜共產革命，把俄國培養藝術家的傳統溫床破壞了。」

「所以你說他是最新一代美國音樂家。」

「對。海菲斯一九二五年變成美國公民。他在俄國的時候，六歲就上台拉孟德爾松的小提琴協奏曲。十一歲他到德國柏林演出柴可夫斯基的小提琴協奏曲，那可不是容易拉的協奏曲。聽說，海菲斯小時候家裡非常窮。他的父親教他拉小提琴，天太冷，他的手凍僵了，他父親把桌椅板凳都劈了燒火，給他暖手練琴。」

媽媽看到那年輕店員眼裡甚至有了淚光，心裡很感動，便說：「聽你這麼說，我很想買他一張唱片，今天沒有帶夠錢，過兩天再來買，可以麼？」

「我替你留一張在這裡，隨時來都可以。」

媽媽轉身走出門時，聽店員說：「你要仔細聽他拉的巴哈，不迷倒才怪。」

媽媽獨自微微笑笑，心裡覺得好受一些。普天之下，到底還有那麼一些人，熱愛藝術，充滿同情心，所以這個世界才不至於徹底的冷酷和無情。媽媽又想想那店員的模樣，對音樂的狂熱感情，溫和的談吐，學音樂歷史的學生，媽媽想著，覺得臉上有點發熱，看見街上過來一輛電車，忙跑幾步，追去搭上。

車上前後左右都有人在看報，有人在議論：

「……這傢伙老奸巨猾，不夠朋友……」

「……只要他給中國人民做了好事，總值得稱讚……」

「……懸崖勒馬，幡然悔悟，放下屠刀，立地成佛。陶先生有什麼不對……」

幾個乘客你一句，我一句地說。媽媽先頭沒有注意聽，還想著那個音樂學院的學生店員和他說的海菲斯的故事，直至聽見旁邊人說出陶先生三個字，才醒悟過來，身邊的人原來還是在議論家公的長短。

媽媽心裡不舒服，碰上到站，趕緊下車，才發現是在彌敦道上，向前兩三個路口便是尖沙嘴。

媽媽順街朝尖沙嘴走，慢慢走到海邊，靠在碼頭旁邊的欄杆上，望著海灣對面的香港島發愣。一切都好像還在眼前，一切又都好像過去了。但是一切都還遠遠沒有過去，媽媽覺得很沉重。

身邊走來一個賣鮮花的小姑娘，十一二歲，面目清秀，眼睛水汪汪，穿著一身縫補過的舊衣衫，舉著一枝紫色鮮花，問媽媽：「小姐，買一枝花麼？今天早上才剪下來的。你聞聞，很香。」

媽媽蹲下身，捧著這枝花，說：「是的，好香。」

小姑娘笑了，眼睛彎成一條縫，像個彎月，兩個小酒窩一跳一跳。

「你一個人在這裡賣花嗎？」

「不是，媽媽在那邊看著我。」

順著小姑娘的手指，媽媽看見遠處一個婦人站著，手臂掛個草籃，籃裡插滿了各色鮮花，望著她們點頭微笑。媽媽忽然覺得心裡非常感動，把小姑娘摟在懷裡親了親，然後掏出一個硬幣，買下那枝花。

「謝謝。」小姑娘曲膝向媽媽道個萬福，說：「我今天賣掉十枝花了，媽媽會帶我去公園玩。」

小姑娘說完，快快向她母親跑去。媽媽望著她的背影，心裡酸酸的，眼淚流下來。她覺得自己很羨慕這個小姑娘，她家可能不像自己家那樣有名望，她家的房子可能沒有自己家的大，可是她的生活多麼簡單，只有花，母親、公園、從來沒有槍戰、特工、密謀、暗殺，更沒有天下人一天到晚說長論短。

媽媽仰起臉來，對著天，嘴裡喃喃地說：「老天哪，如果人世上沒有政治和權力存在，只有音樂和鮮花，那有多美好。」

老天沒有回答，周圍只有風聲、水聲，和人聲。

媽媽當晚天黑了才回到家。

家婆一見，就說：「怎麼跑出去一天？伯伯來了，坐了一陣，你爸爸不在，你也不回來，只有我陪著談一會天。拿著，這是伯伯送給你的一份禮。」

媽媽從家婆手裡接過一個小小而精緻的黑色紙盒，打開看，裡面是一對派克金筆，鑲在乳白色的絲綢墊裡。媽媽舉在眼前，捨不得把筆取出來，連聲說：「真漂亮，真漂亮。」

「寫封信去道謝。」

「伯伯要在香港住嗎？」

「不是，他經過，去緬甸。」

「滇緬公路早修好了，又要去？」

「我不大懂，伯伯講，滇緬公路通了車，我們大後方有了物資供應，日本人很憤怒，不斷對英美施加壓力。據說英國首相邱吉爾頂不住了，決定停止使用這條公路。」

媽媽坐到椅子上，生氣地說：「總是這樣，我們中國人自己的事，總要由東洋人西洋人來決定。我們後方的物資供應，憑什麼日本人要干涉，憑什麼他英國首相可以決定停用滇緬公路。不用滇緬公路，我們大後方物資供應怎麼辦？外國人之間做交易，從來不把我們中國人的性命當回事。」

「反正重慶政府派伯伯到緬甸去，拆掉滇緬公路，我們自己不用了，也不能把公路留給日本人。伯伯、伯娘經過香港，到緬甸去，順便來看看我們。」

「鼎來不去麼？也不到我們家來住嗎？」

「他已經考上昆明的西南聯大了，住在學校裡。」

「伯伯看到今天報紙了嗎？」

「他今天上午才到，不知看到沒有，沒有說起。聽你爸爸說，內地的報紙要明天才會登出來。」

第二天，重慶、昆明、各地報紙轉載香港《大公報》的文章，刊出家公和高宗武先生公布的日汪密約，一時舉國譁然，萬民激憤。

兩天之後，蔣委員長發表告友邦人士書，正告世界各國：日汪政權如果成功，將會根本取消各國在東亞的地位。美英法等國立刻響應，宣布維護九國公約，不承認日汪政權。並決定加派軍隊，協助增強中國防禦戰線。美國還兩度撥款四千萬美元，援助中國政府抗日戰爭。

五十一

家公沒有像高宗武一樣，遠走美國，而是在香港留下來。他用了個假名字華國柱，在九龍租下一個辦公室，開設一家公司，叫做國際通訊社，選譯一些英、美、日、俄等報章雜誌的文章，加上自己的國際時事評論，編印《國際通訊週刊》，寄到國內各地，給關心世界局勢的機關和個人參考。其他時間，他寫些批評日汪關係及動態或者探討世界形勢及國際問題的文章。

媽媽回到培道中學讀書，因為誤了上學期期考，不能升高二，只好又念一次高一。剛回學校頭一天，下午下課，校長把媽媽找到他的辦公室，香港《國民日報》的一個記者到學校來找媽媽，要她介紹姊弟三個脫險經過。家公全家人逃離上海，分了三批。家公最先一個人走了，然後家婆帶兩個舅舅走了。媽媽和泰來、恆生兩舅，留在上海，最後才逃出來。媽媽簡單講了一講，那個記者聽了，非常激動，連聲要媽媽把這經過寫出文章來，越詳盡越好，說是不論多長，《國民日報》一定全文刊載。媽媽不想寫，怕給家裡惹麻煩，又怕耽誤功課。媽媽四十多天滬港往返一次，沒有用心上過學，也不知能不能寫得成。

看媽媽猶豫，校長說：你只管寫這篇文章，不必擔心學校功課。寫成之後，學校派專門老師為你補習。校長還說：文章發表出來，全校學生都要念，當作一節功課。因為寫這篇文章，媽媽十天沒到學校去，在家裡寫文章。家公看過，要她把所有在上海參與了這件事的親友姓名都隱去。文章寫好以後，分四段在一月三十和三十一日兩天的《國民日報》登出來。

三舅恆生到學校第一天，朝會的時候全校集合，校長親自叫他站起來，然後向全校同學們宣布：這位就是經風歷險，從上海衝出來的陶恆生同學。他的父親就是公布了日汪密約的陶先生。他的級任黃老師和全班同學都站起鼓掌，全校老師同學也都站起來鼓掌。

家公租了二樓一層，左邊住家，右邊作國際通訊社辦公室，這樣他白天黑夜都不用出門，絕對躲在家裡。上海傳來話，日汪對高、陶逃脫非常惱火，對高、陶公布日汪密約更是恨得咬牙切齒，揚言非殺掉陶希聖不可。所以家公非常小心，不敢稍有大意。

過了新年的那個星期天早上，家公像往常一樣，坐在藤椅上，喝著茶，看報紙。媽媽走過去，把家公手裡的報紙翻過來，找到電影廣告欄，指著《維多利亞的英宮六十年》的廣告，說：「爸爸，你想看這個電影嗎？聽說很好看。」

「聽說好久了，很想去看看。」

「我們去，我跟你去看。」

「不過，電影在香港皇后戲院演，不在九龍，我們去看，從尖沙嘴坐輪過海，容易被人碰見。」

「我們來化個裝，我認識一個小店，在上海路，專門賣這些東西。」

當晚父女二人吃過飯出門，只說是散散步。家公還是穿著他往日常穿的灰色夾棉袍，頭上戴了一頂平時不大戴的黑呢禮帽。媽媽穿著她的藍呢大衣，長筒襪黑皮鞋。他們坐電車到尖沙嘴，媽媽認識地方，領家公到上海路那家小店去買假鬍鬚。

他們買了鬍子，在店裡對著鏡子戴了半天，下巴上的鬍子無論如何戴不上，只好光把上唇的鬍鬚戴好。再把黑呢禮帽戴在頭上，壓低到眉梢上，遮住眼睛，覺得實在不錯。於是放心大膽上了路，到尖沙嘴，登渡輪，過香港，進電影院，看電影，一夜平安，興高采烈地回了家。

第二天一早，吃過早飯，一家人前前後後下樓出門。泰來舅最早走，然後恆生舅和晉生舅一起去七號公車站等車上學。最後媽媽下了樓，還沒推開樓門，樓梯後邊走來一個人，把媽媽攔腰擋住。這人穿長衫，戴禮帽，尖尖的臉，一邊眉毛上有一道傷疤。

「別喊叫。」那人沙啞著嗓門，在媽媽耳邊說。

媽媽看著他，心通通地跳。是上海七十六號派人來，找到他們了？又轉念一想，如果是上海派來的人，早上樓把家公捉走了，還會在這裡等他們嗎？再想一想，他們一定是怕衝上樓去鬧出聲音來，讓杜先生的弟兄或者香港警察發覺，趕來保護，所以守在門口，一個一個，悄然無聲地捕捉。那麼三個舅舅已經都被捉走了，她要發信號，讓樓上家公家婆逃走。一秒鐘裡，媽媽腦子七轉八轉想了許多，最後她決定喊叫。

正要出聲，面前那人突然退後一步，對媽媽一拱手，壓低聲音說：「陶小姐，杜先生命我傳話，請陶小姐找一下陶先生。」

媽媽嘴裡的那句喊話，剛衝出喉嚨，到了牙齒邊，聽見那人的話，便把兩唇一閉，把自己的驚呼嚥回肚裡。再將那人看了一看，確是不像七十六號的人騙她，便說：「你請上樓說話，喝口茶吧。」

「謝謝陶小姐，村野之人，不登大雅之堂。門外還有兄弟戒備，此地我們最好不久留，以免閒人認出地址。」

「你等等，我去叫。」媽媽說完，急急跑上樓。

家公聽說杜先生派人來找，不知何故，匆匆下樓。

那人見了，對家公一拱手，低聲說：「陶先生，杜先生差小弟來轉告先生，以後出門還是不可大意。」

家公也拱拱手，說：「謝謝杜先生好意，我一直很小心，不會出錯。」

「就算要出門，請先生還是不化裝的好，戴了假鬍鬚，更加惹人注目。」

家公立時滿臉通紅，有些驚惶，摸著臉說：「我做得不好，被你們看破。」

「昨晚小弟和一個弟兄在尖沙嘴發現，伴了先生一路。託天之幸，沒有出事，否則小弟無法向杜先生交差。」

家公聽了，頭上滴下汗來，面有愧色，雙手打拱，結結巴巴說：「多謝，多謝。改日，改日……」

「杜先生派小弟傳話，請先生今晚吃一頓便飯。」

「不敢，小弟一定登門謝罪。」

「飯局在尖沙嘴，六點半鐘有車來接先生，務請等候。」

「自然自然。」

「杜先生請陶小姐同往。」

「小女一定遵命。」

「告辭。」那人說完，拱拱手，自管出樓門走了。

家公和媽媽面對面望著，四隻手捂住兩張嘴，站在樓梯邊上，半天說不出話來。糟了，他們兩個把杜先生得罪了，多不好意思。如果沒有杜先生關照他們一家，香港哪裡住得成。

當晚，家公和媽媽坐了杜先生派來的車，在九龍彎彎曲曲的街道上轉來轉去，上上下下，兜了半天。最後進入一條很窄小的巷子，沿巷房屋都沒有燈亮，鋪路的石板高高低低，車開不快。兩邊靠牆陰暗處，三三兩兩站些人，看來都是布置的警戒。車子停在一個門口，沒有招牌，沒有燈，像是什麼地方的後門。門開了，家公和媽媽隨著一個人走進去，悄然無聲。黑黑洞洞，過了兩道門，上了一層樓梯，才開始有亮。再轉過一個走廊，突然之間，面前豁然顯出一處大廳，萬盞明燈，耀得人眼暈。

媽媽拿手揉揉眼，才看清，大廳四周是廊柱和欄杆，上面掛著絨幔。廊柱邊都站著人，一色布衣短打扮，背對裡，臉朝外。廳裡擺了四張大桌，都鋪了雪白的桌布，圍著高背坐椅，但只有左手一張桌上放了一盆鮮花，幾副碗筷。

一位白衣侍者在那桌邊拉開椅子，請家公和媽媽坐下，一邊說：「先生請坐，杜先生馬上就到。」

話音剛落，杜先生便從迎面的廊後走進來。身後跟著那兩個見過的男子，一高一低，一胖一瘦，穿著黑衣黑褲，雙唇緊閉，面無表情。

家公馬上站起，舉手打躬。媽媽也急忙站起，彎腰道萬福。

杜先生邊走邊拱手，說：「請坐請坐。」

桌邊侍者忙彎著腰，垂著頭，拉開坐椅，等待杜先生落座。

杜先生走到桌邊坐下，那兩條漢子站在他身後，一步之遙。

五六個侍者，像排隊一樣，每人手裡端了菜盤，順序走來，在桌上一道一道，擺下酒席飯菜。

家公望著杜先生，不好意思地說：「小弟昨晚大意，給杜公和弟兄們添了麻煩。改日小弟作東，向那幾位弟兄謝罪。」

杜先生說：「區區小事，何足掛齒。不過，那兩個弟兄還算伶俐。他們本來弗是派去保護陶公的，弗過在尖沙嘴偶然發現，隨機應變，一路保護，辦得蠻好，我已經賞了他們了。」

家公搖頭不解地說：「我戴了鬍鬚禮帽，怎麼還是不像？個子太小了些麼？杜公手下也有小個子。」

「並不全在個子大小。」杜先生笑了，說：「長鬍鬚，戴禮帽，走路邁方步，文謅謅，兩臂不搖，雙肩不擺，想想看，是啥人？」

家公頓開茅塞，忙站起身，打躬道謝。

杜先生看著侍者在面前杯子裡倒茶，一邊說：「這是一家廣東菜館。我總覺得只有阿拉上海菜天下最好，來香港幾年，各處嘗嘗，覺得有些廣東菜也還燒得不錯。來啦，講講看，是啥東西？」

杜先生一招手，白衣侍者領班馬上彎著腰，一臉笑走過來。香港廣東菜館，居然有人能用北平腔講話，雖然廣東口音很重，但還算能聽懂，很不容易。不過，曉得杜先生只講上海話和洋涇浜北平話，約了這頓飯，菜館領班就是幾夜不睡覺，也要把北平話學會。否則杜先生不高興，一句話，領班只好炒魷魚。這領班指著桌上的盤碟，解說道：「這是片皮乳豬，廣東菜傳統佳肴，用料上等，製作精細，色澤大紅，油光明亮，皮鬆軟，肉嫩滑。可以兩次上席，等一會兒二次上席，同菜不同味。」

杜先生笑了，對家公說：「啥吃法，儂相信麼？」

家公說：「等一等吃吃，才會曉得。」

領班接著說：「這是香炸肉卷。名字不驚人，菜卻不凡。外皮淡黃，橫斷面顯出三種顏色，層次分明，醇香酥脆，是佐酒佳肴。」

家公指指說：「看起來是不錯，這裡看過去，有三種顏色。」

杜先生也點頭，說：「喂，儂稍微簡單一點。十幾個菜，格樣講法，要講到明朝了。」

「是，先生。」那領班臉紅起來，指著一條大魚說，「這是清蒸嘉魚，曉得杜先生想吃清淡，清蒸最好，味鮮肉滑。這是蟹黃魚翅，甘香軟滑。這是紅燒海參，軟滑濃郁。這是有名的廣州文昌雞，色香味俱佳。這是菊花蛇羹，驅風去溼，清鮮味美。如果先生不喜歡菊花，可以嘗嘗這盤五彩蛇絲，色鮮味美，甘香可口。」

杜先生又笑了，說：「到了廣東香港，要儂吃蛇，吃老鼠，吃猴子。好了，不講了，我們吃吧，講多了反要吃不下了。」

「是。」那領班提起一個瓷瓶，指著瓶上的大紅標籤，說：「這是貴州茅台，原廠剛運到的，請先生開瓶。」

杜先生點了點頭，說：「蠻好，開了吧。」

家公也點頭說：「這倒是現在上海沒有的，貴州成了大後方，茅台運不到日本人手裡。」

侍者領班開了瓶，倒了酒，忙完之後，站到牆邊，嘆了口氣，不少廣東名菜，像貓蛇同盤的龍虎鬥、活猴腦、燕窩湯之類，還沒有說出來呢。

杜先生搖搖手裡的筷子，招呼家公和媽媽動手。吃了幾口，各自讚賞幾句。

家公默默等著，他曉得杜先生找他來，絕不僅僅是為了吃飯，而是有話要對他講。

杜先生放下筷子，對家公說：「我今晚邀儂來，是要親口告訴儂，上海方面並沒有善罷甘休。周佛海在青島聽說儂把密約公布了，咬牙切齒，講過：今後誓必殺之！」

家公聽了，點點頭，喝了一口酒，默然無語。

杜先生接著說：「香港地面也不那麼風平浪靜，李士群專門派了人來，要暗殺你我二人。」

家公驚得筷子脫手，兩眼望著杜先生。

杜先生抬頭叫：「請進來吧。」

應著聲，一根廊柱邊上閃出一個人來。圓圓臉，小眼睛，陪著笑，右唇一顆牙翹出來，一身咖啡色西裝，領帶歪著，腳上是一雙棕白兩色尖頭皮鞋。

杜先生並不看他，說：「坐下一道吃。」

那人彎著腰，曲著腿，走過來，站著，說：「不敢，不敢，小的還是站著回話。」

杜先生說：「講給陶先生聽聽，儂來做什麼？」

「小的奉命到香港來，查出陶……陶先生住處，然後，然後……」他看看杜先生，看看家公，不敢說下去。

杜先生轉過頭，對家公說：「李士群的命令，把儂一家毒殺，再把我杜某幹掉。汪精衛對人講：我與杜月笙有什麼難過，他竟這麼來對付我。」

家公說：「竟然如此。」

杜先生轉頭問那人：「我講的對不對？」

那人渾身打著抖，答應：「對，對。先生對小的恩重如山，小的哪裡能……」

杜先生冷笑一聲，說：「他李士群在上海灘上能認得幾個鳥人。竟然派我的門生，來殺老頭子。笑話！來，把儂帶的小把戲拿出來，給陶先生看看。」

那人忙哆嗦著兩手，從身上取出一個紙包，一把手槍和幾匣子彈。他捧在手裡，不敢走到桌子跟前，站著不動。杜先生身後的高個子走過去，接過紙包手槍槍彈，一排放到桌上，又順手打開紙包，裡面是一團白色粉末。

杜先生笑了，說：「那藥粉是給陶公儂用格，那條手槍呢，是給我杜某人的。」

家公早已吃不下飯，睜圓雙眼，看著這一切。

杜先生對上海來的人說：「那麼儂打算怎麼去報銷？儂要想回上海去，我們格些就做出來。橫豎橫，拆牛棚。儂拿好這柄槍，從外面衝進來，對我們兩人放幾槍，跑掉，回去交差。我這裡明朝出報紙，講有人暗殺陶杜二先生，受了傷沒有死。」

那人哆哆嗦嗦，說：「打死小的也弗敢。」

杜先生說：「那麼儂弗可以回上海去了。」

那人說：「是，是……不過小的家裡，有個七十歲老娘。」

杜先生說：「難得儂一片孝心，杜某幫儂接出來就是。」

那人聽了，忙在地上跪倒，隔著大飯桌，叩了幾個響頭，猛烈抽泣，說不成話。

「儂走去好了，五日以內弗要給上海露出風聲。去尋個房間，等著接老娘來團聚。」杜先生說完，回頭吩咐身後低個子：「以後歸儂支銅鈿。」

那人應聲：「是。」

杜先生幾句話，說得那上海派來的殺手趴在地下，放出一片哭聲。杜先生身後站的那兩個漢子，上前把他拉起，拖出廊柱去。那人一路叫：「重生父母，重生父母。」

這簡直像電影裡演的戲，但是確確實實在眼前發生，都是活生生的人，活生生的事。媽媽驚得兩手按住腮幫，免得牙齒打顫，響出聲來。

家公站起，朝杜先生拱手說：「杜公幾次救命之恩，陶某不知如何報答。」

杜先生正色說：「那麼陶公冒死出走上海，向天下公布日汪密約，造成全世界對日作戰，解除我民族淪亡危機，全中國的人怎樣報答陶公呢？」

一句話說得家公眼淚險些落下來。

杜先生輕描淡寫地說：「其實，這不過小事一樁。前些時，他們也買通香港一處差館的人，到我公館裡來搜查過。」

「這太無法無天，香港警局怎可這樣。」

「我當時也有些光火，發了脾氣。這事給俞鴻鈞俞先生曉得了。他原是上海市長，跟我蠻熟，現在香港，是中央信託局局長。這位俞先生以國民政府代表之名，向香港總督提出備忘錄。說明我杜某是中國政府高級官員，中外知名的社會領袖，警告香港警察，弗可以無禮取鬧。那港督接了，連忙親自跑了來賠弗是，保證以後絕弗再犯。」

「好險，我原以為香港警方會保護我，中英是盟國，怎麼會去幫忙日本人。」

杜先生笑笑說：「外國政府，靠弗住的。自家的性命，只有自己最可靠。杜某大江大浪經過多少，哪裡會栽在香港一塊彈丸之地。」

「杜公冠蓋畢集，勝友如雲，當能化險為夷。」

「不過也要告訴儂一個壞消息，萬兄在上海被日本人捕了去，吃了不少苦頭。」

媽媽驚叫出聲，站了起來，說：「杜先生一定要救他，對嗎？有用得著小女的時候，告訴一聲，赴湯蹈火，在所不辭。」

杜先生笑了，說：「當然，當然。所以今朝請陶小姐一道來，當面報告這個消息。難得陶小姐這樣一片火熱心腸。」

媽媽說：「他親身救我們姊弟三人，還沒來得及謝他。」

杜先生又笑了，說：「儂謝過了，在江邊對他叩過三個頭。」

媽媽臉紅起來。

杜先生說：「陶小姐年紀輕輕，知禮重義，弟兄們傳為美談。弗要講那天沒發一槍一彈，縱然真為陶小姐打一場槍戰，弟兄們也是暇其高興。」

媽媽坐下來，心裡暖洋洋的。

家公話歸本題，問：「萬墨林先生情況如何？」

「前不久，萬兄在上海大馬路金山飯店門口不意被捕，帶到七十六號，又帶到虹口日本憲兵隊，多次殘酷刑訊，灌涼水、上老虎凳、在雪地裡挨皮鞭，都受過了。墨林兄腦子裡記了許多重要的地下抗戰人員姓名地址，其中包括蔣委員長駐滬代表蔣伯誠先生等等。可是墨林兄無論怎樣受刑，始終沒有供出一個姓名一個地址。日本憲兵三番兩次搜查他家，也沒有找到一件證據、一條線索，會連累一個朋友、一個同志。」

「萬墨林先生是我陶家的救命恩人，萬兄受難，我陶某絕不會坐視不管。請問，杜公要怎樣救他。」

「我已經安排過了。前幾天派人帶了口信給七十六號，告訴他們：一、總有一天大家要見面，請留下見面之情；二、要幹的話，大家一道幹；三、要銅鈿，好講。這三條一定有效，頭一筆銅鈿已經送進去，他們接過去，拷打已經停了。」

「可以救他出來麼？」

「那是一定的，墨林兄是我一條臂膀，弗可以弗救。」

「萬先生是黨國的英雄，重慶政府也不能袖手旁觀。」

「政府當然也要幫忙。」杜先生說：「講到重慶，我正要告訴儂，過幾日我要去重慶，在那裡住一段時間。現在看來，香港時局很有些緊張，陶公要好自為之。」

「謝謝杜公關懷。」

「我去對蔣委員長講一聲，想辦法把儂接到重慶去。等我辦好，儂要有個全身去上任，弗要變生意外才好。」

「陶某一定小心。杜公一路平安。」

五十三

秋天，媽媽還念著香港九龍培道女中高二，以同等學力報考西南聯大，一舉考取，於是隻身遠赴昆明入學。本來說好，冬天寒假時，媽媽回香港過春節。可是這個世界，注定要百姓遭難，家庭離散。媽媽一家無論怎樣努力，總逃不脫這個命運。

十二月七日，日本人偷襲美國珍珠港海軍基地，太平洋戰爭全面爆發。媽媽不僅再不能回香港過寒假，而且與香港家人的通信也馬上完全斷絕了。

在媽媽十九年生命中，家公雖然常常離開家，但媽媽一直跟隨家婆一起生活。就算他們姊弟三人留在上海汪精衛手裡作人質那段日子，也曉得一定不過只有幾天，家公家婆一定會去救他們。而且那時還有兩個舅舅朝夕相處，親情仍濃。現在媽媽確確實實是一個人離開家，獨自在昆明求學，而且不是一天兩天，要四年之久。日本人占據了香港，不知何年何月才會被趕出去，或者何年何月家公家婆一家才能逃出，團聚彷彿遙遙無期。這樣音訊皆無，教人如何不心碎。

媽媽記得在北平的時候，那年寒假，家公到上海出差，剛巧碰上日軍攻打上海，斷了通信，家婆每天看各地報紙，尋找家公消息。所以媽媽現在也每天一早便到圖書館，細細查看當天所有各地報紙。連篇累牘，都是登載日軍進攻香港的消息，卻找不到家公的名字。

媽媽趴在桌上哭一陣，又抬起頭想一陣。家公在香港用的是假名字，平頭百姓，報上不會報告死活。這麼說，在報上找不到家公的名字，是好事，說明日本人還沒有捉到家公。如果在報上印出陶希聖三個字來，便說明家公的身分暴露了，被日軍逮捕了。媽媽想到這裡，渾身打抖，趴到桌上哭起來。

一隻手輕輕在媽媽肩上拍了一下。媽媽抬起頭，淚眼裡看到，是鼎來舅，正彎腰看著她，手裡拿著一本書。鼎來舅已經是三年級學生，在工學院學機械專業，是媽媽在昆明唯一能見面的親人。媽媽聽家婆講過，鼎來舅小時吃過家婆的奶，跟媽媽一塊在家婆懷裡長大。在北平，鼎來舅寄住她家幾年，跟媽媽、泰來舅、恆生舅如同親兄弟。

鼎來舅坐下，扶扶眼鏡，悄聲說：「你又一個人躲在這裡哭。」

媽媽擦眼淚，不說話。

「報上有什麼消息嗎？」

媽媽搖搖頭。

「你在看什麼？」

媽媽把胳臂下壓的幾頁信紙，挪過去給鼎來舅，一邊說：「都是以前的舊信。我剛來昆明的時候，爸爸每隔三五天必要寫一封信。十二月以後，就一直收不到家裡的信，想得苦了，只好把以前來信重看幾遍。」

鼎來舅看過幾封之後，還給媽媽，說：「叔叔來信，學業吃穿，訂牛奶買水瓶都要提到，真是無微不至，幾乎像個母親。」

媽媽聽這樣說，眼淚又流下來，抽抽泣泣地說：「剛收到信的時候，看看也並不以為然。牛奶到現在也還沒訂，熱水瓶也沒買。計算尺至今沒收到。但是現在重讀這些信，每個字都會，都會……」

鼎來舅站起身，說：「別哭了，你一定又沒有吃早飯。走吧，我們去吃點東西。」

媽媽不聲不響，擦乾了眼睛，站起來，拿起桌上的書紙筆，跟著鼎來舅走。經過圖書館洗手間，媽媽跑去把臉收拾一下，理理頭髮，順順眉毛，揉揉眼睛，勻勻口紅，才又出來，跟鼎來舅到校園裡去。

媽媽說：「我們走破牆出去，不走大門。」

鼎來舅看媽媽一眼，自然明白媽媽說什麼。

媽媽雖然才到西南聯大四個月，在學校裡已經是小小的名人。西南聯大是北大清華南開三所大學臨時合併而成，教授工友都還記得北京大學當年領導社會史論戰的陶希聖教授。也是北大這位陶希聖教授，不久前剛把汪精衛的日汪密約公布於天下，舉世轟動。而中文系一年級的陶琴薰小姐，便是掩護陶希聖先生脫離日汪虎口的女英雄。陶小姐高中一年級在香港報紙上發表長篇文章，連載兩日。這位陶小姐，高中二年級考上西南聯大，足見其學識是真的。最重要的，陶小姐從香港來，衣著容貌都比內地人時髦得多，這在西南聯大眾多本來保守又因為戰爭而家境窮困的內地學生中，格外顯眼：高高個子，披肩長髮，彎眉毛，大眼睛，說一口標準北平話，走南闖北，見多識廣，美麗動人，純真豪爽。她每到一處，都引起一堆人注目。許多高年級男生，好像在競賽追求媽媽。惹得媽媽日日夜夜，提心吊膽，總要設法躲開眾人耳目。

鼎來舅臂下夾著書，跟媽媽一起，順著校園牆根，彎腰鑽過樹叢，跳過他們為躲避眾人而發現和常用的一處破牆。出了街，走不遠，有個小麵館。這裡是學校後面角落，學生很少到這裡來吃飯。麵館很小，只四五張桌子，連個窗都沒有。鼎來舅和媽媽發現這個地方，很高興。在這裡吃麵，不會讓那些追媽媽的男生們找來麻煩。

鼎來舅要了兩碗米線，兩人吃起來。

「你知道，我決定了。」鼎來舅看媽媽低著頭，半吃半不吃，好像一直在發愣，便沒話找話跟媽媽說。

媽媽從沉思中醒來，抬頭問：「決定什麼？」

「我要出國留學去。」

「你早跟我說過，你不出國才屈了材。你功課好，一定考得過官費留學。」

「我決定出國去學農業機械。」

媽媽眼睛睜得老大，不相信地看著鼎來舅，好半天才說：「為什麼？你可以學航空機械，電子機械，多尖端，哪怕汽車機械，也不錯。幹麼要學農業機械，是機械業裡最低級的一行吧。跑趟美國，學個農機，回來也沒人看得起，你是不是作圖作糊塗了。」

「為這事，我想過很久。我不是學不了航空機械或者電機，我也很想去美國學這些尖端科學。可是你看看中國的現狀，一點點耕地面積，那麼多人口，落後的農業技術，陳舊的農業思想，怎麼辦呢？我不是政治家，不是農學家，別的幹不了。我只懂機械，對我來說，要救中國，只有學農業機械，一點一點地改造中國農業。」

「我懂，我懂。」

鼎來舅本來不善言辭，更不善表達情感，但此時此刻，他說著，好像激動得聲音打顫，滿臉通紅，兩隻手在桌上發著抖。

媽媽很感動，她從來沒想到，面前這個平時不言不語的表哥，原來胸膛裡跳蕩著那樣滾燙的一顆心，流淌著那樣炙熱的一腔血。

「好好學，我想美國農業機械一定也很發達。中國人早晚也有那麼一天，終於明白過來，農業不能再靠鋤頭，那時候你就有用武之地了。」媽媽說到最後，忽然有些高興起來，繼續：「那時候，我寫一本書，讚美一個年輕的農機工程師，為改造中國古老的農業而貢獻自己的青春。」

「你老是這樣，一下子就詩意大發。」鼎來舅臉紅了，眼睛不知往哪裡看，支支吾吾一會，忽然急智上來，問媽媽：「那幾個男生還追得緊嗎？」

他其實明知故問，轉話題而已。因為這個妹妹，他自己在校園裡也常常不得安寧。不少高年級男生會找到他，送禮請吃飯，求他引見媽媽。

「你們工學院那些人還算好，反正路遠，功課又多，不能天天跑過我們這邊來纏我。政治系的幾個最討厭，特別那個陳志競，一天到晚來找。我們宿舍傳達室老頭隔一會兒喊一次：陶小姐，有人找，我都不好意思了。」

「許相萍還是陪著你？」

許相萍是理學院化學系的學生，跟媽媽同宿舍，睡上下鋪，所以成了好朋友。每次有男生到宿舍來找，媽媽總拉著許相萍作陪，有時連吃飯都一塊去。

「幸虧有她陪著。」

「你說要回請那幾個男生吃飯，請了嗎？」鼎來舅不大會聊天，虧他一心要陪媽媽散心，才能想出話題來。

「請了呀。」媽媽說，臉上有點笑意：「我去買了個雞燉上。我有課，相萍沒課，她看鍋。結果，她睡著了。我下課回去一看，燒焦了。相萍急得掉眼淚，買個雞不容易，買不起第二隻。沒辦法，我想了半天，只好把燒焦的雞改成紅燒，遮住燒焦的顏色。全是燒焦的味道，那幾個男生還說好吃。」

「你就是直接把燒焦的雞給他們吃，他們也會說好吃，醉翁之意不在酒。」

「鼎來哥，你什麼時候也變得這麼酸溜溜。」

「整天那麼多男生找我來交朋友，藉我搭橋找你。聽一遍學不會，聽十遍八遍也記住了。」

媽媽臉紅起來，說：「給你添麻煩了。」

「哪裡，借你的光，我還成了名人，認識了不少本來認識不了的人。」

「謝謝你。這裡沒有你作伴，我可真舉目無親……」媽媽說著，眼圈又紅了。

「你看，光顧看你流眼淚，忘了說正事。我來找你，要告訴你，爸爸媽媽都從緬甸回來過年，前幾天剛到昆明，讓我帶你回家去過元旦，住幾天。」

媽媽驚喜地叫出聲來：「哇，真的，太好了。我們什麼時候去？今天行不行？」

「當然行，你要今天去嗎？」

「我想家想瘋了，看見伯伯、伯娘，跟回家一樣，伯娘會給我做魚丸吃。」

「爸爸準有很多拆滇緬公路的故事講給你聽。」

「我們快走。」媽媽拉著鼎來舅跑出小麵館門口。「我回宿舍換件衣服，我們就走。」

「那麼，我也回一趟工學院，取我的課本帶回家。」

「算了吧，去一趟你們工學院，來回要兩個鐘頭。回家還看什麼書，聽故事就夠了。」

「我要報名出國留學，快要會考了。」

「你考得上，放心，高材生。你如果考不上，沒有人能上了。」

他們一邊說著，急匆匆跑回媽媽的宿舍。西南聯大女生宿舍在文林街一座大廟裡，遭受過日軍飛機幾次轟炸，已經殘破不堪，可文理學院的女生們仍然住在裡面。媽媽跑回宿舍換衣服，鼎來舅在廟門外站著等，看他手裡帶的書。

忽然許相萍衝進屋來，喊叫：「我知道會在這裡找到你。」

許相萍小小的個子，一頭汗，看見媽媽，喘著氣坐下，說：「我到處找你，幾間教室，圖書館……你到哪裡去了？」

「鼎來哥來找我，他在門口，你沒看見嗎？」

「沒有。」

「伯伯、伯娘從緬甸回到昆明了。我們等會兒去看他們，順便問問他們有沒有香港的消息，你跟我們一塊去吧。」

「我不去，明天有考試。」

「過春節的時候，你跟我一塊去吧。你反正也是孤身一個人在昆明。」

「那可以。」許相萍站起身說，「蔣夢麟校長派人找你去他辦公室，到處找不到，讓我幫忙找，你快去吧。」

「蔣校長找我做什麼？糟了，我這兩個月常常不上課……」

「也許他有陶伯伯的消息呢。」

這句話，讓媽媽跳起來，拉住許相萍就跑，一邊說：「你陪我去。」

「我不進去，陪你到門口。」

兩人跑出宿舍門口，看見鼎來舅坐在一棵樹下看書。

媽媽跑過去，對他說：「蔣校長找我，你跟我一塊去。我們去了，就一塊回家，去看伯伯、伯娘。說不定，蔣校長有爸爸的消息。」

鼎來舅聽了，點頭。

三個人跑到校長辦公室前，踮著腳尖一步一步走過去。門口女秘書看見，抬頭問：「請問，你們找誰？」

媽媽說：「蔣校長找我……」

秘書說：「請問，你是……」

媽媽說：「我叫陶琴薰，中文系，學號5753。」

「陶小姐，終於找到你了，請跟我來。」秘書站起身，邊說邊走，「蔣校長說了，你一到，馬上去看他。」

許相萍站住了，她不肯跟進校長辦公室。秘書帶著媽媽和鼎來舅到一個門口，敲了敲，對裡面說：「陶小姐到了。」

聽到裡面一連聲叫：「請進，請進。」

媽媽跟鼎來舅一起走進去，蔣夢麟校長正從書桌後面走到前面來。他中等個子，臉很瘦小，留一撮山羊鬍，戴一副深度眼鏡，還是穿著一件灰色長衫，一副老學究風度。

蔣校長握住媽媽的手，關切地看著她，說：「聽說你終日以淚洗面，看看，又黃又瘦，這樣下去，要把身體弄壞了。」

媽媽低著頭，眼淚又流下來。

「不要哭，不要哭。」蔣校長說著，轉身從桌上取過一張電報紙，說：「告訴你一個好消息。重慶的陳布雷先生發來電報，要我轉告你，陶先生已經離開香港。」

「真的！我看，我看，」媽媽跳起來，衝過去搶蔣校長手裡的電報紙，跳到半路，又停下來，說：「對不起。」

「沒什麼，沒什麼。應該高興，應該高興。」蔣校長把電報紙遞給媽媽。

媽媽念著那電報紙，喃喃地說：「不知爸爸現在在哪裡。」

蔣校長搖著頭，說：「只要離開香港，到了內地，總是安全了，真不容易呵。」

「只有爸爸一人嗎？姆媽和弟弟們呢？他們都沒跑出來？」媽媽忽然問著，又哭出聲來。

蔣校長忙安慰說：「別急，別急，電報上並沒有說他們遇到什麼不幸。陶先生跟我是老朋友，共事多年。陶太太和幾個令弟我也都見過，他們不會出事的。」

媽媽還是哭，用手捂住嘴。

蔣校長說：「我給布雷先生發個電報，託他再設法打聽一下陶太太的下落，好嗎？有消息馬上轉告你。」

媽媽擦著眼淚，點頭說：「謝謝校長。」

蔣校長說：「陶小姐有任何需要，隨時來找我。香港回不去了，春節要不要到我家去過呢？」

「我去鼎來哥家。伯伯、伯娘回來了。」媽媽停住抽泣，伸手指指站在身後的鼎來舅。

蔣校長說：「哦，陶鼎來，我在北平見過你的，是不是？」

鼎來舅說：「是，那時我在北平上中學，住叔叔家。」

蔣校長說：「那麼翼聖先生回到昆明了？」

鼎來舅說：「是的。」

蔣校長說：「他修築滇緬公路，很了不起。大命脈，後方靠這條公路運物資。」

媽媽說：「不過，他這次去緬甸，卻是去拆掉滇緬公路。」

蔣校長說：「是呀，這也是一大不幸，戰爭需要。令尊有空的話，可以到我們學校來講講他修路的經過，對你們工學院的學生，總有幫助，你說呢？」

鼎來舅說：「我回家去問問，家父也是北京大學畢業，母校有召，他怎可不來。」

蔣校長說：「這個不錯，這個不錯。我知道，我知道。」

鼎來舅暗中拉拉媽媽的袖子。

媽媽忙說：「謝謝蔣校長。我們走了。」

蔣校長說：「有空常來談談，不送你們了。」

媽媽和鼎來舅走出校長辦公室，經過秘書桌邊，秘書對媽媽說：「陶小姐不要太難過，陶先生安全，就好了。」

媽媽說：「謝謝。」

秘書說：「陶小姐有什麼需要，儘管來找我好了。凡能幫忙的，我一定幫忙。」

「謝謝。」媽媽說著，眼淚又要流下來，忙走出樓去。

許相萍還站在外面。

鼎來舅問：「我們去哪？回家去嗎？」

媽媽說：「我去看看，有沒有我的電報。爸爸出了香港，一定馬上打電報給我。」

鼎來舅問：「到哪兒去看？」

「大門口傳達室。電報有時候送宿舍，有時候送到系辦公室，有時候留在門房。」

三個人跑到門房一問，門房的人果然說：「收到陶琴薰一封電報，寫的中文系，送到中文系去了。」

媽媽更著急了，拖住鼎來舅、許相萍，跑到中文系，上氣不接下氣，說不出話，從系秘書手裡接過電報。

五十五

媽媽憋住氣，抖著手，十分緩慢地拆開。媽媽希望那是家公發來的電報，她相信那一定是家公的電報，但是她又怕那不是家公的電報。她想要拖延，只怕萬一是個不好的消息。撕開一看，那並不是一張電報，卻是一張匯款單，只有落款處寫了「父字」二字。這兩個字，媽媽一見，便禁不住嚎哭出聲，眼淚像兩道泉水傾瀉下來。

許相萍站在一邊，陪她抹淚。

系秘書摘下眼鏡擦著，說：「陶小姐應該高興，應該高興才是。」

「我高興，我高興。謝謝，謝謝。」媽媽連聲說，她今天一天已經不知說了多少謝謝。

然後，媽媽拉著許相萍便跑，鼎來舅在後面跟著。

三個人拿著電報紙，跑到校門外的中國銀行分行，氣喘吁吁。媽媽說不出話，只點著頭，伸手把匯款單遞給櫃台裡的小姐。

那小姐看看單子，抬頭看看媽媽，又看看單子，說：「陶希聖，你父親是陶希聖麼？」

「是。這是我的學生證，我叫陶琴薰。」

那行員搖著家公的匯款單，對櫃台裡面的其他行員們說：「喂喂，記得那個陶希聖嗎？他沒有死，匯了一千二百塊錢來給他女兒。」

櫃台裡面的人聽了，都圍過來，頭擠一處，看那匯款單，又一齊轉過頭，看櫃台外面悲喜交集的媽媽，幾個人不約而同問：「你父親沒有死麼？」

媽媽一個勁點頭，眼淚又流下來，把櫃台溼了一大片。

銀行行員們說：「恭喜，恭喜，陶小姐。」

一個人說：「日本人到了香港，當然第一個要捕的人就是陶先生。」

另一人說：「前幾天《上海報》說，日本人把陶先生逮捕了，剝了皮。」

拿著匯款單的行員說：「從郵戳上看，這款從河源郵局發過來，陶先生在廣東？」

媽媽搖搖頭，說：「我不曉得，剛才才知道他從香港逃出來。兩個月了，這是接到他的第一封信。」

行員說：「這是陶先生親筆的字嗎？」

「是，可惜只有兩個字，他一定在匆匆忙忙之間發來的。」

行員說：「我給你取了錢，一共一千二百元，請你點清楚。這張匯款單呢，我也不收了，你留著吧，總算有陶先生的兩個親筆字在上面，不容易。」

媽媽接過那張匯款單，泣不成聲：「謝謝，謝謝。」

旁邊一個行員說：「我看了那些報紙，就不相信。陶先生既然能夠從上海跑出來，自然絕不會死在香港。」

另一人說：「總而言之，別看日本人那麼凶，反正是拿陶先生沒辦法。」

又一人說：「老天有眼，好人命大。」

行員們七嘴八舌，滿臉是笑，好話說盡，安慰媽媽。媽媽一會聽得渾身打抖，一會聽了點頭稱謝，慢慢地停住了眼淚。

那一天，媽媽沒有去鼎來舅家看伯公、伯婆，她留在學校，給家公寫信，又給家婆寫信，最後給重慶的陳布雷先生寫信，託陳布雷先生把幾封信發給家公家婆。媽媽不曉得現在家公家婆在哪裡，不知信寄何處。幾封信都寫好以後，送到校長辦公室，請校長秘書轉交蔣夢麟校長，寄給重慶陳布雷先生。

當天夜裡，媽媽無論如何睡不著覺。不知是因為已經三四個禮拜睡前不捲頭髮，今天重新捲起髮捲來，睡下覺得不習慣了？還是因為心裡激動，手裡拿著那張匯款單，才睡不著。她翻過來，掉過去，數數目，想畫圖，什麼法子都用了，還是大睜著兩眼，聽別人打呼。

睡在媽媽上鋪的許相萍終於忍受不了，翻身彎下，倒掛著對下鋪的媽媽說：「喂，小姐，你慢點翻身好不好？床搖散了，還睡不睡。」

「我睡不著，比你還著急。」

「噓——」另外一張床上傳來一聲噓。

媽媽和許相萍只好不說話。媽媽又翻了個身。

許相萍乾脆下了上鋪，擠進下鋪媽媽的被窩裡，嘴巴貼在媽媽耳朵邊說話：「我明天還有考試呢。」

媽媽也轉臉貼著許相萍的耳朵說：「睡不著，由不得我。」

「沒有消息，睡不著。有了消息，可以放心了，還是睡不著，你怎麼辦。」

「姆媽和弟弟們還沒有消息。」

「你可真是，別人這麼大姑娘，惦記的是找對象，談情說愛。你呢，對家裡人操不完的心。」

媽媽偷偷笑了，說：「你呢？也談情說愛。」

「我功課一天到晚做不完，哪有閒工夫。」

「對呀，你也操不完的心。」

許相萍在被窩裡捏了媽媽一把，沒說話。
媽媽忽然說：「咱們有好幾星期沒上體育課了。」
許相萍說：「你小姐整天在圖書館看報抹眼淚，還想得起上體育課。」
媽媽說：「我們明天去上。我想跑，想跳，想大喊大叫。」
許相萍說：「好吧，聽你的。」
媽媽說：「爸爸剛匯了錢來，我們明天出去吃飯，吃飽了，後天去上體育課。」
兩個姑娘在被窩裡戚戚戚戚地笑起來。
「噓——」那邊床上又有人說話了：「你們不睡，別人還要睡。」
媽媽和許相萍再不敢說話出聲。過了一會，許相萍聽見媽媽睡著了，發出平穩的呼吸聲，便鑽出媽媽的被窩，爬到自己的上鋪睡覺去了。
馬約翰教授上體育課，規定每星期兩節，每節兩個鐘頭。學生可以根據自己課程時間安排，要麼每星期按時上兩節，要麼幾星期不上，然後連上幾天補足。甚至可以一天連上四節，兩天上夠一個月的體育課學分。
女生體育課，除練習一些基本運動技能之外，大部分時間就是貓捉老鼠，一班分兩隊，一隊是貓，一隊是老鼠。老鼠逃，貓追。追趕一陣，再換過來追，老鼠變貓，貓變老鼠。因為每節課上課學生不同，所以每節課都是貓捉老鼠。媽媽和許相萍這天連上四節體育，便玩了四個鐘頭的貓捉老鼠。下課時候，都累得呼呼直喘，滿臉通紅。
一整天又跑又跳，連驚帶笑，大喊大叫，媽媽把胸膛裡的歡喜興奮都發洩出來，覺得好多了。這樣狂奔狂跑一整天，當晚雖累，也還算好。第二天大早，兩個人可就都不行了，兩條腿疼，渾身疼，不是滋味。許相萍從上鋪下床都艱難，不住嘴地埋怨媽媽。

媽媽只是笑，她腿也疼得很，可是她高興。第三節課下了之後，媽媽照常，走過馬路，到南院化學實驗室外面的院子裡，等許相萍。院子裡幾棵不知名的小花樹，好像開始發芽了，媽媽走過去，用手掰著樹枝，查看那些小蓓蕾。

許相萍走出門來，見到媽媽站著看花樹，便在實驗室門前台階上坐下，喊叫：「琴薰，你還有力氣站著？」

「當然，三節課都坐著。」媽媽一邊說，一邊走過去，坐在許相萍身邊。

「真羨慕你。我們做實驗，都是站著。」

「還有一節課到中午，我們做什麼？」

「先去圖書館看看書，再去飯廳吃中飯。」許相萍站起身說，話沒完，就歪了一下，差點摔倒。

「算啦，不必去圖書館了。」

「這腿也許要疼好幾天。」

「走慢些，直接去飯廳好了。」

「再慢，到飯廳也用不了一個鐘頭。要不，找個地方看書。」

「找什麼地方，就在這兒得了。」

許相萍看了媽媽一眼，忽然明白過來，笑了說：「化學實驗室，當然最沒有人要來，誰也想不到陶小姐會在這裡。」
「告訴你啊，怪話說多了，腿要更疼。」
許相萍挪近一點對媽媽說：「陳志競他們，好幾天沒來宿舍找你了。」
「幹麼？你想他們了？」
許相萍嘴翹起來說：「我想他們做什麼？他們又不來找我。你這樣子，下次他們來找你，不要找我陪你去赴宴。」
媽媽趕緊摟住許相萍的肩膀，哄她：「別生氣麼，人家說著玩。」
「要我饒你，你得答應一件事。」
「十件都行。」
「跟我坦白，你到底對哪個有意？」
「什麼哪個？」
「追你的男生有一個團的人，你看上了哪個？」
「一個都沒有，你還不曉得我麼？才大學一年級，功課還忙不過來。再說，我家現在還不知在哪裡，弟弟們是不是都安全，哪有心思找男朋友。你別瞎說。」
「那你就真不找了？」
「我從小立下志願，上完大學要出國留學，再回來當作家教授，像謝冰心一樣。所以不能急急忙忙找男朋友。」
「你看不上那個陳志競嗎？」

「當然看不上，我這輩子絕不會找一個吃政治飯的男人。」

「你爸爸吃政治飯。」

「所以我才不要找吃政治飯的男人，夠了。我爸爸年輕的時候，熱心政治，吃了苦頭，一直不想沾染政治，光做學問。可是他做社會歷史的學問，總離不開政治。最後還是為了抗日，陷進政治裡面拔不出來了。爸爸總說，他不願意別人說他是政治家，他只希望別人把他當史學家看待。政治那東西太可怕，太可惡。為了政治，我們家多少次生死離別，多少次差點家破人亡，我可再也不要過那樣的日子。」

許相萍不說話，只看著媽媽。

媽媽又紅著臉說：「再說，誰稀罕他那樣子，上海小開。你曉得什麼叫上海小開嗎？就是仗著家裡有點錢，一天到晚油頭粉面，穿綢衣綢褲，吊兒郎當，走路身子都直不起來。整天只會吃飯、追女人，那就叫上海小開。」

「陳志競並不是那樣。」

媽媽撇撇嘴說：「差不多。我看得出來，他心裡面是個上海小開。家裡有點錢，天生優越，自以為了不起，吃吃飯，吹吹牛，以為女孩子會眼紅他。我才看不上。」

「那麼，你想找個窮光蛋嗎？」

「窮光蛋有什麼關係。只要他有志氣，肯努力，又有才華，我們可以一塊奮鬥，一定成功。吃得苦中苦，才做得人上人。貧賤夫妻才最牢靠。我爸爸就是從一無所有奮鬥出來的，我們小時候，常挨餓受凍，爸爸每天白天上工夜裡看書，一點一點奮鬥出來，才做教授。這樣的人才值得尊敬，值得愛。」
「你要用你爸爸做榜樣，可不大容易找男朋友。」
「那也不能湊合，要一塊過一輩子，得一心一意，能同甘共苦。同甘容易共苦難，誰不能過好日子？過苦日子可不好受。」
說著話，下課鐘突然響起來，一霎時，四面八方，男生女生，衝鋒一般，朝飯廳衝去。
媽媽說：「糟了，光說話，我們又晚了。」
許相萍跳起來說：「快跑。」
「你腿不疼了嗎？」
「腿疼也得快跑，餓肚子更慘了。」
兩個人說著，拔腳隨著人群朝飯廳衝，衝進飯廳。
飯廳很大，中間隔幾步放一個圓形木飯桶。學生們衝進飯廳，都圍到一個個飯桶邊，伸著手裡的飯盒飯盆，搶飯勺。物資緊張，糧食也不夠，大學生們吃飯要搶，眼要快，手要快，嘴也要快。到得快，搶得快，吃得快，也許能添一碗。到得慢，搶得慢，吃得慢，就可能吃不飽，或者根本一碗也吃不到。
許相萍顧不上腿疼，擠在人群裡搶飯勺。她個子太小，總吃些虧。媽媽個子大，嗓門也大，硬從幾個男生手裡奪過飯勺，從飯桶裡盛出米飯來，倒進許相萍的飯盒裡，倒滿了之後，又從飯盒裡扒出一些。然後再把飯勺伸進飯桶，滿滿盛一大勺，倒在自己的綠色塑料大飯盒裡，一勺不滿。

有個學生看了，問：「喂，你怎麼有那麼大一個飯盒？」

媽媽橫他一眼，不理不睬，又舀一勺飯，扣在自己飯盒裡。

旁邊有人答：「你不曉得嗎？那是陶琴薰，香港來的，所以有那樣一個飯盒。」

有人喊：「喂，手下留情好不好，你都舀走了，別人還吃不吃。」

又有人喊：「你叫什麼，不滿意嗎？陶小姐，儘管盛，再添一勺，都盛完了也不要緊。」

聽聲音就曉得是政治系那幾個男生，其中最凶的一個，當然就是陳志競。媽媽不敢抬頭看，加快舀飯。

陳志競喊：「你們誰對陶小姐喊叫，我們可不答應。」

有人隨聲嚷：「把那傢伙趕出去。」

要媽媽手下留情的學生叫起來：「你不要不講理。」

旁的學生跟著叫：「別擠，別擠。走開，走開。」

飯桶邊上一群男生們你推我搡吵架。

媽媽紅著臉，拉著許相萍，端著飯盒，擠出人群，找個牆角，坐下吃飯。那綠色塑料大飯盒是媽媽從香港帶來，內地人從來沒有見過，內地人的飯盒還都是鉛皮做的，尺寸也小許多。媽媽的飯盒大，飯盛得多，一盒便能吃飽，自己用不著急。可是她邊吃，邊一勁催許相萍：「快，快，別秀氣。」

「你別催了，我只有大半碗，怎麼也比別人完得快。」

這是媽媽琢磨出來的快速吃飯法，教給許相萍。一般人怕吃不飽，剛盛飯的時候，總想拚命多盛，然後快吃。其實大家都是差不多一樣的速度，所以差不多同時開吃，又同時吃完第一飯盒，同時趕去添第二飯盒，就看誰手快，誰力氣大，才能添得到。媽媽的法子，第一飯盒不盛滿，別人吃一滿盒飯的時間，許相萍只吃大半盒，自然能早些吃完，趕在別人前頭去添第二飯盒。添的時候，再拚命添滿，然後坐下來慢慢吃，這樣起碼可以吃到將近兩盒飯。許相萍那樣的小個子，要不是媽媽這法寶，大概沒有一頓能吃飽飯。

滿飯廳裡到處坐了人，正吃飯。忽然響起防空警報，刺得人耳朵痛，日本人又來轟炸昆明了。飯廳裡的學生都爬起來，端著飯盒飯盆，一路破口大罵，一路擠擠撞撞跑出飯廳，去鑽防空洞。

許相萍站起身問媽媽：「我們跑不跑？」

「跑是要跑，不過不用急，先盛滿了飯再跑。」媽媽不在乎警報，她在北平、南京、武漢經過很多次了。

許相萍走到飯桶跟前，拿起飯勺給自己飯盒裡添飯，一邊說：「對，就算炸死了，也要吃飽飯，不做餓鬼。」

「你瞎說什麼？你聽聽，那飛機遠得很，根本還炸不到我們這裡來。」

許相萍轉頭看看，偌大一個飯廳，空無一人，很有些得意，對媽媽說：「你還要不要添？我們可以添十次，沒人搶。」

「我吃不下，又不是什麼山珍海味。」

兩個姑娘端著添得滿滿的飯盒，走出飯廳，進了防空洞。

「啊呀，陶小姐，一轉眼就不見你了。響了警報，半天不見你來，急死人了。」又是那個陳志競，一看見媽媽和許相萍鑽進防空洞，忙迎上來說。

後面幾個各系男生也圍過來，七嘴八舌，問長問短。

媽媽說：「喂，喂，你們也跑過幾次警報了吧，用得著緊張嗎？吃你們的飯去吧，少說話。」

陳志競說：「這種事情，不怕一萬，只怕萬一……」

「我們還在吃飯，沒有空聊天。」媽媽說完，拉著許相萍躲到一個角落裡坐下。

幾個男生不敢再多嘴，只好都圍坐在媽媽和許相萍周圍，望著她們傻笑。媽媽扭過身去，跟許相萍臉朝牆，繼續吃自己的飯。

突然人群亂起來，幾個高年級學生站起來，朝大家招招手，喊叫：「別吵，別吵，有個事情宣布一下。」

學生們靜下來。

那些人中的一個說：「現在戰爭期間，中國大片國土淪陷日寇之手，許多中國各界菁英逃亡香港。現在日本軍隊占領了香港，很多中國志士仁人不肯做亡國奴，又無法逃出來，有些還遭到日寇逮捕殺害。我們學校有個陶琴薰，她父親陶希聖，就是公布日汪密約的那個，也淪陷香港，報上說讓日本人捉去剝了皮。」

陳志競喊出來：「陶小姐就在這裡。」

所有人都轉過頭來張望，媽媽躲在許相萍身後，恨不能有個地洞馬上鑽進去。

那演講的學生並不理會，沒停口，說：「就在這種危急情況之下，孔祥熙的夫人宋藹齡，坐了一架從重慶派去的專機，從香港飛到重慶。她不僅沒有讓她的專機順便接幾個學者名人脫險，一架專機帶了她的男僕女僕不算，還把她的狗也用飛機運到重慶來了。」

學生們聽了，都喊起來：「這簡直不像話。」

「在她眼裡，人不如狗麼？」

「打倒宋藹齡。」

「打倒孔祥熙。」

演講的學生招招手，說：「今天下午放學之後，我們大家都到前門口集合，我們到大街上去遊行抗議。」

他旁邊的一個學生補充：「雲南大學的學生跟我們說好了，今晚一道遊行。」

學生們喊：「對，對，一定要去。」

「大家都要去。一年級新生也要去。」

「我們要求宋藹齡來對大家說明。」

「要她向中國人民道歉。」

日本飛機還在頭頂上盤旋俯衝，發出恐怖的尖嘯。低矮潮溼擁擠的防空洞裡，中國青年學生們義憤填膺，熱血沸騰，同仇敵愾。

五十六

「相萍，我要轉學到重慶去。」媽媽流著眼淚，對許相萍說。

許相萍有些吃驚，說：「怎麼了？家裡出事了麼？」

「爸爸到了重慶以後，心情很不好，我去了，可以照顧照顧他。」

「我早就看出來了，每接到重慶來的信，你就大哭一場。以前接不到家裡信，整天哭，現在接到家裡信，還是整天哭。」

「沒辦法，誰讓我們一家都是苦命人呢？」

「都只恨日本人，這一場仗打的，中國沒人有好日子過。」

「爸爸原以為，好不容易，逃脫了日本人的手掌，到了國都。可是我看得出，重慶生活，並不像他所期盼的那樣。他到重慶，被陳布雷先生接到上清寺美專校街。美專街一號是陳布雷先生的公館。美專街二號樓房騰空，給爸爸住，也辦公。然後陳布雷先生陪同爸爸去晉見了蔣委員長，蔣委員長任命爸爸做侍從室第二處第五組組長，算少將軍銜。」

「這不是很好麼？一到重慶，有地方住，又有工作，還封將軍。這樣好事，我們老百姓想也不敢想，你有什麼好哭的？」

「爸爸從來不喜歡在政府裡做官，過去他推辭過很多次做官的邀請，他只想安安靜靜做他的學問。陳布雷先生告訴爸爸：重慶有很多人，用各種有色眼光看待爸爸。可是蔣委員長力排眾議，特意安排爸爸在總統府裡做事，保護爸爸，免受外界批評。所以爸爸無話可說，只有從命。

這一回，他是綁在政府裡，逃不脫了。」

「那也沒什麼不好。」

媽媽聽了，又哭起來，說：「一個多月了，爸爸並沒有工作，每天看看材料，寫寫專題報告。因為二十幾天逃難，勞累過度，本來他多年不治的失眠，已經完全好了，可以每天倒頭便睡。自從到了重慶，他又開始失眠。要圖舒適安閒，他怎麼會放棄教授生活而從政，也不會置全家老小生死於不顧，去上海又出上海，到了香港，他也可以西渡太平洋客居他鄉，也許早住洋房開汽車了。」

「我也覺得奇怪，你父親那樣的大教授，本來是北大的系主任，為什麼不回西南聯大來教書，你們父女還可以團聚。或者也可以到歐洲或者美國去，怎麼也能過上好日子。既然受氣，為什麼要留在重慶。」

媽媽嘆了口氣，說：「爸爸說過，本來他可以隨時自由來去，到海外去生活。可是那次他離開重慶，跟汪精衛去上海，一失足成千古恨，他此生只能抱著一顆認罪的心，將自己餘年為重慶政府貢獻，將功折罪，死而無怨。不料回到重慶，反一時報國無門。蔣委員長有意閒置他，對他不信任，並不打算重用，所以他特別傷心。」

「這種情況下，你轉學到重慶，對他會有幫助麼？」

「我想會，爸爸最喜歡我，我去作伴，他心裡可能舒服一點。姆媽和弟弟們還都在桂林，不知哪天才能到重慶。」

「就算轉學，也得等這學期結束吧，總不能半截就走，那麼到了中央大學，還得從頭再念這學期的課，或者要多等一年。」

「我現在只是這樣想，還沒有跟爸爸說過。不過他早就說過，我可以休一年學，到桂林跟姆媽住一年，那麼我要轉學，他不會不同意。只是得離開你了，覺得捨不得。」

「我也捨不得。我從來沒有跟公子小姐交過朋友，你是第一個大小姐朋友，待我這樣好，真不容易。」許相萍說：「我曉得你多麼愛你的父親，如果你想轉到重慶去，我不攔你，反正我們通信，還做好朋友。」

媽媽摟住許相萍，說：「你真好，相萍。」

兩個朋友摟在一起，難捨難分，哭成一團。

媽媽決定念完這學期以後，再轉學到重慶中央大學。到了五月，媽媽辦妥一切轉學手續，慢慢地收拾好行裝。學期大考完了以後，她跑到工學院，去找鼎來舅，告訴他自己要轉學的消息。

雖然已經都考完了試，鼎來舅仍然在製圖室裡，站在繪圖桌邊看圖、畫圖。媽媽還是在製圖室找到了鼎來舅，又好氣又好笑，說：「你這個書呆子，考完了，放假了，曉得嗎？還不回家，伯伯、伯娘急死了。」

鼎來舅放下筆，坐到身後的椅子上，看著媽媽說：「他們有什麼好急的，放假了我自然會回去。你跑這麼遠路來做什麼？挺累的，有事叫我一聲，我去找你好了。」

「我不跑來，怎麼叫你一聲？」

「我們學院裡許多人每天跑兩個鐘頭路去找你，你隨便託個人回來傳個話，他還不當聖旨。」

媽媽臉紅了，說：「我不理你了，見面不說正經話，那我回去好了。」

鼎來舅忙站起來，說：「我不對，我不對。既然來了，當然不能這樣回去。光顧跑路，你沒吃午飯吧，我們去吃點東西。」

「是你光顧畫圖，沒吃午飯，現在才覺得肚子餓了。你看，到底我是大救星，要不你就餓癟了。」

鼎來舅順手從繪圖桌邊拿起一個飯盒，說：「這次你可說錯了，看看，這是我的午飯，早吃過了。現在專門陪你去吃。」

兄妹兩個說著話，走出製圖室，走出工學院校門，上了街。

媽媽笑了，說：「鼎來哥，你以前不這樣，挺老實的，現在也學會詭計多端。」

「這叫做受教育，上了幾年大學，一點不變，那叫上了個什麼。在西南聯大住過三年，陶琴薰的哥哥，就是啞巴，也練成一張鐵嘴了。」

「我在這裡既然給你添了那麼多麻煩，那好，從此不再讓你討厭，我轉學了，明天的飛機，去重慶。」

鼎來舅聽了，嚇了一跳，站在馬路當中，看著媽媽發愣，過了片刻，才說：「你發瘋了，還是說笑話？」

「你站在馬路上，不怕車子撞嗎？過來，你看，這裡有家小鋪，我們隨便吃點什麼就行，我並不餓。」

鼎來舅邊隨媽媽走進店去，邊說：「行，這裡我常來，每次吃一碗口袋豆腐，你可以嘗嘗。」

店很小，只有四張桌子，都坐了人。媽媽和鼎來舅只好走到通進廚房去的門旁，坐在一張放碗的桌邊。

媽媽說：「正好，坐在這裡正可以看見口袋豆腐怎樣做的。為什麼叫口袋豆腐？」

「你真的要轉學到重慶去嗎？」

「真的，我今天特地來跟你告別，也請你轉告伯伯、伯娘一下，我不回家去拜別他們了。我急得忍不住，只想早一天見到爸爸和姆媽。你看，這是飛機票，明天的。」

鼎來舅接過媽媽遞過去的飛機票，馬馬虎虎看了一下，說：「你想叔叔嬸嬸他們，放假回去看看就行了，再回昆明來，何必一定要轉學呢？」

「我很擔心爸爸，他的身體和心情負擔都很重。」

「他到重慶幾個月了，還是那樣嗎？」

「四月下旬以後，爸爸忙起來，給蔣委員長起草文告。抗戰以來，每逢元旦國慶重大節日，委員長有文告發表，策勉全國軍民。這些文告，一直是陳布雷做。現在他提請委員長批准，交給爸爸做，所以爸爸忙了。前不久，爸爸又受命為《中央日報》撰寫社論，所以加倍忙。」

「這樣好呀，一方面說明叔叔通古博今學識淵深，獲得重慶政要們的承認和重視，一方面工作繁忙起來，叔叔心情也會好轉。他不是最怕鬆閒寂寞了嗎？」

「是，可是我怕他生活沒規律，身體受不了。他來信說，他現在每天上午十點鐘起床，白天到侍從室辦公。下午六點晚飯以後，睡一兩個鐘頭，然後長途跋涉，到化龍橋《中央日報》社，先看通訊稿和採訪稿。午夜十二點起，下筆寫社論，兩點鐘交稿發排，四點鐘看清樣，六點鐘離報社，搭馬車到上清寺一家廣東店吃早點，然後回美專校街睡覺。美國通常下午從華盛頓發出電訊，在重慶剛好是夜班兩點到四點之間。有的時候，爸爸一篇社論剛寫好發排，接到華盛頓發來的新電訊，如果消息重要，只好重新改寫社論。那時候，爸爸說，他常常拿起筆來，兩眼發白，心下茫然一片。」

店員端了一個大碗，放到桌上，說：「小姐，你的口袋豆腐。」

媽媽一看，喜笑顏開。那個大碗裡，湯白而濃，豆腐鮮嫩，還有奶湯、火腿、冬筍、菜心、胡椒等等。

店員見媽媽高興，便說：「你嘗一口，這豆腐外面方整，裡面包了漿汁，所以叫做口袋豆腐。」

媽媽聽著，品了一塊豆腐，搖著頭說：「果然好。」

鼎來舅問：「嬸嬸他們還在桂林嗎？」

媽媽說：「姆媽和弟弟們都已經到了重慶，跟爸爸在一起。」

「對呀，嬸嬸到重慶了，就能幫叔叔的忙，還要你去做什麼？」

「太多的生離死別了……」說了半句，媽媽停下來，低頭喝湯，不再說話。

兩個人低頭吃著，各想心事，悶聲不響。

第二天，媽媽由許相萍和鼎來舅伴著，早早趕到飛機場，坐上飛機，飛去了重慶。家公家婆和四個舅舅都到飛機場來接，頂著重慶八月的太陽，站在停機坪地上等。飛機一停穩，接機的人都擁上前去，機門一開，媽媽頭一個衝出來。她一眼看見地下家公家婆一群，興奮地尖聲叫著，向下衝。步子太快，手在天上揮，沒有扶欄杆，跑下十幾級扶梯，幾次險些踩空摔倒。她腳一踏地，就張著雙臂，撲到家婆懷裡。家婆摟著媽媽，眼淚嘩嘩流。媽媽顧不上哭，一個勁大喊大叫，隔著家婆，伸手摸泰來舅的頭，恆生舅的頭。三個多月，她哭得太多了，再沒有眼淚了。看見眼前一家人，她只剩下快樂和溫暖。然後媽媽蹲下身摟摟幾個年紀小的舅舅們，親他們的頭髮。最後，她站起身，到家公面前，睜大眼睛，看著父親，聲音打著顫，叫：「爸爸。」

「回來了，回來了。」家公說著，伸起手來，到半空，停住了。他心裡那麼愛他的兒女，但是卻從來沒有過摟抱親暱的表示。現在出於一種衝動，他伸出了手，有些不大熟悉。但稍一停頓，他決然把手伸出去，撫摸女兒的頭髮，嘴裡還是一勁地說：「回來了，回來了。」

家婆叫：「走了，走了，去吃飯了，不要太晚了。」

「對對，我們去海棠溪別墅吃頓飯，慶祝全家團聚。」家公說完，招呼旁邊等著的挑夫挑起媽媽的行李，在後面跟著，然後叫了幾部洋車，拉一家人到海棠溪別墅去。

「海棠溪的菜最好吃。」恆生舅要跟媽媽坐同一部洋車，一邊走一邊說：「我們坐汽車從貴州來，就到海棠溪看見爸爸，在那裡吃了一次飯。」

媽媽問：「你們從桂林到重慶，到貴州坐汽車麼？」

恆生舅說：「我們七月二十四號，從桂林搭火車，先到柳州，再到金城江，走了兩天。然後分搭兩輛大卡車，走了七天，才到貴陽。婆婆和五爺在貴陽，所以我們在貴陽住了五天。五爺給我們講雲南擺夷人的習慣。婆婆看我們個個面黃肌瘦，給我們煮燕窩吃，第二天早上起來，臉都腫了。五爺說：哎呀，丫們可憐，虛得不受補。八月十三號，我們坐木炭車，走川黔公路，往重慶來。汽油不夠，那車只能用木炭生氣發動，爬坡沒有力，在大山裡，走得極慢。有時上坡，我們要下車走路，減輕汽車重量。這樣走了三天三夜，才到重慶。」

媽媽看著恆生舅，眼淚汪汪，說：「現在好了，現在好了。」

坐著車，說著話，走過煙雨路，到了海棠溪。那裡一座建築別致的別墅，飛臨江上，便是飯店。家公帶一家人進去，靠窗找了個桌子坐下。媽媽朝外看去，窗下是長江水，湧著浪，快速流，很清很藍，不像在武漢看到的長江那樣土黃渾濁。

泰來舅伸手指給媽媽看，隔江望去，在淡淡的霧中，可見到重慶對岸的儲奇門碼頭，一派繁忙，舟船如梭。向左手望，江心橫著那大大的珊瑚壩，再過去一點，就望得到重慶城裡一個小土坡，便是有名的枇杷山。

山山水水，都那般秀美，那般寧和，媽媽心裡充滿感動，轉回頭來，用溼潤潤的眼睛，依次看身邊的親人們。

家公扭著身子跟侍者說話點菜。家婆在整理幾個舅舅的衣服。

媽媽彎腰對坐在身邊的范生舅說：「你還記得姊姊吧。」

「姊姊，你給我講新故事嗎？」范生舅從一歲多起，便隨著家婆一家四處跑，從北平到南京，又到成都、昆明、海防、安南、香港、上海、香港。每到新地方，他總不肯好好睡覺，每晚只有媽媽能哄他睡著。媽媽有一個訣竅。范生舅要睡的時候，常會用手抓自己的頭髮，不知是頭癢，還是什麼習慣。每晚，媽媽用手輕輕幫范生舅抓他的頭髮，前前後後，左左右右，額頭耳邊，抓幾個來回，一邊抓，一邊講故事，孫悟空借芭蕉扇，抓著講著范生舅就睡著了。

「這次要你給姊姊講故事，你跑了那麼多地方，有好多新故事。」媽媽摸著范生舅的頭髮說，又轉臉對晉生舅說：「晉ㄚ也有好多新故事，講給姊姊聽，對不對。」

晉生舅的臉紅起來，小聲說：「是。」晉生舅小時候在北平，最喜歡纏住媽媽念書講故事。媽媽在地上鋪個棉墊子，盤腿坐在上面，晉生舅自己坐到媽媽腿彎裡，幫媽媽翻書。他才一歲半，就會一頁一頁翻，媽媽講到什麼，他會用手指書上的圖畫，嘴裡跟著學說，嘰哩呱啦，讓人好笑。可惜那時，只有媽媽發了慈悲心，願意的時候，才給晉生舅念一會書。

菜端上來了，家公說：「琴薰一個人在昆明，吃不到什麼特別東西，今天補充補充吧。我買了兩杯酒，分成小杯，每人喝一口。」

每人面前擺了一個很小的玻璃杯，裡面有一小點通紅的葡萄酒，反射著陽光，把整個杯子都染紅了。

家公舉起酒杯來，說：「我們今天慶祝團聚，每人都喝一點，喝一點。希望從今以後，一家人再也不分離。」

媽媽覺得家公好像又要掉眼淚了，但是他沒有。一家大大小小都舉起杯來，你碰我，我碰你，喝了一小口。

放下酒杯，家公舉起筷子，揮動著說：「來來來，先吃這個燈影牛肉，專門下酒的好菜。你們看這肉片多薄，透明一般，所以用民間皮燈影來命名。據說這菜經過切、醃、晾、烘、蒸、炸、炒各道工序，看起紅亮，麻辣乾香，回味甘美，味鮮適口。」

媽媽笑道：「幾個月不見，爸爸變成烹調家了。」

家婆說：「他哪裡懂做飯。不過有了閒，多看幾本書，在這裡賣弄。」

家公笑笑，也不惱火，繼續說：「到了四川，自然要吃辣。好在我們湖北人也吃辣，所以不怕。江浙上海人，愛吃甜，來四川就多受些罪。琴薰，吃這個回鍋肉，地道的四川菜。好看吧，紅綠相間，鹹中帶甜，微辣醇鮮。吃，吃。宮保雞丁，在北平常吃，可四川才是正宗。清代四川總督丁宮保愛吃，才起名宮保。鮮香細嫩，辣而不燥，略帶甜酸。哈，果然名不虛傳。」

家婆看著聽著，笑出聲來說：「你聽聽，像不像在背書。」

家公轉過臉，從一個盤中揀一塊魚，放到家婆碗裡，說：「這是清蒸江團，肉質細嫩，湯清味鮮。江團魚是四川樂山重慶特產，體圓，頭尖，獨刺，肉肥。」

恆生舅指著一碟菜說：「這是魷魚，我吃出來了。」

家公說：「對，乾煸魷魚絲，這是四川特別的做法，跟姆媽平時做的不一樣。」

家婆說：「你點這麼多，能吃完麼？」

「我有這許多十幾歲的男丫，還怕吃不完嗎？」家公瞇著眼看桌邊一圈舅舅們，心裡很得意，又說：「到了四川，就到了麻婆豆腐的產地。你們一定愛吃。相傳清同治末年，成都北門外萬福橋有個小飯店，店主陳姓女人，是個麻臉。每次挑油工人來了，她就從油簍底子裡，挖出些剩下的餘油來做豆腐。做出的菜色澤紅亮，辣味鮮美，大家都喜歡，加上一個店主的麻臉，就成了麻婆豆腐。」

舅舅們都笑了，大喊麻婆。

家婆說：「我倒覺得還是這四川泡菜最可口。」

「不錯，不錯，大家再飲一口。」家公說著，又舉起酒杯。

滿桌人也都又碰杯喝酒。

放下酒杯，媽媽問家公：「爸爸，我寫信問過你幾次，你怎麼到重慶的，你從來沒有回答我。」

家公喝著酒，慢慢地說：「那有什麼好說的，坐飛機從桂林來。」

「我不懂，你為什麼先一個人跑來重慶？」

「我在桂林遇到熊式輝將軍，他剛剛受任中國駐美國華盛頓軍事代表團團長，想請我任軍事代表團的主任秘書，此事需由重慶政府決定。熊將軍著急，便把自己太太的一張飛機票讓給我，逼我第二天跟他一起坐飛機到重慶。」

媽媽笑了，說：「可是重慶沒有准許，所以你信上說，出國的事沒有辦成。」

「對了。其實我比姆媽還晚了幾天到桂林，可是比他們先離開桂林。」

媽媽趕忙說：「對了，對了，爸爸，姆媽，快講講，快講講，你們幾個人怎麼逃出香港的？」

家婆說：「那要比從北平逃出那次還更危險些。」

「我來開頭。」家公瞇著眼，喝著酒，說：「去年十二月七日太平洋戰爭爆發，日本飛機襲擊美國珍珠港海軍基地，接著便向香港進攻。香港人原本並沒有在意。十二月八日早上恆生、晋丫兩個，像往日一樣，搭七號巴士去上學。晉丫到學校門口，發現書包不見了，一路哭，往回家走，要找書包。到亞皆老街，聽見飛機轟炸，忙靠牆蹲到地上，問過路人：是演習還是真的？過路人說：是演習。晉丫便又起身接著走。轟炸越來越密集，過路人跑起來，大叫：啟德機場轟壞了。晉丫害怕，站在路上不知如何是好。這時學校早已緊急放學，恆生在學校找不到晉丫，拚命沿回家路跑來找。半路見到，拉著他往家跑。晉丫還哭著要找他的書包。恆生說：仗打起來了，還要什麼書包。」

媽媽聽了，抱著身邊的晉生舅，一手撥拉他的頭髮，大聲笑起來，說：「我們晉丫就是喜愛讀書，對不對？」

家公接著講：「十二月九日晚，我接到通知，說重慶杜先生，託中國航空公司，當晚到香港接許崇智和我幾個人飛來重慶，要我到杜公館等車子去機場。杜太太還託我帶一件毛衣到重慶，交杜先生。不料要起身時，發現汽車缺油。周圍加油站怕遭日機轟炸，早都關門。我們只好步行，到處混亂堵塞，人們驚惶失措，碰碰撞撞，跑不快。過了十二點，還沒到機場，聽見飛機起飛，我自然只好轉路回家。」

媽媽說：「如果那次爸爸來了，要省我多少眼淚。」

「第二天，日軍又炮擊。印度兵卡車，一輛一輛從新界往尖沙嘴撤退，亞皆老街遊民三五成群，九龍大亂。我脫下長衫，換上廣東短衣，與姆媽帶著恆生、晉丫、范丫三個，出門逃難，到山林道租的小屋去住，床也沒有，大家打地鋪，泰來留在亞皆老街看家。」

媽媽問泰來舅：「兵荒馬亂，你一人在家，害怕嗎？」

泰來舅說：「害怕，晚上不敢睡。只有白天睡。」

家公又喝一口酒，接下去說：「路上，幾處糧店遭搶，饑民遍地。姆媽小腳，走不快。一群搶匪擋住我們，一個個搜身，搶去所有錢鈔，然後給我們一張紙，上寫：心胃氣痛散。他們對我說：拿這條子，通行無阻。果然，再往前走，遇有路人攔截搶劫，遞過去那紙條，就放行。」

媽媽問：「那不會是杜先生的人吧。」

「當然不是，不過是些街痞流氓而已。第三天，日軍占領九龍。家家戶戶掛太陽旗。一時買不到那麼多太陽旗，許多人扯塊白布，在上面扣個大碗，用紅墨水沿邊畫個圓，掛在門口，醜惡至極。米店關門，於是大家都去搶糧。九龍倉庫打開，旁邊鄰居搶來一箱沙丁魚罐頭。恆生拿了一把米，去換回來一盒魚。我們一天吃一餐，每個丫一碗稀飯，一條沙丁魚，不許多吃。」

媽媽對恆生舅翹一個大拇指，說：「你是大救星。」

恆生舅不好意思起來。

「一連多天，不能出門。恆生九歲，晉丫七歲，范丫四歲，怎麼熬得住，又不敢哭出聲，我只好每日講《西遊記》他們聽，又當飯解餓，又轉移他們注意力。那天正講到火焰山上鐵扇公主肚子痛，英軍從香港炮擊九龍天文台。一炮打到山林道上，所有窗戶震得粉碎，玻璃渣從丫們頭上落下，下雨一般。三個丫發一聲喊，雙手抱頭，臥倒在地。」

媽媽一驚，忙問：「沒人受傷嗎？」

家婆說：「天保佑，沒有。」

「看來山林道住不成，我們趕緊領了丫們，再次出門逃難。凡上路，我總背條棉被，走到哪裡，坐在樹邊牆腳休息，清晨天涼，要這條棉被包住三個丫。姆媽總提個暖水瓶，遇到有個門洞，一家人擠進去，拿出牛奶，滴幾滴在暖水瓶蓋裡，沖熱水，大家吃。有一次，姆媽跟我把那沖了牛奶的暖水瓶蓋推讓一下，牛奶撒在地上，晉丫大叫：可惜可惜。恆生低頭生氣，不說話。范丫說：我口乾的時候，用舌頭舔溼就不乾了。」

媽媽眼裡含著淚，笑起來，摟著范生舅，搖來搖去。

「這麼一吵鬧，裡面住戶聽見聲音，開門出來，見門洞裡擠了我們一家，厲聲喝叫，趕我們走。我們只好領著丫，背著棉被，提著水瓶，朝前走，走一陣歇一陣。開頭還挑乾淨一點地方歇腳，後來累得緊了，也就不顧，隨地而坐，四周全是死人，蠅蟲亂飛。無處可去，我們決定只有回家，泰來尚不知生死。可是路已不通，日軍把守路口要道，鐵路橋洞都過不去。天色已晚，我們坐在路邊，不知怎麼辦。旁邊一座木屋，我們坐在門外，主人來問，我們說是新界元朗生意人，到九龍投親，過不了崗。他說：走難遇貴人。他是木匠，許我們租住他的樓上。我們一家住進去，向他們買一點豆糊，大家分吃。木匠看我們餓得可憐，分我們一人一碗白米飯。范丫不相信有人會送飯給他吃，看著他面前的飯碗，問：這是給我吃的嗎？很久不敢動手。樓上滿屋臭蟲，晚上大人小孩翻來覆去睡不著。范丫年小，一天辛苦，胸口爬滿臭蟲也不管，只是睡。姆媽坐在一邊，一夜不睡，捉他身上的臭蟲，讓他睡覺。」

媽媽看到家婆眼裡有淚，忙遞過自己的酒杯，請家婆喝一口。

「日軍把九龍塘作炮兵陣地，四處戒嚴。我們帶了三個丫，整日在周圍打轉，瞅空子。一天轉下來，沒機會，鑽回那空屋過夜。終於有一天，早上四點鐘，姆媽聽見外面有人喊：戒嚴取消，馬上叫醒丫們，半睜著眼，背棉被，提水瓶，跌跌撞撞，拚命跑。剛跑過戒嚴線，日軍開槍掃射。原來不是戒嚴取消，是日軍換崗，接班的晚到，有了二十分鐘的空，讓我們跑過去了。」

媽媽捂著胸口說：「好險。」

「讓姆媽接著講吧，我講得口渴，要喝些湯。」

媽媽說：「湯冷了，我叫他們拿回去熱熱。」

「不用了，湯涼一點，正好喝快些，解渴。」

家婆便接著講：「回到家，我看見泰來，兩眼只是流淚，對他說：你還活著。意思是：你還沒有死。我問他，日本兵到家裡來過嗎？他說：有一次，來了幾個日本兵，帶了米來，要我給他們煮飯吃。我只好生火煮飯，他們吃飽了，臨走，把剩的米留給我。他還告訴我們：七十六號派了人，和日軍一道來我們家裡，搜查過幾次，什麼也沒找到，只好走了。我們一聽，馬上就走。七十六號曉得泰來一個人留在家裡，我們必會回去找他。他們一定還會來搜查，說不定已經埋伏在周圍。我們忙跑出去，找到余啟恩先生幫忙，在山東街他的親戚黃醫生家樓上住下。一家大小不許出門走動，丫們真是可憐。」

家公接著講：「好一陣子，九龍成了死城。忽有一日，日軍下令疏散難民。杜公館馬上給我們送來幾張難民證，囑咐我們分批出發，按照日軍指定時間地點集合。姆媽要我第一個先走，我當時心裡著實很怕，但是不冒這險，留在香港，也只有死路一條。在香港街上逃來逃去四十八天，我本已衣衫襤褸，做難民也不用換了。高彤階先生指點說，用椰子殼燒出油來，擦在臉上，臉就變得蠟黃。那一夜，姆媽泰來兩個，一夜沒睡，給我燒椰子油擦臉。姆媽給我準備一個布包，一只熱水壺，壺裡塞四百元法幣兩張，港幣兩張。又做了六個白麵饅頭，把兩個金戒指揉在饅頭裡。清晨五點，我一步一步下樓，姆媽一步一步後面跟著，各自兩眼含淚。到門口，看見外面街上，一群一群難民，靜靜走路。我不敢回頭再看姆媽一眼，一步跨出門，加入難民隊，就那樣走了。我們早說好，回到國土，在桂林相聚，但那一刻，誰也不知誰會活下來，走回國土。」

媽媽聽著，眼裡滴下淚來，不住用手臂擦。

家公繼續：「我隨難民隊到大浦，趕上漁船，黃昏出發，日軍沒人能認出我來。次日清晨，船在海灣，忽聽槍響，我腿已站不起來，躺在艙裡等死。卻原來不是日軍，而是一群蒙面海盜，每人交五元，即放行。那天上午，日軍獲得情報，說陶希聖企圖化裝難民走陸路潛逃。日軍立刻封鎖各條路口，捕捉難民，吊打逼供，沒有找到我。這時我們這批難民，已到葵涌，捨舟步行，走了半夜，才到一個小村歇息。將近惠陽，卻又聽說惠陽已被日軍占領。我只好跟著難民隊，轉了幾天，又在橫瀝上船，沿東江到龍口，才算遇到中國軍隊，那時已是陰曆除夕之夜。我一上岸，馬上把暖水瓶裡的錢取出，又把饅頭裡的金戒換了鈔票，發電報請陳布雷先生幫忙轉告你我已脫險，同時電匯錢給西南聯大。我曉得這幾月你在昆明一定急死了。」

媽媽說：「我就是急死了。蔣夢麟校長把我叫去校長辦公室，轉給我陳布雷的電報。我去銀行取錢，銀行裡的人圍著我問：你父親沒有死麼？報上說日本人捉到了你父親，剝了皮，說得好可怕。」

「不是說得可怕。」家公搖搖頭，說：「如果日本人真的捉到我，一定要剝我的皮解恨。我一路餓瘋，去買了一隻雞，正煮了要吃，廣東省政府派了小汽車，接我開到韶關，住在互勵社。

我馬上給桂林當地所有報紙發電報，囑咐刊出消息：廣東省主席李漢魂在韶關宴請陶希聖先生。我跟姆媽約好，回國之後，在桂林相聚，當時我不知他們是否已經逃出香港。只要他們逃出來了，便一定已經到了桂林，可我卻遠在韶關。這次逃難，前後奔波了十七天。」

媽媽說：「姆媽先喝些湯。」

「叫他們熱一熱再喝。」家公說著，招呼侍者把湯菜取回廚房熱了再端來。

家婆講：「你爸爸給桂林報紙發電報的時候，我們是早已經到了桂林，找他找不到。到處流言，說日本人捉住了你爸爸，剝了皮，心裡急得要死，只有每天看報。那天我站在桂林漓江木橋邊的貼報欄前，看到《掃蕩報》頭版登出你爸爸在韶關赴宴的消息，才曉得他走東江，到了韶關，沒有死。桂林的人轟動，丫們更是大喊大叫，歡喜若狂。我心裡是悲是喜，只是眼淚止不住的滴下來。」

媽媽伸手抱住家婆，母女兩個相擁哭泣一陣，直到湯重新熱好了，又端到桌上來，家公給家婆盛了一碗，叫了幾聲，家婆才擦乾眼淚，喝了幾口湯。

媽媽說：「從頭說，從頭說，你們怎麼離開香港的？」

家婆喝過熱湯，穩住情緒，又講：「那天清晨送走你爸爸之後，第二天聽說有一艘疏散船白銀丸要開廣州。我馬上領了丫們，用另外的難民證，趕去上船。我抱了行李，泰來背著范丫。恆生拉著晉丫，冒死到了水師碼頭。日本兵很殘忍，在難民人群裡胡亂揚鞭抽打，周圍許多人臉上都流著血。我讓丫們低下頭，伸手罩在頭上，急急上船。三百人的小船，擠了一千多人，都是潮州難民回鄉。我們誰也不敢說話，不敢動，怕廣東難民聽出我們外地口音，丟下船去。兩天一夜，大人小丫，不吃不喝，忍饑挨餓，在海裡飄蕩。好不容易到了廣州灣，法國警察不許下船上岸，隨船日軍又不許船回港。滿船人絕望之餘，有人跳水。法國警察就向水裡開槍，有人打死，在水裡翻。鬧了一天，黃昏時分，法國警察下崗，滿船人才從窗洞裡跳出去，上小木船，靠碼頭，上了岸。所有難民行李，都運去潮州會館保存。」

媽媽問：「真的保存嗎？別是讓人搶走了。」

家婆笑了，說：「當夜什麼也顧不上，搶走也只有讓他們搶走，我們在江邊一個小店裡吃一頓飯，在西營找到旅店睡覺。第二天一早，跑去潮州會館領行李。大院中間立樁圍繩，裡面整整齊齊堆放了幾百件大小行李箱籠，兩個大漢手持木棍在入口把守，驗明船票身分，順利領回行李，一件不少。那兩個大漢也沒有因為我們外地口音，刁難我們。回頭看見旗杆上飄揚的青天白日滿地紅國旗，不禁熱淚盈眶。恆生、晉生兩個，都立正，用童子軍三指軍禮，向國旗致敬。」

媽媽聽了，對著恆生舅和晉生舅連連點頭。

家婆不停口，接著講：「我隨後給重慶杜月笙先生發電報求救，過了幾日，杜先生派的人到了，給了路費，派了人領路。時而坐轎，時而步行，一路風餐露宿，直走了二十多天，經柳州到桂林，我們心裡才安下來。」

恆生舅忽然說：「有一天，走在荒村僻野，我和大哥實在腿痛，落了後。黃昏時候，走到一條田溝邊，上面搭了一塊石板，給人過路。我和大哥剛要走上去，田裡跳出一個農夫，拿把鋤頭，說那石板是他鋪的，過路要收錢。大哥說，那麼我們不走石板，跳過溝去。那也不行，從這裡走，便要留下買路錢。我們無法，只好每人付了三塊錢，才過去了。」

泰來說：「廣東買路錢都是三塊，我們過廉江縣的時候，廉江縣長來看我們，說明天要過十萬大山，不很安全，他派八個衛兵，都是他的親兵，護送我們到山那邊，那以後就不是他的地界了。第二天，八個親兵果然來了，僱了轎子，上路進山。過了中午，看見山頂有人持了長槍，向下面打手勢。那縣長的親兵用口哨回應。我們轉來轉去，到一個峽口，幾個土匪守著一個大木箱，箱上插個白旗，寫個不認識的字。那幾個親兵跟土匪交涉了半天，我們每人付三塊錢，放進木箱，就放行。晚上過了山，那幾個親兵就轉路回去了。」

媽媽問：「你們到廉江縣，縣長還來看你們麼？他怎麼曉得你們是誰？」

家婆說：「那都是杜先生派的門人，一路幫我們聯絡安排，也保護我們的安全。」

恆生舅說：「他叫范瑞甫，我記得，才三十幾歲，兵荒馬亂之中，隻身翩然而至，受命護送我們。從廣州灣出發，一共十天，我們坐轎子，他不坐，兩隻腳走了六百多里，又坐車走三百里。一路沉默寡言，任勞任怨，每到一地，安排我們住好以後，他去聯絡當地軍政和幫會中人，準備下一日行程。進了深山峻嶺，他更是眼觀六路耳聽八方，前後照應。我們到了柳州，可以坐上火車到桂林了，他的任務也便完成，一刻不留，飄然而去。這樣剛毅沉著，來無影去無蹤的人，真是大俠客。」

家公說：「是啊，這些人為什麼這樣冒險犯難幫助我們呢？什麼也不為，我們什麼也給不了他們，他們什麼好處也得不到。他們這樣捨生忘死，就是憑著一種俠義精神。我們陶家人永誌不忘。」

家婆說：「快吃飯吧，講夠了話。菜又冷了，不好意思讓人家再熱。天不早了，我們也要趕路回家。」

「都吃飽了沒有？」家公問，依次看看每個人。

大家都點頭。

家公說：「好，起身，回家。」

五十七

傍晚時分，一家大小回到家，又亂亂哄哄兩個多鐘頭，誰也不要睡覺。最後還是家婆扯大喉嚨，挨著個罵了一頓，舅舅們才不情願地回屋睡下。媽媽洗過臉、刷過牙、換好睡衣，又悄悄跑到家公房裡。

家公已經躺下，靠在床頭上看一本書，見媽媽進來，便放下書，摘下眼鏡，對媽媽笑。

媽媽坐到家公床前，伸手摸摸家公被上的書，問：「你看什麼？」

「呵，沒什麼，隨便翻，克勞塞維茨的《戰爭論》。」

「真的要棄筆從戎，做將軍了嗎？」

「但願我做得到。抗戰之中，每個人最好都懂點軍事常識才好。如果我們有四億個克勞塞維茨，抗戰早勝利了。」

媽媽沒有說話，好像想要問什麼，又不知怎麼問。

家公看見媽媽拿的一個小方盒，就笑起來，問：「臨睡覺了，又要寫毛筆字嗎？」

媽媽手裡是一個小小長方形銅墨盒，家公送給她的。一年半以前，媽媽高中二年級，以同等學力報考大學，發榜那天從香港報上看到西南聯大錄取了她，跑回國際通訊社，拿給家公看。家公很高興，馬上出門。下午回家，帶給媽媽一件賀禮，就是這個小小的銅墨盒。盒蓋上雕刻一幅山水，旁邊刻著兩行字，家公親筆：

海闊天高　贈琴薰女

希聖　三十年八月十四日

此刻，躺在重慶南岸家裡床上，家公摸著那墨盒說：「我記得，買到這墨盒之後，找了附近一個刻字社，坐在小凳上，寫出這兩行字，讓刻字工人把字印在墨盒蓋上，照字跡刻出，立等取回。」

「在昆明的日子，我每晚睡覺，就抱著它。我沒有用它寫字，只把它放在枕頭下面。兩個多月收不到你們的信，急死人了。」

「我知道，我知道，我們也急死了。現在好了，一切都過去了。在重慶，絕對安全。」

媽媽終於把肚子裡憋了好久的問題問出來：「爸爸，你在重慶不快樂，對嗎？」

家公看看媽媽，沒有馬上回答。過了一會，他揉揉眼睛，含混地問：「什麼意思？」

「我就是問，你在重慶順心不順心。從你信裡看，你心情不好。」

「在侍從室，有個好處，可以看到許多材料。你曉得，我從上海出來，又公布了日汪密約，陳璧君、周佛海他們把我恨死了，罵死了。可是直到現在，汪先生本人卻沒有公開說過我一個字。」

媽媽不高興，問：「你這是什麼意思？我們一家出生入死才逃出來。」

「我並不後悔逃出來。不過是說，汪先生這人還是有感情，講義氣。我跟隨了他十幾年，他懂得我為什麼要這樣做。他是個從政的文人，幹了那麼多年革命。也因此，他手段不夠，不夠陰險，不夠狠毒，所以鬥不過別人，握不住大權。汪先生一直都很苦悶。玩弄政治跟幹革命，並不是一回事。有的人會幹革命，有的人卻會玩政治。」

媽媽望著家公，有些不解，問道：「那麼你現在是在蔣委員長手下，覺得怎樣？所以我問你快樂不快樂。」

家公又許久沒有言語，拿起枕巾擦眼鏡，擦著擦著，忽然說：「琴薰，你記得《三國演義》嗎？三國裡面有個曹操，生性奸詐，腦子靈活，計謀很多，翻手為雲，覆手為雨，喜歡殺人。他要用人，但又對手下人從不信任，口頭上捧，私下裡老有猜疑。」

「爸爸，你是說……」

家公打斷她的話，說：「你見過中藥鋪的老闆嗎？中藥鋪裡總有一個大櫃子，安裝了很多小抽屜。最上面一層抽屜，裝的全是做官的機會，中間一層抽屜，裝的全是發財的機會，下面一層抽屜，裝的全是出國任職的機會。最底層的抽屜裡，裝的全是打雜賣力的工作。我呢，上面幾層抽屜都輪不到，只放在最下面那個抽屜裡。」

「爸爸，你如果不快樂，我們走掉算了，到昆明去，到西南聯大去做教授。那兒有很多有名的教授，你們原來北大的教授。你去，蔣夢麟校長一定高興死了。他還請伯伯去講課呢。我也有好多好朋友在那裡，我還捨不得離開呢。」

家公聽了，嘆了口氣，說：「我又何嘗不這樣想呢。可是幾年前，我背離重慶，去了趟上海，對中國，對政府都欠了大債，人家不殺我，我已經感激不盡。人家現在要用我，我能不盡心盡力做嗎？人家可以不仁，我卻不能不義。我只有一輩子做牛做馬，以報不殺之恩才是。再說，我也沒那個本事走得脫。如果走得脫，我早走脫了，也去了美國了，人家把我抓得死死的。這裡是重慶，是中國，不是上海。」

家婆走進來，手裡端了一杯開水，打斷他們的談話，說：「你爸爸明天一早還要趕早班船過江去上班，現在要睡了。說多了話，又要失眠，吃了安眠藥沒有？」

「現在吃。」家公說著，把手裡的眼鏡放到床頭小櫃上，又順手拉開小櫃的抽屜，取出一個小藥瓶，轉開蓋子，倒出兩粒白色小藥片，停了一停，又倒出一粒，然後一起放進嘴裡，接過家婆遞過的杯子，喝一口開水，仰頭吞下安眠藥片，然後把水杯還給家婆，把藥瓶放回抽屜，轉身挪挪枕頭，躺下身去。

媽媽站起來，幫家公拉拉身上的被子，問：「爸爸，明天晚上你還回家來嗎？」

「看吧，沒有事就回來。」家公說著，閉上眼睛。

「明天再說話了，走吧，走吧。」家婆朝門外推媽媽，一手把電燈關掉了。

媽媽回到自己屋裡，在床上躺下，想著家公剛才的話，兩分鐘後，昏沉沉地，像要睡過去。她昨晚想著回家團聚，興奮得幾乎一夜沒睡，今早上五點鐘忙著上路，折騰了一整天，很累了。

家婆輕輕走進來，坐在床邊，靠著床頭，看著媽媽的臉，一手輕輕地理著她的頭髮。媽媽睜開眼，笑了。

很多年了，家婆沒有這樣親近過媽媽，母女兩個總是在一種緊張和忙亂之中度日。現在在大後方，自己家裡，旁邊屋裡家公和舅舅們安安靜靜地睡著。用不著擔心日本人轟炸，用不著擔心七十六號監視，沒有暗殺，沒有追捕，沒有逃難，沒有憂傷，一切忽然那樣靜謐，那樣安詳。媽媽的心，像沉入太平洋的堅冰，緩緩地完全地融化了。家婆心裡也暖洋洋的。

「姆媽，爸爸在重慶好嗎？」

「你們都在跟前，就最好，睡吧。」家婆用手把媽媽的眼皮抹下來閉上。

五十八

家公租住的是重慶南岸南方印書館的房子。清朝二百幾十年間，湖北黃岡、黃安和麻城三縣商家，一直從漢口販棉花到重慶，又從重慶販生鐵回漢口。往返都以長江運輸，用帆船，連年不斷，數量很大。因而湖北三縣商會上百年來，在重慶長江南岸置下一望幾十里的山谷土地。抗戰軍興，湖北三縣人士，紛紛來此，聚集居住，躲避戰亂，經商之外，還開辦了儲材小學和英才中學。

南方印書館，亦即湖北人產業之一。廠房設在山腰上，大門在山腳下，出入都須步行穿過廠房，沿山坡拾級上下。媽媽一家住的房子是幾間新蓋的磚瓦房，房前靠山坡邊有個院子，正是夏時八月，家婆在院子裡曬麵醬，用瓦罐裝了，整整齊齊。下雨天要把瓦罐一個個搬進屋，雨過了又要一個個搬出去。媽媽和幾個舅舅，只要在家，經常幫忙家婆把這些麵醬瓦罐搬進搬出。晚上悶熱，幾個舅舅在院裡的水泥地上鋪個涼席睡覺。房子後面，再上一層坡，是兩湖同鄉的公共墓地，二百多年下來，墓地裡當然墳墓很多，難以數清，有的墳墓已經倒塌，無法辨認，有的墓碑已經拆下來鋪了路面。剛住到這地方，幾個舅舅跑到後面玩耍，覺得那片墓地很有些害怕。媽媽來到第二天去後院看見了，也有些不舒服。家公為什麼要在墓地附近租房子住呢？多不吉利。

家公笑笑說：「那都是兩湖同鄉。他們和我們有鄉誼，有什麼事，自然會有個照應。怕什麼？」

媽媽想想，也笑了。可不是嗎？中國人講究風水，特別注重墓地的風水，總選風水最好的地方修墓地。既然墓地風水最好，為什麼不可以住人。

家公家婆和媽媽都覺得墓地沒有什麼可怕，幾個舅舅也便心安理得起來。過了一個月，范生舅忽然發現，在房後墓地裡可以捉到蟋蟀，非常興奮，每天跑到墓地去找。他從小喜愛玩弄小昆蟲，大家都說他長大要做昆蟲學家。有一天，恆生舅陪了范生舅去捉蟋蟀，不小心踩塌一處墳坑，掉了進去，兩個人都嚇了一跳。恆生舅趕緊在墓坑裡爬起身，卻看到身邊土裡埋了一枝鋼筆，竟然乾乾淨淨，亮光閃閃。恆生舅拾起，跑回家蘸墨水寫寫，顯然是新的，很好用，便放進自己書包，每天上學使用。看來，果然是祖輩同鄉關照他們，從此舅舅們真的便不再害怕到墓地去玩了。

家婆是個閒不住的人，到湖北商會去請求，在房子周圍借幾塊地種菜養豬。商會理事長徐先生見是黃岡陶萬兩大世家的人，自然一口答應。於是，家婆在家前左手邊圈起一塊地，種菜養豬，右手一塊地圈起來養雞。打豬草，煮豬食，拌雞食，都是家婆一個人忙碌。忙不過來的時候，臨時雇個當地鐘點工，挖地擔水。家婆也在山坡上一層一層開出的菜地，準備第二年春天種下番茄、辣椒、白菜、蘿蔔、豆子各種菜蔬。

學校開學了，媽媽、舅舅們大大小小都去上學。媽媽過江到沙坪壩的中央大學上課，住在學校裡。泰來舅因為大半年間都在逃難，高三沒有讀完，現在念補習班，準備過了年再報考大學。恆生、晉生、范生三個舅舅，都上南岸湖北同鄉辦的儲材小學，離家很近，上學放學很方便。家公照舊每天過江，到侍從室和《中央日報》兩地上班，有時晚上不及過江回家，便住在上清寺。家裡白天只有家婆一人，種菜、養豬、餵雞、篩米、曬醬，從早忙到晚。

家庭終於團聚，生活終於安定，不必躲藏，沒有恐懼，人人心滿意足。每天下午，四個舅舅放學回家，做完功課之後，范生舅到後面墓地捉蟋蟀。晉生舅趴床上抱一本書看。恆生舅安裝他的收音機。泰來舅要麼幫助家婆做家務，或者開菜地、餵豬雞，要麼溫習功課備考。星期六晚上，家公和媽媽都回家來。一家人於是熱熱鬧鬧吃晚飯，各人講學校裡的笑話。

恆生舅說：「今天有一個老師念《孟子》：孟子見梁惠王，王曰：叟，不遠千里而來……是哪個打屁？快點開窗。我們都笑了，有人還以為孟子文章裡寫了打屁。」

晉生舅問：「德國，意國和志國在哪兒？」

媽媽問：「哪裡來的志國？」

晉生舅說：「地理老師講，德意志共和國，就是德國、意國和志國。」

家公搖頭說：「胡說八道，貽誤後代。」

恆生舅說：「昨天下雨，我不小心跌進路邊的水溝，剛巧讓訓導主任看到，問我做什麼。我順嘴回答：清水溝。今天全校朝會，校長宣布：陶恆生大雨中為大家服務，值得表揚。」

媽媽笑說：「無功受獎，臉紅不紅？」

范生舅說：「好多天，我每天上學找不到我的板凳。昨天跑去找校長說明。校長調查了，是隔壁的屠夫每天早上殺豬，到學校來拿我坐的那條板凳去用，因為我的板凳比別人的寬些，好用。」

全家又笑了一陣。

晉生舅問媽媽：「音樂老師教唱歌，有一句是：希聖一道最好罐頭，什麼意思？」

媽媽愛唱歌，每次回家都教舅舅們唱歌，尤其喜歡唱〈在那遙遠的地方〉和〈掀起你的蓋頭來〉。可是怎麼也想不出有一首歌，會用家公的名字和罐頭作歌詞。晉生舅唱了幾句，終於有了點調調，媽媽才聽明白，那是〈抗敵歌〉裡的一句：同胞們向前走，把我們的血和肉，去拼掉敵人的頭，犧牲已到最後關頭。晉生舅把犧牲聽成家公的名字，又不曉得關頭是什麼，只知罐頭可以吃，便自己拼了一句沒人懂的詞。

好像是要補回那些因為逃難而失去的歡樂時日，一家人圍坐一處，吃著家婆做的醬麵，喝家婆養的雞燉出的雞湯，說說笑笑，其樂融融，八顆大大小小在逃難日月裡受盡折磨的心，充滿了幸福。

過一年的秋天，家婆種的玉米收穫了，吃不完，叫南方印書館的工人去摘，家婆在家裡煮，每天給大家吃。

到了十月，突然之間，家公像變了一個人，一連幾個週末沒有回家。回來一次，也整天默默無語，或坐在桌前發呆，或在院裡背著手踱步。沒有家公說笑，家裡的輕鬆歡樂也便消失。媽媽看得出，近來家公就是在家裡做事走路，也好像小心翼翼，彎著一點腰，好像心驚膽戰。不論家婆、媽媽或者舅舅們，誰找他說話，他都不耐煩，揮著手叫喊：「去去去，不要煩我。」

家公飯也好像吃不下，每餐飯不過扒拉幾口了事，只是一個勁喝稀飯。睡覺當然更壞，吃了安眠藥也沒有用。好幾次，媽媽看見半夜三更，家公獨自一人披著棉袍在院子裡踱步好幾個鐘頭。媽媽看得出，家公現在心事格外重。家公前幾年在上海的時候，心情再壞，也沒有現在這樣大的脾氣。那時看見家公半夜散步，媽媽還敢去跟他說話。可現在她不敢，只有在窗前望著。

家婆也在自己屋的窗邊望，發現媽媽在窗前，便輕輕走進媽媽的房間，跟媽媽兩個人一塊，看家公在星夜裡踱步的身影。

「爸爸近來怎麼了？」

「他在替蔣委員長寫一部書。」

「什麼叫替蔣委員長寫書？」

「蔣委員長要自己寫一本書，可是寫不出來，要你爸爸替他寫。他講意思，你爸爸寫出來，署蔣委員長的名，算他寫的書。」

「什麼名字？」

「《中國之命運》。」

「爸爸寫過那麼多書了，寫這麼一本書，會難成這樣子嗎？」

「爸爸寫過許多書，都是寫他自己要寫的書。這次不一樣，是替蔣委員長寫。每天要去見蔣委員長，只怕一句話說錯，就丟了全家人性命。中國有句老話：伴君如伴虎。」

媽媽不說話了，看著家公踱步的模樣，真像是在幾分厚的薄冰上行走，輕起輕放，膽戰心驚，生怕一步不對，頃刻沉下冰海，永無出頭之日。家公垂著臉，不敢昂起頭，好像頭頂上懸著一把鋼刀利劍，說不定什麼時候，為了什麼他自己也不知道的原因，隨時就砍砸下來，斬掉他的頭。

「爸爸一個人寫嗎？」

「原來是要陳布雷先生執筆，他心裡有數，曉得這事不容易，推說身體不好，辭掉了，跑到成都去養病，蔣委員長便找你爸爸來寫。你爸爸從來不會說個不字，又覺得欠蔣委員長許多情，心裡不喜歡，也只好從命。」

「爸爸欠他什麼情？」

「他私自脫離重慶，跟著汪先生去上海，跑出來以後，蔣委員長沒有殺他，還給他工作。」

「可爸爸從上海跑出來，帶出來了日汪密約，也算立了功。」

「如果蔣委員長要殺他的頭，還是會一樣殺頭。重慶那麼多軍政要員都罵他，只有蔣委員長一個人保護他。記得我們剛到，家裡無米下鍋那幾天，蔣委員長聽說了，馬上派人送了一袋大米來。你爸爸心裡清楚，曉得感恩。」

媽媽聽了，靜了一會兒，又說：「我想不來，兩個人怎麼寫得成一本書。」

「你爸爸每天去晉見蔣委員長，聽他講一段意思，回上清寺，絞盡腦汁，按蔣委員長的意思，寫成文字，又要照應前後文章，連貫一氣，不出矛盾。所以常寫了一段，免不掉又重寫前邊的文字。然後請你阮繼光表哥用蠅頭小楷整整齊齊抄好，第二天送給蔣委員長過目圈改。你見過阮繼光表哥吧。」

「他從黃岡出來，一直跟著爸爸作跟班，我認識。」

「他毛筆字寫得好極了，又快又好看。」

「好幾十天了，快寫完了嗎？」

「現在十二月初了，我想快寫完了吧。我聽你爸爸提過一次，蔣委員長想明年春節前後出版，那麼現在應該完工了。」

「姆媽，你也成寫書專家了。」

「沒吃過豬肉，也見過豬跑。整天跟著你爸爸，聽他喊叫截稿截稿，清樣清樣，耳朵要長老繭了，還學不會麼？」

媽媽聽家婆說一串俗話，笑起來。

「快睡吧。你爸爸失眠是沒辦法，你年紀輕輕，不要也學會了失眠。」

媽媽躺下睡了，家婆走出屋，輕輕帶上門。

果如家婆所料，又過了一個多星期，家公星期六晚上回家來，好像鬆了一口氣的樣子，叫嚷要喝家婆最拿手的豬肚湯。家婆星期天忙了一整天，晚飯時候，媽媽幫忙，擺了一桌子。當中一個高高大大黑乎乎粗糙糙的湖北湯罐，上面蓋著蓋，熱氣從蓋子四周冒出，霧騰騰的。湯罐旁邊擺了家婆拿手的幾樣菜，冬菇髮菜、魚丸，還有家婆到重慶才學會的麻辣肉片。

「發明這個菜的人臉上也有麻子嗎？」恆生舅問家公。

「我沒有聽說過。」

「那麼怎麼會麻辣？」

「放了花椒，自然會麻。放了辣椒油，所以辣。快吃吧，那麼多事，道道菜都有典故麼？」家婆嘴裡罵著，心裡美滋滋的。全家人能高高興興輕輕鬆鬆圍一桌吃飯，就是她最幸福的時刻。

「菜色紅亮，」家公搛了一塊肉片，放進嘴裡嚼了一會，點頭嗯嗯幾聲，嚥下，笑說：「麻辣味濃，鮮嫩適口，怎樣做法？」

家婆一邊掀湯罐的蓋，一邊說：「你要聽麼？我來講，只怕你學不會。」

家公又搛一塊肉片吃進嘴裡，說：「不要講，不必講，只管吃。」

「這麻辣肉片冬天春天吃最好。」家婆從湯罐裡挑出豬肚，問：「誰要豬肚？」

六個碗一齊都伸過來，圍著湯罐，家婆站得高，看下去，好像桌上開了一朵蓮花。家婆的心裡樂極了，忙不迭給每個碗裡挑肚子肉。

家公說：「這樣好的菜，缺一點酒。」

家婆不出聲，走到廚房，取來一瓶酒，放到桌上說：「余啟恩幾日前送來的，四川大麴。」

「余啟恩到重慶來了嗎？我沒見到。」

「人家來過幾次，哪裡碰得到你人。」

「他住哪裡，我要去看看他才好。」

「不遠，也在馬鞍山。泰來去過，下次他帶你去好了。」

泰來舅說：「他家住山中一間小屋，門前有塊平地。余啟恩每天在那裡踢足球，羅阿姨在那裡打排球。」

范生舅說：「山裡可以踢足球嗎？姆媽不許我在院子裡踢足球，怕掉到山下去。」

恆生舅很老到地說：「余啟恩是足球健將，當然能把球黏在身上那樣踢法，不會一腳踢下山去。你要學，我來教你好了。」

范生舅說：「誰要跟你學，我去跟余啟恩學。」

家婆說：「真的，你的書寫完了之後，一定要去看看他才對。」

「完了，完了，」家公說著，喝一小口酒，「四十多天，總算沒出大錯，順利完成。不過只是完稿而已，後面還有校訂、排印等等，還要忙很久。」

媽媽說：「你以前寫書沒有這樣吃力。」

「這書不是我寫的，是蔣委員長寫的。」

「覺得寫得好嗎？」

「好壞不是我寫的，是蔣委員長親筆一個字一個字改過的，都是他寫的。這樣改改抄抄了七八次，不，我想有十幾次，反覆修訂增刪，昨天全書才算完工。」

家婆問：「然後呢？」

家公說：「交南方印書館印出樣本二百冊，送黨政高級幹部簽註意見。本來說是交正中書局排版印刷，他們官架子十足，不給回音，那就給我們同鄉來做了，我也方便。」

媽媽問：「這書有人看嗎？」

家公說：「我想會有人看，紙張印刷都求全國最好的，價錢也會最便宜，人人都能買一本。」

家婆問：「那麼就賠本麼？」

家公說：「國內賠，國外賺。這書準備送外國一家書店出英文版，可以收版稅，補國內的賠。」

家婆說：「快吃，快吃，湯又冷了。」

媽媽說：「沒有，姆媽，湯罐裡怎麼會冷呢。你坐下，吃你的。」

家公喝一口酒，忽然說：「全中國只有兩個半人會寫文章。」

媽媽問：「哪兩個半人？」

「一個是陳布雷先生。」家公說完，停下來喝酒。

「另一個呢？」媽媽問。她有預感，知道家公會說誰。

家公說：「另一個嘛，那就是陶希聖。」

所有的人都睜著眼睛望著家公。

家婆說：「好意思，自賣自誇。」

「這叫自知之明。」家公搖著頭吃一口豬肚，在嘴裡嚼著。

媽媽又問：「還有半個呢？」

家公不答，嚼他的豬肚，嚥下，又喝一口酒，還是不說那半個會寫文章的人是誰。

恆生舅問：「人怎麼會有半個？」

家公仍不說話，微微笑。媽媽想，或者家公說，有個人寫的文章一半好一半不好，所以是半個。或者家公的意思是，除去陳布雷和他自己，全中國所有寫文章的人都加到一起，不過只夠半個人。家公太狂妄了，可是誰敢說這麼大的話呢。媽媽又想起家公半夜在院子裡踱步膽戰心驚的樣子，跟眼前的家公判若兩人。家公恐懼的不是寫文章，而是給蔣委員長寫文章。

家公安安心心在家過了元旦，去看了余啟恩先生，家婆還送給他們一條自己養的豬的後腿。家公在香港辦國際通訊社的時候，余啟恩先生在社裡做會計。家婆在院前坡上自己養的兩頭豬，每頭都有二百斤。過年殺了，留下一半做臘肉，另外一半自己家吃不完，都送了人，給南方印書館的人。家公也拎了一大包到上清寺侍從室，分給眾人。

元旦剛過完，《中國之命運》第一版印出幾十本來，精裝燙金面，送委員長和各界政要閱讀，徵求意見。家公那幾日，悶在家裡，心神不安。一個星期過去，委員長的蕭秘書突然傍晚打電話來，要家公去一趟。家公慌慌忙忙去了，第二天晚上才回家，滿頭大汗。

家婆忙問：「什麼要緊事？」

「前天，二月九號，張治中惹禍，他作演說，提到蔣委員長這本書，還講了其中內容。委座曉得了，大為光火，下令說：快把張治中那本書要回，不給他看。本來發書的時候，專門通知，三月十二日正式出版之前，誰也不許私談此書內容。蕭秘書找我去對證，發書時有沒有發這個通知給張治中。」

「所以沒有你的事。」

「我當然發了，有紀錄。」

「當然沒我的事。」家公說完，又補充，「果不出我所料，委座行武出身，眾所周知，忽然有著述出版，很多人有懷疑，認為書是我寫的，委座署了個名而已。重慶城裡一片沸沸揚揚，都在罵我。」

「會出什麼事麼？」

「不會，我料到會這樣，早有準備。」家公微微一笑說，「今天下午，蔣緯國公子跑到上清寺來。蔣緯國是蔣委員長的小兒子，拿著書跑來對我發脾氣，說我寫得不對。我把原稿一本本拿出來，給他看，對他說：全部初稿都經過委員長親自改寫，沒有一行可以看見我的筆跡。蔣緯國站在那裡翻看了半天，沒有話講，才走了。」

「完事了。」

「哪裡有完，委員長又在印好的書上改了，他一改，我就要改，書局又要重新改版。誰知會要改多少次。人年紀大了，總是絮煩。」

一家人陪著家公，圍著這本《中國之命運》打轉，忽晴忽雨，過了幾個月。三月十二日，書正式出版。又過一月，家公終於向一家人宣布：「我們今晚再到海棠溪別墅去吃飯，這本書的事全部結束。」

家婆不相信，問：「這麼快麼？」

媽媽說：「姆媽，六個月還不夠嗎？」

家婆說：「哪裡會這樣一刀齊，說結束就結束。還會有事的，不要去吃飯。」

家公說：「要去，要去，再有人說什麼也無所謂了。這一個月，到處有許許多多的批評。今天中午，委員長跟我一道吃午飯，聽我匯報外界評論。聽完之後，付之一笑，說：我寫了一本書，若是沒有強烈的反響，那才是失敗。所以我可以放心了，從今以後，隨人怎麼說好了，反正委員長不在意。那麼，這件事就可以正式完結。」

媽媽說：「今天我要喝酒。」

家公說：「一定，一定。」

五十九

這年暑假，恆生舅小學畢業，成績優異，找媽媽商量報考中學的志願。他最敬佩，也最信任媽媽，對媽媽說：「我第一想投考重慶求精中學，離上清寺近，考取了可以住在爸爸那裡。」

媽媽笑了，望著恆生舅說：「我知道你老早想去跟爸爸住上清寺，在城裡，好玩得多，也自由得多。」

恆生舅有些不好意思，但不理會媽媽，繼續說：「第二想考國立三中，有公費，不必花錢，可以減輕家裡負擔。」

媽媽說：「你上學念書，爸爸、姆媽不會節省。只要你念書好，花錢值得。」

恆生舅說：「那你說我應該報考哪間中學？」

媽媽說：「如果要考國立三中，就不如多跑幾里路，去考沙坪壩的南開中學。」

恆生舅臉有些紅，很興奮地說：「我知道南開中學好。不過那麼有名的貴族學校，學費貴不說，入學成績特別高。我這樣儲材畢業的土包子，想也不能想。」

「你考都還沒有考，怎麼曉得一定不行。我當初在香港，只念高中二年級，就報考西南聯大，心裡自然也有些怕。可是我從小立志，長大一定要念爸爸念過的北京大學，所以我在香港報名的時候，第一志願是西南聯大，第二志願是西南聯大，第三志願是西南聯大。怎麼樣？我考上了。朱自清教授教我國文。」

「你那麼要念北京大學，又那麼喜歡西南聯大，真不該轉學到重慶。」

「我在昆明一個人孤獨夠了，想你們想得發瘋，所以非轉學不可。世上一切，都不能跟我們家人之間的親情相比。你以後長大一些，才會明白。」

恆生舅搖搖頭，說：「那是你們女孩子，多愁善感。」

「好，我記下你這句話，以後看你孤零零一個人的時候，會不會哭。」

「我怎麼會哭，我從來不哭。」

「那好吧，既然你是那樣一條硬漢子。過幾天，我帶你去南開中學看看，報考南開，有沒有那個膽量？」

恆生舅不肯表示自己膽小，只好點頭，說：「那有什麼不敢，去就去，我就報考南開，非考上你看看不可。」

放暑假，大家都睡懶覺，第二天起床，已是半上午，吃過中飯，媽媽和恆生舅兩人坐船過江，換乘汽車，到沙坪壩。從小龍坎車站下車走過去，遠遠看見南開中學校園高大氣派的紅磚樓房。恆生舅心裡通通地跳，低頭看看自己身上的舊衣服，覺得臉上發燒，不知該進該退。再看看媽媽，她昂首挺胸，那麼自信的走進校門。恆生舅也便鼓起勇氣，跟上媽媽，走進學校去。

校門裡是一個大廣場，左右各有一座教學大樓。正面是大操場，暑假期間，還有許多學生穿了運動衣在操場上踢足球或者跑步。操場左邊是三座紅磚男生宿舍樓，右邊是女生教學樓、女生宿舍和圖書館。

媽媽問：「怎麼樣？」

恆生舅喘著氣，回答：「太好了。」

「要不要報考南開。」

「要，要。」

可是已經下午，學校辦公室下班了。

媽媽說：「不要再過來過去，跑路渡江，到中央大學過一夜，明天再來南開領取報名表。現在暑假，許多同學不在，我在宿舍裡找一間屋給你睡好了。」

聽說要睡在女生宿舍裡，恆生舅渾身的不舒服，說：「我不怕走路，可以回家去，明天早上再來。」

媽媽笑了，說：「上中學了，長大了，男子漢了，我又沒有要你睡在女生宿舍裡。跟我走，先到男生宿舍給你找個地方，再到我們宿舍去玩。」

恆生舅跟著媽媽走進中央大學校園。校園中心，是一個小山坡，叫做松林坡。坡下散落著教室和飯堂。前坡的一邊是校部辦公室，另一邊是女生宿舍，像一個大穀倉，為了便於管理，女生全部集中住在這穀倉裡面。媽媽沒有帶恆生舅去女生宿舍，而是走過松林坡，到了後坡的男生宿舍。

宿舍裡沒有多少人，媽媽從前沒有來過，也不認得路，逢人便問，終於找到外文系男生同學住的房間，一連看了好幾間，都上著鎖。

恆生舅有點喪氣，說：「我回家好了。現在還早。明天我一早就趕回來。」

媽媽站在樓道裡想了想，忽然說：「我們去圖書館。我知道系裡有男生暑假留在學校裡。宿舍沒有，準在圖書館。」

進了圖書館，恆生舅簡直看傻了。房子不太大，但是在恆生舅看來實在太豪華。地上是花磚，牆上掛著兩大幅油畫。媽媽領著恆生舅，踮著腳尖走進一間閱覽室，一排排書架裝滿了書，書架之間，有一些長方桌，桌邊一圈木椅，有的桌上散亂放些書。

媽媽低聲告訴恆生舅：「這是外文閱覽室。」

順書架一行一行地看過去，走到一個角落，看見窗邊一張小桌旁，坐著一個男生在看書。媽媽對恆生舅的耳朵說：「這是我們班的，我沒跟他說過話。我們去試試。」說完，媽媽走過去，坐到那個桌邊。

那男生抬起頭，看見媽媽，慌忙站起來，不知所措，正看的書掉到地上。他更不好意思，紅著臉，彎下腰，把書拾起來，說：「陶……小姐，你好。」

「你好。很不好意思，有件事想求你幫忙。」

那男生還紅著臉，站著，說：「儘管說，儘管說。」

「你坐下好不好。」

「是，是。」他說著，坐下來。

媽媽把恆生舅拉到跟前，說：「這是我的弟弟陶恆生，他明天要去南開中學拿報名表，不想再過江到南岸去了，今晚想在中大過一夜。你能不能在男生宿舍裡幫忙找個床位。」

「沒問題，沒問題。我們房間裡的人都在，住不下。隔壁豐華瞻回家了，可以睡他的床。」

「豐華瞻？」

「哦，你大概還不認得，也是才從貴州遵義的浙江大學轉來的。」

「哦，我曉得了，豐子愷先生的公子。」

那男生點點頭，取出一張紙，寫了幾個字，遞給媽媽說：「這是我的房間號，晚上只管領了令弟來找我，我領他到豐華瞻的屋裡去。」

「謝謝。」媽媽拿了紙條，站起身，說：「我們大概九點半左右去。」

「我會在宿舍裡面等你們。」

「晚上見。」

「晚上見。」

媽媽領著恆生舅踮著腳尖走了。到門邊，恆生舅回頭看看，那男生又坐在那裡看書，專心致志。

出了圖書館門，媽媽鬆口氣，告訴恆生舅：「他叫沈蘇儒，浙江嘉興人，是沈鈞儒的堂弟。你曉得，沈鈞儒是中國鼎鼎有名的大律師，小矮個，長鬍子，跟爹爹很熟。爸爸說，他小時候在河南住的時候，還跟沈鈞儒學過八段錦。這位沈蘇儒去年暑假才從上海國立暨南大學轉來，是班裡的老大哥，有他幫忙，住一晚沒問題。」

兩個人說著話，到了前坡的女生宿舍，走進那個大穀倉。到了媽媽宿舍門口，媽媽先進去通知舍友們，恆生舅站在門外，聽見裡面幾個女生吱吱哇哇叫過一陣，門才打開，媽媽招手讓恆生舅進去。兩個女舍友還在擺弄衣裙，笑著跟恆生舅打招呼。

媽媽介紹說：「這位是陳璉，歷史系的，跟我一樣，去年才從昆明西南聯大轉來的。陳布雷先生的女兒，你看她長得像不像一顆文膽。」

恆生舅知道，陳布雷號稱蔣委員長的文膽，是家公的頂頭上司。

陳璉伸手在媽媽肩上捶，笑罵：「哪裡有你這樣子介紹人的，我那麼苦味道嗎？」

媽媽笑著躲開，又介紹另一位：「這位是蔣和，我們同班，外文系。她父親是大名鼎鼎的蔣百里將軍，德國留學的軍事家，百戰百勝。所以她也所向無敵，沒人敢惹。」

蔣和胖胖圓圓的臉，坐在窗前，朝恆生舅微笑，不像將門之女。

陳璉又跳起來追打媽媽，一邊叫：「好啊，你只會欺負我，打死你。」

兩個女孩子鬧了一陣，看見恆生舅站在那裡看，才停下手，理著衣服笑。

媽媽喘著氣，對恆生舅說：「這位蔣和小姐，你以為她文文靜靜的嗎？一不留神，她就跑到重慶城裡去跳舞……」

蔣和一邊叫，一邊撲上來：「陶琴薰，你今天皮癢癢，惹了一個不夠，又來找我麻煩。」

媽媽一邊倒在床裡邊，舉手護住頭，一邊還在說：「你曉得跟誰跳舞？蔣緯國公子……」

蔣和壓在媽媽身上，兩手堵媽媽的嘴：「你要死了，你……」

陳璉拍著手，跳著腳，叫好，又彎下腰笑，過一陣，才走過去，拉起蔣和，說：「你們害不害臊，來了客人，什麼話都沒說，只管自己打架。」

蔣和爬起身，臉紅紅的，不好意思地整理頭髮衣服，嘴裡嘟囔：「陶琴薰今天吃錯了藥，到處挑釁，找打。」

媽媽坐在床上，理好衣服，喘勻了氣，對兩個同學說：「我弟弟明天一早要去南開中學拿報名表。」

陳璉說：「南開？那可是好學校。恭喜恭喜。」

蔣和也說：「走遍全世界，一說是南開人，都很自豪。」

陳璉又說：「那位張伯苓先生很了不起，遠見卓識。南開人學識都好，但不是書呆子。」

媽媽反問：「我們是書呆子嗎？」

蔣和說：「算啦，算啦，一天到晚鬥嘴，怎麼看得出你們兩位父親能在一處和和氣氣辦公。」

媽媽問：「我們出去吃晚飯，你們要不要一起去？」

陳璉說：「不要了，我們已經吃過了。」

蔣和問：「陶弟弟今晚在中大過夜麼？」

「對。」媽媽說，臉有些紅：「已經講好了。」

陳璉問：「什麼講好了。隔壁有空房。馬仰蘭的床空著。」馬仰蘭是馬寅初教授的女兒，跟媽媽同班，也是媽媽的好朋友。

媽媽說：「他今晚住男生宿舍。」

「呵，這麼個講好了。」陳璉意味深長地望著媽媽問：「住誰那裡？他們男生宿舍，八人一間，四張雙人床，四張小桌子。」

媽媽說：「你怎麼那麼熟，常去嗎？去做什麼？」

陳璉這次倒是大大方方，說：「我是常去，找人，不過不是男朋友。所以我問，要是沒地方，我可以去幫忙找一個床位。」

媽媽說：「我想不用了，他也許可以睡豐華瞻的床。」

蔣和問：「還沒說定，那叫講好了？」

「沈蘇儒答應幫忙安排。」媽媽說，聲音很小。

陳璉又叫起來：「阿唷，是那個沈蘇儒。」

蔣和也陰陽怪氣地說：「難怪你今天不對勁，跑進來就發瘋一樣，原來偷偷摸摸跟沈蘇儒講好了。長得好帥，像葛利哥來・畢克。」

媽媽臉紅著辯解：「你們別瞎說。誰偷偷摸摸，我有事，當然要找Authority，班裡誰有事，都是找他。」

陳璉說：「我瞎說什麼，要找沈蘇儒還不容易。」

蔣和聽了，反不明白，問陳璉說：「你常常跟他講話嗎？」

陳璉說：「很多年了，沈蘇儒同我們姊妹在杭州師範同學。」

媽媽好像很有興趣，問：「真的嗎？我們怎麼不知道。」

陳璉得意洋洋地說：「天底下你們不曉得的事情還有很多呢。他剛從暨大轉來，你們怎麼曉得他在浙江的事情。在杭州師範，他跟我姊姊同班，我低一年級。現在我姊姊比他高一級，我跟他同級了。」

媽媽說：「難怪你說你常去男生宿舍，原來是去找沈蘇儒。」

蔣和說：「哈，要不要寫一本小說，名叫青梅竹馬。你看，陶琴薰臉都發青了。」

陳璉和媽媽聽了，對望一眼，突然同聲一吼，兩個身體四雙手，一齊撲到蔣和身上。打鬧一陣，陳璉和蔣和還在難解難分，媽媽悄悄拉上恆生舅，溜出了門。

媽媽對恆生舅說：「不趕快跑，她們還要找碴子說我們。」

走出一段路，恆生舅問：「她們兩個暑假也不回家嗎？」

媽媽說：「蔣百里將軍在前線打仗，蔣和沒地方可去，只有住學校。陳璉從來不回家，從昆明轉學過來以後，從來不去上清寺，我約她一起去，她也不去，不知道為什麼。陳布雷先生不要見她，還是她不要見陳布雷先生，誰也沒問過。」

恆生舅問：「你在昆明認識她嗎？」

媽媽說：「不認識，我去西南聯大那年，她正好休一年學。我跟你說的陳璉的事，可別跟別人說，別跟爸爸說。」

恆生舅說：「你們女孩子的事，我說什麼。」

姊弟兩人從校園出來，走了二十幾分鐘，到沙坪壩一家小店，吃擔擔麵。恆生舅學四川人口音喊叫：「多加紅，多加青。」

媽媽說：「你考取南開以後，我們可以常常一起來沙坪壩吃飯。」

恆生舅吃得滿臉流汗，嘴裡不住吸氣，稀里嘩啦，連聲說：「好辣，好吃。」

媽媽忽然說：「沈蘇儒的話，倒是提醒了我。明天我們拿了報名表，回家路上，在小龍坎停一停。我帶你到豐陳寶家問問，你來沙坪壩南開中學考試的期間，或許可以在他家住幾天。」

「誰是豐陳寶？」

「同學，豐華瞻的妹妹，也在我們外文系，同班。」

「他家裡有地方嗎？」

「我想應該有。他爸爸是大大有名的文豪畫家豐子愷先生，我想他的畫桌大概能睡下你十個。」

「他們會答應嗎？」

他們答應了。豐子愷家在小龍坎中央廣播電台發射塔附近一片平地上，竹籬笆圍住小院子，門口掛個小竹牌，上書「沙坪小屋」四字。房屋是竹架子外面塗石灰泥。屋裡家具也大都是竹器。豐子愷先生平時每天穿一身中式衣褲，留著山羊鬍，對媽媽和恆生舅非常和氣。恆生舅到在南開參加考試期間，在豐子愷先生家住了兩天三夜。臨走，豐先生還送給恆生舅一本自己的小畫冊。

六十

秋天開學，沙坪壩街頭立刻擠滿人，都是學生，南腔北調，西裝馬褂，長鬍子的，圓胖臉的，布鞋，皮鞋，便帽，禮帽，高的，低的，男的，女的，有的匆匆忙忙，有的慢慢悠悠，很有一番景觀。在這些人裡，今年又多了三個結伴遊逛的人：媽媽、泰來舅和恆生舅。

中央大學從南京搬到重慶，在這裡沒有自己的校舍，是借重慶大學旁邊地面，蓋了一些臨時房屋作教室、宿舍、辦公室，圖書館、操場、禮堂都很簡陋。離校園不遠是嘉陵江，山秀水美。一處中渡口，有個茶館，是中大學生最常去的地方。沙坪壩鎮上，商店多些，自然熱鬧。坐汽車來往重慶，在沙坪壩的小龍坎車站上車下車。

媽媽在中央大學外文系念三年級。泰來舅剛考上重慶大學工程系，念一年級。恆生舅考上了南開中學，念初一，成了最新一代南開人。媽媽和泰來舅等於住隔壁，你來我往很方便。媽媽剛轉學到中大，念二年級的時候，獨自一人在沙坪壩，每逢週末，總要過江回南岸家裡去。現在沙坪壩多了伴，等於有半個家在這裡，有的週末和兩個舅舅一起度過，不再跑路回南岸了。

他們三人，真是難姐難弟。在上海，他們三人留在日寇汪精衛手裡作人質，千辛萬苦逃出個活命。在大後方讀書，又是他們三個，聚在沙坪壩，你來我往。現在，當然比幾年前在上海時快樂得多，可以邊走路邊說話，大聲歡笑，坐車同一部，吃飯同一桌，走路同一夥，只有睡覺不在同一處，各回各校宿舍。

不回家的週末，媽媽和兩個舅舅就到沙坪壩蕩馬路。街上飯館很多，比較有名的有金剛飯店、六合飯店、味斟香幾個。三個人最常去的是六合飯店，喝片兒湯吃包子。而最經常的是泡茶館，靠街找一張桌子坐好，邊喝茶，邊張望街上的西洋景，最便宜，也最好談天。

沙坪壩裡有很多家茶館，其中一家叫做蘭亭茶莊，媽媽最常來。走進門去，正面牆上，高高懸掛了晉代王羲之的一幅字〈蘭亭序〉，遒媚勁健，圓轉自如，點畫多變，婉潤清新，無愧天下第一行書之譽。全序二十九行，三百二十四字，縱有行，橫無列，長長短短，錯落有致，有所謂揖讓顧盼，掩映情飛，氣韻生動，變化無窮，陰柔優美，千古流傳。

媽媽帶了泰來、恆生二舅，進了蘭亭茶莊，找到靠窗一個小桌坐下，對著窗外街景。媽媽很得意，等泡茶的時候，一邊剝著橘子皮，一邊指著牆上那幅〈蘭亭序〉，對兩個舅舅說：「看那幅字，大大有名的王羲之〈蘭亭序〉，文章書法雙絕。轉來中大以前，我在昆明西南聯大念中文系，讀過《歷代散文選》，其中便有這篇〈蘭亭序〉，是王羲之平生得意之作。構思新穎，意境高遠，結構嚴謹，情景交融。」

旁邊一個胖胖的男人，中等個子，胖乎乎的，穿著藍色長衫，戴個瓜皮小帽，一手捻著唇上兩撇小鬍子，微微笑著，聽媽媽講解。

媽媽看他一眼，不理會，接著講：「晉穆帝永和九年農曆三月初三，王羲之帶子侄王獻之幾個，與當時名士謝安等，共四十二人，一起到會稽山陰縣的蘭亭集會。那日天朗氣清，惠風和暢，崇山峻嶺，茂林修竹，美景宜人。王羲之他們臨水而坐，飲酒賦詩，情趣盎然。那一天眾人共作詩三十七首，編為《蘭亭集詩》，由王羲之撰寫序文，就是這篇有名的〈蘭亭序〉。」

恆生舅抓住媽媽講話的一個空歇，忽然站起來，對站在旁邊那胖男人，說：「喂，你有什麼事麼？一直站在這裡看著我們做什麼？」

媽媽和泰來舅都轉過臉去，看著那人。

那男人趕緊走過來，摘下瓜皮帽，露出一個禿頂的頭，點頭哈腰，說：「在下姓周，實在難為情，打擾打擾。」

媽媽聽他一口江浙口音，問道：「你要怎樣？」

「我是本店店主，酷愛此幅〈蘭亭序〉，所以掛在這裡，小店也取名蘭亭茶莊。不想小姐所知甚多，講來娓娓動聽，不禁聽得迷了。」

媽媽臉紅起來，說：「周先生既酷愛這幅字，一定研究得更多。我不過在課堂上學點皮毛，怎敢班門弄斧，還請老先生指教。」

「小姐氣度不凡，言辭脫俗，定是書香門第，大家子出身。」

媽媽和兩個舅舅聽了，都望著他，不作聲。

周先生繼續說：「現在的重慶，名人薈萃，臥虎藏龍，全中國有識之士，都聚於此，也不枉這幅字了。」

媽媽問：「你從江浙來的嗎？」

「小姐聽得出我的口音，難道也是江浙人麼？」

「不是，可是從小在上海住過很多年。」

「難怪，難怪。在下是浙江紹興人，便是〈蘭亭序〉所言之會稽山陰縣。我本在紹興開一家字畫書店，與杭州西湖的西冷印社常有來往，常同吳昌碩先生一起切磋。日本人打來了，一把火燒光了我的店鋪，只搶出這一幅〈蘭亭序〉。那時我才曉得，世上再沒有比看見字畫遭焚更為慘烈的事了，真是肝腸萬斷，痛不欲生。」

「日本人確實罪惡太大，周先生到了重慶以後，不再收集字畫了嗎？」

「字畫是還在收集，從頭做起，不過只是個人消遣而已，不再開店。也沒有資本開字畫店，只開一家茶館，了此一生。」

「周先生何出此言。過幾年抗戰勝利，趕走了日本人，衣錦還鄉，再回紹興。」

周先生驚奇地看著媽媽，說：「小姐真以為我們能夠打敗日本人麼？」

「當然，我們一定打敗日本人，不過三五年，抗戰就要勝利了。」

「小姐這是猜想，還是有所依據？」

「蔣委員長的書裡，分析時局，說得清清楚楚。周先生聽我剛才亂講了一通〈蘭亭序〉，可有哪裡不對，指教一二如何？」

周先生聽見問，好像頓悟過來，笑了說：「小姐剛才所言，一絲不錯。不過，這一幅〈蘭亭序〉，只是後人臨本，並非王羲之親筆。」

媽媽滿臉通紅，大叫：「慚愧，慚愧，我……」

周先生忙搖著手，止住媽媽，說：「小姐勿要慌，小姐勿要慌。〈蘭亭序〉真本，實在一千三百年來，沒有人看見過。這幅字，確是傳世摹本中最好的一種，據說最接近王羲之真跡，小姐眼力還是不差。」

媽媽趕緊站起來，對周先生鞠一躬，說：「請周先生給學生們講講這段故事。」

周先生忙拱手作揖，道：「不敢，不敢。這〈蘭亭序〉真跡自晉代問世之後，二三百年間，曾一度失傳。直至唐代，才被唐太宗找到。這位唐太宗，酷愛王右軍書法，便命弘文館書人馮承素，諸葛貞等幾人，雙鉤輪廓，填摹副本，分賜王公大臣。褚遂良當時檢校其事，所以也有褚氏摹本。另外虞世南、歐陽詢等，也做過臨本。唐太宗死後，遺詔命將〈蘭亭序〉真本陪葬昭陵。從此無人再得有福親眼見到，只能看臨摹本了。」

媽媽指著牆上那字，問：「那麼周先生說這是最好一個臨本，是誰臨的呢？」

「這字上有唐中宗神龍小印一個，據說是馮承素照著王羲之真本臨摹出來，神采飛揚，生動自然，最接近真跡。這幅字確實臨摹得精妙，毫芒轉折，纖微備盡，側媚多姿，神清骨秀。用筆變化多端，著墨隨濃隨淡，行款忽密忽疏，堪稱極品。無怪後世人明知是臨本，還是要從中討生活，少則十，多則百，臨摹不厭。蘇軾、黃庭堅、米芾、蔡襄、趙孟頫等等，都崇尚〈蘭亭序〉，而成為一代宗師。」

媽媽聽得目瞪口呆，半天才醒轉過來，對周先生連連點頭，說：「周先生飽學滿腹，實在令人敬佩。」

周先生拱拱手，說：「哪裡，不過幹這字畫的營生幾十年，每日小看幾個字，積攢了一些雕蟲小技而已，不比小姐公子們大學科班出身的學子。」

「以後我們姊弟要常常來你這裡喝茶，還望隨時指教才好。」

「那實在好，實在好。我去招呼夥計，小姐公子今天這壺茶，小店奉送。」

「那怎麼可以，周先生……」

周先生不聽媽媽叫，自顧走到後面去安頓夥計們。

恆生舅笑著，對媽媽說：「姊姊，平時聽你講話，平平常常，怎麼今天跟他說話，咬文嚼字，聽著像個七十歲的老先生。」

「你沒聽他一開口就說，他在紹興開字畫店，說不定原來是個秀才舉人，學問不會少，我當然只好那樣跟他講話。」

泰來舅說：「他講的那些故事，倒滿有趣。不知以前他在紹興的字畫店裡，有多少好東西。」

「好了，不說這些了。你們曉得嗎？前天鼎來哥到我教室裡來找我過一次。」

恆生舅問：「他到重慶來了嗎？怎麼沒有到家裡來？他是西南聯大的機械專家，我有問題要問他。」

泰來舅說：「他給姆媽打了電話。他是路過重慶，只有一天，所以不過南岸去了。他去上清寺跟爸爸吃過一次飯。」

恆生舅問：「他去哪裡？」

媽媽說：「他考取了官費出國，要到美國去留學。我在昆明時候，跟他談天，他已經下定決心要出國留學，現在到底做到了。他功課好，在西南聯大，我每次去找他，他總是在製圖，站在一塊斜立的板桌前面。有一次，他說站得腿疼。」

「幹麼站著畫圖？」

「他說方便，一伸手就夠著了，不用坐下站起。他從來不出去玩，老是做功課。只是為了來安慰我，才跑到我們這邊來。他們工學院到我們文理學院來一趟，要跑大概兩個鐘頭路呢。」

「他去美國學什麼？」

「農業機械。」

「可惜了。」泰來舅忽然插嘴說。從在北平時，泰來舅就深知鼎來舅聰明過人，勤奮努力。他比泰來舅大三歲，泰來舅的一切問題，不論是學校的功課，還是自己安裝收音機做飛機模型，到鼎來舅手裡，連想都不用想，看一眼就馬上解決了。泰來舅一直相信，鼎來舅將來一定能作個大工程師，世界聞名。

「我在昆明也說過他，他不聽，他要改造中國農業。」

三個人不說話，都望著外面沙坪壩街上。

過了一會，媽媽又說：「鼎來哥在西南聯大跟我說過，在大學念書，主要靠自己努力。學校有很多有名的教授，自己用功，自然可以學到很多東西。如果不用功，吃喝玩樂，也沒人管，照樣可以混四年畢業，我老記著他這些話。」

恆生舅問：「他還回來嗎？」

「他說他要回來。」媽媽說著想想，又說：「現在是一九四四年，他說要去兩三年，那麼四六或四七年他就回來了。」

「他只念兩三年嗎？不念博士嗎？」

「他說只念碩士，急著回國來效勞呢。」

「可惜了。」泰來舅又說了一句。

三個人又都停了口，不說話，扭著頭，望著沙坪壩的街上。

過了一會，媽媽說：「前幾天我在時與潮書店翻到一本書，講德國大音樂家布拉姆斯的身世。我聽說過一個俄國小提琴家海菲斯，小時候家裡很窮，父親打斷桌椅腿燒火，暖海菲斯的手指練琴。現在才曉得，布拉姆斯小時候家裡也窮得很，十幾歲就得到漢堡海員們聚會的酒館裡去彈琴賺錢養家。他寫的《匈牙利舞曲》天下第一。因為他年輕時候，很多匈牙利人逃難，經過漢堡，常到他演奏的酒館消磨時間，所以匈牙利的民間音樂留給他很深的印象。」

泰來舅說：「小時候日子過得窮點，其實好。」

「就是。」媽媽接著說，「從小爸爸常對我說，我們陶家也有一些人，不努力，揮霍家產，到頭來落魄不堪。我們小時候受過很多罪，所以我看到海菲斯、布拉姆斯這樣的身世，特別同情。」

「從恆生開始，就沒有我們小的那時候那麼受罪了。」

恆生舅聽了不舒服，嘟著嘴說：「我也沒享過多少福，在上海也看見姆媽到處找零錢買小菜，從北平逃難出來，我也餓過肚子，從上海逃到香港我跟你們兩個在一起，從香港逃難到桂林重慶，我沒比你少走一步路。」

「那倒也是，比起別的許多孩子，你受的罪確實夠多了。所以你比別的孩子更有出息，能考上南開呀。」

「唉，現在坐在這兒喝茶，舒舒服服的，真難想像我們小時候怎麼過來的。」泰來舅今天忽然格外多說話，「只有在北平那幾年，算是過神仙生活了。」

「你還沒經過爹爹過世、驪珠之死，那才悽慘。我們從陶盛樓到上海，你在姆媽背上睡覺。我三歲，一路跟著走，還要背背包。我記得走到半路，腿都疼死了。」

「怎麼苦，都沒有從上海逃出七十六號手掌心那一回可怕。」

「現在總算好了，我們一家能在一起，都上了學。希望從此我們再沒有一次生離死別，再沒有一次逃難，再沒有一次餓肚子，擔心受怕。」

泰來舅、恆生舅都不說話。三個人都望著沙坪壩街上。

街對面的時與潮書店，是沙坪壩最有名的書店，賣書賣文具，還出版一本雜誌叫《時與潮》。書店門大開，學生們隨便出入，隨便看書，所以書架上擺出的書，有很多沒有賣出去就都捲了邊。所有沙坪壩各學校的的學生，差不多每個週末都要到那書店去逛逛。

恆生舅忽然說：「我在時與潮發現了一本《基度山恩仇記》，太貴了，有空我就到書店去看。常可以在角落裡找到一塊空地，坐下來看一陣。有時找不到，只好靠在書架上，站著看，那就看不久。」

「你喜歡，買一本好了。這種名著，總合算。」

「不用了，大概幾個月能看完。反正沒事，站著看就站著看。」

泰來舅說：「可惜裡面技術方面的書不夠多。我要找的工業技術資料難找得很。倒是對面新開的那一家，技術方面的書多些。」

隨著泰來舅的手指，媽媽和恆生舅才注意到那家新開的書店。

「那裡原來是一家乾糧店，我在裡面買過點心當中飯。」

恆生舅提議：「我們去看看。」

泰來舅說：「看什麼。門一天到晚關著，書架上貼著紙條：不准亂動。誰還願意進去。」

「不讓學生翻書，就不要在沙坪壩開書店。」

話音未落，看見一群男學生從街頭七嘴八舌，比手畫腳，說說笑笑，蜂擁著走過來，轉彎走進這家新開的書店去了。

媽媽說：「有好看的了。」

恆生舅忍不住站起來，說：「我要去看看。」

「別去，這是我們中大的學生，想必是去尋事的。」

「你怎麼看出來？」

媽媽到底是中大學生，懂得中大學生，她料到了。沒過幾分鐘，那新書店裡發出吵鬧聲，接著就聽見有打破東西的聲音，而後就是書架推倒之聲，書籍落地之聲，責罵聲，討饒聲，夾雜一起。滿街學生都擁過來，圍在書店門前看熱鬧，不少人一邊大聲叫好，兩手舉到天上拍得啪啪響。那夥鬧事學生從書店裡走出來，大喊大叫，幾個人同時伸手，把書店招牌摘下來，丟在地上，拿腳在上面踩踏，更引起街上圍觀的學生歡呼喝采。

恆生舅到底不聽媽媽說，跑出茶館，鑽進人群裡去看。

一邊有兩個警察慢慢走過來。圍在外面的學生擠得緊緊的，警察也擠不進去，只能吹警笛，可是大學生們沒一個人理會。鬧了好一會，人群散開了，看熱鬧的擁著鬧事的，全走光了，恆生舅還站在那裡。警察這才走到門邊，對站在門口的書店老闆問話。

書店老闆哭得嗚嗚不停，說：「長官大人，你們要替小的作主。小店遭砸，生意全賠。」

警察問：「怎麼回事？」

「小的要告他們。」

「告誰？」

「告這些大學生。」

「哪間大學的？」

「中央大學。」

「算了吧，你認倒楣吧。這些天子門生，你告不下來。」一個警察說，收起手裡的記事本。

另一個警察說：「你能找到人麼？就算找到，不在現場。也不會有人作證，告不成功。」

店主哭得傷心，坐在門口地上。兩個警察走掉了。恆生舅回到茶館裡。

恆生舅問媽媽：「什麼叫天子門生？」

媽媽笑了說：「中大學生就是天子門生。中大校長是蔣委員長，所以中大學生算是蔣委員長的學生。」

泰來舅說：「他只好關門，真可憐。」

「他早晚要關門。不讓學生隨便看書，沒人去買書，他能開下去嗎？」

恆生舅從來不安分，常會想出新招子來，忽然說：「我們去磁器口走走，好嗎？」

媽媽不同意，說：「有二十里呢，誰要走那麼遠。」

「磁器口的花生米、香脆花生，人人愛，還有花生糖、五香豆腐乾、炒米糖。好多同學細細品過，說花生米配五香豆腐乾，有火腿味道。我們去試一次，二十里路，沒多遠。」

「我不去。我還要回去看一會書，明天英國詩詞考試，俞大絪教授很嚴格。」

恆生舅想起來了，就不願丟開，央求：「去吧，姊姊，就一次。」

「姊姊回去看書。我陪你去好了。」泰來舅從小在家做大哥，老成厚道，忍耐謙讓，照例對弟弟們是有求必應，捨命陪君子。

「姊姊，我們給你留一點，嘗嘗豆腐乾加花生米的火腿味道。」恆生舅對媽媽眨著眼睛說，很興奮。

「要走，快走吧，還囉嗦什麼，誰稀罕你的火腿味道。二十里路，回來要天黑了。」媽媽笑著，推兩個舅舅出門。

舅舅們走出了門，媽媽又追出去，對他們喊：「回來了，到圖書館老地方找我，我們一起吃晚飯。」

泰來舅應道：「是，姊姊。」

恆生舅說：「還吃什麼晚飯，就吃我們帶回的豆腐火腿好了。」

「那能當飯吃麼？」媽媽假裝板個臉。

泰來舅答應：「是，我們不會吃很多。」

媽媽望著恆生舅說：「我們今晚去味斟香，吃粉蒸肉、小籠包、擔擔麵。」

恆生舅果然受了誘惑，說：「真的，那店我還沒進去過。」

「快走吧。路上小心車。」媽媽囑咐他們，望著他們兩人走遠，才轉身往學校走。

媽媽心裡覺得喜洋洋的。在平平安安的大學，跟舅舅們那麼近，大家可以隨心所欲，暢懷說笑。從小到大，經歷了那麼多奔波流離，到了現在，她才真正體會生活的美好。媽媽二十年生命裡，有十五年在苦難中度過，她深深地懂得眼下的生活有多麼珍貴，多麼快樂。她要盡情地享受這歡樂。她要盡可能保衛這歡樂。她衷心地盼望，生活永遠這樣歡樂下去，再也不要經歷任何她曾經經歷過的苦難。可是，她作夢也不會想到，還有一個更巨大的苦難，正懸掛在她頭上，遠比她一生中所已經經歷過的一切，都更加悲慘，更加劇烈。那磨難正慢慢地向她走過來，無聲無息，但不可抗拒。

六十一

離上課還有十分鐘，媽媽走進教室。可是很奇怪，通常她這個時間進教室，算是早的，常常只有一兩個同學在教室裡。可是今天，她是晚到的一個，教室裡差不多已經坐滿了人。她一進門，猛然站住了，睜大眼睛，愣在那裡。教室裡的同學都停住相互說話，轉過頭來，看著她笑。媽媽不知大家笑什麼，下意識地低頭看看自己。頭髮捲好了，搭在肩上，很妥貼。身上的淡藍色印花布旗袍才洗乾淨，也熨平了，腳上黑皮鞋上星期才買，新的。手裡提著書包，臂下夾著《英國文學》講義，一切都正常，沒有錯。同學們笑什麼？

還是蔣和幫忙，朝媽媽招手說：「你沒有錯，小姐，還是漂漂亮亮，雍容大方。不過你在門口嚇一跳的樣子可笑就是了。過來吧。」

滿教室同學們聽了，笑得更厲害。

媽媽紅著臉，朝教室後面走。中央大學臨時蓋了些房屋作教室，所以都很小。英文系四一班，總共二十幾人，也把這間教室坐滿了。媽媽個子高，平時總坐在教室後排。今天她來晚了，發現平常自己坐的位子上，坐了豐華瞻。媽媽走過去，不好意思地站在旁邊看著他。豐華瞻卻搖著頭笑，故意不讓座。

旁邊的蔣和推推豐華瞻，說：「嘿，Lady first, would you, please?」

豐華瞻說：「只有小學才排定座位，這裡是大學。」

媽媽只好轉身找別的座位。

「Magaret，坐我這邊，這裡空著。」馬仰蘭對媽媽招招手，指指身邊兩個空座。中大英文系，每個學生都有一個英文名字，媽媽的英文名字叫Magaret。

媽媽走過去，挨著馬仰蘭坐下。

這時教室門口走進來沈蘇儒，他照舊穿著一件灰白長衫。這種裝束在中大不大多，在外文系是唯一的。學外文的，男生們都是西裝長褲。只有沈蘇儒，一年四季穿著這件長衫，夏天拆下裡面夾層，當單衫穿。冬天裝上裡面夾層，當棉袍穿。大家曉得他家境貧寒，並不笑他，而他功課又優秀，所以反而都敬他。

沈蘇儒頭髮朝一邊分著，因為趕路，有一縷掉在額頭，顯得很瀟灑。他一進門，媽媽才猛然想起，班上早說好了，今天要歡送三個同班同學從軍做翻譯官，所以都早早到教室來，她只顧與泰來、恆生舅玩樂，竟然忘得一乾二淨。

沈蘇儒的英文名字叫George，他在班裡年紀較大，學習好，能力強，社會經驗比其他同學多些，所以班上有什麼活動，都由他負責組織安排，凡需跟教授們交涉，也由他代表，就像一班之長，同學們稱他為Authority。他站在教室前面，用一口江浙國語，對同學們說：「兩位俞教授都不好講話。英國詩詞照考。英國文學史照上。」

教室裡一片嘆氣聲。中央大學當時校舍雖簡陋，但教授卻有名。范存忠、樓光來、初大告、徐仲年、許孟雄、楊憲益、葉君健、孫晉三、丁乃通都在其列。兩位俞家姊妹留英歸國當教授，都說一口流利的英文，也都對英國文學爛熟於心，出口成章。同學們都愛上俞大絪教授的英國小說和英國詩詞。她講起來繪聲繪色，生動逼真，引人入勝。大家又都怕上俞大縝教授的英國文學史，什麼歷史年代、作家生平、代表作名稱、文學風格等等，都要求一字不差地背。今天是快樂日子，俞大絪教授的課要考試。俞大縝教授的課要照上。哪怕調換一下，今天也會好過得多。

「不過，」沈蘇儒故意停頓一下，又接著說：「下午課的兩位教授都同意我們的提議，調到明天自習課補上。」

教室裡翻了天，同學們大聲叫好。男生們站起揮臂。女生們坐著拍掌。

沈蘇儒擺擺手，說：「所以上午課一上完，我們按照計畫去picnic。大家到江邊。我一下課就去請吳文金他們三個。」

同學們都說好，摩拳擦掌，恨不能現在就奔出教室去。

沈蘇儒說：「我想每個人吃的東西都預備好了。」

同學們回答：「那還用說。」

坐在前排的小個子耿連瑞喊：「我都上不下去課了，書桌裡老鑽出香味來，又饞又餓。」大家嘩嘩地笑起來，你推我，我拍你。

媽媽慌了，她忘了，什麼也沒準備，得趕緊心裡琢磨怎麼辦。

沈蘇儒說：「不過呢，我還沒預備好。我自己從不做飯，頂多會炒個雞蛋，想不出要做什麼。」

同學們都笑了。

蔣和說：「你給大家辦了事，就免了做飯。我們帶的多，夠你吃了。」

豐華瞻說：「沒得換，我可一口也不給他吃。」

馬仰蘭說：「你小子就愛搗蛋，你只許吃你自己帶的，吃不夠不要找別人，我們的一口也不給你吃。」

豐華瞻說：「那叫什麼會餐，Authority，你說說，那公平不公平。」

沈蘇儒說：「大家說好的，我也要帶一份，我只好到飯店裡去買個菜。下了課我來不及，哪位同學去江邊路上，幫我買一點？」

「我去給你買。」媽媽應聲回答。這是個好機會，她也可以給自己買點東西，帶去picnic。

她話音剛落，同學們都一齊轉過頭來，盯著她看，卻不聲響，把媽媽弄得不好意思，臉也紅了。

俞大絪教授這時走進來，解了媽媽的圍。俞教授低低的個子，身體微微有點胖，頭髮黑亮黑亮，全梳到腦後，甚至沒有劉海，所以額頭顯得很大，很飽滿。眼睛不大，微微有點下斜，嘴帶微笑，像要隨時講話。她穿著一身黑絲綢對襟褂子，一排黃色布鈕扣排列在胸前。她站在門口，左臂下夾著一堆書本。

「George在替我上課嗎？」俞教授看見沈蘇儒站在教室前面，微笑著問。

沈蘇儒不敢說話，快步走到教室後面，在媽媽旁邊的座位坐下。媽媽平時不坐這裡，坐下時沒有注意到，旁邊那個空著的座位上，放的是沈蘇儒的書本。沈蘇儒坐下，側頭看她一眼，正巧媽媽也在斜眼看他。於是兩人相對一笑。附近蔣和、豐華瞻、榮墨珍、馬仰蘭幾個，都看見了，吃吃地笑起來。媽媽臉更紅了。

俞教授走上講台，放下手裡書本，說：「我曉得你們今天有picnic，所以不講新課了，馬上考試，很容易，一個鐘頭可以考完。我也跟下節英國文學史的俞大縝教授講好，她八點半鐘來上她的課。你們曉得，她是一定要上滿兩個鐘點的，那麼十點半鐘也可以下課，早一個鐘頭，你們就去瘋好了。」

同學們都放聲笑起來，拍手感謝。俞大絪教授馬上取出考卷，發下來。教室裡立刻安靜了，每個人都快快地寫。俞教授坐在講台後面，看她的書。一小時後，大家交卷，快快出門上廁所喝水，回來坐好。

俞大縝教授八點半整走進教室，她跟俞大絪教授雖是姊妹，卻幾乎毫無相像之處。俞大縝教授瘦個子，很精幹，穿一身白色西式制服，肩膀墊得高高的。臉瘦長，鼻子也略長，直直的，眼睛很大，戴個圓形眼鏡。她走上講台，一聲不吭，把書翻開，頭一抬，就問問題。

媽媽沒有聽，別過頭去，偷看旁邊的沈蘇儒，想問他要買什麼菜。

「Magaret。」俞教授看見了媽媽的動作，就點名。

媽媽慢慢站起來，回答不出。她心裡想著picnic，想著路上買飯，想著沈蘇儒，沒聽清俞教授的問題，聽見點自己的名，更有些慌，滿臉通紅站著，答不出。

俞教授不說話，靜靜地等。同學們都覺得奇怪，平時不論什麼樣的問題，媽媽總能對答如流，有時會發揮得有點過分，為什麼今天忽然啞口無言？大家轉過頭看她。媽媽難為情地低著頭，微微笑，眼裡有點淚光閃動的模樣。

過了大約七八秒鐘，媽媽忽然抬起頭，開始回答，一口氣講了五分鐘，好像還要不休止地談下去。俞大縝教授已經滿意了，臉上平板板的，擺擺手，停住媽媽的話，讓媽媽坐下。蔣和、豐華瞻，馬仰蘭和榮墨珍都瞧著媽媽笑。媽媽知道八雙眼睛盯著她，不敢亂看，低著頭，很慢很慢地，悄悄把手裡一張小紙條摺了，夾進土黃紙的油印講義。那是俞大縝教授的問題，旁邊坐著的George剛才偷偷寫了傳給她的。

媽媽臉紅著，整節課都沒怎麼聽清。一下課，誰也不理，一個人快快跑出門去，給自己和沈蘇儒買picnic食物。

那天晴朗明媚，全班同學到校園不遠的嘉陵江邊聚齊。平常學生們到這裡來，不是早上上學下午放學，就是星期天，總是人山人海。現在是上課日子上課時間，這裡清閒極了，只有他們這一群人圍著說笑走路，招得碼頭上的工人船客都奇怪的望著。媽媽提著兩個包跑來的時候，沈蘇儒也剛好陪著三個要離校從軍的同學走過來。

這三個同學都已經穿上草黃色軍裝，胸口都縫著一塊白布軍銜番號。個子最高的一個是朱立民，瘦臉尖下巴。中等個的是王晉希，方臉瞇瞇眼，年紀輕輕鬢角就有些灰白。矮個子的吳文金，胖胖圓臉大眼睛，笑笑呵呵。

沈蘇儒一聲令下，同學們就衝進碼頭，上了船，一路唱歌說笑，轉眼度過嘉陵江，登上北岸。上了岸沿江邊石子路走一陣，到了沈蘇儒前幾天看好的一塊平坦的綠草地。大家圍坐到草地上一棵大樹的陰涼下，喘口氣，看藍天裡白雲飄浮，四周青草瑩瑩，野花錯落，細聽時有小鳥在頭頂葉間閒叫幾聲，數步之外嘉陵江水歡快的流動。女生們禁不住轉頭扭頸，嘬舌讚美。男生們索性仰天躺下，大聲叫好。

馬仰蘭說：「看不出，蘇儒還有點眼力，能挑這麼個地方。」

蔣和說：「他辦事還有什麼說的。」

「嘉陵江那麼長，兩條岸邊，真夠他找一陣。」榮墨珍說。她是江蘇無錫大富榮老闆的千金，上海商界名人榮毅仁是她兄弟。

豐華瞻忽然叫道：「蘇儒，報告一下，你是什麼心態，怎麼不辭辛勞，挑到這麼一個羅曼蒂克的地方。」

幾個男生附和著叫起來：「對，對，一定要說明。」

幾個女生紅了臉，尖聲叫著反對。

「我們今天是歡送這幾位軍官同學，先請他們講話，好不好？」倒是沈蘇儒想得周到，不慌不忙地說，又得體，又給自己解了圍。

同學們鼓起掌來。三個當兵同學你一段我一段地講了一講。

美軍為了支援中國抗日戰爭，在昆明建設了一個空軍基地，供美國空軍第十四航空隊使用，這第十四航空隊是由大名鼎鼎的飛虎隊改組的。此外，美軍又在昆明設立了一個步兵訓練團和炮兵訓練團，訓練中國軍隊使用美國武器。這空軍、步兵和炮兵三個訓練團裡，美軍教官都不會說中文，而送來受訓的中國軍人又都不會說英文。所以中國軍事委員會決定招一批翻譯官，為昆明的美國陸空兩軍服務。最方便的當然是到中央大學和西南聯大英文系招人。中大外文系好幾人報名，大多因為近視眼不合格，只有朱立民、王晉希、吳文金三人當選，被派到美軍訓練團去作中尉翻譯官。

沈蘇儒問：「蔣委員長在《中國之命運》裡說，不出兩年，抗日戰爭就會取勝。美軍還會長期留在這裡麼？那時你們怎麼辦？」

矮個子吳文金說：「我們也問過同樣問題。將來如何？要等抗戰勝利以後再說。目前最要緊的是在訓練團裡做好翻譯的工作。」

王晉希說：「抗戰勝利以後，我回中大繼續學業。我不過要賺些學費，才去當兵。」

朱立民說：「我自己很難說，等訓練團結束，我大概會另找工作。」

耿連瑞問：「要是訓練團搬去美國了呢？」

朱立民說：「我會跟著去，結束之後，我還要回國來找工作。」

吳文金說：「我不想那麼遠，不曉得我要怎樣辦，我只是走一步看一步。訓練團結束以後，看情況再說。」

豐華瞻大聲說：「我們今天不是未來求職報告會，大家舉杯，歡送三位翻譯官，我快餓死了。」

沈蘇儒下令：「對對對，開動。」

大家打開盒子瓶子袋子，拿出碗筷刀叉。豐華瞻、蔣和、馬仰蘭一共帶了十幾個小杯子，男生斟酒，女生斟果汁，都舉起杯，歡送三個當兵同學。然後嘻嘻哈哈說笑著，吃喝起來。

媽媽把路上買來的一包遞給沈蘇儒，說：「這是你的，滿意不滿意也沒辦法。」

「謝謝。什麼都好。」沈蘇儒一邊打開包，一邊說：「哇，叉燒包。到底在上海住過，曉得我們上海人最喜歡吃這些帶甜的東西。」

媽媽臉又紅起來，低著頭不說話，動手打開買來的另一包，是一份東坡肉，自然也是帶甜的。

藍天作頂，青草為墊，野花吐香，江水伴唱。一個鐘頭，交盞換碟，帶著醉意，緩緩地過去，人人酒足飯飽，都散懶著，盡享這美妙時光。有的靠在樹上，有的躺在草地上。兩個女生跪著收拾碗碟。有人忍不住，歡呼一聲，跳起來，跺一下腳，跳起踢踏舞。會唱歌的同學拍著手打拍子，幾個沒有音樂細胞的人，拍手打不到節奏上，讓人推到一邊去，只得笑著看。跳完舞，一個華僑進修生唱了兩個印尼民歌。另一個華僑生唱了個馬來西亞民歌，邊唱邊手舞足蹈。

忽然幾個人同時喊起：「Margaret，唱一個。」

媽媽把頭低下來，藏在蔣和的背後。

又有人喊：「Clara來一個。」

「Julie來一個。」

英文系學生每人一個英文名字，叫慣了，反覺比叫中文名字更方便。

一陣轟鬧之後，女生們聚到一起商量一下，都站起來，或獨唱英文歌曲，或合唱中國歌曲，一個接一個。

媽媽唱了一段崑曲。她在北平時常跟家公去報子街聽崑曲，也認真學過幾段，唱得很好。同學裡大多是南方人，很少北方崑曲知識，聽得如此妙音，拚命叫好：「Bravo! Encore!」喊叫要再唱一段。媽媽羞紅著臉，低著頭，用眼角看看同學們，看到沈蘇儒有些驚訝讚嘆的模樣，心裡更怦怦跳。最後沒有辦法，媽媽又只好再唱了一段京戲，學著梅蘭芳的《遊園驚夢》。

同學們又一大陣叫好。豐華瞻把一個大紅紙袋撕開，做成一個長紙條，站起身，要往媽媽身上掛，一邊叫：「披紅掛彩。」

男女同學都大叫：「要得，要得。」

媽媽拚命推擋躲開，蔣和幫著推豐華瞻，鬧了好一陣，點起沈蘇儒的名，要他表演。

沈蘇儒倒大方，站起身，清清嗓子，張口就唱。唱的是中國民歌〈在那遙遠的地方〉。他聲音很好，也會用點嗓子，抑揚頓挫都很在行，尤其拖長音的時候，氣很足，還打著顫音，聽著是一種享受。

曲終掌聲爆起，同學們叫起來：

「Bravo! Encore!」

「專業，專業。」

「再來一個，再來一個。」

沈蘇儒略想一想，說：「離家已經好幾年了，常常想念。我唱一段蘇州彈詞吧。彈詞原本是女人唱的，我隨便哼哼幾句就是。」

馬仰蘭說：「唱吧，不要作序言。」

蔣和說：「你那麼秀氣，做個女生也是漂亮的。」

一群人笑得你推我搡，東倒西歪。媽媽滾在地上，捂住肚子喊疼，半天爬不起來。

沈蘇儒不理會，清清嗓子，唱起《西廂記》的一段。全是蘇杭口音吐字，清楚委婉，曲曲折折，好似游絲。中大外文系學生，家裡大多都有點蘇杭背景，好幾個都從上海轉學而來，聽了忍不住也輕輕跟著哼，幾個女生落下眼淚來。

沈蘇儒唱完，眾人都靜靜地坐著，半天沒有出聲。每個人都在想念上海豫園黃浦江，杭州三潭映月柳浪聞鶯，蘇州滄浪亭拙政園，揚州史公祠瘦西湖，錢塘江驚世濤起，東海濱白浪連天。

媽媽低著頭，默默想起商務印書館的藤椅，想起祥來舅的墓地，想起南京路、十六鋪碼頭、愚園路、城隍廟、環龍路、煤球廠，想起萬墨林和他的弟兄們。

六十二

端午節前一天正好是星期六，媽媽下午早早到南開中學去等恆生舅一起回家過節。南開中學很嚴格，全體學生住校，每個學生發給回家證，記錄回家住宿次數，每個學生每學期只准回家住宿十二次。要回家住宿的學生，星期六下午必須上滿兩節自習課，到三點半鐘才許可離校，星期日晚七時前必須返校。早退或者遲到，都要罰禁回家一次。

下午第一節自習還沒有上完，訓導主任孫元福老師走進教室來，把恆生舅叫出去，告訴他：「你姊姊來了，在校門口。快走吧，小心點，不要讓別的同學看見你早退。」

恆生舅對孫老師鞠躬道謝，然後悄悄回教室，收拾自己課桌上的紙筆書和書包，一聲不響，走出教室，到學校門口去了。

媽媽老遠看見，揚著手大叫：「恆生，恆生。」

恆生舅低著頭走過去，老大不高興的說：「姊姊，不要大喊大叫，好不好？」

媽媽突然愣了，不知發生了什麼事。

恆生舅說：「我跟你說過，不要來接我，放了學，我去找你。十幾歲的男生，還要姊姊來接，同學看見會笑話。」

媽媽聽了，笑著說：「我不是來陪你走路，我來了是要碰見老師，許你早點離校。我們說好今天先去上清寺，然後跟爸爸一道過江回家，走晚了，在小龍坎擠不上車。」

「大哥呢？」

「他在小龍坎等我們，快走吧。」

「你先走，我跟著。」

「學校還沒放學，外面一個人都沒有，誰會看見你。好吧，走出三條街，我等你，一道走。一個人走路，我嫌悶。」

兩個人一前一後，走了一陣，然後媽媽等到恆生舅，一起趕到小龍坎車站，找到泰來舅。他早來了，已經拿到三張號單，按號排隊等買車票，可是一直等不到。前後左右的人，很多手裡都拿著特約證，可以不拿號單，不排隊，優先買票，一連兩部空車都讓有特約證的人坐滿了。等到第三輛車，輪到媽媽和舅舅們買票，走到窗口，拿出號單才發現，領到的三張號單丟失了一張。媽媽軟硬兼施都沒有成功，只得買下兩張車票。三個人兩張票，怎麼辦？照例又是泰來舅忍讓，媽媽跟恆生舅兩個先坐車走。

媽媽問泰來舅：「你再拿號單，重新排隊嗎？」

「不，太慢了。我去搭巴縣公司的車到上清寺，然後走過去。」

「我們在美專校街口上等你，再一起到侍從室去。」

沒想到，媽媽和恆生舅兩個，在美專校街街口等了快一個鐘頭，還沒等到。恆生舅轉過來轉過去，幾次說：等大哥來了要好好罵他一頓。又過半天，才看見泰來舅匆匆趕來。

一見面，還沒等恆生舅開口，泰來舅就擦著汗，搖著頭說：「從沒想到過，走這一趟路簡直比做任何事都困難。」

聽了這話，恆生舅閉住了嘴巴。泰來舅極少抱怨，一切都聽之，任之，忍之，讓之。幾次逃難途中都很少聽泰來舅出聲抱怨，現在這樣說，可見其難。

媽媽問：「怎麼回事？」

泰來舅又搖搖頭，不吭氣，只說：「我們快走吧。」

恆生舅一邊走，一邊問：「姊姊，爸爸會帶我們去吃西餐嗎？」

媽媽問：「什麼西餐？」

恆生舅比手畫腳說：「那個星期天，爸爸帶我們一起去吃的，菜做得好，五百元一客。」

泰來舅還在喘氣，插嘴說：「我們四個人，一共一千六百元，怎麼會五百元一客。」

媽媽刮她的臉皮，說：「哈，南開的高材生。」

恆生舅紅了臉，辯解：「我看菜牌子上寫五百元一客，可能那人認識爸爸，給他便宜一百元。」

媽媽說：「那麼好事嗎？」

三個人說著話，進了侍從室。到家公辦公室的時候，天還蠻亮，卻已經到了晚飯時間。家公沒有提出帶他們去吃西餐，帶了媽媽三個，到侍從室飯廳吃晚飯。

恆生舅想開口問，又不敢，悶悶不樂地跟著走。

家公說：「快點吃過，我們去伯伯家坐一坐，再回南岸去。」

原來如此，恆生舅才明白過來，便不再賭悶氣。

侍從室好幾位叔叔伯伯們，都坐在飯廳桌邊吃飯。家公專門領媽媽三個人繞過幾張桌子，到一張桌子邊，指著坐在那裡吃飯的一個人，說：「你們都過來，見見陳布雷先生，叫人。」

媽媽、泰來舅、恆生舅三個，站成一排，一起恭恭敬敬叫一聲：「陳伯伯好。」

「好，好，好。」陳布雷白皙清瘦，穿一身藏青中山裝，坐在那裡，直起身，伸手對媽媽三個招招，答應道：「一道來吃飯，歡迎歡迎。」

家公對泰來舅和恆生舅說：「你們兩個坐在這裡等著，不要吵陳伯伯吃飯，我領姊姊去買飯。」

兩個舅舅便不聲不響坐下。

陳布雷說：「吃飯不是寫文章，哪裡怕吵。」

家公領著媽媽走開一邊去。

恆生舅坐著，看見陳布雷面前的飯，覺得很奇怪，忍不住問：「陳伯伯晚飯只吃幾片烤麵包，別的什麼都沒有？」

陳布雷苦笑笑，說：「我腸胃不好，餐餐都是這東西。」

恆生舅望著陳布雷的臉，清瘦微黃，眼圈發黑，睡眠不足的樣子，忽然想起媽媽告訴他：陳布雷的女兒陳璉在中大念書，跟媽媽同宿舍，從來不回上清寺。不知是陳布雷不要見她，還是她不要見陳布雷。恆生舅想不通，陳先生看來很和氣，為什麼陳璉不要見他呢？可是媽媽說過，這話跟誰都不能說，所以也不敢問陳布雷先生。

這樣想著，陳布雷先生已經吃完了面前的烤麵包，兩個手在桌上抹麵包渣，抹進盤子裡去。

家公和媽媽把飯菜端過來，剛剛坐下。外面防空警報響起來，嗚嗚叫不停。

陳布雷先生站起身來，端起桌上的一杯茶，又苦笑笑說：「喝茶本來倒是清靜些才好，可是現在只好鑽到洞裡去喝了。」

家公對媽媽他們說：「我們只好把飯菜帶到防空洞裡吃。」

滿飯堂裡的人，都不慌不忙，不情願地站起身，朝門口走。

家公端起飯菜，招呼媽媽三個，跟著人群朝外走。到門口，家公拿腳指指門邊一堆小板凳，說：「每人拿一個，泰來幫我拿一個。」

恆生舅暗暗想：「幸虧沒去吃西餐，要去現在還沒有走到。」

進了防空洞，大家都坐在裡面，有的捧著飯盒繼續吃飯，有的看書，有的抽菸。

陳布雷坐在恆生舅旁邊，茶杯放在地下，問恆生舅：「在哪裡讀書？」

恆生舅答：「南開中學。」

陳布雷高興地說：「那是個好學校，很好很好。」

家公把手裡端來的飯，分到媽媽舅舅每個人手裡，大家開始吃起來，沒人再說話。外面並沒有飛機俯衝或者投彈爆炸的聲響，根本沒有飛機飛來。防空洞裡人不少，但是靜悄悄的，只聽見吃飯嘴巴的嘖嘖聲，吸菸的絲絲聲，翻書的刷刷聲，喝茶的呼呼聲。侍從室裡的人都不大多說話，互相之間更少交談。

既然沒有飛機來轟炸，警報便很快解除，家公和媽媽舅舅的晚飯也吃完了。大家又都回到侍從室飯廳，放下飯碗板凳。家公到辦公室門房，領了四張坐車特約證，帶著媽媽舅舅，四個人一塊出門，就近彎路去看看翼聖伯公和伯婆。

伯公伯婆幾年前幾出幾入緬甸，修築滇緬公路，又去把這條公路拆毀。現在鼎來舅已經去美國留學，伯公伯婆搬來重慶，在國府路居住，媽媽和舅舅們有空也從沙坪壩來這裡玩過。伯婆個子矮矮小小，腮邊掛個大瘤子，顛著小腳，行動不便，但總會弄出很多奇奇怪怪的小吃，給他們吃。

進了客廳，家公便問：「大哥，這是你新近弄到的麼？」

客廳牆上，高高掛了一幅豎長的中國山水畫軸。左側山峰，占了畫面半幅，石壁平直，頂天立地，堅凝厚實，具排空出世之雄姿。右邊三個石峰，大小不一，與左側石壁相呼應，突兀而起，凌空無依，顯堅韌不拔之氣勢。奇松參差，姿態清瘦，錯落有致，或立於峰頂，或懸於空中，或橫於峭壁。石山以枯筆勾寫，線條剛勁，配以水墨渲染，斧劈披麻，融為一體。苔點細草，一絲不苟，著墨精微，設色淡雅，高古簡潔。

伯公說：「對，江六奇的〈黃海松石圖〉。」

家公說：「原來是弘仁大和尚的黃山。」

媽媽問：「怎麼又是江六奇，又是大和尚？」

伯公笑了，說：「此人原名江韜，字六奇，是明代有名的畫家，新安畫派的先驅。明亡之後，悲憤難消，落髮為僧，雲遊四方，取名弘仁，是詩書畫三絕的大師。他最愛黃山，畫得最多，也最好。」

伯婆端了茶來，招呼：「莫站著講話，喝茶，喝。」

家公坐下，喝了一口茶，說：「對我來說，廬山更重要。一次廬山會議，從此再想回北大教書，也做不到了。」

伯公也坐下來，喝著茶，說：「你現在是政治家了。」

家公說：「非也，不過書生論政而已，我自命還是史學家。但願早些有機會，再去做學問，出版《食貨》。」

伯娘招呼媽媽和泰來恆生舅，說：「琴薰，你來我屋裡，我給你看件新衣服。你們兩個，這是鼎來從美國寄來的照片，看看吧。」

媽媽跟著伯婆到伯婆屋裡，試衣服，梳頭髮。泰來、恆生二舅便坐在客廳裡，翻看鼎來舅寄回國的照片。

過一會，家公招呼走了。四個人告別出門，伯婆在門口送了一包肉粽，要泰來舅提著回家。走上馬路，泰來舅問家公：「日本人會從緬甸打進來了嗎？」

家公說：「日本人前年四月占領了臘戍，一直想從南面打進中國來，兩面夾擊。可是，那條滇緬公路是從東南亞進入中國西南大後方的唯一命脈，伯伯他們早拆毀了，沒有這條公路，兩年多了，日本人還是打不進來。」

媽媽說：「可是我們也沒有運輸線了。」

「總比日本人打過來好些。」家公感嘆一句：「戰爭。」

恆生舅說：「美國一定很好玩，看鼎來哥寄回來的照片，美國很漂亮。」

「你以後大學畢業了，自己去看看。」

「姊姊，你明年畢業，去美國嗎？」

「我喜歡英國文學，想去英國。我常夢見Hardy（哈代）和Brontes（勃朗特姊妹）筆下的英倫三島，草原，牧場，那些大愛大恨的人，Jane Eyre（簡愛）和Tess（黛絲），很想去看看。」

家公看看媽媽，說：「從小就是這個志願，還沒改變？」

「那怎麼會改變呢？」

恆生舅說：「我也要去留學，去美國，學工程。」

家公說：「好，有志氣。姊姊也是上初中的時候，下了這個決心。那是在北平，我們還存了錢，準備給她出國用。日本人一來，什麼理想都打破。」

媽媽說：「我最恨日本人。」

不管哪裡來哪裡去，只要是進出重慶，就要在車站上擠。從小龍坎來重慶，泰來舅三個很受了些氣。現在從重慶出去，端午節週末，傍晚時分，人人要回家，車站上更擠。可是現在他們四人，各拿一張特約證，不必排隊，直接走到賣票窗口，買票上車，而且可以挑好座位坐，人山人海之中，如入無人之境。

泰來舅不住搖頭，嘟囔：「天淵相隔，天淵相隔。」

恆生舅說：「在小龍坎，我有時要擠一個半鐘頭才擠得上車。等我長得像余啟恩那樣，再來擠，車門一開，我頭一個上車。」

在牛角沱下車，走下二百多級石板台階，到儲奇門碼頭，坐渡輪過江到南岸。在海棠溪上岸，沿湮花路，走到馬鞍山，大約有六七里路，中間有一段崎嶇不平的石板路，高一腳低一腳，很難走。

「我最不喜歡走這條路。」恆生舅一邊走，一邊說，「重慶大學的江邊，有輪船定時直放龍門浩。開船時間晚些，可是回家比走這條路還早一個鐘頭。這一個鐘頭，我可以跟晉丫范丫玩。再說，在小龍坎擠汽車也擠不動，這條路又不好走。」

「當然，這條路上會有鬼追。」不多說話的泰來舅，忽然意外說了一句。

恆生舅不高興，說：「叫你不要亂講。」

家公問：「怎麼回事？」

恆生舅說：「沒事，他瞎說。」

媽媽要求說：「我們走路，還要好半天，說說省些力嘛。」

「說就說，有什麼了不起。」恆生舅便講起來：「去年冬天有一天回家，我在上清寺買無線電零件，又買了兩本雜誌，錢差不多用完。過江上岸，走這條路，肚子餓了，想買吃食，可身上錢只夠買一支火把。天已經黑了，沒有火把不好走。可肚子餓，心一橫，這路常走，都在心裡記著，摸黑就摸黑，誰怕誰？就買了一碗陽春麵吃了。吃完上路，就後悔了。要記路，就想到路上哪兒有墳場，哪兒露出棺材，心裡發毛，身上直起雞皮疙瘩。天黑，風硬，螢火閃，野狼嚎，好嚇人。偏偏路上石板又鬆，一走一響，不走不響，我跑他跑，我停他停，好像有鬼追我。好不容易看到印書館大門，我放下心來，忽然眼前一黑，一條影子迎面撲來。我嚇得大叫一聲，跌倒在地。那影子聽我慘叫，好像也嚇了一跳，掉頭就跑。我忙爬起來，跌跌撞撞趕回家，一身汗，氣喘不勻，直叫有鬼追我，有鬼追我。把姆媽大哥嚇了一跳。後來想想，那一定不過是條野狗。」

家公、媽媽和泰來舅都大笑起來。

泰來舅說：「誰叫你要逞英雄，那天不肯跟我一道走。」

恆生舅說：「我再也不敢不拿火把走夜路，肚子再餓也要忍住。」

媽媽說：「沒有那麼可憐。」

家公微微笑著說：「以後多給你幾個錢就是，用不著挨餓，也要買火把。」

四個人說著話走路，晚上十點前後才到家。家婆坐在門口包粽子，腳邊放了一盞油燈，兩個竹筐，一筐放生糯米，一筐放粽葉，旁邊幾個罐罐，放豆沙、豬肉、火腿等等。看見他們幾人說笑走來，家婆忙搖手，說：「小的都睡了，你們輕些，刷牙洗臉洗腳睡吧，有話明天再講。」

媽媽說：「我要跟你包粽子。」

家婆說：「不要了，累了一天，早些睡。要包，我留幾個，明天早上起來再包。」

四個人躡手躡腳走進門，洗臉洗腳各回各屋，上床睡覺。

第二天，媽媽一直睡到太陽照上半牆才醒來。跑出臥房，家婆已經大著喉嚨吆三喝四，張羅幾個舅舅擺桌子，準備吃粽子。灶台上大盆小碟擺了一排，大蒸鍋竹編蓋上熱氣騰騰，鍋邊上裹了一圈抹布，防止鍋蓋不嚴，漏蒸氣。

家公坐在窗前飯桌邊看報紙，恆生舅跟范生舅蹲在門外陽光下看蟋蟀，泰來舅和晉生舅按照家婆指揮，擺桌椅碗筷。媽媽吐了一下舌頭，忙跑到洗手間刷牙洗臉，然後回臥房換衣服。再回到外面餐廳，大家都已經圍桌坐好了，家婆正把一大盆粽子搬上桌，升騰的熱氣，立時瀰漫了整個屋子，粽子的清香隨之而來。

媽媽快快坐下，伸手抓一個，燙了一下，縮回手在嘴邊吹吹，又去抓，才抓到一個，丟到自己面前的碟子裡。解開繩子，剝開粽葉，是一個火腿肉粽，糯米金黃油亮，還沒咬，口水就滿嘴洶湧奔騰。

吃著香噴噴的粽子，喝著大湯罐煮了一天一夜的湖北肉湯，一家人喜氣洋洋，說說笑笑。家婆自然罵這個掉落糯米弄髒了地板，又罵那個豆沙黏了衣服洗也來不及。罵聲裡帶著心滿意足，誰也不理會，讓她去罵。

家公搖著筷子，眉飛色舞，講說：「美國飛機大顯神威，在鄂西前線助戰，我軍大獲全勝。說是參加助戰的美國飛機有空中堡壘六架，炸彈每顆重四公噸，日軍大形慌張。這是蔣委員長早所料到，日軍已開始顯露敗勢，兩年結束戰爭大有希望。」

媽媽想起朱立民、王晉希和吳文金。不知他們做翻譯官，能不能坐戰鬥機或者空中堡壘，到天上轉轉。

家公又說：「不過，日軍四月發動全面攻勢以來，已經入侵鄭州、醴陵、湘潭，目前正進逼湘鄉，看來衡陽局勢危急。」

范生舅沒有拿住，一整個粽子掉到地上。

家婆跳起來，大聲喊叫。

泰來舅忙彎腰，把粽子拾起，放到自己碟中，說：「沒關係，我可以吃。」

媽媽跑到灶間，取來擦地板的抹布，跪在地上，把那塊油跡擦乾淨。

家婆還站著，嘴裡叫喊，但是已經沒有火氣。

家公兩手搓搓說：「我吃夠了，要有一碗稀飯就更好。」

家婆轉過身，說：「那還少得了麼？」說著，走到灶間，端來一碗稀飯，冒著熱氣。家婆一邊把稀飯放到家公面前桌上，一邊問：「哪個還要？」

桌邊沒有人應聲。

家婆笑了，說：「糟糕，沒有人繼承你的這個喜好。」

家公笑笑，不說話，低頭喝稀飯。

媽媽對幾個舅舅說：「馬上放暑假，差不多要兩個月，你們在家裡準備做什麼？」

恆生舅應聲說：「我裝收音機。」

「裝多少收音機。」媽媽說：「不論你們各人做什麼，我現在規定，每個人每天早上寫一個鐘頭毛筆字。」

恆生、晉生兩個舅舅一齊嘆聲唉，臉吊老長。泰來舅沒說話，向來媽媽說什麼他做什麼。

范生舅問：「我寫麼？」

晉生舅看他一眼，說：「也要寫。」

媽媽繼續派任務：「每人每天寫一篇日記，晚上讀給大家聽。」

三個舅舅又發一聲長長的唉。

忽然，恆生舅說：「我們班上有壁報，我投過兩篇，都登在壁報上。我們幾人在家裡辦個壁報吧，又寫文章，又寫字，有趣些。」

范生舅問：「什麼叫壁報？」

恆生舅說：「你同意，做起來就曉得了，我教你。」

范生舅馬上舉手說：「我同意辦壁報。」

晉生舅說：「我也同意。」

媽媽說：「那好吧，分工。」

恆生舅說：「我在班裡做過，我有經驗。姊姊自然作主編，主編不大做事，只管檢查別人做得好不好。哥哥作文書，買紙筆墨硯。我作編輯，排版畫圖。晉生范生作記者，寫文章。」

晉生舅問：「爸爸，他講得對不對？」

家公一直樂呵呵地聽他們，這時答說：「主意不錯，不過當主編並不是什麼都不做，主編和編輯也都要寫文章。」

媽媽說：「那麼爸爸給我們的壁報起個名字吧。」

「好。」家公想了一下，說：「就叫《愚報》好了。」

恆生舅問：「《愚報》，好聽麼？」

晉生舅和范生舅齊聲喊起口號來：「《愚報》，《愚報》。」

媽媽笑了，說：「好，我是主編，就定了，叫《愚報》。每星期出一期，報紙一樣大小，四開一大張。每個人每期要寫起碼三篇文章，抄整齊，題目用毛筆寫。個人家裡大小事都可以寫，要寫得生動，讓人喜歡看，不許湊合了事。」

恆生舅說：「標題都要跟編輯，就是我，討論以後才許寫。標題要響亮。比如，我想想：三千肉粽，姆媽技壓群雄。或者……啊，有了，泰來哥貓兒石學打鐵，鍊就一身鋼筋鐵骨。」

范生舅問：「還有嗎？」

恆生舅搖頭晃腦，想了一陣，說：「姆媽曬麵醬，香滿庭院。」

晉生范生兩舅敬佩恆生舅出口成章，拍手稱好。家公、家婆、媽媽，笑得前仰後合，泰來舅笑是笑，不大動。

一家人歡歡樂樂，度過端午節。

端午節過後二十天，日軍果然包圍衡陽。衡陽守軍與日軍血戰四十七晝夜，彈盡糧絕。日軍八月七日衝入城內，與守軍激烈巷戰。守城將領方先覺軍長，於陷城最後一刻，電告最高領袖蔣委員長：

「敵人今晨由北城突入以來，即在城內展開巷戰。我官兵傷亡殆盡，刻在無兵可資堵擊，職等誓以死報黨國，決不負鈞座平生教育之至意。此電恐為最後之一電，來生再見。職方先覺率參謀長孫鳴玉、師長周慶祥、葛先才、容有略、饒少偉同叩。」

家公命《中央日報》頭版全文刊出這份電報。中國流下熱淚。

六十三

家公一年多來，日夜奇忙，除了侍從室的工作，每星期要給《中央日報》寫三到四篇社論和幾篇署名短評。他失眠更厲害，每天早上空肚子吃安眠藥睡覺。左右兩肩分別疼痛，數月之久。臉色蒼白，身體疲軟。周綸醫生開了藥，每天注射維他命B_1和肝精，幾次警告說：「你如果不好好休息一段時間，腦貧血有致命危險。」

因此家公最近回家次數比以往多些，他實在需要休息。於是媽媽、泰來舅和恆生舅，也便每個週末都過南岸回家。

就算家公回家，其實也休息不成。常常家公花了兩三個鐘頭，剛回到家裡，還沒有睡安穩，又有電話來，或招去《中央日報》，或招去侍從室，最無法推託的，是招去蔣委員長官邸。

家公靠在沙發上，對媽媽說：「我實在沒有辦法，有一次晉見委座的時候，只好當面直陳我惡性失眠、腦貧血，請求允許休息一段時間。委座自己從來沒有什麼病，完全體會不了失眠的痛苦，對我說：睡不著覺，休息幾天就好了。我叫他們給你買藥。重慶現在有藥廠，可以造維他命B_1，可是肝精是進口貨，不好買到。那天開完會，我從委座官邸出來，下坡出門的時候，碰上總統府醫務室主任正走進官邸大門，走上坡去。他對我說：剛接到電話，立刻晉見，不知什麼事。我想，大概是給我買藥的事。這些日，每天有總統府醫務室的護士，過江到家裡來，給我打針，算是救我的命。」

家婆在一邊縫補著衣服，說：「還不是不准你躺下來，要你繼續賣命。」

家公說：「這也是無奈，中國抗日戰場正在發生變化，一方面日軍發動全面進攻，向西南進犯，意在重慶。另一方面中國勝勢始顯，日方敗形已露，戰況瞬息萬變。這個時候，我也確實無法休息。」

這時泰來舅與恆生舅回到家，兩個人都吊著臉，不說話，丟開書包，坐在桌邊生悶氣。媽媽已經不到南開中學去接恆生舅，有時他自己回家，有時泰來舅找他一起走。

「什麼事？」媽媽問。她有些奇怪，泰來舅永遠平平靜靜，不會生氣，更不會跟恆生舅爭吵。

恆生舅努著嘴說：「他們不收我。」

媽媽問：「誰？」

恆生舅說：「徵兵處。」

媽媽明白了。蔣委員長為加強兵力，準備反攻，號召青年從軍，殺敵報國，誓復血恥。「一寸山河一寸血，十萬青年十萬軍」的號召發出，各地青年學生紛紛爭先恐後，投筆從戎。沙坪壩當然更熱鬧，中央大學也有許多男生去報名參軍。

媽媽說：「你不到十五歲，當什麼兵。」

恆生舅眼淚都快掉下來，說：「我個子又不比汪希苓小。他扛得動槍，我也扛得動。」

媽媽問：「泰來也沒當成？」

泰來舅啞著喉嚨說：「我報名空軍海軍，都說我近視五百度，不合格。戴眼鏡一樣看得清，有什麼關係。」

媽媽笑了，說：「好了，好了，你們報國心誠，大家都感激。哪天同學們出發，我們一起去送行，祝他們旗開得勝，凱旋而歸。」

恆生舅氣沖沖問：「你的那位沈蘇儒去報名了沒有？」

媽媽臉通一下變紅，慌慌張張說：「什麼我的沈蘇儒？」

恆生舅說：「沈蘇儒呀，常送你到重慶上船回家的那個帥哥。」

「你瞎說什麼。」媽媽更慌張了。她在家裡從來沒有提起過這件事，誰想現在家公家婆卻都聽見了。媽媽紅著臉，搶辯道，「還不是因為你。你考南開的時候，求他給你找地方住。他認識了你，覺得你有意思，想跟你聊天，才陪我們一道走路。」

「你們兩個一路說英文，不讓我聽懂，還說跟我聊天。」恆生舅跳下椅子，跑開去，一邊又補一句，「問大哥好了，他也曉得。」

媽媽臉更紅了：「他曉得什麼？」

泰來舅坐著不說話。

「泰來，你曉得什麼？」家婆問。她一直站在旁邊，緊盯住媽媽。

泰來舅看了媽媽一眼，說：「沒什麼？」

「說。」家婆提高聲音，大家一聽就曉得，她要發脾氣了。

泰來舅馬上啞著喉嚨說：「是……是……姊姊現在來找我的時候，總是沈……沈蘇儒上樓來找。」

媽媽喊起來：「你們男生宿舍，我不好每天進去，才請人幫個忙。倒惹下事來了。」

泰來舅不多說話，更不說閒話。他說出來，家公家婆一定相信，媽媽曉得問題嚴重。

家婆發話了，問媽媽：「怎麼回事？講清楚。」

「沒什麼事。」媽媽說著，轉身要離開。

家婆叫起來：「你給我站住，你二十三歲了，以為我不操心麼？我擔心你找不到男朋友呢。」

家公問：「他是誰？」

媽媽急得哭起來，說：「根本不是男朋友，不要瞎說。」

家公說：「好，好，不是男朋友，不過是候選人之一。」

媽媽噗嗤笑出聲，伸手擦掉臉上的淚，說：「候選就候選，他是沈鈞儒的堂弟，怎麼樣？」

家公吃了一驚，問：「你說衡山先生麼？」

媽媽說：「就是，所以他叫沈蘇儒，沈家儒字輩。」

家公說：「衡山先生，光緒年進士，授邢部主事。後來赴日留學，歸國參加憲政運動。民國以後從事政法，創辦上海法學院。一九三七年廬山牯嶺茶話會，邀請中國智士名流商討抗戰方略，會後組織國防參議會，我和衡山先生都在內。政見不合，會上我常與衡山先生爭論。一次散會，我們一道吃飯。他說：庚子年八國聯軍的時候，尊大人由北京到西安。我和他是莫逆之交。我只有恭恭敬敬回答：沈先生後來到開封赴北闈，寄居舍下，我叫您沈大叔，您教我八段錦。那時我只有三四歲，如今還記得。他說：以後希望你我客氣點。我說：世交是世交，辯論還是辯論，才是民主。他說：那又何必。」

媽媽說：「沈蘇儒並不是共產黨，也不是民主同盟。他跟我同年轉學來中大，他原來在上海國立暨南大學讀歷史系。」

家公應了一聲：「沈家也是世代官宦人家，書香門第。」

媽媽說：「我聽沈蘇儒說，他是文王子孫，一百代家譜完整無缺。」

家公說：「原來如此，那次你們的家公赴京趕考，遇八國聯軍之亂，逃往西安。當時陝西提學使沈衛，也是他們沈家人。」

媽媽說：「沈蘇儒講過，那是他的一個堂叔叔。」

家公點頭說：「你們的家公那些日子，寄居在他家。這位沈衛，很了不起，甲午年進士，授翰林院編修，放西北主考官，到陝西辦學，啟新學之風，關中名士于右任、張季鸞都是沈衛的門下。」

媽媽見家公對沈家很讚賞，便大了膽子，說：「沈蘇儒說，沈家世代讀書做官。歷代出類拔萃的人數不勝數。只說他的五代直系，曾祖父中進士，在江蘇安徽兩地做官。祖父也進士出身，在浙江做官。他父親考過秀才以後，碰上辛亥革命，朝廷考試沒有了，斷了進士之途，只好在當地政府做職員。沈蘇儒的母親褚惠子，是嘉興地方第一個衝破舊制，跑到蘇州念洋學堂的女子，也算革命先驅。回鄉後做小學校長，教窮人子弟念書，大米蔬菜就算學費，在當地很受尊重。

「那麼你要怎樣？」家婆問。她不管那麼多歷史政治，她操心的是人，是女兒的終身大事。

媽媽不好意思地說：「我沒有要怎樣，還不曉得。」

家婆說：「哪天帶回家來，我們看看。」

「他不會來的。」媽媽一邊跑出門，一邊說：「他憑什麼來我家。」

恆生舅說：「他是個帥哥，像個美國電影明星，中大的女生追他的人太多了。他陪姊姊去找大哥，重慶大學女生也都要追。」

「你不要亂講……」媽媽在門口聽見屋裡恆生舅的話，忙轉頭朝裡喊。忽然看見侍從室送文件的通訊員走進院子來，便跑過去，接過文件袋，又跑著進屋，送給家公。

媽媽怕家婆繼續講沈蘇儒的事，忙一口氣不歇，問家公：「快看看，又是什麼急事嗎？可不要又催你去上班，今天星期天，委員長也要休息吧。」

家公拆開文件袋，取出文件看看，嘆一口氣說：「果然，他們開始發動了。」

媽媽問：「什麼事？」

家公說：「共產國際幫助延安中共，大興輿論，對抗政府，為發動內戰鋪路。中國贏得抗戰勝利之後，並不會得到和平。」

媽媽望著家公，沒有說話。

「這個蘇俄共產國際，實在太可恨。秦朝有個擅權的宦官叫趙高，仗著皇帝昏庸，大權在握，無法無天。為了顯示自己的權勢，他帶了一頭鹿到朝廷上去，對皇帝說：這是一匹馬。皇帝看了說：這明明不是馬，是鹿。趙高指著滿朝文武說：你們大家說，這是馬還是鹿。滿朝文武一齊說：這是馬。」

媽媽笑起來，說：「那些文武百官都是渾蛋。」

「他們害怕趙高的權勢，不管是非真假，只會趨炎附勢。現在蘇俄就像趙高，指鹿為馬，不顧事實，編造歷史，說中國抗戰全是延安中共的功勞，指責重慶政府只打內戰，不抗日。蘇俄權勢大，操縱共產國際，世界各國的共產黨，都跟著罵重慶政府。最可恨美國共產黨也在美國大眾裡搧風點火，引導輿論，干預美國對華政策，問題相當嚴重。」

媽媽問：「你又要寫社論嗎？」

家公站起身，說：「會有別的主筆寫，我打電話去問問看。」

家婆問：「琴薰，你有那個沈蘇儒的照片麼?拿來我看看。」

媽媽臉又紅起來，說：「姆媽，他怎麼會給我照片。」

恆生舅在一邊說：「下次見了，我去幫你討一張。」

家婆伸個手指頭，指著恆生舅，大聲說：「你姊姊的事情，你不要搗亂。小ㄚ，跑遠些。」

恆生舅對媽媽做了個鬼臉，跑出門去，找晉生范生舅玩去了。

其實，媽媽講的是實話。她和沈蘇儒不過這個暑假才開始多一些接觸，說是戀愛也還早一點。從西南聯大到中央大學，不是沒有男生圍著媽媽打轉，西南聯大有幾個學生，甚至跟著媽媽轉學到重慶來了。媽媽並不眼紅哪個人家有權勢有金錢，也看不起那些小白臉紈袴子弟花天酒地。媽媽尊敬人窮志不窮，刻苦努力，才學好，誠實正直的青年。

夜深人靜，媽媽躺在床上，手枕著頭，睜大眼睛，望著窗外的星空。四年級了，馬上要畢業，要不要交男朋友呢？要不要畢業以後先出國留學呢？留學是自小定下的志願，要交男朋友，就不再出國留學了嗎？現在不交，捨得嗎？到哪兒再去找這樣一個人呢？又英俊，又和氣，又有才華，又勤奮刻苦。人人都說，在大學交朋友最可靠，因為學生時代人比較單純，地位、金錢都還在其次。過幾年再想，只有到社會上去找，人會變複雜了。留了學回來，做了教授，還能交到沈蘇儒這樣的人嗎？那時人家是跟陶琴薰這個人要好，還是跟陶教授的聲名或者陶教授的房子要好呢？

沈蘇儒家那樣窮，當然他自己無法出國留學。可是他那樣的功課，也會像鼎來哥一樣，考取官費留學。那麼他們兩個人可以一起出國，再一起回來，一起做教授。如果沒有考官費的機會，也不要緊，他們畢業以後留在國內結婚，先過幾年苦日子，省吃儉用，也能存些錢供他出洋，回來做教授也是一樣。或者沈蘇儒很快出名成功，有別的機會送他們出國學習，不是更好。出國機會很多，可以等一等，找一個沈蘇儒那樣的人，機會可不那麼多，不能等。怎麼辦呢？媽媽想了一晚，又一晚，又一晚。

這樣想著，不由自主地便覺得跟沈蘇儒難捨難分了。過一學期，一九四五年初，他們兩個人終於把要好的消息報告給同班幾個好朋友。沈蘇儒便正式確定成為我未來的爸爸。

外文系同班一夥人擁了媽媽和我未來的爸爸，到中渡口的茶館去喝茶慶祝。爸爸還約了兩三個中大歷史系和中文系的學生，也來湊趣。爸爸喜愛歷史，也酷愛中國文學，常跟歷史中文兩系的同學一起說笑討論，交了幾個朋友，媽媽和外文系的同學都不認識。十幾個人，拼了兩張方桌，擺了四五把茶壺，二十碟糖豆花生米，一堆橘子。

媽媽燙髮捲曲垂在肩頭，穿著一件灰藍色的呢大衣，坐在那裡，低著頭，紅著臉，不言不語，聽周圍人說話。大學學生，碰到一起，擺起龍門陣，海闊天空，立刻可以不分彼此。外文系的西裝，和歷史中文兩系的長袍，混雜相間，高談闊論。爸爸依然穿著那件洗舊的長衫，大大方方的跟同學們說笑。

馬仰蘭說：「你們兩個倒會保密，老實交代，談了多少年了。」

蔣和說：「你看不出來嗎？瞎了眼，琴薰搶著替蘇儒去買午餐，忘了嗎？」

豐華瞻說：「蘇儒，介紹介紹經驗，癩蛤蟆怎麼吃上天鵝肉。」

蔣和說：「你不要瞎說。第一，蘇儒不是癩蛤蟆。第二，琴薰也不是天鵝肉。」

豐華瞻說：「蔣和，你今天充當什麼角色？琴薰沒有說話，你多什麼嘴？琴薰的保鑣嗎？今天又不是討論你的喜事，你急什麼。」

蔣和說：「你這個猴樣子，我有喜事，也不請你來喝茶。」

馬仰蘭說：「你們兩個，真討厭。今天聽琴薰講話，還是聽你們鬥嘴？」

蔣和說：「我和琴薰兩個同宿舍，你們講話小心一點，惹了琴薰，她現在不說，晚上回宿舍鬧，我們不要想睡覺了。」

媽媽紅著臉推蔣和，說：「你別瞎說，誰晚上會鬧。」

桌角小個子的耿連瑞說：「琴薰轉來以前，我原以為陶希聖的女兒，一定架子大得不得了。可是接觸三年，琴薰平易近人，也很直爽，一點也沒有官小姐的架式。」

旁邊劉延朗嘟囔：「水漲船高，我們班裡官小姐太多，官小姐的標準就提高了。」

蔣和聽到，大喊：「你說誰，誰有官小姐架子，吃不到葡萄，倒說葡萄酸。」

劉延朗說：「怎麼不是？琴薰若是在別的學校，別的班，還了得，侍從室少將組長的大小姐。可在我們班，平平常常。你看，蔣百里將軍的小姐，軍銜比陶先生高。還有國民政府考試院院長的小姐，青島警察局長的女兒，實權也比陶先生大。加上馬寅初教授的小姐，豐子愷先生的公子，無錫榮老闆的千金，名氣也不遜於陶希聖。一班十六人，一半以上大少爺大小姐。」

耿連瑞說：「那也有你我和蘇儒這樣窮出身的子弟。」

豐華瞻說：「我們今天來擺家譜嗎？」

中文系一個李姓同學說：「對，你們外文系這樣講話，我們中文系沒辦法參加，我們幾個裡沒一個官宦子弟。」

歷史系一個姓王的同學說：「蘇儒，我們原來還以為你在追求我們系的陳璉呢。」

爸爸笑了笑，微微有些臉紅，說：「那是因為我常跟她講講話，我跟陳璉姊妹在杭州師範同學。我家裡窮，當時只能念師範，不收學費，還包飯，畢了業也一定有工作。我跟陳琇同班，陳璉低一級。陳琇小名叫琇兒。陳璉小名叫憐兒，可憐的憐，因為生她，她母親死了。陳布雷很悲傷，覺得她很可憐，所以叫憐兒。」

蔣和說：「喂，陳璉不在，你們不要亂講她的事情，我跟她同宿舍，琴薰跟她很要好。你們曉得，她父親可才是不得了的人物，你們講話小心些。」

爸爸說：「我們又沒有講她壞話，都是真事，並沒有揑造，我們可以找她來對證。我從上海轉學來重慶，誤了一學期，重念二年級，所以現在陳璉跟我同級。」

王同學說：「這樣青梅竹馬，未成眷屬，卻沒想到，千里相會，跟陶希聖的大小姐結了姻緣。」

爸爸覺得有點不舒服，說：「我們能不能不提陶希聖的名字？將來成功與失敗，我都是沈蘇儒，靠自己本事吃飯，不會去投岳父的門子。」

王同學說：「完了，完了，蘇儒。憑你這種為人處事的態度，你這一輩子成不了什麼大氣候，日後還會有倒楣的日子。」

爸爸問：「此話怎講？」

王同學說：「大概是你念了太多西洋文學的緣故，文學本來不過是理想的虛構，何況是洋人的虛構，不能用來當作中國的現實。在中國，清高只有到山裡去修仙成道。李白、陶淵明本事比你沈蘇儒強多了吧，也只能喝酒澆愁、東籬種花。你若要在塵世裡混，天時地利人和，一條不能少。或者參加民主同盟，靠你老哥沈鈞儒。或者參加國民黨，靠你老丈陶希聖。不管靠誰，抱得緊緊的，爬上高位。幹到中央委員，軍長師長，誰都善待你。沈鈞儒在重慶，蔣委員長請他坐。陶希聖若是到了延安，毛澤東那人我不敢說，起碼周恩來會給他讓茶。幹政治，就怕做不大。做得不夠大，國民黨的縣長，共產黨抓住了就殺頭。共產黨的連長，國民黨抓住也不饒。就算你殺人放火，造反作亂，或者土匪流寇，打家劫舍也行，造反造得大了，朝廷鎮壓不住，便也會招安，給你做大官。」

蔣和打個哆嗦，說：「這人學歷史，走火入魔，講出話來，鮮血淋淋，陰森可怕。」

爸爸說：「我又不參加政治，我以後只想做新聞工作，事實才是立場。」

王同學一撇嘴，說：「交了幾年朋友，沒看出來，你這人病入膏肓，沒救了，不跟你白費口舌。」

爸爸說：「你說嘛，我不怕你說，我怎麼沒救了？」

王同學只搖頭，不說話。

中文系的李同學說：「他的意思很簡單，你以為你逃得脫政治麼？你們外文系學生，西洋小說看得太多，說些西洋書呆子話。中國社會裡，什麼都是表面的，虛的，只有政治實實在在，權力實實在在。你信不信，中國的軍事、科學、新聞、生活，其實全是政治。文學是政治，科學是政治，新聞尤其是政治。告訴你，踢足球幹體育，也還是政治。在中國，一切都只不過是政治的附屬品，或者包裝而已。」

蔣和說：「真沒看出來，這裡竟然坐著一位中國現代思想家。」

馬仰蘭說：「可以跟尼采比美。」

李同學說：「過獎，過獎。」

豐華瞻說：「琴薰，哪天拉他去跟你父親辯論一次，我們大家作聽眾。」

李同學說：「那可不敢，陶先生古今中外，無所不通，晚生惹不起。不過是怕琴薰跟了蘇儒，將來受罪，小議幾句提醒提醒而已。」

爸爸聽了，有點光火，說：「你這話什麼意思？」

外文系的幾個同學也大不滿意，今天是慶賀爸爸媽媽二人定情，怎麼可以講這種話。

歷史系王同學說：「我們並沒有要得罪你們的意思，不過想把醜話說在前頭，讓你們警惕一些。國民黨也許把你沈蘇儒當作共產黨，因為你是沈鈞儒的堂弟。這情況下，你老丈人陶希聖或許能保保你的駕。可是反過來，到共產黨手裡，一定要把你當作國民黨，因為陶希聖是你的丈人。那時候，你老哥沈鈞儒卻不一定能保你的駕。他擁護共產黨，但共產黨並不在乎他。你記好了，琴薰若到了共產黨手裡，絕對沒有好日子過，何由何去，好自為之。」

蔣和說：「臭嘴巴，不許再開口。」

中文系李同學說：「這也是常有的事，愛情嘛，本來就是迷魂藥，心裡一生出愛情來，理智就喪失了。平時挺聰明的人，也糊塗了，失去心智，只會幹傻事。你說梁山伯、祝英台到底怎麼回事？你說羅密歐、茱麗葉怎麼回事？愛情其實是一種病，跟流感差不多，一生出愛情，人就發燒，情令智昏。」

馬仰蘭說：「你真是中文系的嗎？我以為中文系的都是詩人，最會歌頌愛情。」

李同學大笑一聲，說：「哈，在下從不會寫詩，只寫過兩部小說，一名《荒野奇俠》，一名《神鑣傳》，如蒙不棄，敢請覽正。」

馬仰蘭和蔣和摟在一處，笑成一團，連說：「好，好，一定……拜讀。」

歷史系王同學說：「小李肺腑之言，不可不思。愛情好像確有神奇之力，可以壓倒世間的一切。比如古有卓文君，愛上窮光蛋司馬相如，不惜私奔。今有陶大小姐愛上窮光蛋沈蘇儒，還不知將來會怎樣，但願能像卓文君一樣，有個圓滿的結局，但那是精神層面的意義。再偉大的愛情，也得吃飯，住房子，穿衣服，卓文君也得當壚賣酒。到了現實這個層面，愛情的力量就很渺小，管不了什麼事。國民黨要抓你坐大牢，你說我愛陶琴薰，有沒有用？共產黨不給你飯吃，你說我愛沈蘇儒，人家連沈蘇儒的飯也不給了。所以你們兩人相愛，一定要萬般珍惜，準備好了，富貴貧賤，兩相廝守，生死禍福，無棄無怨。」

本來聽他講前面一大段，蔣和馬仰蘭幾個早已又氣又惱，忍不住要發作，卻沒有料到，他突然講出這樣兩句來作結束，感人至深，倒一時語塞，望著幾個外系同學發起呆來。

桌邊一夥人都閉著嘴不聲響，爸爸低頭生悶氣，媽媽眼眶紅紅的。

忽然劉延朗說：「我倒想到一條出路，可以不管他國民黨共產黨。」

中文系李同學說：「上五台山，可惜那兒沒有尼姑庵。」

蔣和終於罵出來：「別瞎說，人家要結婚，你說做和尚，狗嘴裡吐不出象牙。」

豐華瞻問：「你說怎麼樣？」

劉延朗答：「在中國躲不開政治，出國去，還躲不開嗎？」

人群馬上重新活躍起來，七嘴八舌，熱熱鬧鬧。哪個朝代都一樣，大學外文系的學生最熱中於出國留學。他們接觸外國東西最多，講台上的教授都是留學回來的，或者乾脆是黃頭髮藍眼睛的洋人，講外國話是他們的專業，誰都想多學一點，說好一點。要學得多，說得好，只有出國，順理成章，光明磊落。

耿連瑞問：「琴薰，聽說有外國學校錄取你了，哪一間大學？」
媽媽小聲說：「英國倫敦的愛丁伯格學院。」
馬仰蘭說：「那是很有名的貴族女子學院。你怎麼考上的？」
媽媽不好意思，停了一會，說：「我的畢業論文是《黛絲姑娘》，那個教授是研究哈代的權威，很喜歡我的論文。」
豐華瞻問：「那麼蘇儒呢？」
爸爸說：「美國密蘇里大學新聞學院。」
劉延朗大叫：「哇，不得了，不得了，那是全美國最好的新聞專業。最大名鼎鼎的中國第一記者趙敏恆，就是那學校畢業的。學新聞，上那學校，還沒畢業，就會有多少報紙來搶人了。」
豐華瞻說：「你去那學校念過多少次了？那麼老到。」
劉延朗答：「我把圖書館裡所有英美大學的介紹都念過了。」
豐華瞻說：「申請也寄了三千六百封。」
耿連瑞說：「可是沒一個學校錄取。」
大家嘩嘩笑起來，前仰後合，媽媽笑得捂著臉，爸爸笑得擦眼淚，蔣和與馬仰蘭頭靠頭肩抵肩舞著兩手亂叫。豐華瞻一口茶噴了一身，跳起來忙不迭擦。
過了一會，笑聲停下來，又有人問：「你們兩個一英一美，怎麼辦法呢？」
爸爸說：「我們正在設法，最好能去同一個國家。」
豐華瞻又站起來，舉著茶杯說：「來來來，大家舉杯，以茶代酒，慶賀蘇儒、琴薰戀愛成功，慶賀我們大家就快畢業，慶賀今後每人如願，二十年後重逢，功成名就，兒女成群。」

「我的媽呀，那不累死人了。」

「二十年，牙都掉完了。」

「說好了，還要到中渡口來。」

「看看你的相公好呢，還是沈蘇儒好。」

「看看你的媳婦好呢，還是陶琴薰好。」

「一言為定，我們的子女一定都做好朋友。」

「天南海北。」

「海枯石爛。」

「我們大家今天集體定婚嗎？」

「哈哈哈……」

一只只茶杯高舉，一張張笑臉相迎，一雙雙美目互視，一顆顆年輕的心震顫。青春在蕩漾，幸福在等待，未來在召喚。這是一個神聖的時刻，雖然他們腳下的土地已經開始斷裂。這些純真而熱情的年輕人，哪裡會想到，他們這一代人必不可免一個巨大的歷史悲劇。不論多麼艱難，他們必須做出一個選擇。或者在海外住洋房開汽車，但是遠離故鄉，終身做斷線風箏，漂泊遊子，孤獨寂寞。或者腳踏祖輩的土地，但是一輩子經受辛酸苦難，泯滅理想，屈辱人格，顛沛流離，家破人亡。

六十四

一九四五年夏天，爸爸媽媽大學畢業了，誰也沒有出國去。家公答應出錢供媽媽去英國留學，但是不支持她去美國。而爸爸沒有拿到一所英國大學的入學許可，不能去英國。既然兩個人不能去同一個國家，在一起讀書，他們便決定哪國也不去了。一英一美，相隔大西洋，怎麼行？而且爸爸也根本沒有錢去美國留學。一英一華，相隔兩大洲，也不是辦法。媽媽自然不會願意一個人出洋去，把爸爸留在國內。

於是他們便在重慶找工作。爸爸經沈鈞儒介紹給金仲華、劉尊棋，考入了美國新聞處中國局中文部，做英文翻譯。

媽媽決定暫時不去英國留學，家公不無失望。大學畢業，出國留洋，是媽媽從小下定的決心，一直確認無疑。現在突然為了與爸爸相愛，放棄留洋志願，確實讓人傷心。但私下裡，家公並非不覺欣慰，家公其實真捨不得讓媽媽獨自一人跑到異國他鄉。尤其眼下中國兵荒馬亂，誰知明天一家人會怎樣。想想幾年前，媽媽在昆明，家公家婆幾個舅舅分別逃離香港的分離之苦，現在團圓一處，實在最為可貴。於是家公也便安了心，介紹媽媽到化龍橋中國農業銀行總管理處作翻譯。

畢業前幾天，禁不住家婆催促，爸爸終於到南岸媽媽家裡去了一次。為這次會見，爸爸著實花了很多時間很多心思準備。在中大的三年裡，他基本上每天穿一件舊長袍，已經成了百納衣，媽媽還曾替他補過幾次。

為了去媽媽家，爸爸特意到重慶城裡去，跟他的堂姊夫借了一身淺棕色的西裝，一條斜條紋紅領帶，一雙黑皮鞋。那個姊夫個子沒有爸爸高，可因為是西裝，爸爸又瘦，所以身長還過得去，但衣袖和褲腳顯得短。為了第二天早些到南岸，那天他們兩人都住在重慶城裡，媽媽住伯公家，爸爸住他堂姊夫家。晚上媽媽在伯公家裡，用了三個鐘頭，把爸爸借的上衣袖子和褲腳襯裡都拆開，放出半寸。爸爸則去洗了澡，理了個髮。

第二天早上，媽媽抱著改好的衣服，趕到爸爸的堂姊夫家，穿戴起來。爸爸本來身材瘦長，眉清目秀，西裝皮鞋一穿，實在英俊得不得了。兩人走在街上，少男少女見了，都要回頭多看爸爸幾眼。少男們忌妒，少女們羨慕。媽媽挽著爸爸的手臂一路走，心花怒放，得意萬分，沒想到爸爸領她走進了一家書店。

媽媽問：「來這裡做什麼？」

「總不能兩袖清風去你們家吧。我想買點小禮物帶去。」

媽媽差點笑出聲來，說：「書店是買那些東西的地方嗎？」

「我只熟悉書店，別的商店不大懂。」

「你想給爸爸買書的話，可不容易。他差不多什麼書都看過，你哪裡曉得買什麼書可以討他歡心。想給姆媽買東西的話，不要買書。買點生活用品，吃喝的東西最好。」

爸爸聽了，站在書店中央，不知該怎麼辦。

「你呀，什麼都不要給他們買，他們什麼都不缺。你也不用討他們歡心，嗯……只要討我歡喜就行了。」媽媽說著，伸頭在爸爸耳邊補充一句，臉紅起來。

爸爸轉頭看看媽媽，笑起來說：「那就容易了。」

媽媽假裝生氣了，說：「討我歡喜就容易嗎？我那麼不值錢。」

爸爸趕緊說：「我是說，要給你買禮物，容易些。跟我走，給你買張唱片。」

說著，爸爸拉著媽媽，快步走到賣唱片的櫃台前，從架子上取下一張唱片，遞給媽媽說：「史特勞斯。我早想送一張給你，沒錢買。你說不用給你家送禮了，正好買這張唱片送給你。」

媽媽仔細念唱片上的說明，是英文，奧地利維也納愛樂樂團錄製。一張兩個曲子，一個《雷電波爾卡》，一個《藍色多瑙河》。」

媽媽說：「從上海到香港坐威爾第號船，好像聽過圓舞曲，沒大注意。只是記住了李斯特的鋼琴協奏曲，威爾第的歌劇《茶花女》和《阿依達》。」

爸爸說：「外國郵輪上開舞會，一定是史特勞斯，他是圓舞曲之王。他的很多曲子都非常有名，《維也那森林的故事》、《藝術家的生活》。《藍色多瑙河》是他的代表作，奧地利人恨不得拿這曲子當國歌，你聽了一定愛得不得了。」

「你怎麼那麼熟悉？你會什麼樂器嗎？」

「可惜不會，沒有錢學，只會吹口琴。」爸爸邊拉著媽媽走，邊說：「我杭州師範畢業以後，考取上海的小學教師資格，在上海教過一年小學。那學校裡有一位音樂教師，是個跳舞迷，一天到晚聽史特勞斯，週末總要拉我陪她去跳舞。」

媽媽跟著爸爸走出書店，問：「男的女的？」

爸爸不解地問：「誰？」

媽媽說：「那音樂老師。」

爸爸才明白了，看媽媽一眼，笑了說：「那是古代歷史了，你還吃醋嗎？」

媽媽說：「那一定是女的了，她追求你？」

爸爸想了想，說：「現在想想，可能。不過那時候，我一心要上大學，根本不想在小學裡教一輩子書，怎麼會那樣settle down？」

媽媽問：「你們沒好過？」

「你今天怎麼啦？」爸爸摟住媽媽的肩膀，邊走邊說：「告訴你，沒好過，放心了吧。我到她的音樂教室去，聽史特勞斯是有的，也跟她去跳過兩次舞。我那麼窮，連去跳舞會的衣服都沒有，更沒錢請客，都是她請我去。去了兩次，她也請不起了。她又會唱又會跳，當然找得到有錢的小夥子請她跳舞。」

媽媽不說話了，爸爸的理由充分也正當，尤其說他沒有衣服去跳舞，絕對不錯。

爸爸很遺憾地說：「我只有這麼一點錢，不夠買一個唱機。所以你只能保留這張唱片，等我到美國新聞處工作以後，積攢幾個月薪水，再給你買唱機，那時才聽得成。」

媽媽問：「她長得漂亮麼？」

爸爸楞了，問：「誰？」

媽媽說：「那個上海小學音樂老師。」

爸爸嘆了口氣，說：「你怎麼還想著……她漂不漂亮呢，算不上漂亮，個子沒你高。不過上海人嘛，比較會打扮。你在上海長大，也見過很多，還要我講嗎？」

媽媽說：「我們去給姆媽買一串辣椒吧。」

爸爸說：「你曉得的，上海人可吃不得辣。」

媽媽說：「不是給你吃的，給姆媽的。」

爸爸媽媽兩人抱著唱片，提著辣椒，說說笑笑，過江上山，回到媽媽家。邁進門檻，爸爸站也不是，坐也不是，紅著臉，發了半天傻。平時熟識的泰來舅和恆生舅都不在，家婆專門把所有舅舅們都差到余啟恩家去了。媽媽用手戳戳爸爸，爸爸才醒悟過來，忙抬手把那一串辣椒遞給家婆，說：「實在不曉得該買些什麼來，琴薰說你喜歡吃辣椒，所以買了一串，也不曉得好不好。」

「謝謝，你來了就好，何必買東西。」家婆一邊伸手接過辣椒，一邊說著，斜過眼去，瞪媽媽一眼。

媽媽紅著臉，站在爸爸身邊，微微低著頭，微微笑著。

家公對爸爸招手說：「準備在門口站一天嗎？過來坐，喝茶。」

家婆還提著那一串辣椒，連忙叫：「坐呀，坐呀，喝茶，喝茶。」

「謝謝。」爸爸鞠個躬，說完，走到桌邊，坐下，覺得後頸上一脖子的汗，眼望著茶杯，手不敢動。

媽媽也跟著，在桌邊坐下，低頭不語。

家公端起茶杯，說：「會喝茶嗎？現在年輕人，會喝茶的不多了。這是正宗烏龍，你看，橙紅明豔，喝一口，齒頰留香。」

家婆把辣椒拿進廚房，提了一個熱水瓶，走出來，聽見家公的話，便說：「不要賣茶葉。」

爸爸小聲說：「我去過福建，見過他們在茶山上採茶。」

家公剛過一口茶，說：「哦？你去過福建？倒蠻有趣，怎麼個事體，講來聽聽。」

爸爸笑了笑，說：「陶先生會講上海話。」

家公舉起手，兩個指頭比比，說：「一挨挨，一挨挨。」

家婆給茶壺裡澆了些開水，走開一邊，說：「不要賣弄了，聽沈先生講。」

爸爸說：「陶太太也請坐下喝茶吧。」

家婆把熱水瓶放到旁邊櫃子上，擺擺手說：「我從來都是這樣站著，慣了。」

「姆媽，你就坐下嘛。」媽媽說著，過去拉住家婆，走到桌邊，挨著坐下。

爸爸便講起來：「一九四一年底，太平洋戰爭爆發，我在上海暨南大學讀二年級。日軍進占上海，暨南大學只好內遷福建。我們衝過幾道日軍封鎖，步行數百里，搭車數十天，才到了福建，已經是四二年春夏之際。我的一個堂姊夫，剛好那時從貴陽到福建，收購電動機，運往大後方。他同意把我帶到重慶，讓我一路幫他押車，從福州出發，經過江西、湖南、貴州，最後到達重慶。」

家公說：「你是上海暨南大學的學生，我也曾在暨南大學兼過課。」

爸爸說：「那些歷史，我做學生，不曉得。我在暨南大學的時候，名教授有周予同、周谷城、孫大雨幾位，他們的課我都聽過。」

家公點點頭，問：「聽琴薰講，你原在杭州師範讀書，跟布雷先生的兩位女公子同學。你曉得嗎？我跟布雷先生是同事。」

爸爸點點頭，說：「是，我曉得。我是浙江嘉興人，十五歲初中畢業，學業成績是浙江省立二中第二名。但是家境貧寒，難以負擔我讀高中，只好去讀省立杭州師範。讀師範，學校管一切費用，包括吃飯，畢業出來也好找工作。陳布雷先生是浙江慈溪人，為什麼送他的兩個女兒讀師範，就不知道了。」

家婆插話問：「你怎樣到上海去的呢？從浙江考進暨南大學麼？」

爸爸說：「不是。我十八歲從杭州師範畢業，回鄉任教。同年也參加了上海教育行政人員會考，獲得第二名，調到上海市教育局實習。結業以後，留在上海同善小學教書。從小起，上大學一直是我的夢想，但經濟上一直做不到。抗戰後，政府規定，戰區學生免繳學費，並發伙食費，我才有了機會。一九三九年，我在上海參加統一考試，考三門：國文、數學、史地。我的數學是零分，但文科總分仍夠錄取，進暨大先修班，一年後，成績合格，轉入大學。我原來學歷史，後來聽人說學外文將來好找事，所以轉學外文。」

家公說：「這麼說，你在上海教書或者讀先修班的時候，我們一家也在上海。或許還在哪裡見過面，可是緣分未到，見面不識。」

「陶先生是黨國要員，我是大學窮學生，就算同在上海，哪裡有見面的機會。」

「話不是這樣講。我在上海、南京、北平，教過許多大學，從來待學生們如子女一樣。在上海的時候，學生坐船走，我去送，沒錢吃飯，我給，結果我自己無錢坐車，兩地裡跑回家，得了一場傷寒，病了一年，差點送命。」

「我那時如果能遇到陶先生這樣的老師，就好了。」

「你上大學的時候，我早已經不教書了。唉，想教也不能教了。其實那年在上海的那時候，真不如到暨南大學去做教授。」

媽媽問：「你在上海的時候，聽說過這件事嗎？你從來沒講過。」

「陶先生一家為中國人民做出的犧牲，大家永遠不會忘記的。」

爸爸說：「高陶事件，哪裡會不曉得。四〇年初幾個月裡，上海整天戒嚴，如臨大敵，人心惶惶，流言紛飛，再不關心，也聽說是什麼事情了。不過我真正明白到底發生了什麼，還是轉到中大以後，聽同學們講起陶小姐的經歷，我去圖書館，找出那年的一批香港報紙看過，才了解清楚。」

媽媽忙問：「那是哪一年？你剛轉來那年？還是今年？」

「那有什麼關係？」

媽媽著急地說：「當然有關係，說，哪一年你去翻查我的東西？」

爸爸只好回答：「不是剛來那年，也不是今年，是三年級第一學期。」

媽媽說：「那時候？我還沒跟你講過話，你就在注意我麼？我還以為……」

爸爸臉紅得像醉了酒，趕緊端起茶杯來，喝了一口茶，早已冷了，還是連喝了幾大口。家公家婆都笑起來，媽媽自覺說露了嘴，別過臉去，扭轉身子，藏在家婆腰後面。

家婆提起桌上茶壺，站起身，說：「茶冷了，熱水瓶的水也不夠燙，我去燒些開水吧。」

媽媽跳起來，搶過茶壺，說：「我去燒。」跑出客廳。

家婆重又坐下，說：「雖然讀大學不必交學費，總還要點錢，又在上海那種地方，你怎樣生活？」

爸爸說：「陶太太說得是，我家裡根本無法接濟我讀大學，教一年多小學也沒有積攢下什麼錢，所以上大學只有靠我自己半工半讀。我有個表兄叫王蘧常，畢業於國學泰斗唐文治先生的無錫國學專修學校。無錫淪陷後，唐文治先生把國專遷到上海租界裡，任這個表兄做教務長，他允許我在國專裡做些雜活，賺些生活費。我白天在暨南大學上課，晚上到國專做工。」

家婆聽了，點點頭，說：「也是吃苦讀出來的。」

家公說：「王蘧常先生，是有名的國學家和書法家，卻不知是你的表兄。他長於章草，對不對？」

爸爸說：「陶先生果然博聞強記，無所不知。」

媽媽端了新沖的茶壺走出來，放到桌上，朝爸爸斜了一眼，然後把桌上所有茶杯都拿到門口，把杯裡剩茶都潑到門外土地上，再把茶杯拿回來，倒出新茶。做完了，又靠著家婆身邊坐下。爸爸看著媽媽做這一切，然後端起茶杯，小小飲了一口。

家公忽然問：「衡山先生可好？」

爸爸聽問，忙放下茶杯，說：「二哥很好，謝謝。」

家公笑了，端起茶杯喝一口，然後說：「我跟衡山先生相識的時候，你還沒有出生。」

「是，我曉得，沈家與陶家原是世交。二哥講過，二哥在河南陶老爺府上寄居的時候，陶先生還小，跟他學八段錦。二哥很喜歡琴薰，他託我問陶先生好。」

「好，好，好。」家公笑了，說著，又端起茶杯，喝一口茶。

家婆說：「那麼，你家裡的人都見過琴薰了麼？」

爸爸說：「我在重慶只有兩個親戚，一個是堂姊夫，一個是二哥，他們都見過琴薰了，都很喜歡她。」

家婆叫媽媽：「琴薰，準備開飯了。」

媽媽站起身，跟著家婆，進了廚房。

家婆一邊收拾中飯，一邊對媽媽說：「好呀你，我叫你帶他來，你不肯。你可是老老實實，到他們家裡都去過了。」

媽媽擰著身子，說：「姆媽，那又不是他的父母親。」

家婆說：「模樣很俊，但願心眼也好。」

媽媽紅著臉，一邊從鍋裡盛紅燒肉，一邊說：「他跟爸爸當年一樣，自己奮鬥起來，這樣的人，將來會有出息，你說對不對？」

家婆在爐子上炒著菜，說：「只要他待你好，我就滿意了。看起來，起碼他不是那種花花公子，肯努力，肯上進，你爸爸會喜歡。不過你爸爸跟那個沈鈞儒合不來，常要鬥嘴，他講過很多次了。」

媽媽說：「跟沈鈞儒合得來合不來，有什麼關係。反正我喜歡他，他待我好。姆媽，你幫我對爸爸講點好話嘛。」

家婆嘆口氣，說：「你的脾氣，我還不曉得麼？我哪裡能管住你，就是不許，你也還是要嫁給他。只要你喜歡，我幫你對爸爸講。你爸爸別的什麼心思都沒有，你們從小，他就只有一個心願，要讓你們過上好日子。只要你們將來不受苦，他就心滿意足了。」

媽媽摟住家婆的肩膀，說：「姆媽，你們真好。我嫁給他，也不會離開你們，我捨不得。」

家婆和媽媽兩人，端著飯菜出來的時候，聽見家公說：「……不管怎樣，我們陶家一直對沈家很尊重。」

爸爸說：「沈家的人，對陶先生，一直也十分敬重。」

三天前定下到媽媽家的日子，爸爸心裡一直打鼓，不知家公家婆會怎樣看待他。爸爸和媽媽的社會地位相差太遠，家公是當朝翰林，蔣委員長的文書。爸爸的父母，是浙江嘉興鄉間的小職員和小學教師。而且家公與沈鈞儒政見不合，更增添障礙。現在看來，一切都不壞。倒是幸虧陶沈兩姓官宦傳家，書香門第，似乎世交關係彌補了現實社會地位的懸殊，也勝過了政見不合的矛盾。爸爸心裡的石頭落下。

家婆擺好碗筷，四人坐好，開始吃午飯。爸爸有點驚奇，這頓飯很簡單，一鍋雞湯、一盤炒豆絲、一碟炒雞蛋、一碗紅燒肉。就這麼點東西，還提來一瓶酒，四個酒杯，好像擺宴席。在爸爸想，委員長侍從室的少將官員，家裡肯定餐餐山珍海味，怎麼居然如此平常。或許是家婆專門這樣做，借以試探爸爸是否誠心。天下夫妻，同甘容易，共苦難。可是爸爸注意觀察，家公家婆跟媽媽吃這餐飯，好像很自然，毫無異樣，看來陶家平時吃飯，不過如此。

家公給酒杯裡倒酒，說：「今天歡迎沈先生第一次來，我們破例，中飯喝一點酒。葡萄酒，每人只半杯，意思一下而已。」

爸爸拿手捂住自己面前的酒杯，說：「謝謝陶先生盛情，我沾一口酒便要臉紅，不好意思，最好免了。」

家公還是堅持給爸爸倒了半杯酒，說：「喝酒臉紅，才是忠誠之士，有什麼不好意思，只要不醉，心智清醒，就不怕。」

媽媽說：「你能喝多少喝多少，喝不下了，倒給我，我幫你喝。」

家婆斜她一眼，說：「別人不能喝，你能喝麼？」

媽媽說：「你又不肯把他剩的酒倒掉，我只好喝光。」

爸爸聽了，只好說：「恭敬不如從命，我把這些酒都喝乾好了。」

家公說：「好，來，我們乾杯，歡迎沈先生光臨。」

爸爸舉著杯，說：「謝謝陶先生陶太太，請你們相信，我一定好好待琴薰。」

四個酒杯碰在一起，發出清脆的響聲，然後每人喝一口，默默無語，放下酒杯，拿起筷子，開始吃飯。

過了幾秒鐘，家公忽然問：「常去看望衡山先生麼？」

爸爸回答：「只要進重慶，就去看他一下。二哥住棗子嵐椏，去時吃一頓飯。在浙江的時候，我一直靠二哥資助，才念完初中和師範。每學期我拿一張全優成績單去，二哥高興，給我出學費。現在他自己經濟也不大好，所以我再不能開口要求什麼。」

家婆問：「你父母還在浙江鄉下，接濟不上你，怎樣生活呢？」

媽媽說：「戰區來的學生，免交學費，學校還發生活費和飯票。」

家婆說：「那恐怕只夠吃飯洗衣，總還要些零花錢吧？」

爸爸說：「我生活很簡單，有飯吃，有衣穿，就夠了，不用許多錢。我週末經常去堂姊夫那裡幫做些文書工作，就是帶我從福建來重慶的那個堂姊夫，他們給我一些零用錢和衣物用品，這身衣服也是跟堂姊夫借的。」

家婆聽這一說，笑起來，不說話了。小夥子連借衣服穿來見岳丈，也會講出來，可見為人算老實，這是找女婿第一等重要的。

好了，一切都說清楚了。幾個人坐著，一時無話，只以吃吃喝喝來搪塞。吃過飯，家婆又去灶間泡新茶。家公找話題，隨手從桌上拿起一本小書，遞給爸爸問：「看過這本書嗎？」

那是郭沫若的書《甲申三百年祭》。爸爸恭恭敬敬地回答：「沒看過。」

「今年是甲申年，這位郭沫若先生作文，借古諷今。」家公搖著頭說。說起歷史，他總話多，「他拿清軍入關滅亡大明江山的歷史，來影射當今時局。最無恥的是，他以李公子自居，說如果李闖王聽了李公子的話，就能保住江山，不會敗亡。」

爸爸問：「此話不對麼？」

家公有些氣憤，說：「當然不對，大不對。我今天寫的社論就叫：斥亡國主義，批駁這本書。明末史料說，清軍入關，只打明朝國軍，不打李闖寇軍。明朝失敗，乃是失敗於清軍與流寇夾攻之下。就像現在日本人打中國，只打國軍，不打中共，希望與中共合作，內外夾攻國府國軍。」

爸爸這才明白了家公的意思。

家公開始侃侃而談：「這位郭沫若，當年派作我的上司，幸虧我逃跑了，沒有跟他南下。那時候我們早已看不起他，看出他是個投機分子。我們稱他郭沫洛夫。他外形是中國人，內心是蘇俄人。這篇《甲申三百年祭》，充分證明他那顆心，不是中國人的心。」

爸爸不敢吭聲。郭沫若是中國的大文豪，沈蘇儒還不到評論他的時候，只有聽。

會見完畢，下山過江，回中大路上，爸爸抹掉額頭大汗，說：「你這位父親很自高自大，連郭沫若也不看在眼裡。」

媽媽說：「他講過，全中國只有兩個半人會寫文章。」

爸爸又擦一把汗，說：「做陶希聖的女婿不大容易。」

媽媽歪著頭問：「後悔了麼？」

「哪裡。」爸爸看見媽媽的模樣，笑了說，一邊側過身，在媽媽臉上吻了一下。

媽媽馬上紅了臉，推他一把，說：「大庭廣眾的。」

爸爸說：「荒山野嶺，哪來大庭廣眾。」

不論爸爸對家公怎樣看法，他不能不佩服家公的才智學問。家公在日軍進攻貴州獨山之前，寫出論山嶽戰這樣一篇社論，預言國軍固守必勝，竟然料準。家公得意地說：「我讀過兵書，自然說得對。克勞塞維茨《戰爭論》講山地戰勝負打法，清清楚楚。」

八月六日，美國對日本廣島投下第一顆原子彈。重慶美軍司令部人員密切注視日本反應，緊張工作。美國新聞處中國局也一樣繁忙，爸爸剛剛上任不久，整天在辦公室翻通訊稿。

《中央日報》刊出社論說，第一次世界大戰，由於坦克車出現於戰場而告結束。第二次世界大戰，將隨原子彈出現於戰場而終止。社論判斷日本將立即投降，不會等到美軍在日本本土登陸。社論並希望第二次大戰之後，人類不再有世界戰爭。

幾位美軍司令部軍官到美新處講解時局，拿著這張報紙講論。一個《中央日報》記者剛好在場，美軍軍官便問他：「你們這篇社論是哪位將軍寫的？」

記者答：「是本報總主筆陶希聖先生寫的，他軍銜是少將，但並不是軍事專家。」

美軍軍官搖頭說：「不可能，如果他不是軍事家，怎麼會寫出這樣的軍事評論？」

爸爸在旁邊聽見了，暗自發笑。

八月九日，美國又在日本長崎投下第二顆原子彈。日本皇室軍方大為恐慌，通過蘇俄表示求降。家公這次沒寫社論，他病犯了，頭疼得厲害，心跳劇烈，喘不上氣，走路也有困難。只好找媽媽陪同，過江到南岸回家休息。媽媽在化龍橋工作，平時借住伯公家，不回南岸。

媽媽陪著家公慢慢回到家，躺下休息。家公身體很糟，但是精神很好。他告訴媽媽：中美英蘇四國，已經透過瑞典政府，向日本表示接受投降，估計日本這幾天內就會宣布投降。艱苦卓絕的八年抗戰，總算即將結束。一家人雖然幾度生離死別，危於毫髮之間，但都熬過來了，無一傷亡，能夠團聚一處，真是天幸。只盼望從今往後，不再經歷類似的苦難，平平安安過生活。

晚飯桌上，家公家婆和媽媽、舅舅們，一直回想八年以來，由於日本侵略而遭受的苦難，感慨萬千。

忽然，旁邊櫃子上的電話鈴響起來。

六十五

家婆說：「不要又是找你回去寫社論。」

家公說：「是也沒辦法，非常時刻，大家都忙。」

泰來舅走過去，拿起電話，應了一聲，轉過頭，對媽媽說：「找姊姊，聽聲音像是蘇哥。」

家婆望著她眨眼睛。

「這傢伙，一會兒不見，就要打電話來找。」媽媽說著，臉紅起來，心裡甜滋滋的，很得意。爸爸去兩路口美新處上班，借住上清寺堂姊夫家。媽媽則住伯公家，兩人離得不遠，每天見面，一起吃飯。這次媽媽急應家公之召，陪他回家，沒來得及通知爸爸，他就打電話到家裡來找了。媽媽老早把家裡電話號碼給了爸爸，但爸爸從來沒有打過。今天怎麼了？而且他正在上班，現在是最緊張的時刻，居然會急著給她打電話。媽媽想想，騰雲駕霧一樣。

家婆對媽媽說：「發什麼愣，讓人家等麼？」

家公，泰來舅和恆生舅，一起望著媽媽笑。晉生舅和范生舅不理會，喝自己的湯。

媽媽走過去，拿起電話，說一聲喂，就不再作聲。不到半分鐘，她忽然跳起來，眉飛色舞，大聲喊叫：「日本投降了！日本投降了……」

電話聽筒掉到地上，她也顧不得拾，只是兩個腳跳，拚命大喊：「日本宣布投降了，日本宣布投降了……」

「什麼？什麼？」所有人幾乎異口同聲問。每個人都清清楚楚聽到媽媽嚷的是什麼，但都不大肯相信這消息來得這麼快，這麼突然。其實，這巨大的喜訊，對於飽受日寇入侵之苦的媽媽一家來說，不管怎樣得知，都一定會發生無與相比的精神上的衝擊。

家婆走過去，拾起聽筒，放回到電話機上，問：「別叫喊，琴薰，他說什麼？」

媽媽兩手捂著胸口，喘著氣，眼裡忍不住冒出眼淚來，說：「蘇儒在美新處，每天晚上這個時候，收聽美國舊金山電台廣播，接收最新戰況，翻成中文，發給中國政府和報紙。兩分鐘以前，他剛聽到美國電台廣播：日本……宣布……無條件投降。」

日本到底投降了。

媽媽語不成聲，抱住家婆，一起蹲下，放聲大哭。家公坐在桌邊，手垂兩側，低著頭，眼裡流淚。泰來舅、恆生舅、晉生舅、范生舅一塊跳起來，踢翻座椅，跌跌撞撞衝出家門，一路狂呼：「日本宣布投降了！日本宣布投降了！」

院外山上，夜色籠罩，四野裡一片寂靜。

四個舅舅站在山邊，兩手攏住嘴巴，扯開喉嚨，拉長聲音，向著山野天空，一遍一遍的齊聲高呼：

「日—本—投—降—啦—。」

「日—本—投—降—啦—。」

喊過一陣，幾個舅舅前前後後，撒開腿，往山下衝去，一路繼續高喊：「日—本—投—降—啦—。」

「日—本—投—降—啦—。」

年輕響亮的喊聲，在山谷空曠的夜空裡飄蕩回響，層層疊疊，前仆後擁，經久不息。左近幾戶人家跑出來看，不知怎麼回事。只見陶家幾個男孩，拚命喊叫著衝下山去。余啟恩夫婦大老遠聽見喊聲，忙披著衣服，高一腳低一腳，趕到家公家來問。

四個舅舅衝到山下，衝進小鎮商店，掏出每個人身上所有零錢，全部買了大大小小的鞭炮。商店老闆聽說是要慶祝日本投降，尚不能完全相信，但這是陶希聖先生幾位公子說的，又不由得不信，高興起來，白送舅舅們幾掛小鞭。

泰來舅、晉生舅和范生舅三人，抱著大小鞭炮，在前面往家跑。恆生舅乾脆在店們口站著，先點燃一掛小鞭舉著，一路劈哩啪啦地爆響著，往山上跑回家去。

「日—本—投—降—啦—。」

「日—本—投—降—啦—。」

幾個舅舅年輕響亮的參差喊叫，伴著歡騰的鞭炮聲，又在山谷空遠的夜空裡飄蕩回響起來。舅舅們回到家，把二踢腳放起來，砰一聲飛到天上，再爆一聲啪。還放麻雷子，像炮聲一樣地震耳。

半個鐘頭以後，重慶電台開始正式廣播這條新聞。頓時，山上山下，前山後山，江北江南，城裡城外，這裡那裡，陸陸續續，都開始響起喊聲，叫聲，歌聲，笑聲，鞭炮聲。接著所有重慶報紙都印出號外，滿街散發，像發傳單一樣，滿天飄飛。家公獨自迎風，家婆和媽媽相互摟抱，余啟恩夫婦手拉著手，幾人一起，站在山坡前，聽著身後舅舅們放鞭炮，隔江遠遠張望，重慶城裡燈火通明，鞭炮花炮彼伏此起，不絕於耳，半個夜空都亮著粉紅色，煙霧升騰瀰漫，人們吶喊之聲轟轟作響。想必滿街是人，跳舞歡慶。

舅舅們買的鞭炮都放完了，家婆從圍裙底下掏出錢來，數也不數，一把都遞給恆生舅，叫：「再去買來放，再去買來放。」

余啟恩夫婦忙也從自己身上掏出錢來，盡數塞給泰來舅，連聲喊：「多買些，多買些。」泰來舅、恆生舅和晉生舅三個，又一次衝下山去買鞭炮。家婆拉住范生舅，不許他再下山，怕他擠丟了。山下鎮裡，大街上已是人潮洶湧，小巷裡早就水洩不通。商店裡哪裡還買得到鞭炮，店主店員，面紅耳赤，從客人手裡搶回鞭炮，今天生意不要做了，店裡人自己也要慶祝。買不到鞭炮，恆生舅坐在店門口生氣，聽見路上一個人邊跳邊喊，手舞足蹈：「勝利了，格老子我事也不要做了。」不知他說的是廣東話還是四川話，逗得恆生舅憋不住又笑了。

重慶的那一個夜晚，恐怕是中國歷史上唯一真正歡樂的時光，中國人民發自內心的，忘情的歡樂。

抗戰勝利了，重慶大批人都趕去華北華東，重返家園，爸爸也是其中一個。一九四五年八月十五日，日本天皇正式頒發詔書，宣布無條件投降。九月中旬，爸爸接到美國新聞處中國局通知，立刻飛往上海，建立記者站，開展戰區接收報導工作。

九月二十九日星期六的清晨，天陰沉沉的。三點二十分，鬧鐘把媽媽喚醒。她起了床，用手梳理一下頭髮，從枕下掏出一面小鏡照了照，用手抹抹臉，走出門，到外屋，叫醒爸爸。因為今早媽媽要送爸爸趕飛機，所以爸爸借住伯公家。

山城的九月，天又陰，清晨四點鐘，很冷。爸爸和媽媽挽著臂，提著皮箱，匆匆在路上走。四周靜悄悄的，戰爭已經結束，中國人民終於可以放下心熟睡，不必擔心空襲警報，不必從往事的噩夢中哭醒。爸爸媽媽默默走路，沒有什麼話要說，該說的早已說過多少遍了。

到航空公司接送乘客的車站，剛好五點鐘。車站裡已經有幾個人在等候，排隊，行李過磅，貼標籤，付錢。全部手續辦完，也快六點了。卡車開來，爸爸拿著票上了車。媽媽沒有票不能上車，在這裡告別，心裡很難過，朝車上的爸爸擺手。

車子離開，爸爸走了。媽媽坐在車站長椅上，覺得身體虛弱，走不回家。不一會，又一部航空公司的卡車開來接客人。這次人少，幾分鐘就上完了。司機到候車室裡張望，看見長椅上只坐媽媽一人，便朝她揮手叫：「還等什麼，上車走啦。」

說完，司機走回駕駛樓。媽媽一看，機會來，突然有了力氣，跳起身，轉眼爬上卡車，心裡說不出多高興。

到了中航公司門口，往下跳，忽然聽見爸爸在背後叫她。原來爸爸來到這裡，也盼望媽媽會有機會坐下一班車來，所以在門外等著，不肯走進門去，到底讓他等到了。媽媽撲到爸爸懷裡，心裡說不出怎樣的感覺，好像久別重逢，又甜，又苦，又喜，又悲。

兩個人挽著臂，隨中航客人一起搭船過江，到飛機場，又辦一次手續。上飛機時，已經是九點鐘了。媽媽多麼希望爸爸因為什麼原因，多耽誤一會，可是此刻，爸爸確確實實地坐進了飛機裡去了。

媽媽站在停機坪地下，欄杆後面，遠遠地望著爸爸坐的窗口。過一會，爸爸在窗上哈一口氣，用手指在哈氣上寫：HOT。又過一會，爸爸快速在窗上哈氣，用手指寫：BYE, SWEET。接著飛機就起動了，緩緩轉彎滑過去。

媽媽呆呆地站在那裡，望著窗上爸爸揮動的手漸漸消失，淚水奪眶而出。媽媽覺得，飛機騰空的一剎那，她成為這塊土地上最可憐的孤獨者了。她想伸手去把這飛機拉住，她想衝過去鑽進飛機，同爸爸一起飛走，飛到天涯海角。

離開重慶之前，爸爸同媽媽舉行訂婚儀式，宴請沈、陶兩方家長。爸爸那時在美國新聞處工作，每月薪水一百二十美元，著實不菲，請得起客。沈鈞儒來了，代表爸爸的家長。家公作為媽媽家長，自然也出席。這兩個人平時政治爭論不斷，此時在酒席上握手言歡。《中央日報》九月十九日登出啟事，公布爸爸媽媽一九四五年九月十七日在家兄沈鈞儒、家父陶希聖主持及雙方家屬聚會之下訂婚。

爸爸拿著那張報紙對媽媽說：「真沒想到，你爸爸會登這樣的啟事。」

媽媽說：「怎麼啦，我們訂婚，爸爸當然會登這樣的啟事。」

「他肯把自己的名字跟沈鈞儒一起登出來。」

「他甚至同意把女兒嫁給沈鈞儒的弟弟，還會在乎跟沈鈞儒一起登啟事麼？」

「訂婚是兒女的私事。在報上登啟事可是公事了。國共政治矛盾很深，這樣或許會給你爸爸惹麻煩。他登這啟事，實在是超越了政治，站在父女人性的高度，勇氣非凡。」

「你至於這樣誇張，賣弄文學嗎？你訂個婚，就那麼詩意。」

在媽媽心裡，家公就是家公，沈鈞儒就是沈鈞儒，沈蘇儒就是沈蘇儒，是活生生的可親的人，並沒有政治的包裝。媽媽隨家公在政治漩渦裡度過許多年，經歷太多痛苦，所以她痛恨政治，總是設法躲開政治，躲得遠遠的，而以人情和人性來理解生活。她說：「爸爸愛我們，從來不打折扣。只要是我們的事，爸爸從來不顧惜自己。你信不信，他為我們，願意自己去死。當然，我們也會為他去死。」

「你怎麼回事？說說就是死。我們才開始生活，離死還遙遠得很。」

飛機遠去，再也看不到蹤影，天邊只剩幾絲白雲，悠閒飄蕩。媽媽隨著送機的人群走出機場，上路坐車，懵懵懂懂，回到南岸的家。她頭發暈，身發軟，一點力氣也沒有，沒有精神回重慶化龍橋去上班，乾脆回家睡覺。家婆看見她走進門來，嚇了一跳，說：「琴薰，你臉色難看，病了麼？」

「可能昨晚沒睡好罷了，姆媽，幫我給銀行打個電話，請個假。」然後回自己屋，睡了一天。

醒來之後，媽媽頭痛好多了，身體還懶懶的，便躺在床上想，爸爸這時候飛到哪裡了，可能過了武漢，可能已經到了南京。

家婆走進來，坐在床邊，用手摸摸媽媽的額頭。

媽媽把頭移開，噘著嘴說：「我沒生病，已經要嫁人了，還當小丫。」

家婆看著女兒，說：「在我這兒，永遠是小丫。換屎布，出麻疹，走路跌跤哇哇哭，呀呀學說話，好像還是昨天。」

媽媽聽了，心裡一陣感動，坐起身，摟住家婆脖子笑。

家婆一邊拉開媽媽的手臂：「看看，是不是小丫，你這樣掛在我脖子上，累死我了，放開，放開。」

「姆媽，我想到上海去找他。」

「我們早晚都要回去。」

「我先去行不行？蘇儒走了，我……姆媽，你跟爸爸講一聲，讓我先去，行不行？」

「快起來吃飯了。」家婆說，走到門口回過身補一句：「我跟你爸爸講。」

晚上下起大雨，雷閃雷鳴，雨注傾盆。媽媽忽然想，幸虧爸爸早上走了，否則這樣天氣飛行，才讓人擔心死了。又一想，如果爸爸早上沒走，這樣下雨，飛機不能起飛，今天也許就走不了，又可以跟自己在一起。媽媽想來想去，半睡半醒，又過了一夜。

第二天下午，大雨才漸漸停下來。媽媽不得不回北岸，明天星期一，又要上班。媽媽一路走，見景生情，非常難過，到民生路買個本子記日記，又買些航空信紙信封，每天給爸爸寫一封信。再到光華照相館取加印的爸爸照片，聽櫃台裡人說：「沈先生講過，他到上海去了。」媽媽覺得喉嚨堵堵的，差點哭出來。

走在國府路上，媽媽心裡更覺淒涼。在這條街上，平時總是他們兩個人一起走，爸爸常攙扶著媽媽，說說笑笑，相親相愛。現在獨身一人，在雨地裡蹣跚。他今天是不是已經開始上班了，昨夜他在哪裡住的呢？買了床和鋪蓋沒有呢？他寫信來了嗎？什麼時後才能收到他的信呢？什麼時候，他們才能團聚？

苦熬了兩個月，到十二月初，媽媽終於獨自一人從重慶到了上海。美國新聞處租用民聯江輪，運送美新處人員家屬東下。媽媽作為爸爸的家屬，得到一張船票。十二月中，天氣很冷，爸爸和媽媽搬進了上海的新居。

上海狄思威路一〇八四弄四號花園式雙併三層樓房，原屬虹口日租界。從樓房廚房後門出去，穿過一條短巷，便是電車終點站。再向前走不遠，是虹口公園。搬運工人們奔出奔進，大箱小包，搬著扛著。

爸爸媽媽站在旁邊。爸爸穿一身藍色英國嗶嘰西裝，外套一件藏青呢大衣，頭戴一頂呢禮帽，右手挽住身邊的媽媽。媽媽頭戴一條花圍巾，穿一件黑呢大衣，緊緊扣住衣領擋風，下面穿西裝裙，長絲襪，高統皮鞋，右臂下夾著一個皮包。

上海一向住房很擠，抗戰勝利，一下子許多人回來，找房子更難。家公的一個同鄉學生鄧葆光，是軍統的少將，在上海任敵偽產業處理局局長，住在法租界霞飛路一座豪華公寓裡。爸爸和媽媽拿著家公寫的信去看他。鄧先生請兩人吃了一頓飯，沒幾天便把狄思威路一〇八四弄四號撥到陶希聖名下。

過了年，一九四六年一月二十六日，爸爸媽媽正式舉行婚禮，在《申報》上刊出結婚啟事。爺爺奶奶從浙江嘉興鄉下來上海，參加婚禮。家公也為媽媽的婚禮，獨自一人專程從重慶飛到上海。抗戰勝利，軍事委員長侍從室撤銷，家公由少將組長轉為國防最高委員會參事，受任國民黨中央宣傳部副部長，仍兼《中央日報》總主筆。他的到達，備受上海黨政各界尊崇。

婚禮在上海金門大酒店舉行。上海市長錢大鈞是證婚人。美國新聞處中文部主任劉尊棋為男方介紹人。陳布雷的弟弟、《申報》社長陳訓悆先生是女方介紹人。本來並沒有對外發出請帖，只想親朋好友們聚聚而已。不料那一日，婚禮還沒有開始，金門酒店門前已經車水馬龍，賓客如雲，足有六七百人之眾。

陳訓悆按著鐘點到了門口，門裡門外人群擠得水洩不通，陳先生滿頭大汗，西裝摺了，領帶歪了，還是擠不到禮台邊。實在前進不了，眼看婚禮進行在即，情急之下，他只好用手攏著嘴巴，大聲呼叫，請禮台附近一個朋友代行任務。蔣委員長平時不大為喜慶場合題字，那天也專門派人，送來親筆條幅一件。豐子愷先生特意畫了一幅字畫，一棵高大的松下，兩個小娃娃並肩站立，上書「雙松同根百歲長青」幾字。其他各種禮品物件堆積如山，桌上地上，到處都是。賀儀紅封套關金二十元一封，堆滿一張八仙桌。爸爸請在上海銀行做會計的堂兄代執帳房，手腳亂忙，滿頭大汗。

禮台上，我的爺爺奶奶都穿著到上海以後新做的棉長袍，端端正正坐著。爺爺的圓眼鏡，在大電燈照耀下反著光。奶奶的頭髮，梳得油光發亮。他們從來沒有見過這樣大的場面，心裡很慌張。爸爸結婚有這樣的排場，自然又讓他們很驕傲。鄉間小職員，並不曉得陶希聖的名字，可是看見這裡許多華服筆挺氣度軒昂的人，對家公鞠躬行禮，畢恭畢敬，陪笑說話，便自然看出這位親家地位非常。

家公西裝革履，胸前插一朵紅色的鮮花，只是剛上禮台時與爺爺奶奶打躬行禮，說了兩句喜慶話，馬上就被人群擁著走開了，這裡那裡說話，點頭應酬。

婚禮開始，伴著輕輕的〈婚禮進行曲〉，爸爸媽媽挽著臂，走上禮台。滿廳滿樓幾百人一時看見，都睜大眼，張著嘴，被眼前這一對儷人驚呆。從早晨開始，幾個鐘頭，到此刻方有了幾分鐘安靜，所有的人都呆望著爸爸媽媽，顧不上自己和他人，也不聽台上人講話。

媽媽穿著雪白的一領婚禮紗長裙，腰束得細細的，裙拖得長長的，一走一擺，像雪浪翻滾。新燙的頭髮蓬鬆整齊，頂上披著一塊雪白的紗巾，一角從烏髮中央伸到額前，紮起一朵小白花。鵝蛋形的臉，撲了粉，拍了胭脂，白是白，紅是紅，眉毛修得細細彎彎，又長又烏。眼睛描得又黑又亮，靦腆幸福之中，偶爾眼神一揚，飛光流彩，引得眾人一呼。她手裡捧了一大捧鮮花，白花綠葉，生機蓬勃。

爸爸穿著一身藏青雙排扣英國嗶嘰西裝，英俊挺拔。西裝裡小坎肩壓住同一深色的領帶。白襯衫衣領漿硬挺立，摺著兩個尖尖小角。左胸口袋插了一塊白色方巾，支起高低兩端。他頭髮兩分，顯得一個額頭更加高大，閃著光亮。長臉尖下巴，眉清目秀，鼻直口方，難怪人拿好萊塢影星叫他外號。他一手捏著一副雪白的手套，另一手在長紗裙後輕輕地挽著媽媽的臂。兩個人緩緩走來，然後靜靜地站下。

禮台下一潮又一潮讚美的呼聲，此起彼伏。上海人，中國人，剛剛經歷了長達八年的艱苦抗戰，在血腥烈火中掙扎，在貧困骯髒裡呻吟。噩夢才過，尚未全醒，眼前突然出現這樣一對少男少女，好像代表著就要降臨到中國千家萬戶的和平、美好、幸福，好像描畫顯現出中國人民所憧憬的明朗未來。所以這一個婚禮，這一對新人，格外地讓人嚮往傾心。

禮畢，是吃飯。事先沒有準備幾百人的飯，所以只留了十張圓桌，親友貴賓，有頭有臉的都坐下，其他桌子都撤去坐椅，擺滿飯菜酒水，任何人隨便取隨便吃。婚禮上有些什麼飯、什麼菜、什麼酒、什麼點心，爸爸媽媽一概不知，他們也沒有吃一口，只是讓禮儀官領著，一桌一桌繞著走，一個人一個人地敬酒喝酒，聽話陪笑。三個鐘頭過去，爸爸臉紅得像塗滿胭脂，脖子都紅了，映得白衣領也顯出粉色。媽媽則完全支持不住，又累又醉，東倒西歪，靠爸爸托住支撐。到最後，爸爸也站立不穩，禮儀官只好宣布，新娘新郎告退回新房，賓主賀客大家隨意，儘管繼續享樂。

就這樣，新婚之夜，爸爸媽媽在狄思威路新居裡，昏睡一天一夜，開始了自己的小家庭生活。第三天，家公又坐飛機回重慶去了。重慶正開著政治協商會議，家公是國民黨中央黨部聯絡小組成員，參加修訂《和平建國綱領》，無法在上海久住。

小樓前院是個花園，鋪著草皮，還長著花樹。樓下是客廳和飯廳，中間有拉門相隔。二樓上是兩間臥房。三樓一間閣樓，有一個尖尖的窗。後面廚房樓上是亭子間，另有兩間小屋。

蜜月在繁忙的應酬和瑣碎的家事中度過。媽媽離開重慶時，辭去中國農業銀行工作，婚後在上海，到行政院善後救濟總署任翻譯。

五個月後，媽媽流產，我的一個可愛的姊姊沒有能生存下來。媽媽身心都受傷，極度悲痛，寫下一篇日記：

民國卅五年七月一日　　星期一　　大雨傾盆

這個本子是去年九月廿九日蘇儒離渝來滬時特地買來作日記的。誰知只寫了兩篇，以後便沒記下去。那時的心情真是不可想像的，充滿著多少懷戀，多少孤寂。如今翻出來再看時，那股難以形容的哀愁似乎還縈迴於字裡行間。然而，我卻早已從重慶到了上海，從少女變為太太了。

算起來，我到上海馬上有七個月了（我是去年十二月四日到的），這七個月中的生活真是再複雜沒有，再變幻沒有。從到上海，找房子，作新娘，小產，這些事說來，我已經嘗夠了心理上的打擊，曾有一度我真地想脫離這個世界，因為我覺得太失望了。我的理想與希望，在這個世界上似乎簡直不能存在。我失去了自信，更失去了對所有人的信心，於是我便像斷了線的風箏，飄忽無主，恨不得立刻將自己擲入杳無人煙的深壑之中，作個永久的休息。可是，我仍然是一個沒有勇氣的，懦弱的女人。當我想脫離痛苦的羈絆的時候，我竟為另一種痛苦的羈絆纏住了，留住了。我望著蘇儒的瘦削的臉，我退縮了回來。我意識到自己的殘酷，便又開始收斂起這種殘酷的心思。我只有假設我已經死了，現在活著的並不是我自己，而是一個為了愛而忍受一切的美麗的靈魂。這樣，我才能又安靜下來，也使可憐的蘇儒安靜下來。

而，從安靜中，我似乎又慢慢地拾回了失去的生之樂趣。

譬如昨天是陰曆初二，我的生日。事前我並不曉得，約了四位女同事和一位男同事來玩，並且吃午飯。忽然想起這一天恰好是自己的生日，心中便倍加興奮起來。我究竟仍是幸福的。在目前的境況之下，有幾個人能為自己的生辰而請客慶祝？又有幾個人能和自己的丈夫快樂的享受婚後第一個生辰的樂趣？而蘇儒居然能一早便去買了一束鮮花獻給我。我也能忙中偷閒地自己做了一點麵大家吃吃，總也算可以滿足了。今天蘇儒又和我冒了雨，到南京路去買了兩副墨鏡。一副是送給我的生日禮物，另一副是他自己的。從去年七月他一進新聞處，便想買這個東西，想了一年，今天才算了了這樁心事。他還在大雨傾盆的當兒，請我到冠生園去吃了一杯咖啡兩塊點心。從前往往會讀到作家們敘述他們在婚禮後第一個生辰時，想買禮物獻給愛妻而無能為力的文章，以為我和蘇儒結婚後也不過如此，現在看來，我們仍是一對天之驕子，不禁頗為自慰自滿。

又譬如今天是蘇儒辭掉美國新聞處而入《新聞報》工作的第一天，大家竟能歡笑相祝，不也是目前的境況中的大幸福？多少青年失業，多少青年為了生活，出賣了自己的整個力量和時間，卻得不到工作上的絲毫興趣。蘇儒竟能如願以償，走入自己想望了十年的路，並且懷著希望，帶著笑容，輕快地往前走。我祝福他，蘇儒，他畢竟是一個得天獨厚的青年。

因為他入了《新聞報》館，算是正式走入了新聞界，所以他有點緊張。我想這是必然會有的心理表現，因為他對新聞事業憧憬得太久，希望得太大，如今竟然開始幹了，心中的驚喜當然是不可抑制的。然而，他這個倔強的青年，有著多了不起的理想和自信呵。他真以為自此以後，他便可以逐漸變成一個成功的偉大的新聞記者呢。

可是，我想，他的確可以成功。他有才能，有智慧，有毅力，有理想……不論做哪一種事情，只要他有興趣，便可以做得好，做得成功。

我願永遠仰望著他這種充滿希望、幸福和驕傲的笑容。在這個笑容中，我還可以看出別人所看不見的甜蜜。

六十六

馬仰蘭從重慶到上海來了。爸爸媽媽家裡房間多，請她在自己家裡暫住。這是媽媽離開中央大學兩年多，經過許多變化之後，得以重溫學生時代無憂無慮的快樂，和純真誠實的友情，她非常高興。

爸爸在報館工作，上夜班，早上在家睡覺。媽媽和馬仰蘭一早便輕輕起床，一起出門，坐同一個黃包車去上班。大學畢業以後，在重慶的時候，馬仰蘭跟爸爸同在美國新聞處工作。現在到了上海，馬仰蘭進了行政院救濟總署，又跟媽媽在同一處辦公。

下午下了班，兩個人又坐同一個車，到上海老城隍廟去逛。爸爸那時已經到報館去了，要到半夜以後，才會回家。

上海老城隍廟，連著豫園，十九世紀中葉建起，已有上百年歷史。園內建築多建於清代末年，一色中國古建築的風格。石板道路狹窄，小店鱗次櫛比，商品琳琅滿目，遊客熙熙攘攘。

馬仰蘭說：「喂，你看你，前後左右，人家都在看你呢。」

「看我什麼？」

「看你漂亮呀。上學的時候，你總是穿西裝衣裙，怎麼現在每天都是旗袍了呢？」

媽媽穿了一件綠色有小花的旗袍，微微發些亮的材料，剪裁得很合身，肩圓腰窄，走起路來，下擺飄搖，確實好看。媽媽說：「結過婚了呀，作太太了，還穿裙子麼？當然只有穿旗袍了。不像你呀，還是少女，照舊一身學生裝。」

「那是因為捨不得買衣服，錢都省來留學用呀。上了一天班，肚子也餓了，我們吃點什麼呢？」

「到了豫園，最不用發愁的就是吃。綠波廊的特色點心，松月樓的素菜包，桂花廳的鴿蛋圓子，還有南翔小籠、酒釀圓子，你要吃什麼？」

「我來過幾次了，還記不得那麼多。你是這裡常客嗎？瞭如指掌。」

「也不是。我們以前住上海，跟爸爸來過幾次，那時年紀小，記性好，來一次就記住了。我們還是去松雲樓吧，那裡的八寶飯最有名，蘇儒喜歡吃這種甜的黏的東西，給他帶一點回去。」

「我本來想去吃素菜包，不過無所謂，吃什麼都行。你可真是，連吃飯口味也跟著蘇儒改了麼？」

「哪裡，他吃他的，我吃我的。不過想，既然來了，帶一客八寶飯，他會喜歡。那麼我們去吃素菜包，走的時候再來買八寶飯好了。」

「這麼好的天，坐在飯店裡面，不舒服，我們還是到荷花池九曲橋去坐吧。」

「那裡只是茶館，沒有飯吃。」

「我去買包子，你去占座位。我把包子帶去，一邊喝茶，一邊吃飯。」

兩人便分手，各行各道。十分鐘後，馬仰蘭抱了一個荷葉包，走到九曲橋上的湖心亭門口。

媽媽在樓上窗口看見，朝下招手喊：「仰蘭，在樓上，這裡。」

荷花池九曲橋中心的湖心亭，建於一七八四年，尖頂飛簷，廊柱格窗，古色古香。媽媽占了樓上最好的座位，靠著窗，可以邊品香茗，邊賞湖景。馬仰蘭抱了包子，走上樓坐下來。茶也已經泡好，近水樓台，當然是杭州的龍井茶。

馬仰蘭咬了一口菜包，邊嚼邊說：「我不喜歡大魚大肉，更喜愛素菜。你看這包子，粉絲、木耳、豆腐、青菜、黃花、冬筍，吃起來多香。」

媽媽忽然說：「很久沒有聽你父親講課了，很想再聽一次。」

「他又有新課要講了。你曉得，他在研究新理論，主張注意控制中國的人口增長問題。」

「那有什麼可研究的？」

「人口在世界上是個大課題，中國人只是還不懂。」

「你父親總是先走一步。」

「打先鋒的常常要吃虧，鶴立雞群，雞就要罵。」

「那當然，一隻雞做了君王，鶴自然只有倒楣。」

「你什麼時候成了哲學家政治家了？」

「不過是從我爸爸的經歷得到一點感想而已，樹大招風，槍打出頭鳥，中國歷來如此，沒什麼新鮮的。」媽媽說了，又笑道，「你去美國念書，也去念人口論嗎？」

「我才不念那玩意，你別老把美國美國掛在嘴邊，八字還沒一撇，讓同事們聽見不好。」

「怎麼叫還沒一撇，入學許可有了，學費也夠了。」

「入境簽證還沒有拿到。」

「那還會有問題嗎？有美國大學許可，又有錢，又是大學者馬寅初的女兒，還有不准的嗎？」

「誰知道，反正已經等了三天了，還沒通知，希望能趕上秋季學期。」

「唉，真羨慕你。」

「琴薰，你過去天天叨嘮要去英國念書，怎麼突然一結婚，就把這個理想丟開了呢？你們宣布要好的時候，我還以為你們說好了，會一塊出國留學呢。」

媽媽沒有說話，悶頭喝了幾口茶，過了好一陣。

「不過，還會有機會，我不是也是最近才辦到麼？」

「出國留學是我從小的志願，現在也並沒有放棄。蘇儒也很想有出國的機會。我們有時說起來，心裡急，半夜睡不著覺。」

這回馬仰蘭不說話，悶頭喝茶，過了半天。

媽媽又說：「如果沒有跟蘇儒好這回事，我自然大學一畢業就走，去英國留學。可當時想，出國留學的機會可以等一年兩年，總會有。碰到一個中意的人，像蘇儒這樣的，錯過就沒有了，不能等一年兩年。」

「那倒也是，我早知道，當時中大校園裡，追蘇儒的女生有一個團那麼多，你可是不簡單。」

「你別瞎誇張，其實是他來追我，又不是我去找他，他自己承認的。」

「我回去問他。」

「你問，他怎麼肯說實話。」

「那麼你們打算什麼時候再申請出國呢？你別去英國，跟蘇儒一起來美國吧，咱們還可以一塊玩。」

「是，現在再要出國，我當然會跟蘇儒一道去美國。」

「對，我們一起去華盛頓，去密西西比河，去紐約。人說密西根湖的湖水藍極了，清極了，我們一起到芝加哥去看湖。」

「這才還是沒影的事，做美夢。」

「有理想的人才會有生活，這是我們的理想，我們的生活當然就美。」

「我現在跟你不一樣，我們成了家，要過日子，還要照顧蘇儒的雙親，錢很緊。要去美國留學，拿到許可很容易，我拿到過，蘇儒也拿到過，可是我們怎麼也積攢不起足夠的錢。去美國，一年總要一萬塊美元。」

馬仰蘭嘆了口氣，點點頭。

媽媽說：「我後來想，那麼我自己不去了，只要我們攢夠錢，蘇儒一個人去。他學成了回來，做名記者名教授也是一樣。」

「琴薰，你這樣肯犧牲自己，真偉大。」

「現在蘇儒進了《新聞報》，又多了一條新路。他好好幹幾年，爭取一下，或許報社會派他到英國或者美國去，作駐外特派記者，那麼我們就可以一起去。《大公報》的楊剛就這樣出了國。」

「不要去英國，去美國。」

「《新聞報》有錢，可到現在還沒有駐外特派記者。總編輯趙敏恆也表示過，《新聞報》要向這方面發展，所以蘇儒有希望。」

「《新聞報》是中國三大報之一，蘇儒一定做得到。」

「趙敏恆好像很賞識蘇儒的才能。報社新記者通常都要一段時間學習實習，蘇儒剛從美國新聞處轉到《新聞報》，第三天就出簡訊，兩個星期後就獨自跑新聞。一個月後就給派往南京協助採訪政治新聞。我爸爸補選國大代表的消息，就是蘇儒從南京發回上海來的，多有意思。去年十一月二十六日的報紙，我還留著呢。」

「做記者，也很辛苦，總要出差。」

「記得當年父親每次一出門，母親每天從報紙上找父親的行蹤。現在我也一樣，蘇儒一出差，我就每天從《新聞報》上找他的消息。有兩個星期，他在廬山牯嶺，採訪蔣委員長籌備國民代表大會的工作，碰上美國馬歇爾將軍兩登廬山，向蔣委員長引見司徒雷登大使。那時我剛剛流產，心裡難過極了，從《新聞報》上看到蘇儒從廬山發出消息，知道父親當時也在牯嶺，他們一定有機會見面談天。又從《新聞報》上蘇儒與蔣委員長握手說笑的照片，好像看見了他，我才好受一點。」媽媽說著，眼淚落下來，趕緊拿手絹擦。

馬仰蘭問：「我幾次想問，沒敢問，琴薰，你怎麼會流產了呢？你身體一直不壞。」

媽媽又哭起來，說：「不願上班遲到，跑路追電車，把孩子跑掉……是個女兒。」

馬仰蘭伸手拍拍媽媽的手，沒說話。她知道，說什麼都沒法子解除媽媽心裡的悲哀。

媽媽說：「蘇儒的父母親老是提防著我，不肯把我當自家人，老覺得我對他們的兒子不好。當著面做給我看，只有他們愛他們的兒子，我不曉得該怎麼辦。」

「琴薰，你這話有點過頭了。」

「這是真的。我母親每次來上海，千方百計照顧蘇儒，還為他來罵我。可是他的母親來上海，只操心他一個，根本不理會我。我流了產，起不來床，需要人照顧。因為蘇儒不在上海，他母親就不來。是我母親來上海，早早晚晚招呼我。」

「你也放寬點心，鄉下人見識短點，也可能，你何必為這傷了你自己的身體。」

「那是我的公婆，要一道過一輩子。蘇儒是有名的孝子，全聽他父母的話。他母親告了我的狀，他就來跟我吵一頓。為了他父母，他什麼都肯做，什麼都肯犧牲，我們以後日子不知會怎樣。」

「好了，我們不說這些傷心事，家家都有一本難念的經。不過家務事，一會兒就過去了，小兩口沒有隔夜仇。吃好了沒有，我們走吧，到外面走走。」馬仰蘭說著，拉著媽媽站起來。

兩個人付了帳，走出湖心亭，順著人群，在九曲橋上走。

馬仰蘭說：「你不是說過，給蘇儒買點八寶飯嗎？我們去買。」

「算了，豫園裡的梨膏糖很有名。蘇儒常咳嗽，梨膏糖可以止咳、化痰、潤喉、開胃，買一點帶回去給他。」

「好，我來買，送你們。」

「為什麼要你送。」

「表示感謝呀，在你家住，在你家吃，還不該感謝嗎？」

「你每天買小菜回來，我們是每天吃你買來的菜，哪裡是你在我家吃。」

「反正一樣，那邊有家店賣五香豆，我們去買兩包，蘇儒一定喜歡吃。豫園的五香豆，據說有五十年歷史了。」

「買好了，回家路上，我想去買兩張唱片。」

「怎麼想起要買唱片？」

「還在重慶，蘇儒第一次去我家見我父母親的路上，他送我一張史特勞斯的唱片，他送給我的第一件禮物。當時他是窮學生，只買得起一張唱片，買不起唱機，我有唱片也聽不成。到了上海，他一進《新聞報》，馬上買了一台手搖唱機。可是重慶買的唱片家裡帶到南京去了，沒拿到上海來，還是聽不成。」

兩人買了梨膏糖，離開小鋪子，繼續閒逛。

馬仰蘭說：「你還要買史特勞斯麼？」

媽媽說：「不了，我想買一張戴維．奧依斯特拉赫的唱片。」

「誰？」

「我國小提琴家，他是現在全蘇俄唯一能夠隨意旅行的人。」

「真的嗎？為什麼？」

「他是世界公認最偉大的小提琴家，蘇俄也拿他當作驕傲，所以給他自由旅行的特權。據說他拉貝多芬的小提琴協奏曲，華彩樂章妙不可言，一把琴聽來就是兩把。去年他在莫斯科，跟美國小提琴家梅紐因同台演出過一次，不知他們有沒有灌唱片。」

「如果沒有怎麼辦？那邊小鋪子裡賣五香豆，去買兩包。」

媽媽跟著馬仰蘭走進小鋪，由馬仰蘭去買五香豆，一邊繼續進門前的談話，說：「如果沒有，就買一張《天方夜譚》。」

馬仰蘭接過兩包五香豆，遞給媽媽，說：「你說買唱片還是說買書？」

「我只是聽說過俄國作曲家里姆斯基─科薩闊夫寫過一支曲子叫〈天方夜譚〉，想聽聽。據說他是配器大師，用交響樂隊裡的不同樂器表示不同的人物，學音樂的學生都要學他的配器法。俄國過去可真是出人才的地方。我從來沒聽過。」

馬仰蘭付過錢，跟媽媽一邊走出店門，一邊說：「只曉得你京戲唱得好，沒想到你也懂西方音樂。」

「嘿，小看人，我在中學就是薩拉薩蒂和李斯特的愛好者。這一包帶給蘇儒，有一包也夠他吃了，這一包我們兩個吃。」

「以後我到美國了，你有什麼需要，國內買不到，我從美國給你買，美國一定會有奧依斯特拉赫和梅紐因的唱片。」

「那太好了。不過，希望用不著你幫這個忙。」

馬仰蘭嚼著五香豆，轉頭看看媽媽。

「我們也到了美國，不用你幫這個忙了呀。」

馬仰蘭也笑著叫起來：「對呀，對呀。」

過了兩天，馬仰蘭接到美國入境簽證。媽媽陪著她辭掉工作，買了船票，置辦了路上的用品，收拾好行裝。媽媽給她煮了十五個茶葉蛋，放在馬仰蘭的書包裡。

馬仰蘭說：「又不是去春遊，你還能帶夠我船上一個月的飯。」

「船上開飯有鐘點。萬一誤了一餐，肚子餓怎麼辦？」

「在船上什麼事都沒得做，整天只惦記著吃飯，怎麼會誤了餐，像個大姊送妹妹出門一樣。」

「我本來就是個大姊，帶了幾個弟弟，兵荒馬亂，逃過幾次難，我曉得上路出遠門的滋味。」

「我的天，我這是坐英國郵輪，去美國，可不是在日本飛機轟炸之下逃難。」

不管怎麼爭論，媽媽把一切都幫馬仰蘭弄妥，最後跟爸爸一起，送馬仰蘭到十六鋪碼頭，上了船，找到艙位，放好行李。三個人又一起回到碼頭上站著，等開船。媽媽依著爸爸站著，默默地望著馬仰蘭，心裡很難過。

馬仰蘭忽然說：「看你們一對小夫妻，郎才女貌，好羨慕。」

「看你上船去美國，才讓人羨慕。」

「你們一定到美國來，我們在自由女神像前面重逢。」

輪船鳴響了汽笛，要開船了。媽媽默默地擁抱住馬仰蘭，好半天不撒手，在馬仰蘭的背後擦去自己的淚。

「我會回來，琴薰，一定回來。如果我們不在美國相會，我一定回來看你們。」馬仰蘭臉靠在媽媽肩上，輕聲說。她想，不過三年五年，她就回來了。萬沒想到，這句承諾，竟要三十年之後才得以實現，那樣的艱難，帶來那麼多的苦痛。

「我等著。」媽媽也輕聲地說。她說了，也等了三十年。三十年裡，媽媽曉得，雖然遠隔重洋，這個世界上，她還有朋友。三十年後，當她再見到馬仰蘭的時候，那種痛苦的震撼，要比此刻的離別更巨大得多了。

三個大學同學，互道珍重，各奔西東。爸爸和媽媽站在碼頭上，望著郵輪起動。時近晚秋，風已蕭瑟，送行人的頭髮都在風中直立搖晃。媽媽眦著眼睛，擺動著手臂，朝那緩緩轉身的輪船，送去最後的祝福。甲板上，馬仰蘭揮動的頭巾望不見了，媽媽還在招手。什麼時候，才有一艘船，能夠載著媽媽自己，漂洋過海呢。

送走了馬仰蘭，媽媽接著就送爸爸出國。爸爸被報社派往南洋，隨國民政府宣慰專使李迪俊，去印度尼西亞採訪。十月出訪，一去三個月。

這期間，因為流產的後遺症，媽媽得了子宮炎，加上心情不好，身體實在難以支持，便辭掉救濟總署的工作，在家休養。

那些日月，陪伴媽媽度過寂寞的就是那一架手搖唱機，那兩張史特勞斯唱片。每天，媽媽躺在床上，望著窗外，隨著那些優美的圓舞曲，在冬月的藍天白雲裡遊蕩，忘卻身心的苦痛。

維也納森林的故事，多麼流暢。遠山重疊，曲線起浮。近處一片森林，深秋風中，落葉飄零，枝杈伸展，遮去太陽，只把那千絲萬縷的光芒四散透射，將那些樹，那些叢，那些葉，那些花，都染得五顏六色。

藝術家的生活，如此地輕柔，如此地飄逸，彷彿一個個少女，披著薄紗長裙，或紅，或綠，或雪白，或天藍，閃著光亮，漫舞翩翩。纖腿飛揚，若流星射月，玉臂輕落，似柳枝拂水。柔得像一絲雲，一滴水，一片玉蘭花瓣。

藍色的多瑙河，萬籟靜寂之中，只要法國號輕柔的幾個音符一起，人心就立刻融成一片水，隨著那冬日陽光下的藍色多瑙河而去。慢板樂段，大小提琴匯成廣闊的河面，漫無邊際，靜靜流淌。小快板樂段，透明的木管三角和聲，像翻滾的波浪，像迸濺的水花，輕盈跳蕩，五光十色。藍色的多瑙河，述說歡樂，述說安寧，述說遠方，述說愛情。

媽媽在這些音樂裡療治心頭的創傷，熬過孤獨的歲月。數年之後，我們兄妹三人，都是在史特勞斯的音樂之聲裡度過童年。我最早聽說和記住的樂曲名，就是〈藍色多瑙河〉。

過了一九四七年元旦，報社終於通知媽媽，爸爸一月二十一日回上海。

媽媽扳著手指頭數日子，到那一天，早早到飛機場去接。天氣很好，萬里晴空，沒有下雨的跡象。媽媽穿著一件灰色的呢大衣，領口塞緊一條花頭巾。西裝裙下是絲長襪黑皮鞋，站在停機坪地面上等飛機。她忽然想起在重慶送爸爸上飛機到上海，曾也這樣站著，看爸爸在機窗上哈氣寫字。這次，媽媽已經三個月沒有見爸爸，今天特意打扮，頭髮燙得蓬鬆披肩，眉毛修得細細彎彎，口紅抹得適度鮮亮，臉蛋上勻勻撲了粉，青春揚溢，光彩照人。

飛機降落了。媽媽最後一次打開臂下夾的皮包，拿出粉撲盒，對著小圓鏡，再理理額上的頭髮，勻勻鼻子兩側的粉，然後把粉盒裝回皮包。這時，機門打開了，幾個不認識的人走出，從梯子上走下。爸爸怎麼還不走出來呢？他不要沒有坐這架飛機回國吧。媽媽有些著急，喉嚨裡咕嚕咕嚕作響。

爸爸出現了。他還是那麼俊秀挺拔，一出機門，讓人覺得眼前一亮。他穿著深藍色的雙排扣西裝，呢大衣搭在左臂彎裡，左手拿著禮帽。右手提一個公文皮包，手指間捏著一束鮮花。

媽媽看見他，尖聲叫起來，一隻手用力在空中搖擺。爸爸一出門，就在人群裡認出了媽媽，舉起提包捏花的手，朝媽媽揮一揮。媽媽看見了，跳起來尖叫。旁邊幾個女人轉過頭來看她，又看到爸爸快步走過來，對媽媽笑。多麼美麗幸福的一對，大家都羨慕地看著他們。

爸爸放下皮包，丟下大衣，伸出雙臂，不及說話，緊緊地抱住媽媽，久久不放。他想吻她一下，但那是在飛機場，大庭廣眾，他不敢。媽媽的心酥了，墜落了，融化了。她閉著眼，淚從眼角流出。

好一陣，爸爸才鬆開媽媽，把手裡捏的鮮花，送到媽媽面前，說：「這是今早在香港轉機，臨上飛機的時候買的。」

媽媽拿著鮮花，聞著花香，看著爸爸，說：「好想你。」

爸爸說：「我也好想你。你看這是什麼？」

爸爸說著，從上衣口袋裡掏出一個小巧玲瓏的盒子。打開一看，裡面是一只真正的鑽石戒指，一粒精雕細刻的鑽石，在陽光下變幻著亮色，閃爍著光。

媽媽驚叫起來：「好漂亮。」

爸爸說：「我在印度尼西亞專為你買的。我挑了很多地方，才買了這一個，真是手工做的。

戴上吧。」

媽媽伸出左手。爸爸小心地捏著她的無名指，慢慢把那鑽戒戴到媽媽手上。

媽媽問：「怎麼會剛剛好？」

爸爸笑了說：「走前我專門量過你戴的戒指，記下了尺寸。」

媽媽踮起腳尖，伸手抱住爸爸的脖子，左右張望一眼，便快速地輕輕吻了他一下。

六十七

「報社已經決定，派我作特派記者，長駐南京，主採外事，協訪政治。」爸爸剛從印度尼西亞回來，一見到媽媽，便告訴她。

媽媽一聽，跳起老高，說：「那麼我們可以搬到南京去了？跟爸爸、姆媽在一起？」

家公一家一九四六年五月隨國民政府還都，回到南京，住在鄧府巷田吉營。泰來舅和恆生舅都曾來上海幾次，住在媽媽家裡。他們姊弟三人有一次，專門坐了車子，到環龍路，愚園路，霞飛路，滬西煤球場，十六鋪碼頭幾個地方，轉過一趟，回想當年從日汪手裡逃出時的驚險。勝利以後，看見那些和平景象，難以想像當年準備在槍戰交火之中衝出去，曾有過怎樣的勇氣。他們坐了出海的那艘義大利郵輪威爾第號，後來用作運兵船，太平洋戰爭期間被美軍擊沉。聽說汪精衛夫人陳璧君好多年來，一直對家公家婆成功出走耿耿於懷，幾次對人發狠說：老娘一生玩英雄於股掌之中，想不到栽在一個鄉下婆手裡。日後必殺之不能解恨。結果，戰後在青島法庭接受中國人民審判的，是陳璧君自己。

爸爸媽媽搬到南京之後，住《新聞報》報社宿舍，在城左營，離報社辦事處所在市區太平路不遠，離田吉營也很近。爸爸在報館收入優裕，還可以每天開報館的汽車出入。家公給媽媽在總統府掛了個名，算是國府顧問陶希聖的秘書，沒有固定工作，有時間到家婆家去，幫助家公整理些資料文稿之類。一切都如願，生活平靜而溫馨。

做新聞記者，工作時間沒有規律。爸爸不說幾點要回家，突然意外早早回家，媽媽會高興得跳起來。但常常，爸爸說好回家時間，媽媽準備好爸爸最愛吃的排骨。到吃飯時間，爸爸打個電話，不能回來吃了，又惹媽媽哭一場。

爸爸不回家，晚上只好獨自度過。媽媽坐在燈下，望著自己投在牆上那巨大臃腫的燈影。總不好意思天天到家婆家去過晚上。一直等到夜裡十二點鐘，還不見爸爸回家。媽媽坐著，望著昏黃的小燈流淚。為什麼他一定要這樣好強，一定要拚命奮鬥，不能像一般人那樣，安安靜靜地過平庸一點的生活？為什麼他要對新聞事業下這樣大的決心，將自己的時間和身體都供獻給它？這不僅僅是為了維持生活，他不幹新聞事業，也可以維持生活。這完全是由他的興趣、他的志願和理想促成。媽媽輕輕地自語：「蘇，我了解你，我們都年輕，我們都有理想，我們要為我們的理想吃苦、忍耐。好好地，勇敢地，沉著地做下去，不要頹喪，蘇，你的每一分鐘都會得到報酬的。而且，只要我能幫助你一絲一毫，我都可以盡我的全力為你而效勞。蘇，只要你心裡覺得這種生活不是被生活壓迫來的，只要你覺得這是你必然要經過的一個辛苦的階段，而你的內心是興奮的和快樂的，那麼，我們便每天都是天之驕子，相信我，蘇。」

媽媽想著，自語著，靠在椅背上睡著了。爸爸回家，她也沒有聽到，反是爸爸給她蓋大衣，把她驚醒了。

「剛回來嗎？呵，一點半了。」媽媽迷迷糊糊半睜開眼，猛站起身來，忽然頭暈，身子晃了兩晃，伸手捂住額頭。

「你別動。」爸爸忙把媽媽按坐到椅子上。「休息兩分鐘，好點了嗎？」

媽媽這才全睜開眼，看見面前爸爸穿著一身美軍軍裝。

「你怎麼穿這樣一身？」媽媽問，想要站起，又決定沒有站起。

「今天到美軍巡洋艦洛杉磯號去採訪，人家送我一套軍裝，你看我穿起來神氣不神氣。」

「站遠點，讓我看。」

草黃色軍衣，在燈光下，倒顯得暗。上衣束在褲子裡。雙肩各有一條肩帶。胸口兩個大口袋。左袋上還有一小條名帶。右臂上一塊部隊號牌。左臂上一塊海軍號牌。一條寬皮帶上有一個大銅扣。筆挺的褲子下面，穿一雙高統軍皮靴。頭上歪戴一頂船形帽。帽下是一張熟悉的英俊的臉。

媽媽看著，心裡通通跳起來，說：「你明天穿這個到我總統府辦公室去一趟。」

「做什麼？」

「讓人看呀，看我先生多英俊。我們辦公室的女同事，眼睛會看花了。」

「別人看不看，不要緊，只要你喜歡就好。」

「好了，我去給你弄吃的。」

「不用，我在軍艦吃過了，我有件事要告訴你，是恆生弟……」

「什麼事？」

「好笑事。恆生不是正學開車麼？瘾頭大得出奇，見車就摸。每次我們一到田吉營，他就來借我的車子開出去玩……」

媽媽很有些緊張，問：「出事了？他說他常去明故宮或者中山陵附近的空地上去開，從來沒出過事。」

「沒事，別急，他沒出事。我晚上回到報館，聽人家說起這事，真好笑。今天下午，憲兵隊在通往中山陵的城門口捉到一個中學生，沒有駕駛執照，卻開車。怎麼發現的？他開的是一輛軍用吉普，而且掛有特別牌照。憲兵一眼就認出來，立刻攔住問話。那無照駕駛特別牌照軍用吉普的中學生，就是令弟陶恆生。」

「他惹禍了嗎？」

「禍倒沒惹，可這是嚴重違規，恆生弟給帶進憲兵隊總部去問話。原來是一位將軍到田吉營你家，找父親聊天，自己開的吉普，沒有司機，恆生跳上去就開走了。那車上掛特別牌照，憲兵認得。憲兵隊打電話到家裡去問，果然有這麼回事。那位將軍不知什麼來頭，憲兵隊打電話的軍官一聽電話，馬上站起來立正。打過電話，憲兵隊的人把令弟教訓警告一番，派一個憲兵開了那輛吉普，送令弟回家了，連一塊錢也沒罰。」

媽媽鬆了口氣，說：「我明天去問他。」

「明天下午我們回一趟上海。」

「什麼事？報館要你回去嗎？」

「報館要我回去公幹，你去做什麼？你看這是什麼？」

「我看，什麼票？」

「藍星大戲院的演出，威爾第歌劇《茶花女》。」

「我看到報紙上有廣告，可是據說票子還沒登出廣告來以前就賣完了。」

「這種演出，達官貴人先有份，然後那些常年去買票聽歌劇的人，先得到消息先買票。我們這樣遠在南京的，自然沒有份。」

「我沒想到，早知道，讓父親去問問，也許宣傳部裡有票沒人要。就算沒有，請秘書打個電話去上海，應該也能弄到兩張票。別人不肯幫忙的話，阮繼光表哥一定會幫我的忙。」

「你們這些官少爺官小姐真沒辦法，一事當前，馬上就想著用你們老子那點權勢。你那樣弄來的票，我也許還不願意去呢。挺好一場音樂會，染上官臭，還有什麼意思。」

媽媽臉變了色，說：「反正你就是看不起父親在政府裡做官，怎麼都不對。爸爸做的是文官，兩袖清風，從來沒有害過人，不貪污，不霸道，家裡窮得怎樣，你也曉得。你進《新聞報》還不是父親說話介紹，你又不嫌了。哼，假清高。」

這下輪到爸爸紅了臉，假笑著哄媽媽：「好了，何必又吵，一點小事。反正我票已經買到。明天中午你穿好衣服，我三點鐘回家，接你去火車站，到上海吃晚飯，然後看演出。」

「你早就買到票了，一直瞞著我嗎？」

「我哪有那樣大的神通，我也瞞不住。今天在美軍兵艦上，跟幾個美軍軍官們吃飯閒聊天，我給他們看我太太的照片，他們都讚不絕口，說我有這麼漂亮的太太。」

媽媽掄起拳頭捶爸爸的胸膛：「你說謊，你編，打死你，打死你。」

爸爸握著媽媽的拳頭，解釋說：「是真的，是真的，因此才說到這場演出。我說你喜歡唱京戲崑曲，他們問京戲跟歌劇一樣不一樣，這就說到上海這場《茶花女》。我說，看西洋歌劇，我最喜歡威爾第和普契尼，換個別人，像華格納甚至莫札特都無所謂，可是看不上這場威爾第歌劇，實在很遺憾。一個軍官，好像是副艦長，伸手從口袋裡取出兩張票。他說他對歌劇根本沒興趣，本來也沒打算去聽，問過幾個艦上同事，都不大熱心跑路去上海，送給我不浪費，他更高興。」

「就是，難怪英國人、法國人、德國人都說美國人沒文化，大概百分之九十的美國人不曉得威爾第是誰。」

「中國人算不算有文化的民族，百分之多少的人曉得威爾第是誰？我想歐洲人看不起美國人，也許有點吃不到葡萄說葡萄酸的意思。」

「你的票是美國人不要看，才送給你的。」

「人家不去看，可能有很多原因，幹麼要去猜疑人家沒文化。人家給了你票，更不能說人家壞話。」

「我又沒有說他們的壞話，不過是一些概括的評論。」

「歐洲是否有文化，美國人是否沒文化，公說公有理，婆說婆有理，都得等我們自己去看了，才能判斷。」

「要是這輩子去不了美國、英國呢？」

「自己沒有親眼看到，什麼都不曉得，就別去瞎作評論，說長道短，更不要妄下判斷。」

「我問你，人家是送你票子，還是你買的？」

「他要送，我要買。最後我還是付了錢，他們買了酒喝。要不，欠著人家的，老得想著還人情，心裡難過。」

「就是。」

「其實是你給我們賺了這兩張票。」

媽媽不明白。

「看你的照片說起來的呀。」

媽媽又撲過來，跟爸爸打作一團，嘻嘻哈哈，很鬧了一陣。最後兩個人都累了，躺下來，望著屋頂。

「我穿什麼呢？肚子大了，衣服都穿不下了。」

「哪裡的話，九月才生，現在哪裡肚子就大了，根本看不出來。你們女人一懷孕，心理就變態，神經兮兮。」

「這可是你兒子，你罵我，我生氣，兒子生不好，不要怪我。」

「我哪裡罵你。我只告訴你，你還是一樣的年輕漂亮，不用擔心，明天好好穿衣服，去聽歌劇。」

第二天下午三點，爸爸趕回家換衣服，一邊自己穿，一邊看媽媽。媽媽穿著一身黑天鵝絨的長裙，一直拖到地面，蓋著雙腳。那是結婚前在上海訂做的，現在穿上，還是一樣的合身，顯出媽媽修長的身形。媽媽不喜歡西洋夫人那樣袒胸露臂，所以長裙包裹著雙肩。心形尖領，更顯得媽媽脖子長而直，戴一條細細的金鍊，那是爸爸到《新聞報》工作領第一個月薪水，給媽媽買的。媽媽的頭髮燙得蓬鬆，披在肩上。眉毛修得細細彎彎，隨著笑意跳動。口紅抹得適度鮮亮，一彎一彎，微笑說話。臉蛋上勻勻撲了粉，嫵媚中又添一絲少婦的成熟和喜悅。媽媽手裡搭著那件常穿的藍呢大衣，路上披的。

「你真漂亮，我說得一點不錯。」爸爸說著，站起身，趕到洗手間，洗臉梳頭。

爸爸穿著一身黑色的雙排扣大翻領的英國嗶嘰西裝，上衣左胸口袋裡插了一角白手帕。本來聽歌劇應該穿燕尾服，可是爸爸媽媽都討厭那條屁股帘一樣的後襬。所以爸爸聽音樂會聽歌劇只穿黑色西裝。裡面是一件淡淡的鵝黃襯衫，打一條深紅暗花的領帶。腳上是一雙黑色三接頭尖皮鞋。爸爸身高一百七十四公分，在中國男子中可算高個。身體瘦長，尖臉清秀，從高中起就一直讓人讚嘆他一表人材。

爸爸幫媽媽把藍呢大衣穿上，自己把黑色禮帽戴好，穿上一件風衣。這一雙英俊夫妻，我的爸爸媽媽，出門開車到南京火車站，坐火車到上海，去聽威爾第的歌劇《茶花女》。

在火車上，媽媽告訴爸爸：「我上午到田吉營去了一趟，恆生弟承認昨天確實開了人家的車出去闖禍。他說憲兵送他回家的一路上，他心裡一直打鼓，闖了禍，不知要挨打還是挨罵。悄悄走進門，什麼事都沒有，那位將軍還坐在客廳裡跟爸爸高談闊論，沒有告辭的意思，所以爸爸也沒時間來找恆生弟算帳。」

「那位將軍是誰？那麼大的派頭？軍車還有特別牌照。」

「蔣緯國將軍。」

爸爸呵了一聲，難怪。

媽媽問：「到上海我們還回狄思威路嗎？」

「沒有時間了吧，先得去吃晚飯。除非你想回去一趟，要取什麼東西嗎？」

「也沒什麼。不過想回去看看我們的房子。我們需要吃一頓晚飯嗎？」

「怎麼？你不餓嗎？那麼我們去冠生園隨便喝點咖啡，吃點點心好了。」

媽媽看了爸爸一眼。她還清楚地記得兩年前她過生日，爸爸帶她到冠生園吃點心。那時她剛流產，心情非常壞，常想死。媽媽想著，悄悄地摸摸自己的肚子，臉上浮出些許笑意。

冠生園的點心還是一樣，店裡人也不多，安安靜靜。爸爸媽媽坐下來，一杯加糖咖啡，兩塊奶油蛋糕，不過現在付帳不像兩年前那麼心疼了。快快吃完，兩人忙趕去法租界霞飛路藍星大戲院。

劇院休息室裡鋪著厚厚的地毯，許多人走來走去，卻一點聲音都沒有。所有人的外套，都存在存衣處。男人們都穿黑色的燕尾服或筆挺的西裝，左胸上都插著白手帕或小花朵。女士們更是珠光寶氣，長裙拖地，頭髮高聳，有的露肩，有的袒胸，有的胖，有的瘦，有的年輕貌美，有的老來還俏。大多數人都互不相識，磨肩接踵之間，也仍相視一笑，有的甚至舉舉手表示致意，所有人都彬彬有禮，紳士淑女。

一聲悶悶的鐘聲響過，聽眾們魚貫走進演出大廳。

爸爸和媽媽坐在樓下偏左，座位並不很好，但是他們都很滿足。《茶花女》的劇本，他們早不知看過多少遍，歌劇裡的歌，他們也早不知聽過多少遍，他們有一張英國皇家歌劇院的《茶花女》唱片。像維奧萊塔和阿爾夫萊多的幾段詠嘆調，他們都早聽熟了。爸爸甚至還會唱基奧爾基奧的兩段詠嘆調。但是，這是第一次，他們坐在歌劇院裡，聽這齣歌劇。

燈光暗下來。人們都靜了，只老後面座位上，還有一兩人不時乾咳幾聲。舞台上，紫紅的天鵝絨幕布垂著，一派雍容華貴。樂池裡，樂隊指揮走出來，樂隊的人都拿手或琴弓輕輕敲擊譜架，觀眾席掌聲雷動。那洋人指揮個子很高大，頭髮長長的，背在後面。他穿著黑色燕尾服，戴著黑色領結，腰間紮寬寬一道綠色的絲綢帶。他兩個手扶著樂池邊，微帶著笑，對觀眾點了點頭，然後回過身，從譜台上拿起指揮棒，舉起雙臂，揮動起來。輝煌的樂曲驟然響起，震撼人心。黑暗中可以看到指揮燕尾服袖下露出的兩個白得發亮的袖口在晃動。

天鵝絨幕布急速升起，明亮豪華的大廳展現出來，紳士淑女們都舉著酒杯走來走去，歡樂地歌唱。

爸爸伸手，到媽媽的膝蓋上，抓住媽媽的手。媽媽沒轉頭，只是輕輕地捏捏爸爸的手。兩個人都閉住呼吸，沉醉在開場《飲酒歌》歡樂的歌聲裡……

生活安定而舒適，工作繁忙且順利，理想光明又接近，一九四六年到一九四八年，爸爸和媽媽在南京度過了他們一生中唯一一段幸福美滿的歲月。其間，作為他們愛情和幸福生活的結晶，一個兒子出生，成了田吉營家公家和城北營媽媽家兩處的中心人物。

那小子就是我。

六十八

再向前邁步，就走進水裡了，她終於站定在一塊石頭上。左手握著一張捏皺的紙，右手把抱著的孩子放到身邊地上。

她是我的媽媽，那孩子是我。

眼前是吳淞口，黃浦江在這裡進入長江。遠遠的天邊，彷彿可以望得到長江匯合東海之處。已近傍晚，天又陰沉，前前後後，一片茫茫，是雲，是霧，似濃，似淡，灰色的天，灰色的海，海天相融，遠不可及，又彷彿伸手可觸。

媽媽站在那裡，海上來的風，吹動她披肩的波浪頭髮，在小腿上下把印有白色小花的藍旗袍角掀動起來。她微微瞇著兩眼，一動不動地眺望遠方海天相連處，似乎在努力搜尋什麼。手裡的那捲紙在風中瑟瑟地響。

我站著，拉著媽媽的手，隨媽媽向遠處望，什麼也看不見。抬頭望望媽媽，她依然一動不動地張望，她能看見什麼嗎？我不敢開口問。

今天媽媽在屋角裡坐了一天，半下午突然把我從午睡中叫醒，抱起出門。一路趕到這裡，她一句話不說，眼睛直直的，一直發呆。

天越發暗下來，海風漸漸強壯。雨終於下起來，劈劈啪啪打在面前的水裡和腳邊的石上。我的頭髮溼了，衣服溼了。我有點冷，有點害怕，抓著媽媽的手一個勁打顫。

我叫起來：「姆媽，姆媽，下雨，下雨。」

媽媽終於聽到了，把眼光從海上收回，低下頭來，看看我。然後蹲下身，右臂攬住我，說：「是的，下雨了。又是下雨，又是分離。」

我抱緊媽媽，說：「姆媽，回家。」

媽媽的頭髮都溼了，貼在額前腮邊，滿臉都是水，不知是雨，還是淚。她伸出左手，用手裡那捲紙向迷迷濛濛的海上指指，輕聲說：「那邊是大海。」

我把臉貼在她的臉上。

「看不見了。」媽媽的嘴唇在動，微微的氣吹在我臉上。她像是說給我聽，又像是說給自己聽，耳語般地繼續：「家公走了，到海那一邊去了……」

我睜大眼，向遠望，還是什麼也看不見，漸漸大起來的雨，像幕布一樣遮蓋起整個世界，阻擋我張望家公遠去的身影。

媽媽仍在耳語：「記住，寧寧，你一歲半了，記住，今天是一九四九年五月六號。今天早上家公隨蔣總統，坐江靜輪走了。」

媽媽說完，眼淚終於像海水一樣奔騰而下。就是在她那雨水橫流的臉上，我也還是能辨認出她滾燙的淚。

兩個月前，爸爸媽媽才剛抱著我從香港坐輪船回上海。西南聯大時的好友許相萍和她的先生梁同武叔叔到碼頭上來送。家婆和舅舅們都住在九龍旺角，頭一天晚上已道過別，所以沒有到碼頭來送行。分離過很多次，誰也沒有想到，這一次可能比以往所有的分離都更重大，也許會是死別。

岸上許阿姨、梁叔叔揮動的手漸漸遠去，而後消失。好像十年前媽媽坐船回上海那次一樣，天色灰暗，濁浪滔天。那一次，上海盤據著日寇汪精衛，凶多吉少，前途難料，但是媽媽心裡十分清楚，他們決心要去把家公從日汪手裡救出來。現在，媽媽又坐船從香港回上海，日寇汪精衛沒有了，但是上海兵臨城下，此去仍然凶多吉少，前途難料。所不同者，媽媽這一次心裡完全茫然，不知此去何為。而且家婆不在身邊，媽媽覺得格外地驚惶和難過。

整個輪船都是空的，甲板上，艙房中，餐廳裡，走道間，到處都空蕩蕩，沒有人，連船員也不多見，好像普天之下，只有爸爸媽媽和我三人，會在這樣的時刻，從香港回到上海去。

東北錦州一戰之後，共產黨控制了東三省。緊接著北平大戰風煙四起，傅作義將軍去留未定。徐州會戰隨即開始，共軍直指長江北岸。

一九四八年十一月十二日陳布雷在南京公館服安眠藥自殺身亡。徐州會戰國軍大敗，共產黨部隊進逼南京。家公臨危受命，繼陳布雷任蔣總統侍從秘書，起草一九四九年元旦文告，蔣總統宣告引退。眼看國民黨敗局已定，家公把家婆和舅舅們送到香港暫避，媽媽抱著我也隨至香港。家公自己仍留在南京總統府裡。爸爸也仍然留在南京，主持《新聞報》南京分社。

船下浪濤前擁後撞，幾叢斷落的枝葉在漩渦裡打轉，左右擺動，隨波起浮，周圍骯髒灰白的泡沫，沾染了它們，覆蓋了它們，淹沒了它們。這些枝葉在浪濤裡無能為力，只有靜靜地順應，等待最後覆滅的來臨。

媽媽縮在艙內床鋪上，抱著我，眼睛望著爸爸。跟家婆在一起的時候，不論面臨多麼嚴重危急的情況，媽媽心裡都不用害怕。家婆永遠沉著、穩定，有力量。或許家婆不會像一個知識分子那樣，分析權衡，思前想後，但是家婆永遠曉得該怎樣做，要怎樣做，會怎樣做。她為了救家公，帶一家大小自投虎穴，不惜把媽媽和舅舅三人留給日汪作人質。眼下爸爸卻不一樣，他躺在那裡，幾個小時地思想、分析、衡量，他猶猶豫豫，想這樣做那樣做，他前怕狼後怕虎，他為了這也不放棄那也不犧牲，最後什麼也做不成。跟爸爸在一起，媽媽覺得慌張、恐懼，沒有依靠，沒有把握，不知他們該怎樣，要怎樣，會怎樣。

爸爸兩手墊在腦後，盯著艙房頂，說：「……並不是我一個人這樣。我也希望永遠在南京安安定定地生活下去，可是我們做不到。蔣總統做不到，國民黨幾百萬大軍也沒做到。他發求和文告，無效，引退回奉化去，希望藉長江天險，保住國民黨半壁河山。現在整個中國面臨巨變，怎樣變法，沒有人能預料，大概只有共產黨心裡有打算。這種情況下，我們這樣的小人物，有什麼辦法。對於蔣介石或者毛澤東來說，我們不過像螞蟻一樣。」

媽媽不同意：「你不能這樣說。我們結婚那天，蔣委員長特地送來親筆條幅，表示祝賀，他並沒有把我們當作螞蟻。」

爸爸看了媽媽一眼，想了想，又說：「共產黨也並不都是青面獠牙，殺人不眨眼。我前些時採訪，跟周恩來、范長江、梅益他們都見過面談過話，他們也都很和藹可親。他們接管政權，我這樣的人總有可用之處，總會有飯碗。」

媽媽沒說話，忽然之間，她想起在重慶中渡口茶館慶祝他們兩人定情時，歷史系和中文系幾個同學所發過的議論。也許那幾個同學算是很有遠見。

爸爸還在繼續分析：「……我在政治上一直中立，從沒有參加過任何政黨，也沒參加過任何政治活動。陶希聖是我的岳父，可沈鈞儒也是我的堂兄。我崇尚自由主義，不支持國民黨政權，也不反對馬克思主義思想。」

「呵，你跟共產黨才打了幾天交道？爸爸從二十歲起在上海就參加革命，他認識的共產黨比你聽說過的都多多了。」

「那又怎樣？」

「從武漢北伐開始，他就不再相信共產黨了，一直跟共產黨辯論了幾十年。在北京的時候，延安專門派人來跟他談判。」

「你說這些，什麼意思？」

「爸爸對共產黨的了解，比你要深刻得多，全面得多。你懂政治嗎？你幹過政治嗎？你曉得幹政治的人，心會有多狠，臉會變得有多快嗎？你吃過多少虧？經過多少險？別人說什麼你都聽，就是不肯聽爸爸的勸告。」

媽媽說說，哭起來了。這是她為之流過無數眼淚的事，翁婿五年來表面上相敬如賓，思想感情上卻一直不大和睦。家公盡可能地幫助他們，參加婚禮，找房子，找工作，但是爸爸一直對家公抱有很深的成見。要不，他們或許會留在香港，不論跟不跟家婆舅舅們住在一起，反正不會回上海。家公堅決相信，爸爸媽媽留在共產黨手裡，絕不會有幸福生活。但是，爸爸不願意跟家公在一起，不願意聽從家公的告誡。

爸爸說：「他那麼了不得，國民黨怎麼會被打敗。共產黨不打過來，我們在南京住下去，活得好好的，我也沒有什麼不願意。」

「爸爸到了香港以後，自然會給你想辦法，找個工作。」

「他有什麼辦法。前個月，你們在香港，只有我和父親在南京。他有一次對我講過，他願意安排我去台灣《新生報》做採訪主任，我沒有接受。」

「你沒有告訴過我這事。」

「有什麼用，去了台灣又怎樣？有一次，我們兩人去中山陵散步，談論時局，父親聽起來也毫無信心。否則他為什麼送你們一家去香港。南京守不住，怎麼辦？他說，只有退守台灣。我問，如果台灣守不住，怎麼辦？他苦笑笑，背出孔子《論語》裡的一句話：乘桴浮於海。當時我聽了，覺得很震動。他是國民黨要員，尚不知前途如何，準備浮於海。我連國民黨員都不是，跟著到台灣去做什麼。」

「留在香港也沒什麼不好。」

「在香港找得到工作嗎？我去了幾天，到處跑，找不到事做，你也曉得。」

「你沒有真打算在香港找到工作，所以找不到。你說過，你暨南大學同學金堯如在香港辦報紙，你卻不去找他。」

爸爸不說話了。媽媽沒有說錯，爸爸根本就沒有打算留在香港，或者去台灣，他立意要回上海。我的爺爺奶奶還在浙江鄉間，爸爸不能丟下二老，遠走他鄉，自謀生路。他從小是有名的孝子，就算在共產黨手裡一定會死，他也要死在家鄉，守著父母，不願意死在海上。

媽媽說：「泰來已經把印刷廠設備都運到香港了，很快他們就會安裝起來，要開工。」

「那又怎樣？他會聘我去工作嗎？再說，我去印刷廠能做什麼？」

「他當然會聘你去做事，不管做什麼，總能有口飯吃。爸爸當年在上海，也做過書局的中文秘書。」

「就算行？要多久，印刷廠才能開工，要多久，才能賺錢發薪水？一年兩年，難道我們就帶著寧寧，一直依附你娘家？」

這話，把媽媽洶湧的淚水打下來。去年底，媽媽抱著我，跟隨家婆舅舅們一同到香港，先借著九龍新界余啟恩家，三星期後，搬到大南街租的屋子。面積很小，除出開廚房廁所，一家人自己把小小的樓層隔成前中後三小間，八人分住，很不好過。加上我一個不到兩歲的小搗蛋，要吵要哭，誰受得了，也確實難過。那種日子不能長久，所以媽媽同意離開家婆家，跟爸爸回上海。

媽媽說：「記得在重慶中渡口茶館，你歷史系一個朋友發過一番關於政治的議論。也許那同學說得對。」

「人家都說《新聞報》是反共報紙。我從美國新聞處到《新聞報》，美新處許多人說我參加反共了。可是《新聞報》的社長詹文滸、總編輯趙敏恆，都決定留在上海不走。他們名聲比我大多了，成就比我高多了，去海外不會沒有工作地位，可他們也還是留下來。他們不怕共產黨，我有什麼可害怕的。」

眼淚也好，爭論也好，輪船開到了上海，媽媽沒有回頭的路。媽媽也不想回頭，她愛爸爸，嫁給了爸爸，跟爸爸一起生下了我，她從沒有想過要離開爸爸，生死禍福，在所不計。媽媽並不在乎她自己的性命和幸福，從小到大，她在生死線上經歷過許多次了。她心中唯一放不下的，是家婆和舅舅們。什麼時候，只要她能夠再與他們團聚，就心滿意足了。

媽媽相信，她一定有機會再見到家婆和舅舅們。北伐時期，武漢那麼動亂，農會殺人不眨眼，他們也活出來了。從北平逃難到南京，她頭頂日本炸彈，身陷火車輪下，也還是死裡逃生，跟家公重逢了。日本憲兵多麼凶，七十六號多麼狠，汪精衛對他們監視軟禁多麼嚴密，他們還是闖出去了。共產黨再厲害，都是中國人，還能比日本鬼子更殘忍麼？

爸爸媽媽不敢再住狄思威路的洋房，在法租界西邊，租了陝西南路四號一間房子暫住。里弄裡一道石頭牆圍住，小小的天井，一座三層小房子，我們家住在二樓一層上。臨街一面三個對開大玻璃窗代替了牆壁。爸爸每天仍舊去報館上班，媽媽每天在家看報，了解局勢變化，查尋家公的行蹤。國共和談破裂，四月二十一日，共產黨解放軍度過長江。二十三日，南京失守。二十六日，家公隨下野的蔣總裁，從浙江奉化溪口到象山港，乘泰康艦到達上海。

五月二日傍晚時分，家公獨自一人，悄悄到陝西南路來看我們。爸爸去報社上班，沒有在家。家公忽然顯得蒼老了許多，臉色蠟黃，眼神迷茫，背有些弓，腿有些慢。媽媽看見他這模樣神情，心痛如焚，抱住家公，放聲痛哭，許久不停。家公挨著媽媽坐著，一隻手抱著我，一隻手撫摸著媽媽的背，很久很久不說話。

要怎樣說，才能讓爸爸媽媽懂得，留在上海，到了共產黨手裡，他們將會有一種怎樣的不幸和苦難。這些年輕人，不懂得中國歷史，不懂得中國政治，不懂得中國共產黨。他們一定要用親身血淚，才能擦亮自己的眼睛。可是，家公的話有什麼意義呢？國民黨戰敗了，失敗者沒有資格教訓別人，告訴別人應該怎樣預測前程。

家公心裡明白，卻又不能對媽媽說。國民黨政權眼看徹底垮了，四天前，他剛剛替蔣介石起草〈告全國同胞書〉，發表在上海《申報》頭版上，表示保衛上海的決心。可是，指揮上海防衛的一批將領，並沒有信心，都在忙著安排撤退台灣。共軍不攻上海，卻已從南京直下杭州，形成對上海三面合圍之勢。上海守不住了。

「琴ㄚ，跟我走吧。」家公反覆地勸說。

媽媽摟著家公，流著淚，搖搖頭。

家公摟著媽媽，忍不住老淚縱橫。真是天大不幸，家公一生刀筆無敵，可他無法說服的，卻正是自己的親生女兒。呵，琴ㄚ，她出生的那個瞬間，他曾對天發誓，要保衛女兒，要讓女兒過上幸福生活。琴ㄚ自小跟著他走南闖北，在艱難中給他快樂，給他勇氣，給他希望。琴薰，他最心愛的，那唯一的他能放任地吐露心聲的女兒。偏偏她要留在上海，留在那她毫無所知的共產黨的掌握之中。

這一刻，家公突然意識到，家人離別是多麼痛苦，多麼悲哀。他從來沒有這樣在意過離別，從來說走就走，義無反顧。如果生命能夠重新度過一次，家公願意放棄他所經歷過的一切，只要能換得眼前這一瞬間，說服媽媽跟自己一起離開上海。

媽媽趴在家公肩上，哭得幾乎昏死過去，又醒轉來。

最後，家公默默地離開了。他在媽媽這裡坐了一個鐘頭，卻好像經歷了一個世紀，好像一下子，他的頭髮全白了，他的背彎得像一張弓，他的腿軟弱得似乎邁不出一步。他不願離去，他願意永遠守衛在媽媽和我的身邊，保護我們不受到任何傷害。可是，家公終於還是走了，默默地，傷心地離開了。

爸爸媽媽到底沒有答應跟著家公離開上海。但願，上天會憐憫家公和媽媽，有一天讓這對父女重逢。

五月四日，家公的學生沈巨塵匆匆趕到陝西南路來，放下一包東西給媽媽，說：「老師要我轉告，他明後天要跟著蔣總裁出海去了。特派我來一次，給你留下這包東西，以備將來急需之用。」

沈巨塵說完，也不坐一坐，又匆匆走了。

媽媽在桌邊，小心地打開那個小包，裡面裹著一根金條，共十塊，每塊一兩。還有一張家公親筆字條，寫著：

時勢如此，我也無奈。但願你們永遠互愛互助，共度困難。不論天涯海角，我將時刻祈禱，願上帝保佑你們一家平安。

在大海邊上，茫茫雨中，媽媽把手裡握著的那捲紙輕輕展開。那是一張電報。

今天拂曉，家公隨蔣總裁坐江靜輪出海，到了吳淞口，家公仍不甘心，請求蔣總裁在那裡稍停兵艦，允許他最後一次給留在上海的媽媽發個電報，催她立刻離開。蔣總裁答應了，即令在吳淞口停艦，從艦上給媽媽發出一封電報，並命上海警備司令部派出一艘快艇，在十六鋪碼頭待命，準備接到媽媽後，送至吳淞口，登艦會合。

爸爸一早出門，不在家。媽媽收到電報，卻沒有趕到十六鋪去。

屋子裡飄蕩著史特勞斯的圓舞曲。媽媽一早在唱機上放了兩張史特勞斯的唱片，一張是爸爸在重慶買了送給她的，一張是爸爸到上海以後給她買的。媽媽想用史特勞斯輕快柔美的音樂，沖散一些胸中的憂愁。她捏著那張電報，在屋角裡坐著。但是今天，無論是多瑙河上的藍色波浪，還是維也納森林間五彩的陽光，都再無法把媽媽從悲哀中解救出來。她的悲哀太深重了。

桌上的座鐘滴滴答答的響，秒針一格一格地跳。媽媽坐著，手裡捏著那張電報紙，沒有聲，沒有淚，沒有動作。

太陽將要西斜時，媽媽突然像猛醒過來，跳起身，抱起我，衝出門，搭車奔到這處海邊。

海是空的，天是空的，眼前頭上，蒼穹萬里，什麼也沒有了，什麼也看不見，只有雨。媽媽把手裡的電報輕輕地丟進海裡，看著它在水裡蕩漾起浮，久久不肯漂離遠去。

大雨下個不停。

海水，帶走了媽媽二十七年生命的一切，歡樂幸福，辛酸血淚。這一次，是生離，是死別，又要有多少歲月，多少磨難，一家親人才得重逢。什麼時候，家公才能重新撫摸媽媽的頭髮，家婆才能再次抱起自己的孫兒，媽媽才能又拉起舅舅們的手。

大雨依然下個不停。

身後，上海城外，遠遠的，隱隱聽到一兩聲炮擊。共軍向上海的進攻，就在旦夕。

當代名家
唢呐煙塵三部曲 之二 動盪青春

2015年6月初版 定價：新臺幣360元

著　　者　沈　　寧
發行人　林　載　爵

出版者　聯經出版事業股份有限公司
地　　址　台北市基隆路一段180號4樓
編輯部地址　台北市基隆路一段180號4樓
叢書編輯電話　(02)87876242轉224
台北聯經書房：台北市新生南路三段94號
電　　話：(02)23620308
台中分公司：台中市北區崇德路一段198號
暨門市電話：(04)22312023
台中電子信箱：e-mail：linking2@ms42.hinet.ne
郵政劃撥帳戶第0100559-3號
郵撥電話：(02)23620308
印刷者　世和印製企業有限公司
總經銷　聯合發行股份有限公司
發行所：新北市新店區寶橋路235巷6弄6號2樓
電　　話：(02)29178022

叢書主編　胡　金　倫
叢書編輯　邱　靖　絨
校　　對　吳　美　滿
封面設計　顏　伯　駿

行政院新聞局出版事業登記證局版臺業字第0130號

本書如有缺頁，破損，倒裝請寄回台北聯經書房更換。 ISBN 978-957-08-4579-2 (平裝)
聯經網址：www.linkingbooks.com.tw
電子信箱：linking@udngroup.com

國家圖書館出版品預行編目資料

唢呐煙塵三部曲 之二 動盪青春/沈寧著.
初版．臺北市．聯經．2015年6月（民104年）．384面．
14.8×21公分（當代名家）

ISBN 978-957-08-4579-2（平裝）

874.57 104009015